Stefanie Lemke · Unter Schwestern

Coverbild: Photocase
Covergestaltung: Anna Meyer
Satz: Dörlemann Satz, Lemförde
Druck und Bindung: CPI – Ebner & Spiegel, Ulm
ISBN 978-3-0369-5543-8

www.keinundaber.ch

STEFANIE LEMKE

UNTER SCHWESTERN

ROMAN

KEIN & ABER

In memoriam Charlotte Hilda Huch

EINSTIEG

I

II

AUSSTIEG

EINSTIEG

Werft ab alle Sorgen und Qual, fallera
und wandert mit uns aus dem Tal, fallera
wir sind hinausgegangen, den Sonnenschein zu fangen
kommt mit und versucht es doch selbst einmal.
Schwedisches Volkslied

OBEN. UNTEN

Frohsinn ist eine Form der Tapferkeit.
Christiane Vulpius

Taras erste Erinnerung hatte keine Farbe, sie hatte keinen Geruch und schmeckte nach nichts. Taras erste Erinnerung an ihre Höhenangst hatte einen Klang. Es war das Rollen kleiner Hartgummireifen, die ein Stahlgerüst hochgezogen wurden. Ihre Schwestern Gisela, Hedwig und Susanne hatten hintereinander Platz genommen. Vor ihnen saßen die Mutter und Onkel Siggi, davor der Vater, und eingeklemmt zwischen dessen Schenkeln spähte sie selbst aus dem Wagen.

Viereinhalb Jahre mochte sie an diesem Julisonntag alt sein, und sie fühlte sich wagemutig in ihrer kurzen Hose, mit dem Igelschnitt und den rotbraunen Sommersprossen. Wie immer, wenn sie aufgeregt oder müde war, hatte sich eine ihrer Pupillen Richtung Nase geschoben. Dann traten die Gesichtsfelder auseinander, hatte ihr Frau Doktor Schmidt erklärt. Alles, was sie sähe, würde nicht mehr auf die einander entsprechenden Netzhautstellen in ihren Augen fallen, die sich Tara als zwei geheimnisvolle gelbe Flecken vorstellen müsse. Tara hatte genickt und bei den gelben Flecken an die Pfeilspitzen ihrer Spielzeug-Indianer gedacht und an das eingetrocknete Eigelb auf ihrer Sonntagshose. Kippte die Pupille nach innen, verdoppelte sich die Umgebung, und die Schwestern, die Mutter, der Vater wurden zu Zwillingspaaren. Obwohl sich Tara daran gewöhnt hatte, waren ihr die Verdopplungen unangenehm, und sie begann, die Pupille Stück für Stück in die Augenmitte zurückzulenken, bis die falsche Umgebung hinter der richtigen und die falschen Zwillinge hinter den Schwestern, der Mutter, dem Vater verschwunden waren. Und dann hörte sie Frau Doktor Schmidt sagen, ihr Gehirn habe alles wieder geradegestellt. Seit ihrem dritten Geburtstag ging Tara zu Doktor Schmidt. Sie hatte von ihr eine Brille bekommen und unzählige runde Stofftücher, die die Mutter mal rechts, mal links unter ein Brillenglas klemmte.

Susanne lachte über die Hornhaut in der Mitte ihres Auges. Gisela fand: »Über eine Behinderung lacht man nicht«, und befahl Tara in strengem Ton, sie solle mit dem Schielen aufhören. Die Mutter strich ihr über die kurzen, roten Haare und sagte: »Mein Gott, dafür hat sie meine Mandelaugen«, während Hedwig an ihr vorbeisah. Nur manchmal, wenn Tara Matchboxautos fahren ließ oder die Cowboys auf den Türmen ihres Forts mit Pfeilen durchbohrte, starrte Hedwig ihre Augen wie zwei seltsame Münzen an. Den Vater schien Taras Silberblick nicht zu interessieren. Seine Jüngste war tapferer als jeder Junge, mehr gab es wohl nicht zu sagen.

An diesem Julisonntag steckte ein helles Stofftuch hinter Taras linkem Brillenglas, die Sonne brannte, und am Himmel waren blasse blaue Wolken. Hunderte von Menschen drängelten sich vor Buden und Ständen unter großen Sonnenschirmen, tranken Bier, Saft, Wein, aßen Würstchen von Papptellern, stocherten mit Plastikgabeln in Kartoffelsalat, bissen in aufgespießte Äpfel, knackten Mandeln und schwitzten. Doch Tara nahm die Menschen, den Kartoffelsalat und die aufgespießten Äpfel kaum wahr. Sie merkte nicht einmal, dass die Sonne vom Himmel stach, die Schwestern maulten und die Mutter und Onkel Siggi kaum folgen konnten. Sie steuerte an der Hand des Vaters auf die Achterbahn zu, der Vater ging mit wenigen großen, sie mit doppelt so vielen kleinen Schritten.

»Olli, wollen wir nicht lieber Riesenrad fahren?«, hörte Tara die Mutter rufen, spürte, wie der Vater ihre Hand drückte und mehr zu ihr als zur Mutter sagte: »Meine Kleine sitzt vorne bei mir, da passiert nichts.«

»Da passiert nichts«, wiederholte Tara leise.

Sie versuchte, an den Beinen des Vaters vorbei, einen Blick auf das Riesenrad zu erhaschen, und entdeckte überdachte Kabinen, die sich still und gemächlich durch heiße, flirrende Luft drehten.

»Ein Riesenrad ist das Letzte.« Die Schritte des Vaters wurden größer, Taras kleine Schritte schneller. »Nein, das ist nichts für uns. Siehst du?«, rief er und streckte seine Hand in den Himmel. »So eine Achterbahnabfahrt ist ganz was anderes.«

Sie waren bei einem Metallgatter angekommen, um das sich Männer, Frauen, Kinder schlängelten.

»Mir ist das zu heiß«, sagte Hedwig laut.

»Und mir ist schlecht«, maulte Susanne leiser.

Der Vater schien seine beiden Töchter nicht gehört zu

haben. Er ließ Taras Hand los und befahl: »Alle Mann hintereinander aufstellen. Ich hole Karten.«

»Und wir holen was zum Schnabulieren«, rief Onkel Siggi, drehte seinen kräftigen braunen Hals zur Mutter und zwinkerte ihr zu.

»Du möchtest sicher ein paar gebrannte Mandeln, Tine«, lächelte die Mutter in Taras Gesicht, lächelte durch ihr Gesicht hindurch und hängte sich bei Onkel Siggi ein. »Wir sind gleich wieder da.«

»Müssen die gebrannten Mandeln jetzt sein, Greta? Ich wollte uns Karten holen«, brummte der Vater, obwohl die Mutter und Onkel Siggi die Köpfe einander zugewandt hatten und in einem Pulk junger Männer verschwanden.

»Ja dann …«

»Ich esse keine gebrannten Mandeln, die machen die Zähne kaputt«, sagte Gisela und sah zu Boden.

»Dir bringt sie auch keine mit«, murmelte Hedwig.

»Aber dir. Dir bringt sie welche mit und Sanne und Papa, nur mich hat sie vergessen. Stimmt's? Oder hast du vielleicht nicht richtig zugehört?«

Hedwig senkte den Kopf.

»Ich mag auch keine gebrannten Mandeln, Gila. Sie machen nur die Zähne kaputt.«

»Was?« Susanne, die zwei hinter ihr wartenden Jungen mit ihrem Gekicher ins Wort gefallen war, sah ihre Schwestern an. Ihre großen, dunkelblauen Augen schimmerten.

»Nichts.« Hedwig schielte zu Gisela und richtete ihren Blick wieder auf den Boden.

»Wenn ihr's mir nicht sagen wollt …«

Da weder Hedwig noch Gisela antworteten, drehte sich

Susanne, diesmal ohne zu kichern, nach den beiden Jungen um.

War es auf dem Weg zur Achterbahn staubig und heiß gewesen, so war es vor der Bahn noch staubiger und heißer. Bei jedem Einatmen schluckte Tara Staubkörner, die sie beim Ausatmen aus der Nase pustete.

»Papa«, sie fuhr mit ihrer Hand unter sein Hemd und zupfte am Stoff. »Papa, ich will was trinken.«

»Du hast jetzt nichts zu wollen«, fiel ihr Gila ins Wort, während der Vater immer noch in den Pulk junger Männer starrte, in dem die Mutter und Onkel Siggi verschwunden waren.

Die Sonne schien sein Gesicht nicht zu röten, sondern zu verdunkeln.

»Ja dann …«

»Dann passe ich auf Tine auf, und du holst die Karten, Papa.«

Der Vater nickte. »Und du, meine Kleine, machst deinen Schwestern keinen Ärger.« Der Vater versuchte, die Mundwinkel in seinem verfinsterten Gesicht nach oben zu ziehen. Das Lächeln geriet in eine Schieflage, wirkte ratlos, und sein »Ich bin gleich wieder da« klang wie Onkel Siggis Echo, nur dass sich der Vater allein in die Menschenmenge zwängte.

Tara sah durch die Absperrung. Aus der Nähe kam ihr die Bahn wie ein hoch aufgeschossenes, gefährliches Ungeheuer vor und die Menschen darin wie Zwerge. Und trotzdem lockte das Ungeheuer die Menschen zu sich, zog ihnen das Geld aus den Taschen, schleuderte sie in die Luft und fraß sie dann auf, hatte Onkel Siggi im Auto erzählt.

»Weil es zu heiß ist«, hörte Tara Hedwig sagen. »Von mir aus hätten wir nicht herkommen müssen.«

»Müssen? Hast du nicht gehört? Tine will Achterbahn fahren, also müssen wir – ob wir im Regen stehen, erfrieren, verbrennen oder einen Hitzschlag kriegen.« Gisela hatte sich ruckartig zu ihrer Schwester gedreht. »Und Mama ist weg, Mandeln holen.«

»Wo ist Onkel Siggi?«, fragte Susanne.

»Bei Mama. Wo sonst?«

»Wo, auf'm Klo, wo, auf'm Klo!«, rief Tara, als könne sie ihre Schwestern mit dem Gedanken, dass Onkel Siggi irgendwo zwischen Riesenrad und gebrannten Mandeln, Buden und Sonnenschirmen auf der Toilette saß, zum Lachen bringen.

»Tine, sei bitte ruhig.« Gisela schüttelte den Kopf.

Hedwig und Susanne schwiegen.

»Klo«, wiederholte Tara trotzig, schob einen Fuß in eine untere Raute der Absperrung, klammerte ihre Hände in zwei obere und versuchte, das Gitter hochzuklettern. Kaum hatte sie den zweiten Fuß in die Raute gesetzt, wurde sie von Gisela zurückgerissen.

»Du kannst Papa auf der Nase herumtanzen, mir nicht.«

»Ich will aber.«

Tara ruderte mit Armen und Beinen, wurde auf den Boden gestellt und von Gisela an die Hand genommen.

Da war sie wieder, die doppelte Schwester mit den zwei Hälsen, zwei Mündern und vier Linien, die von den Mundwinkeln zum Kinn liefen. Und mit Gisela hatten sich auch Hedwig und Susanne verdoppelt, die Sonne, die Wetterwolken und das Ungeheuer hinter der Absperrung.

»Lass sie klettern, Gila, so hoch ist das Gitter nicht«,

sagte Susanne und wuschelte mit vier Händen durch ihr verdoppeltes lockiges Haar.

»Typisch, du lässt ihr das genauso durchgehen wie Papa.«

»Ich?«, fragte Susanne und plusterte ihr Haar zur Mähne auf, um, wie Hedwig sagte, allen zu zeigen, wie viel Haar sie auf dem Kopf hatte und wie wenig Hirn darin. »Also, ich meine nur, Tine wird nicht fallen.«

»Ich heiß nicht Tine«, rief Tara. Sie hörte Hedwig aufstöhnen und Susanne lachen. »Ich heiß aber nicht so«, wiederholte sie, und ohne sich um Hedwigs Stöhnen und Susannes Lachen zu kümmern, begann sie, die Doppelgängerinnen ihrer Schwestern zu den gelben Flecken zu treiben.

Tine wurde sie von der Mutter, den Schwestern und von Onkel Siggi genannt. Für den Vater war sie Chris, und er erzählte bei jeder Gelegenheit, dass seine Jüngste schon mit einem Jahr die alte Mathilde, Onkel Erichs Dackeldame, am Schwanz gezogen hatte und vor Vergnügen sabberte, wenn der Onkel sie hoch hinauf unter die Zimmerdecke warf, auf seinen Handteller stellte oder im Kreis herumwirbelte. Deswegen sollte sie an diesem Sonntag vorne sitzen, sicher verwahrt zwischen den Schenkeln ihres Vaters. Und deswegen hatte sich Tara vorgenommen, während der Fahrt hurra zu rufen. Hurra, hurra, hurra, wie einen Schlachtruf und mindestens drei Mal. Nur schien sich ihr Vorhaben plötzlich kaum noch durchführen zu lassen. Hinter der Absperrung war das Ungeheuer, rollte sich zusammen und wieder auseinander, züngelte über das Gelände, schob sich in den Himmel und brachte die Menschen zum Kreischen und Schreien.

Ein Geruch nach gebrannten Mandeln, nach Essig und kandierten Äpfeln hatte sich in Taras Nase festgesetzt. Oft hatte sie diesen Geruch mit nach Hause genommen, hatte von ihm geträumt und dem Vater beim Frühstück von gebrannten Mandeln, rot glasierten Äpfeln und dem Achterbahnfahren die Ohren heißgeredet. Und so hatte er an diesem Sonntag die Mutter, die Schwestern und Onkel Siggi in seinen alten Benz geladen, obwohl Susanne keine Lust hatte, Hedwig es draußen zu heiß fand und Gisela an ihren Hausaufgaben saß. Während der Fahrt hatte die Mutter Tara auf dem Schoß gehalten. Der Rummel war nicht weit vom Dorf auf dem Parkplatz vor dem Einkaufszentrum aufgebaut worden, der Vater brauchte nur die Autobahn zu wechseln, schon waren sie da. Auf dem Schoß der Mutter hatte Tara es verkündet. Die Wagemutigen, die Helden waren die Sieger und wurden immer belohnt. So war das Spiel, das Leben, und so ließ sie ihre Indianer um das Fort pirschen, stellte die Cowboys auf die Wachtürme, für jede Himmelsrichtung und für jeden Pfeil einen. Das Fort hatte Onkel Erich ihr zu Weihnachten geschenkt, oder zum Geburtstag, das wusste sie nicht mehr. Was für die Indianer das Fort war, das würde für sie die Achterbahn sein, auf dem Rummel, wie die Mutter sagte, oder, wie es hier in der Gegend hieß, auf der Kerwe. Bei jedem Einkauf hatte Tara nach der Bahn gespäht und an der Hand der Mutter näher herangehen wollen. Und weil sie nie näher herangegangen waren, hatte Tara beim Einschlafen einen silbrig glänzenden Metallvogel vor Augen, der mit dem Geruch der Mandeln in ihre Träume schlüpfte, sie unter seine Fittiche nahm und hoch und runter schaukelte.

»Ist sie nicht ein bisschen klein?«, hatte die Mutter während der Autofahrt gefragt. Ihr fruchtiges Parfum füllte den alten Benz aus und kitzelte Tara fast so sehr in der Nase wie die Haare der Mutter ihren Nacken. »Lass uns Riesenrad fahren, Olli, die Bahn ist zu schnell für das Kind. Außerdem haben wir bei dem Wetter einen herrlichen Blick in die Ebene und zur Bergstraße rüber, vielleicht können wir unser Haus sehen.«

»Nein, nein, nein.« Tara rutschte auf dem Schoß der Mutter vor und klammerte sich an den Kopfstützen fest. »Papa hat gesagt, wir fahren in den Himmel, und vom Himmel fallen wir auf den Boden, wie kleine Sterne, stimmt's Papa?«

»Na denn«, rief Onkel Siggi, »mir kann's mit meinen kleinen Sternen auch nie schnell genug gehen.«

Die Mutter lachte, und ihre Schenkel lachten mit.

»Versprochen ist versprochen«, brummte der Vater und fixierte durch den Rückspiegel die Augen der Mutter, die auf Onkel Siggis braunem Nacken ruhten.

»Mir ist schlecht.« Neben Tara und der Mutter drückte Susanne ihre Haare gegen die Scheibe. Die ganze Fahrt über flüsterte sie »Mir ist schlecht« vor sich hin, mal leiser, mal lauter. Tara beachtete sie nicht. Was war Susanne gegen sie? Susanne war die Drittgeborene, das Mädchen, und Tara war der kleine Mann, den sich der Vater auch beim vierten Mal gewünscht und auch beim vierten Mal nicht bekommen hatte.

Aber weil es so sein sollte, war sie es trotzdem geworden, dachte Tara später immer wieder und erinnerte sich dabei an die Leiterin des Flötenorchesters und an die Verkäuferinnen aus der Bäckerei. Wenn sie mit ihrem Igelschnitt, die Brille fest auf der Nase, das Stofftuch darunter salzig und blau, zur Bäckerei gerannt war und von der Aushilfsverkäuferin gefragt wurde: »Was wollen wir kaufen, kleiner Mann?«, zählte sie die Schnecken und Mandelstangen auf, stellte sich auf Zehenspitzen und drückte der Frau das Geld in die Hand, ohne einen Knicks für das Bonbon zu machen und ohne sich zu verbeugen. Später hatte sie gesagt: »Ich bin's, die Vierte von Seebalds.« Das muss mit sechs Jahren gewesen sein, als sie Zahnlücken groß wie Kirschkerne hatte, durch die sie *La Paloma* pfiff.

Mit dreizehn war dann etwas anders geworden. Es begann mit der neuen Orchesterleiterin, die nach dem Namen des rothaarigen Jungen mit der F-Flöte hinten, in der letzten Reihe, fragte. Die Mädchen um sie herum kicherten, Rosa stieß ihr mit dem Flötenreiniger in die Seite, und die neue Orchesterleiterin fragte noch einmal: »Nun, junger Mann, willst du uns nicht verraten, wie du heißt?«

»Der Tusse sag ich meinen Namen nicht«, hatte sie Rosa damals erklärt. Und obwohl sie ihren Busen unter Pullovern und Hemden versteckte, einen Parka und spitze Cowboystiefel trug, hatte sie sich die Haare in feinen Locken bis über die Schultern wachsen lassen und war aus dem Orchester ausgetreten.

Doch all das war an diesem Julisonntag weit weg. Die Menschen schwitzten in ihren buntbedruckten Hosen, in kurzen Hemden und leichten Kleidern. Je höher die Sonne stand, desto mehr schienen sich ihre Schatten zusammenzuschieben. Kleine, große, dicke, dünne, Familienschatten und Schatten von Paaren waren das, die sich auf dem Parkplatz des Rhein-Neckar-Zentrums den Sonntag vertrieben, aßen und tranken und sich um das Gatter der

Achterbahn drängten. Da Gisela ihr das Klettern verboten hatte, steckte Tara einen Finger durch die Raute, kratzte mit den Nägeln am rauen, weißen Lack und konzentrierte sich auf das Kreischen und Johlen, das lauter wurde, wenn ein Wagen eine Schleife heruntersauste. Hinter dem Kreischen, dem Johlen war noch ein anderes, leises Geräusch zu hören, als würde eine Maus so lange an einem Gitter nagen, bis eine Verstrebung aufsprang und sie sich dünn machen und davonrennen konnte.

»Hedi?« Susanne hatte sich an ihre Schwester gedrängt.

»Was?«

»Mir ist sooo schlecht«, wimmerte Susanne, wobei sie ihren Kopf schief legte und ihre großen, dunkelblauen Augen aufriss. Sobald sie etwas durchsetzen wollte, nahm sie diese Haltung ein. Gisela behauptete, Susanne versuche es immer auf die Tour, und zeigte ihr die kalte Schulter. Hedwig äffte sie nach.

»Dir ist schlecht, und mir ist heiß.«

Susanne legte ihren Hals noch schiefer. »Also, schwitzen tue ich auch, aber wenn ich mit der Bahn fahre, muss ich außerdem brechen.«

»Und was meinst du soll Papa mit deiner Karte machen? Soll er sie in den Wind werfen? Schnipp, schnapp, und die zwei Mark sind weg«, sagte Hedwig.

»Mir ist trotzdem schlecht.«

»Dann sag es ihm.« Hedwig schubste Susanne von ihrer Seite.

»Kannst du es ihm nicht sagen?« Wieder hatte sich Susanne ihrer Schwester genähert, diesmal allerdings nicht so sehr, dass Hedwig sie wegstoßen konnte. »Bitte Hedi, du kannst das viel besser als ich.«

»Lass mich in Ruhe.« Hedwig, legte den Kopf schief und lächelte Gisela mit aufgerissenen Augen an. »Bitte Hedi. Ich bin so dumm, ich bin so satt, ich mag kein Blatt, mäh, mäh.«

»Na, das wird dauern, bis wir alle Platz gefunden haben.«

Diesmal hatte sich der Vater von vorn durch die Menschenschlange gedrängt, hatte sie Stück für Stück zerteilt, auch wenn die Stücke hinter ihm sofort wieder zusammenwuchsen.

»Mama und Onkel Siggi sind im Anmarsch. Mama hat dir eine Riesentüte gebrannter Mandeln gekauft, Chris. Und ich habe unsere Karten«, lachte er und begann, mit einem winzigen, zwischen Daumen und Zeigefinger gesteckten Papierfächer zu wedeln.

»Toll«, lächelte Hedwig, »wir können's kaum erwarten, was Susanne?«

»Lo-lo-los geht's«, rief die Dame an der Kasse in ein Mikrofon und übertönte mit einem »Hui, macht das Spaß« das Johlen und Kreischen der Fahrenden.

Taras Unterarm streifte das Gitter. Kühle, glatte Stellen wechselten mit rostigen, rauen.

»Papa«, sagte sie leise, obwohl sie nicht wusste, was sie ihrem Vater sagen wollte.

In dem Moment roch sie ein fruchtiges Parfum, hörte »Möchtest du eine gebrannte Mandel?« und drehte sich um.

Die Mutter hatte sich zu ihr heruntergebeugt, so dass ihr Hintern wie bei einer tauchenden Ente in die Höhe stand und Onkel Siggis Leisten berührte. Lächelnd hielt sie Tara eine mit blassen Rosetten bedruckte Papiertüte hin.

Ihr Gesicht war gerötet, als hätte ihr jemand mit Löschpapier über die Wangen gerieben. Onkel Siggi hatte eine Pappschachtel mit Kartoffelsalat in der Hand. Er piekste eine Kartoffel auf die Plastikgabel und rief über Taras Kopf und die Köpfe ihrer Schwestern hinweg: »Ein anständiger Kartoffelsalat muss schön feucht sein, was Olli?«

Nun drehte sich auch der Vater um. Tara merkte, wie sich die Mutter rasch aufrichtete und am Saum ihres Kleides nestelte. Sie sah eine Beule zwischen Onkel Siggis Beinen und fischte eine Mandel aus der Tüte, während Gisela einen Arm um Hedwigs Schultern legte, die Schwester zu sich zog und ihr etwas ins Ohr flüsterte. Hedwig wurde rot.

»Was sagst du, Gila?« Onkel Siggi schob sich die Kartoffel in den Mund. »Du magst ihn wohl nicht schön feucht, den Salat?«

»Ist gut, Siggi, es reicht«, lachte die Mutter.

»Ist nicht jedermanns Sache, so 'n Kartoffelsalat.« Jetzt brach auch Onkel Siggi in Lachen aus. Er hatte die Kartoffeln zu einem sämigen Brei zerkaut und wie eine Paste über seine Zähne gestrichen.

»Mamas Kartoffelsalat schmeckt mir am besten«, erklärte Tara und schob sich die gebrannte Mandel in den Mund.

»Sei ruhig, Tine«, herrschte Gisela sie an. »Du weißt nicht, was du redest.«

»Weiß ich wohl«, murrte Tara. »Mamas Kartoffelsalat esse ich am aller-allerliebsten.«

»Und ich sage, halt deinen Mund. Wovon man keine Ahnung hat, davon redet man nicht«, zischte Gisela.

Sie war fast so groß wie Hedwig, hatte aber einen richtigen Busen, nicht wie Hedwig, an der Blusen und Pullover herunterhingen und bei jeder Bewegung schlackerten. Bohnenstange, nannte sie Onkel Siggi, oder er sagte: »Hedwig, platt wie ein Brett und keinen Arsch in der Hose.«

Obwohl Tara sich nicht vorstellen konnte, was Onkel Siggi mit »platt wie ein Brett« meinte, fand sie Gisela hübscher als Hedwig, selbst wenn sich die strengen Falten in Giselas Mundwinkel gruben und von Mal zu Mal vertieften. Dann wurden alle bis auf den Vater ruhig, und bis auf sie, die wusste, dass sich Schwestern verdoppelten und sie die Doppelgängerinnen in zwei gelben Flecken verschwinden lassen konnte.

Mittlerweile hatte Susanne begonnen, leise in den Rücken des Vaters zu jammern.

»Mir ist schlecht.«

»Warum habe ich Karten gekauft?«, fuhr der Vater sie unversehens an. »Chris ist mit Abstand die Kleinste. Und die macht nicht so einen Affenzirkus wie du.«

»Hurra«, rief Tara von unten durch die Beine ihrer Schwestern hindurch. Ihre Stimme hatte sich zu einem Stimmchen verdünnt.

»Mir ist trotzdem schlecht, und wenn ich mitfahre, muss ich brechen«, wiederholte Susanne hartnäckig.

»Dann lass sie unten, Olli«, rief die Mutter.

Doch da war der Vater schon dabei, einem braungebrannten Mann die Eintrittskarten entgegenzustrecken.

»Meine Kleine sitzt vorne bei mir.«

Aus einem bauchigen Wagen waren drei Frauen und zwei Männer gestiegen. Eine der Frauen stützte sich auf das Geländer. Die anderen beiden trippelten zum Ausgang, als hätten sie nichts Festes unter ihren Füßen, während einer der Männer dem anderen mechanisch auf den Rücken klopfte. In dem Moment wurde Tara von dem braungebrannten Kartenabreißer hochgehoben und zwischen die Schenkel ihres Vaters gesetzt.

»Gleich geht's los«, flüsterte ihr der Vater ins Ohr.

Tara nickte. Die Schleife aus Gleisen war zum Greifen nah und sah fast aus wie die Sprossenwand beim Kinderturnen, wenn sie nicht so hoch hinauf in die Luft gewiesen hätte. Tara dachte an Onkel Siggis Kartoffelsalatzähne. Eigentlich mochte sie den Geschmack aus Essiggurken, mehligen Kartoffeln, beißenden Zwiebeln und der alles verbindenden, glitschigen Mayonnaise, doch jetzt stieg ihr bei dem Gedanken etwas Säuerliches die Kehle hoch.

»Papa«, flüsterte sie, rutschte zurück und spürte, wie sich die Schenkel des Vaters um sie legten. Ein Rattern setzte ein, der Wagen wurde von einem unsichtbaren Seil hochgezogen. Tara hielt den Kopf steif und so lange geradeaus gerichtet, bis sie am höchsten Punkt angekommen waren. Der Himmel über, neben, vor ihr war blass und hellblau. Wieder gab es einen Ruck, der Wagen wurde ausgehakt, schien für den Bruchteil eines Herzschlags innezuhalten und sauste dann in die Tiefe. Jetzt war nichts mehr, außer dem Rattern der Räder und dem Gefühl, hinunterzufallen in einen Raum aus heißer, flirrender Luft, einen Raum weit weg von Menschen, Gerüchen, Farben. Der Wind pfiff und der Wagen stieß ins rollende, sich überstürzende Blau des Himmels hinein. Hinter Tara brüllte der Vater »Hurra«, dahinter saß die Mutter vor Onkel Siggi, dem der Kartoffelsalat gewiss um die Ohren flog und nach hinten auf ihre Schwestern, auf ihre Kleider, Gesichter, Haare. Tara kniff die Augen zusammen und wusste nicht, was schlimmer war, das Fallen oder das immer langsamer werdende Hinaufrattern des Wagens zum nächsten höchsten Punkt, an dem die Sommerwolken auf ihren Kopf drückten und nichts war, außer dieser durchsichtigen Luft und dem blassen Himmel. Weit hinten schrie Susanne eigentümlich wild, während Taras Herz schneller und schneller gegen die Rippen schlug. Es füllte ihren Brustkorb mit Pochen und Hämmern, wollte heraus, in die Luft springen und sie im leeren Körper zurücklassen. Später, als Erwachsene, begriff Tara, dass sie die Höhe nicht aushielt, weil es die Tiefe gab, und die Tiefe nicht, weil die kein Verweilen war, sondern ein immer langsamer werdendes Hinauffahren, das oben einen Herzschlag aussetzte und sich dann hinabstürzte.

Wieder war Susannes wildes Schreien zu hören, rief der Vater »Hurra«, flog die Stimme der Kartenverkäuferin über die Fahrenden hinweg. »Lo-lo-lo-los geht's. Hui, macht das Spaß. Kommen Sie. Fahren Sie. Ist das ein Spaß.«

Doch Tara wollte nur, dass der Wagen hielt, auf der Stelle stoppte und sie aussteigen ließ. Und weil er das nicht tat, weil er unerbittlich in die nächste Tiefe ratterte, versuchte sie, sich aus den klammernden Schenkeln ihres Vaters zu befreien und dahin zu schlüpfen, wo kein Himmel war, keine Luft, kein Nichts. Die ganze Bahn schien auf den Kopf gestellt worden zu sein, die Gesichter, die Haare, Susannes Schreie, Onkel Siggis Kartoffelsalat, die Stimme des Vaters, das »Lo-lo-lo-los« der Kartenverkäuferin. Unten war nicht unten, nicht oben, oben nicht oben, nicht unten, alles wurde zu einer Spirale, wurde in sie hineingezogen, begann sich zu drehen, zu winden und Angst zu machen.

Die Arme um die Knie geschlungen, den Kopf auf die Schenkel gedrückt, hatte Tara sich in den Bauch des Wagens gesetzt. Irgendwann musste das ein Ende haben, das Rattern, Schreien, das Sichdrehen, das Schwitzen und die Angst.

»Chris, was hast du?« Die Stimme des Vaters klang eher erstaunt als besorgt. Tara schossen die Tränen aus den Augen, und sie begann, stoßweise zu weinen, lautlos und so heftig, dass ihre Schultern zuckten. In dem Moment fuhr der Wagen aus, stieß gegen einen Klotz und stoppte. Tara drückte die Hände gegen ihr Gesicht, verschmierte ihre Brillengläser und wurde herausgehoben. Sie hatte die Schlacht verloren, aber nicht tapfer wie ein Indianer, denn sie war ja nicht einmal tot.

»Brauchst nicht weinen, ist alles vergessen und vorbei. Weißt du was? Jetzt gehen wir dir eine große Portion Kartoffelsalat kaufen.«

Die Mutter hatte ein Taschentuch aus ihrer Handtasche gekramt und Tara die Hände vom Gesicht gezogen. Das Taschentuch roch nach fruchtigem Parfum. Wieder stand Tara vor der Absperrung, wieder ratterten die Wagen, johlten und schrien die Fahrenden. Nur dass sich diesmal Hedwig und Gisela, Onkel Siggi und die Mutter in einem Halbkreis um sie gruppiert hatten.

»Putz dir die Nase, ist alles gut«, sagte die Mutter lächelnd. »Dein Augenläppchen ist wohl nass?«

Tara schluchzte.

»Macht nichts, das wechseln wir zu Hause.«

»Hast Schiss in der Hose?«

Onkel Siggi lachte.

»Lass sie in Ruhe«, sagte die Mutter rasch. »Sie ist zu

klein für so was. Mein Gott, was meint ihr denn, warum es das Riesenrad gibt?« Suchend drehte sie sich um. »Habt ihr Papa gesehen?«

»Der ist gegangen.« Gisela senkte den Kopf.

»Susanne auch«, brummte Hedwig.

»Und wie sollen wir die beiden in dem Gewühl finden?«, fragte die Mutter und strich Tara über den Kopf.

Es war wie ein Zahnschmerz, wie ein Krampf in den Waden. Da halfen weder die streichelnde Hand der Mutter noch das fruchtige Taschentuch, der Kartoffelsalat und die Mandeln. Tara konnte nicht aufhören zu weinen.

I

Das Opfer ist die einzige wirkliche Entartung des Menschen.
Ich mag es nicht, das Opfer. Und die mütterlichen Opfer!
Wie vielen boshaften Frauen man auch im Leben begegnen mag,
die schlimmsten sind die eigenen Mütter.
Elsa Morante

1. TOTER MANN

Wenn durch einen Menschen ein wenig mehr Liebe
und Güte, ein wenig mehr Licht und Wahrheit
in der Welt war, hat sein Leben einen Sinn gehabt.
Alfred Delp

Sonntagabends hatten sie nebeneinander gesessen. Doch sie hatten weder das Sofa geteilt noch die Fernbedienung, das Zwitschern der Schwalben und Spatzen in den Kirschbäumen nicht und nicht den Ausblick in den Garten. Wenn sie überhaupt etwas geteilt hatten, war es der Beistelltisch vor dem Sofa, ein gläsernes, kurzbeiniges Quadrat, auf dem der Vater das Bier in der einen Hälfte abstellte und Tara die Cola in der anderen, beide auf festen Plätzen, sie links vom Fernseher bei der Flurtür sitzend, er rechts neben den Schiebefenstern, die hinaus auf die Terrasse und in den Garten führten. So hatten sie zusammen ferngesehen, obwohl Tara ihn auch da vergaß, den Frühpensionär mit dem schlohweißen, lockigen Haarkranz und dem schwachen Herzen.

Im Verein mochte es ihn geben, »Häuptling Silberlocke« mochte er bei der Feuerwehr genannt werden, und als Ehrenvorsitzender stand er dem Handballverein vor. Dass seine Frau, eine Zugezogene, den örtlichen Dialekt nicht sprach und ihm vier Töchter geboren hatte, gehörte zu ihm wie das große Haus am Ortsrand. Leuchtend gelb hatten er und Onkel Erich es damals verputzen lassen, damals, als der Vater und Onkel Erich Geschäftspartner waren und Freunde. Wenn er sonntagmorgens zur Bäckerei schlurfte und immer weniger Brötchen kaufte, weil immer weniger seiner Töchter im Haus waren und am Ende nur sie, Tara, blieb er vor einem Scheunentor, einem Gemäuer, einem Vorgarten stehen, hielt das Gesicht in die Sonne und redete mit seinen ehemaligen Schulkameraden und heutigen Vereinsmitgliedern. Die Brötchentüte baumelte in seiner Hand, die Brötchen darin waren warm, weich, zum Aufbrechen und Ausnehmen. Die Sonne brachte seine dunkelblauen Augen zum Blinzeln, den gelockten Haarkranz zum Glitzern und öffnete seinen Mund wie einen verschlissenen roten Kasten. Was er zwischen Bäckerei und Frühstück zu reden hatte, wusste niemand in der Familie.

»An jeder Tür bleibt er stehen und erzählt irgendeinen Unsinn«, schimpfte Gisela, und die Mutter erwiderte lachend: »Mein Gott, bis jetzt ist er immer nach Hause gekommen.«

Dabei war er im Dorf zu Hause, weil es ihn zu Hause nicht mehr gab, nicht für die Mutter und erst recht nicht für Tara, aber das sagte Tara Gisela und der Mutter nicht.

Gisela kam an den Sonntagen, machte mit dem Vater, Hedwig, ihrem Mann Gerd, der vierjährigen Franzi und dem kleinen Andres Ausflüge in die Weinberge und hinauf zur Strahlenburg. Susanne besuchte den Vater oder vielmehr die Mutter, sobald sie Probleme mit einem ihrer wechselnden Freunde hatte. Ließ es sich einrichten, hatten sie Zeit für ihn, aber keine ihrer Schwestern schien zu bemerken, dass Tara ihm täglich begegnete. Auf dem Flur, im Wohnzimmer, in der Küche und sogar auf dem Klo senkte sich die Klinke wie von geheimer Hand. Tara wusste, es war der Vater, der Hausgeist, vor dem sie die Tür verriegelte, obwohl er für sie nicht mehr da war, schon lange nicht mehr. Sie schlüpfte aus dem Haus und ging ihrer Wege. In eng gesteckten Rundgängen verliefen sie unterhalb der Weinberge oder führten Tara auf der alten Bergstraße ins nächste Dorf, endeten vor einem Jugendzentrum und fingen dort wieder an. Sie blieben zirkulär und wurden weiter gesteckt, wenn Tara in die Stadt fuhr, sich in Bibliotheken setzte, Vorlesungen und Geschichtsseminare besuchte.

»Was hätte ich dafür gegeben, in einer der ältesten Universitätsstätten Deutschlands zu studieren«, sagte Gisela an einem der Sonntage, nachdem sie von ihrem Spaziergang zurückgekommen war.

Wie jeden Sonntag wickelte sie Andres aus einem Tragetuch, legte ihn auf den Wohnzimmertisch und begann, auf Tara einzureden.

»Zu unserer Zeit hat das Studieren nämlich viel Geld gekostet, und das Geld hätte nur für Hedwig oder für mich gereicht, nicht für uns beide.«

Gisela knöpfte ihre Bluse auf, öffnete den BH und zog das Milchläppchen, ein rundes, die Brustwarze bedeckendes Stück Stoff, ab. Das Läppchen war innen feucht.

»Euer Gymnasium hat Papa auch Geld gekostet«, sagte

Tara und sah Andres wie einen rosigen Käfer auf dem Wohnzimmertisch liegen und mit den Beinen strampeln.

»Und was hat es gebracht?« Gisela nahm ihren Sohn vom Tisch und drückte seinen Kopf an ihre Brust. »Hedwig arbeitet auf dem Amt, und ich habe mit meinem großen Latinum eine kaufmännische Lehre gemacht. Was nützt es mir heute, dass ich die *Epistulae morales* ins Deutsche übersetzen kann? Mit Buchhaltung hätte ich was anfangen können, mit Personalplanung und Marketing.«

Tara erinnerte sich daran, wie Gisela nach der Lehre beim örtlichen Edeka zu arbeiten angefangen hatte, schnell aufgestiegen und als stellvertretende Filialleiterin auf dem Sprung in eine größere Filiale gewesen war. Zu der Zeit saß ihr Kollege Gerd Kappelhoff bereits Sonntag für Sonntag neben dem Vater auf der Couch und versuchte, sich in das Herz der Familie zu schweigen. Ihre Heirat hatte Gisela an einem Sonntagnachmittag zwischen Spaziergang und Kaffeetrinken bekanntgegeben. Hedwig hatte genickt, Susanne gelächelt und sich ein paar Locken in die Stirn gezupft, und auch die Mutter hatte zu einem Lächeln angesetzt.

»Gila, Schatz, hast du dir das überlegt?«, hatte sie gefragt, ohne ihr Lächeln zu Ende zu bringen. »Ich an deiner Stelle …«

»Du bist aber nicht an meiner Stelle«, hatte Gisela sie unterbrochen. »Natürlich habe ich mir das überlegt.«

»Mein Gott, ich freue mich ja für dich«, hatte die Mutter geantwortet. »Es kommt nur ein bisschen plötzlich.«

Da war Tara aufgestanden und zur Wohnzimmertür gegangen. Von dort hatte sie sich Gerd zum ersten Mal angeguckt. Und sie hatte gedacht, wie lächerlich er war mit seiner abgewetzten Kordhose und den rund gefönten halblangen Haaren. In dem Moment war Gerd Kappelhoff rot geworden, hatte den Kopf gesenkt und seine Hände an der Kordhose abgewischt.

Ein Jahr nach der Hochzeit kam Franzi zur Welt, vier Jahre später Andres.

Tara betrachtete Giselas entzündete Brustwarze, die sich wie ein Gummipfropfen aufgerichtet hatte, während Andres versuchte, sein verschrumpeltes kleines Gesicht wegzudrehen.

»Eigentlich braucht man fürs Kinderkriegen kein Abi«, sagte sie.

»Richtig.«

Gisela drängte wieder Andres' Kopf an ihre Brust. Der Gummipfropfen schob sich in den zahnlosen Mund, Andres begann zu saugen.

»Bringt das Lust?«

»In erster Linie zieht es, wenn die Milch einschießt.«

Die Linien an ihrem Mund, die sich früher hin und wieder gezeigt hatten, saßen jetzt fest in Giselas feinem Gesicht. »Sei froh, dass Papa und Onkel Erich damals den Keller ausgebaut haben.«

»Froh?« Tara schüttelte den Kopf. »Ehrlich, Gila, das ist muffig da unten. Durch die Fenster fällt keine Sonne, und vom Garten sehe ich ein Stück Rasen, mehr nicht.«

»Hedi und ich hätten uns nach der Einliegerwohnung die Finger geleckt«, antwortete ihre Schwester. Andres gähnte. Die Brustwarze rutschte aus seinem Mund, und Tara sagte: »Ihr, ja. Ich nicht. Ich habe keinen Bock, im Keller zu wohnen.«

»Wo willst du sonst hin? Oder denkst du, Papa zahlt dir

ein Zimmer in der Stadt und lässt die Wohnung unten leer stehen?«

Unsanft drückte Gisela Andres' Kopf an ihre Brust. »Sanne rieselt das Geld durch die Finger, als würde sie Sand sieben, du brauchst gar nicht das Gesicht verziehen, und was macht Mama? Sie zieht Papa einen Fünfziger nach dem anderen aus der Tasche, aber der Apfel fällt ja nicht weit vom Stamm.«

Andres rülpste. Ein Schwall Muttermilch spritzte auf Giselas Brust. »Musst du mich immer anspucken, kleiner Mann? Tine, hol mir bitte das Tuch aus der Tasche, nein, die neben der Couch.«

Tara reichte ihrer Schwester ein Frotteetuch, während die verschleierten Augen ihres Neffen auf sie gerichtet waren.

»Vielleicht hat er keinen Hunger.«

»Keinen Hunger? Natürlich hat er Hunger.« Gisela rieb sich die Milch von der Brust. »Ist er nicht süß? Er kommt ganz nach den Seebalds.«

»Für Ähnlichkeiten ist der viel zu klein«, sagte Tara. Andres starrte sie weiter an.

»Aber seine Augen sind dunkelblau, wie die von Papa und Susanne, und schielen tut er auch nicht.«

»Ich schiele nur, wenn ich müde bin, klar?«

Gisela schien das nicht gehört zu haben.

»Stell dir vor, ich müsste meinem Sohn Tag für Tag ein Stofftuch vors Auge kleben, ich würde verrückt werden.« Sie neigte sich zu Andres und gab ihm einen Kuss. »Jetzt hat der Opa endlich seinen kleinen Mann«, sagte sie, stupste mit der Nase gegen die ihres Kindes. »Mein kleiner Charmeur, willst du deiner Mami nicht ein Küsschen geben? Nein? Wie du schon mit mir flirtest!« Energisch drückte sie Andres' Kopf an ihre Brust zurück. »Und wenn du groß bist, darfst du mit deinem Opa und deiner Tante auf dem Rummel Achterbahn fahren«, fuhr sie in einem Turtelton fort, der nicht zu ihr passte. Andres schloss die Augen. »War das lustig, wenn Papa uns in seinen Benz gepackt hat und wir zusammen auf den Rummel gefahren sind? Damals gab es nur das Riesenrad und die Achterbahn.«

»Kann sein«, sagte Tara.

Andres versuchte, den Mund von Giselas Brustwarze zu lösen.

»Was hat Papa nicht alles mit uns unternommen«, plauderte Gisela in diesem falschen Ton weiter. »Und heute? Wenn Gerd und ich ihn nicht jeden Sonntag zur Strahlenburg schleppen würden, würde er nur noch zum Bäcker und zu den Vereinssitzungen gehen.«

»Na und?«

Tara zuckte mit den Achseln und lief zur Wohnungstür. Sie wollte weg von dem süß-säuerlichen Babygeruch, weg von Giselas turtelndem Gerede und möglichst weit weg, weiter als weg von der Strahlenburg, dem Dorf und dem Vater.

»Papa hat ein schwaches Herz. Wie wäre es, du würdest dich mal um ihn kümmern?«, rief Gisela ihr nach.

Ohne sich nach der Schwester umzudrehen, sagte Tara: »Wer wohnt unten in der Einliegerwohnung? Ich. Und wer guckt jeden Sonntag mit Papa fern? Das bin auch ich. Klar?«

Tatsächlich stellte sie jeden Sonntagabend den Fernseher an, und der Vater setzte sich zu ihr. Dann sahen sie auf die wechselnden Bilder, die sich zum Krimi verdichteten, zur *Tagesschau*, aber sie redeten nicht über das, was sie sahen. Sie griffen nach ihren Getränken, und Tara wartete, bis es vorbei war. Da hätte sie ihn fragen können, warum er die Mutter geheiratet hatte und nicht eine aus dem Dorf, woher das Geld für das Haus gekommen war, ohne dass er das Grundstück des Großvaters hatte verkaufen müssen, und warum Onkel Erich und Onkel Siggi irgendwann weggeblieben waren. Sie hatte es nicht getan, sie hatte nur darauf gewartet, dass es vorbei war, und an einem dieser Hochsommersonntage war es so weit.

»Ich bin nicht gegen ihn. Der Erich ist immer mein Freund gewesen«, murmelte der Vater.

»Klar.«

Tara griff nach der Cola auf dem Beistelltisch, trank einen Schluck und schnappte sich die Fernbedienung. Sie war in Gedanken bei Rosa, der sie ein Buch über Rosa Luxemburg schenken wollte, auch wenn Rosa das nicht lesen würde. »Mich reut, ich beicht' es mit zerknirschtem Sinn, dass ich nicht dreifach kühn gewesen bin«, hatte sie darin gelesen, und mit den Worten wollte sie Rosa das Buch in die Hand drücken oder ihr den Satz als Erinnerung hineinschreiben: »Liebe Rosa, ich beicht' es mit zerknirschtem Sinn.«

»Hörst du, Chris?« Das Murmeln des Vaters ähnelte dem Geschnatter eines alten Erpels. »Ich habe ihn gern gehabt, den Erich.«

»Hm«, sagte Tara und überlegte, ob sie Rosa statt des Buches nicht lieber eine Torte schenken sollte, mit rosafarbenen Schnörkeln aus Zuckerguss und zwanzig Kerzen.

»Sie ist es gewesen.«

Der Krimi war an diesem Sonntag ein Thriller, ein Meisterwerk, kündigte die Ansagerin an, aus dem Reich der Toten.

»Was?«, fragte Tara, und da das Gemurmel neben ihr aufgehört hatte, fuhr sie fort: »Ich will mir den Krimi angucken, du?«

Auch darauf antwortete der Vater nicht.

Es war immer dasselbe. Über den Dächern fand eine Verfolgungsjagd statt. Im Hintergrund war eine dieser nachtbedeckten Häuserreihen. Sie sollte die Höhe der Stadt deutlich machen, San Franciscos oder einer anderen, was nichts dazu tat, denn da liefen und sprangen zwei Männer einem dritten hinterher, wobei der letzte, ein langer, schlaksiger Mann, nicht weit genug sprang, abrutschte und sich mit den Händen nur noch an einer Regenrinne festhalten konnte. Da hing er nun über der Tiefe, der tiefsten und künstlichsten Tiefe, die Tara je gesehen hatte und die mehr ein Schacht war, in dem unten, in weiter Ferne, der Boden bräunlich war und ausgeleuchtet. »Kommen Sie«, rief der andere, rundliche Mann, »geben Sie mir die Hand.« Er rutschte auf dem Dach zurück, griff nach den Händen in der Regenrinne, griff vorbei, konnte sich mit einer Hand nicht halten und stürzte an dem schlaksigen Mann vorbei. »Autsch«, klagte der schlaksige Mann in der nächsten Einstellung, »mein Korsett kratzt.«

An Hochsommerabenden war es bis acht Uhr hell. Die Nachbargärten, Hecken und Kirschbäume waren noch zu erkennen, während die Hunde längst in den Häusern waren und die umherschleichenden Katzen die Farbe der Nacht angenommen hatten. Langsam trat die blaugraue Dämmerung dann durch die Wände, die Fenster, die Terrassentür, ließ die Couch, die Gläser auf dem Beistelltisch und den Vater verschwinden und die Bilder im Fernsehen farbiger erscheinen.

»Das ist wegen dieser verdammten Akrophobie. Ich bekomme Schwindelanfälle, alles dreht sich, nachts wache ich auf und sehe ihn an mir vorbeistürzen«, sagte der schlaksige Mann. »Dich trifft keine Schuld«, antwortete ihm eine Frau mit Hornbrille und blondem Haar. Im Hintergrund waren Häuserreihen, San Francisco bei Tag, vor denen sich die Frau oben in ihrer Wohnung abhob wie eine Silhouette vor einem Tableau.

Wieder begann der Vater zu murmeln.

»Ich habe geglaubt, das nimmt kein Ende.«

»Was?« Tara starrte auf den Film.

»Siehst du«, sagte der Mann zu der Frau. »Es ist ganz einfach.« Er hatte einen dreistufigen Tritt vor das Fenster gestellt und war dabei, einen Fuß auf die zweite Stufe zu setzen. »Ich schaue hinauf, schaue hinunter, kein Problem, ist doch kinderleicht.« Wackelnd setzte der Mann den Fuß auf die dritte Stufe. »Ich schaue hinauf, schaue hinunter, hinauf, hinunter.« In dem Moment sah der Mann allerdings nicht mehr auf seine Füße, sondern aus dem Fenster auf die Straße, die sich zum Kasten verengte, und tief unten, auf dem braun glänzenden Boden, lag jemand.

»Ich schalte um.«

Ohne eine Antwort des Vaters abzuwarten, drückte Tara die Fernbedienung. »Und jetzt kommt Nicole mit *Ein bisschen Frieden*. Applaus für unsere Nicole«, rief ein Moderator. Die Zuschauer im Studio klatschten, ein blondgelockter Teenager griff nach dem Mikrofon und lächelte. Es war ein aufgemaltes Lächeln, von dem sich die junge Frau, auch als die Musik einsetzte, nicht befreien konnte.

Tara versuchte, an Rosa zu denken, und bemerkte, dass sich das Lächeln der jungen Frau zu spät zur Stimme bewegte. Die Stimme hatte den »Frieden« schon hinter sich, da formten die lächelnden Lippen erst die zweite Silbe. Sie kamen nicht hinterher, doch die Stimme sang weiter von ein bisschen Träumen, als hätte sie der Sängerin den Krieg erklärt.

Tara schaltete zum Regionalsender. Ein Mann sprach über knappe Ölvorräte und die Macht der Multis. »Was bedeutet es, wenn unser Öl erschöpft ist?«, fragte er.

»Wir Seebalds haben keinen Silberblick. Aber ist das ein Grund? Nein, ist es nicht«, murmelte der Vater. »Und wenn die Augen der Seebalds dreimal dunkelblau sind, du bist meine Tochter, da kannst du schielen, wie du willst.«

Eine Karte wurde eingeblendet. Blaue Punkte zeigten die Länder mit Ölvorkommen: Iran, Irak, Kuweit, Saudi-Arabien. Sie ähnelten einem vorgegebenen Muster auf einer Stickkarte. »Hier sehen Sie die größten Ölvorräte der Erde«, sagte der Mann.

»Ich schiele, weil die Gesichtsfelder nicht auf meine gelben Flecken fallen, das hat mit der Iris nichts zu tun, Papa.«

»Das ist es«, der Vater keuchte leise. »Deine Augen sind zu hell, zu hell mit dem verrückten dunklen Ring drum herum.«

»Mann Papa, mein Sehfehler hat mit meiner Augenfarbe nichts zu tun«, sagte Tara noch einmal und schaltete zum Thriller zurück.

Der schlaksige Mann fuhr einer Frau hinterher, einer blondgefärbten, braunäugigen Schönen. Die Frau hielt an einer Bucht, schlenderte in einem schwarzen Kleid am Kai entlang, zupfte Blütenblätter von einem Strauß, streute sie ins Wasser. Und dann sprang sie selbst hinein und der Mann hinterher. Offensichtlich hatte er sein Korsett abgelegt und war ein freier Mann geworden, ein freier Mann mit einer schweren, aus der Bucht gefischten Last. »Madeleine«, rief er. Die Frau in seinen Armen regte sich nicht, nur ihre Augen hinter den geschlossenen Lidern schienen wach und aufmerksam zu sein.

Der Vater keuchte.

»Meinetwegen hellblau. Sollen sie sich krummstellen mit ihrem Gerede. Das Haus wird durch vier geteilt, durch meine vier Töchter. Und sie kriegt den Weinberg. Fort von hier wird sie nicht kommen.«

Hinten im Garten hörte Tara die Mutter lachen. Gewiss war sie beim Wässern, malte Schleifen und Rauten über die Büsche und Bäume in den Abendhimmel und plauderte, den Schlauch zwischen den Schenkeln, mit Nachbar Bergheimer.

»Warum soll Mama fort wollen? Ich bin es, ich will weg«, sagte Tara. »Ehrlich, Papa, ich will nicht mein Leben lang da unten in der Einliegerwohnung hocken wie eine Spinne.«

Der Vater seufzte. Sein Kopf sank gegen die Sofalehne, sein Körper wurde träge und schwer, das Geschehen im Fernsehen lauter. Die Frau sprang aus einem Auto, eilte in hochhackigen Schuhen auf eine Steilküste zu, während sich die Musik mit dem Geräusch der Brandung mischte. Nun schlug alles, die Gischt, die Wellen, die klackernden Absätze und das Geschrei der Frau, mit der Musik zusammen. »Die Chinesen sagen, wenn man einmal einem Menschen das Leben gerettet hat, ist man immer für sein Leben verantwortlich«, rief der schlaksige Mann, stellte sich neben die Frau, umschloss ihren Körper mit seinen Armen und küsste sie. Die Musik bäumte sich ein letztes Mal auf, die Kamera löste sich von den Gesichtern; der Mann saß allein in seinem Appartement.

»So ein Schwachsinn«, sagte Tara, sagte es hinaus, in den Sommerabend, sagte es zu den dunklen Bäumen, den Blättern, Blumen, Kräutern und Tomaten. Im Garten war es ruhig geworden, das Lachen der Mutter schien zu Nachbar Bergheimer hinübergeflogen zu sein. Es war wie alles an der Mutter. Es war in der Luft und nie da, wo Tara die Mutter vermutete. Ging Tara in die Küche, war die Mutter im Schlafzimmer, lief Tara ins Schlafzimmer, stand sie auf der Terrasse. Und wenn die Mutter auf der Terrasse stand, dachte sie an alles Mögliche, aber bestimmt nicht an ihre Tochter.

»Zu spät«, rief die blonde Frau und stieß den Mann von sich. »Ich werde hineingehen, allein.« Diesmal in einem enganliegenden grauen Kostüm, trippelte, nein, rannte sie auf eine Kirche zu. Die Kirche war weiß und zu schmal für den an der linken Seite aufragenden Glockenturm, der Schießscharten hatte und eine Kuppel. »Madeleine!«, rief der Mann und rannte der Frau hinterher. Eingesperrt in das Bild, das sich zu einer Tür verengte, rüttelte der Mann an der Klinke und wurde, weil sich die Klinke senkte, die Tür öffnete, hineingestoßen in das nächste Bild. Kerzen flackerten auf einem Altar. Kein Priester, keine murmelnden Frauen waren zu sehen und erst recht keine Frau im grauen Kostüm. Der Mann drehte den Kopf und entdeckte neben einem Beichtstuhl eine schmale Tür, hinter der sich eine noch schmalere Treppe zum Turm schlängelte, sich ein Schacht über dem Treppengeländer öffnete und die Schießscharten Wölkchen aus dem Himmel schnitten. Schwitzend erklomm der Mann Stufe für Stufe, sah hinauf und hinunter, hinauf und hinunter in eine sich spiralförmig drehende Tiefe. In dem Moment war ein Schrei zu hören. Eine Frau mit blonden Haaren und einem grauen Kostüm fiel an dem Mann vorbei, plump und bewegungslos, als sei ein Mehlsack in eine Puppe genäht und aus dem Fenster geworfen worden.

»Na, ihr beiden«, lachend trat die Mutter durch die Schiebetür. »Ihr wollt euch wohl die Augen verderben«, rief sie, schaltete das Licht an und sah zum Fernseher. »Mein Gott, die Novak hat wieder keinen BH an. Die mit ihrem großen Busen. Und du schläfst bei so einem Busen ein, Olli.« Die Mutter lachte lauter.

»Ehrlich, Mama, du nervst.«

Doch die Mutter reagierte nicht. Sie trat nicht beiseite, damit Tara den Busen der Novak sehen konnte, um den es im Film gar nicht ging, sondern um den tödlichen Sturz einer Frau und deren Rückkehr aus heiterem Himmel, wobei der Himmel durch den Kopf des Mannes gefallen zu sein schien und sich unter ihm zu einem Kasten verengt hatte. Und aus dem Kasten war eine Tote mit brünettem Haar gestiegen, um in einem grünen Wollkleid durch das sommerliche San Francisco zu spazieren und durch die Erinnerungen des Mannes.

»Olli, du Kostverächter, blinzle mal.«

Lachend bewegte sich die Mutter aus dem Bild, in dem der schlaksige Mann, alt und grau geworden, der Brünetten folgte. Tatsächlich trug die Frau keinen BH unter dem Kleid, so dass sich die Brustwarzen durch den Wollstoff drückten.

»Olli!«, hörte Tara die Mutter neben sich sagen, und dann lauter und hastiger: »Tine, schnell, wir müssen ihn hochlegen.«

Die Mutter hatte sich über den Vater gebeugt und seinen Kopf, diesen Häuptlingsschädel mit dem grauen, gekräuselten Haarkranz, zwischen ihre Hände genommen.

Tara warf der Mutter einen kurzen Blick zu.

»Erst quatscht er die ganze Zeit über meine Augen und über Onkel Erich, und dann schläft er seelenruhig ein, typisch Papa.«

»Erich Weinrich?« Die Mutter hatte ihr Ohr auf den Brustkorb des Vaters gedrückt, wobei der Kopf des Vaters wie ein selbständig gewordener Gegenstand in sein Genick fiel. »Was hat er über Erich Weinrich gesagt?«

»Ist doch egal.«

Die Frau im grünen Wollkleid zeigte dem Mann ein Foto. »Mein Stiefvater. Ich mochte ihn nicht. Deswegen bin ich vor drei Jahren ins sonnige Kalifornien gezogen.«

»Olli, ist dir nicht gut? Mein Gott, Tine, ruf Gila an und Doktor Wenzel.«

»Aber ich will den Krimi zu Ende sehen.«

»Christine, bitte.« Die Mutter presste ihren Mund auf den des Vaters.

»Ehrlich, Mama«, murrte Tara, stand auf und schlurfte in den Flur. Das Telefon stand auf der Kommode unter einem ovalen Spiegel, den der Vater eines Samstags aus dem Möbelgeschäft eines seiner ehemaligen Klassenkameraden mitgebracht und trotz der Proteste der Mutter über der Kommode eingedübelt hatte. Seitdem hing der Spiegel solide und schwer in seinem gusseisernen Rahmen und überwachte den Flur. Tara hatte bemerkt, dass die Mutter, sobald sie den Flur betrat, ihre Augen auf die Haustür richtete. Hedwig musterte sich verstohlen im Spiegel, Gisela warf sich im Vorbeigehen kritische Blicke zu, und Susanne blieb immer stehen, zupfte an ihren Locken, öffnete die Lippen und lächelte. Beim Telefonieren lächelten, redeten, schimpften ihre Schwestern dann alle drei in den Spiegel. Sie kamen Tara wie Solistinnen vor, fuchtelten mit ihren freien Händen und schienen ihren Doppelgängerinnen in einem fort ihre Worte erklären zu wollen. Tara selbst wich ihrem Spiegelbild aus. Nur heute Abend betrachtete sie ihre zu helle Iris, nahm den Telefonhörer ab, rief Doktor Wenzel an und bat ihn, sofort vorbeizukommen. Als sie Giselas Nummer wählte, fasste der Spiegel in ihr Gesicht, begann es aufzubrechen und zu zerteilen. »Kappelhoff-Seebald«, hörte sie die Stimme der Schwester, während sich ihr Gesicht weiter zerteilte und Tara nur noch Ausschnitte erkannte: ein Stück Nase, ein halbes Auge, einen Fetzen Oberlippe.

»Gila, ich bin's. Ich soll dich anrufen«, sagte sie und drehte dem zersplitterten Gesicht den Rücken zu.

»Was hat sie denn?«

»Kein Ahnung. Sie hat Papa auf die Couch gelegt und macht Mund-zu-Mund-Beatmung.« Da Gisela nicht antwortete, fuhr sie fort: »Doktor Wenzel habe ich auch angerufen.«

»Gut, ich bin gleich da, ich gebe nur noch Andres die Brust.«

Ein Tuten war zu hören, und Tara legte auf. In dem Moment hätte sie alles getan, um sich nicht umdrehen und in ein fremdes Gesicht sehen zu müssen, ein Gesicht aus tausenden zersplitterten Teilen.

Die Mutter hatte mittlerweile die Beine des Vaters auf die Couch gelegt, hielt den Oberkörper im Arm und wiegte den Vater, dessen Kopf hinten über der Lehne hing und im Gegensatz zu dem starren Körper pendelte. Der Ton des Fernsehers war abgestellt, die Mutter sah auf die vor sich hin laufenden Bilder.

»Hast du Doktor Wenzel erreicht?«, fragte sie, ohne den Blick vom Fernseher abzuwenden und mit ihrem mechanischen Schunkeln aufzuhören.

»Klar. Gila kommt auch gleich.« Tara merkte, dass ihr die Mutter nicht zuhörte. »Ehrlich, Mama, du brauchst Papa nicht zu schunkeln, er ist kein Baby«, sagte sie und tastete mit den Händen ihr Gesicht ab.

Wieder schienen ihre Worte die Mutter nicht erreicht zu haben. Sie starrte in den Fernseher und begann zu lachen. »Er hat nicht mal sein Bier ausgetrunken.«

»Vielleicht will er was essen? Soll ich dir ein Brot schmieren, Papa?«

Die Hände an den Wangen, drehte sich Tara zur Tür. Doch das Lachen der Mutter war schneller. Es spannte sich um ihren Brustkorb und hinderte sie, einen Schritt zu machen. Tara nahm die Hände aus ihrem Gesicht.

»Ich bin so gierig gewesen«, hörte sie die Mutter lachen, »aber fürs Leben braucht man einen langen Atem, und ich«, die Mutter stieß einen Seufzer aus, hinter dem sich das Lachen leise und hartnäckig hielt, »ich habe keinen langen Atem. Als wir über die Elbe sind, weil die Russen kamen, hat mich mein Bruder gefragt, ob es im Himmel belegte Brote gibt. Das war das Letzte, was er gesagt hat, ob es im Himmel belegte Brote gibt, und ich habe nein gesagt, aber drüben, auf der anderen Seite, habe ich gesagt, gibt es belegte Brote, und wenn nicht dort, dann ein bisschen weiter, und wenn nicht ein bisschen weiter, dann noch ein bisschen weiter. Irgendwo, habe ich gesagt, gibt's belegte Brote, und wenn wir bis ans Ende der Welt schwimmen. Woher hätte ich wissen sollen, dass er das nicht mehr hört?« Die Mutter schien gleichzeitig zu seufzen und zu lachen.

»Vielleicht will er was essen«, sagte Tara noch einmal.

»Essen? Ich bin für ein Brot geblieben, Schatz. Was ist das Haus anderes als ein belegtes Brot und das Dorf anderes als das Ende der Welt? Es ist das Ende der Welt. Dem Schwiegervater war ich so gut wie eine andere. Aber für meine Mutter war ein Seebald nicht so gut wie ein anderer. Er war besser. Also ist sie mit ihren kaputten Füßen zur Strahlenburg hoch, hat sich das Grundstück angeguckt, und dann hat sie zu mir gesagt: ›Was für ein netter junger Mann, was für eine gute Partie.‹ Mein Gott, als wär's ein netter junger Mann und kein Mehlsack.«

Tara sah zum Wohnzimmertisch, auf dem ihr Neffe Sonntag für Sonntag aus einem Tuch gehoben wurde, sah ihn Sonntag für Sonntag Milch spucken, drehte den Kopf, sah zu dem Beistelltisch, auf dem das Bier und die Cola ihre Plätze verteidigten, zu dem Sessel neben dem Beistelltisch und wieder zur Mutter.

»Was für ein Mehlsack, Mama?«, fragte sie leise.

»Er. Er ist schwer wie ein Sack. Und dann diese Vereinsmeierei, der Handballverein, die Feuerwehr, mein Gott, hat mich das gelangweilt. Und wieder eine Weihnachtsfeier, ein Turnier, ein Jubiläum, ein Meisterschaftsfest, ein Treffen der Ehemaligen, und da habe ich vielleicht das eine oder andere Mal über die Stränge geschlagen.« Die Mutter seufzte in der Art, die jederzeit in ihr Lachen ausbrechen konnte. »Warum soll ich nicht auf den Tisch steigen und mich ein bisschen amüsieren? Ich kann's an einer Hand abzählen, oder an zwei, ich habe mehr als eine Scheibe Brot vom Leben gewollt, das Leben habe ich gewollt. Und das hat sie mir nicht verziehen, Rabenmutter hat sie mich genannt.«

»Wer, Mama?«, flüsterte Tara.

Jetzt begann die Mutter, stoßweise zu lachen, was sich noch trauriger anhörte als ihr Seufzen. »Ja, das ist ein attraktiver Mann, dieser Stewart, für den wäre ich ans Ende der Welt. Aber für ihn hier. Für ihn bin ich das Zonenmädchen gewesen, und ich habe gedacht, warum nicht, und habe mir ein Kleid gekauft, ein tief ausgeschnittenes, dunkelrotes Kleid. Das ist mir ab der Taille wie eine Glocke bis zu den Knien gefallen, und in dem Kleid bin ich die Dorfstraße hoch und runter, als wäre ich seine, nicht er meine Beute. Mein Gott, das Kleid habe ich heute noch.«

»Kannst du nicht mit dem Schunkeln aufhören? Papa wird schlecht, wenn du seinen Kopf hin- und herschleuderst.«

»Ihm wird nicht mehr schlecht, Tine«, antwortete die Mutter, jetzt ohne zu lachen, und drehte den Kopf. »Klingelt es?«

Tara nickte und eilte hinaus in den Flur, erleichtert, Doktor Wenzel die Tür öffnen zu können. Ohne ihr die Hand zu geben, marschierte der Arzt ins Wohnzimmer. Er schien den Unmut über sein spätes Kommen hinter einem Scherz verbergen zu wollen.

»Nun, Frau Seebald, haben wir heute Nachmittag zu viel Kuchen gegessen? Oder ist es die Hitze gewesen?«

Als er die Mutter mit dem Vater im Arm sah, eilte er zum Sofa, drückte den Daumen auf dessen Handgelenk, hielt das Ohr an seinen Burstkorb, rief: »Herr Seebald«, und drückte den Daumen fester auf das Handgelenk. »Herr Seebald?« Hastig legte er den herabhängenden Kopf auf die Lehne und schob ein Augenlid hoch. Das Auge war weiß, die dunkelblaue Iris hatte sich nach oben gerollt. »Sie müssen jetzt stark sein, Frau Seebald.« Doktor Wenzel dämpfte die Stimme. »Ihr Mann ist eingeschlafen.«

»Eingeschlafen?« Die Mutter drückte den Oberkörper des Vaters an sich. »Aber ich war nur kurz im Garten, und er hat mit Tine ferngesehen, so schnell kann er nicht gestorben sein.«

»Nun, das geht manchmal ganz schnell, besonders bei dem Wetter. Hitze und kleinste Aufregungen greifen das Herz an und ruinieren die Gefäße.« Doktor Wenzel schob das andere Augenlid hoch. »Nein, da ist nichts zu machen. Ihr Mann dürfte seit einer guten halben Stunde tot sein.«

»Seit einer guten halben Stunde«, wiederholte die Mutter und fuhr aufgeregt, wie um den Arzt vom Gegenteil zu überzeugen, fort: »Als ich aus dem Garten gekommen bin, ist es noch nicht ganz dunkel gewesen.«

»Ja, die Dunkelheit.« Doktor Wenzel räusperte sich. »Eins zumindest darf ich Ihnen versichern, Frau Seebald, ein Herzinfarkt ist ein schneller Tod, ja, Ihr Mann hat einen schönen Tod gefunden. Ich schlage vor, Herrn Schütz anzurufen und ihn heute Abend noch abholen zu lassen.«

»Wen?«

»Ihren Mann, Frau Seebald.« Doktor Wenzel sah auf sein Handgelenk, an dem eine vergoldete Uhr blitzte.

»Mein Gott, wo soll er hin?«

»Papa ist tot, Mama. Und Doktor Wenzel fragt, ob der alte Schütz kommen soll«, sagte Tara.

»Warum soll er kommen? Wegen des Geruchs? Wird er so schnell riechen?« Die Mutter fing wieder an, den Oberkörper des Vaters hin- und herzuwiegen.

»Keine Sorge, Frau Seebald, die Geruchsbildung dauert in der Regel drei, vier Tage, obwohl der Verwesungsprozess selbstverständlich auch bei menschlichem Fleisch gleich nach dem Tod einsetzt und bei den Temperaturen deutlich schneller voranschreitet.« Doktor Wenzel überlegte. »Wir könnten Ihren Mann dann im Kühlhaus obduzieren.«

»Wie?« Die Mutter hörte mit dem Wiegen auf. »Sie wollen Olli in Stücke schneiden und einfrieren? Mein Gott, er ist doch kein Schwein.«

»Nein, Frau Seebald, aber wir haben die genaue Todeszeit und die Todesursache festzustellen.« Der Arzt warf einen Blick auf seine Uhr. »Ich denke, das Beste ist …«

»Sein Herz hat ausgesetzt. Das haben Sie selbst gesagt«, unterbrach ihn die Mutter. »Woran soll er sonst gestorben sein?«

»Um das festzustellen, ist die Obduktion da.« An der Stelle hob Doktor Wenzel die Stimme, als spräche er zu einem Kollegium: »Theoretisch muss die Todesursache kein Infarkt gewesen sein, theoretisch kann alles Mögliche einen Tod verursachen: Hirnschlag, Erstickung, Vergiftung.«

»Glauben Sie, er hat zu viele Herztabletten geschluckt?«, flüsterte die Mutter.

»Ich bin Arzt, kein Hellseher, Frau Seebald. Was ich hier formuliere, sind reine Hypothesen.«

Doktor Wenzel betrachtete das halbleere Bierglas neben Taras Cola. Dann warf er einen Blick zum Fernseher, wo Kim Novak mit blondem Haar und in ihrem grauen Kostüm einen Flur entlangging.

»Was für eine schöne Frau.«

In dem Moment schnappte im Flur ein Schloss. Kurz darauf stand Gisela an der Wohnzimmertür. Kaum hatte sie den Vater entdeckt, schrie sie auf, rannte zur Couch und strich ihm über den Kopf und die großgelockten weißen Haare.

»Doktor Wenzel sagt, er hat einen schönen Tod gefunden«, flüsterte die Mutter. Sie schien sich hinter ihren Worten verstecken und aus der Sicherheit des Verstecks heraus für etwas rechtfertigen zu wollen.

»Außerdem soll er vom alten Schütz gleich abgeholt werden«, schaltete sich Tara ein.

»Tine, bitte.« Gisela wandte sich mit schmerzverzerrtem Gesicht an Doktor Wenzel. »Wie lange ist er denn schon tot?«

»Eine knappe Stunde«, antwortete der Arzt. »Den genauen Zeitpunkt bestimmt allerdings die Obduktion und nicht ich. Ich bin Allgemeinmediziner, kein Wahrsager.«

»Natürlich. Wo ist es passiert?«

»Hier. Tine und er haben Fernsehen geguckt, und da ist es passiert.«

»Was?« Tara meinte, ein Beben in Gilas Stimme zu hören. »Du hast eine Stunde neben unserem toten Vater gesessen und Fernsehen geguckt?«

Tara nickte und merkte erst jetzt, dass sie weinte. Doch schienen es keine Tränen, sondern Wassertropfen zu sein, die ihr wie von einer unsichtbaren Hand ins Gesicht geschüttet wurden. Es war die Zeit dazwischen gewesen, zwischen dem letzten Atemzug, dem Weiterlaufen des Films, der Mutter, die hinten im Garten lachte, der schwarz gekleideten, blonden Kim Novak, dem tödlichen Sturz und dem Auftauchen der grün gekleideten, brünetten Kim Novak.

»Kannst du mir das erklären?« Giselas Stimme hatte einen scharfen Ton angenommen.

»Was?«

Taras Gesicht klebte vor Tränen. Aber sie sagte nicht, dass sich das Blau und das Grau der Dämmerung im Zimmer ausgebreitet hatten, der Vater in sich zusammengesunken war und sie sich nicht darum gekümmert hatte. Jetzt war sie in einer anderen Zeit, einer Zeit mit Gisela, der Mutter, Doktor Wenzel. Diese Zeit konnte dem Vater nichts mehr anhaben, sie konnte nur an seinem Körper nagen und sichtbar machen, dass er tot war und das Tote, die Nägel und Haare, weiterwuchs, die Haut sich verfärbte, der Körper zu riechen begann.

»Ja, ich habe neben ihm gesessen«, schluchzte sie.

»Tine, bitte, das darf nicht wahr sein.« In dem Moment begann auch Gisela zu weinen. »Wenn du was gemerkt hättest, hättest du ihn bestimmt retten können.«

»Um Gottes willen, Gila, Schatz, Tine hat doch keine Schuld an Ollis Tod.« Die Mutter hatte den Oberkörper des Vaters in ihren Schoß gebettet. Sein Kopf lag schräg auf der Lehne.

»Das hast du gesagt.« Giselas Stimme zog mit der Schärfe eines Rasiermessers durchs Zimmer. »Von Schuld habe ich nicht geredet, damit hast du angefangen. Ich habe nur gesagt, dass Papa in Tines Anwesenheit gestorben ist und sie dabei ferngesehen hat.« Gilas Messerstimme war überall, sie schien sogar aus dem Garten zu kommen.

»Ich will Ihnen nicht widersprechen, Frau Kappelhoff-Seebald«, Doktor Wenzel räusperte sich, »nur deutet in dem Fall alles auf einen schweren Infarkt oder plötzlichen Herztod hin, und bei beidem ist es beinah unmöglich, Erste Hilfe zu leisten.«

»Ausgeschlossen ist es aber nicht«, schluchzte Gila.

»Nun ja, Ausnahmen mag es geben, obwohl mir persönlich keine bekannt sind. Aber Tote lassen sich nun mal nicht ins Leben zurückholen.«

Doktor Wenzel warf einen Blick zum Fernseher. Diesmal zog der schlaksige Mann die Frau die Stufen zum Turm hinauf. Sie sträubte sich, machte sich schwer, schien zu schreien und zu weinen. Doch diesmal hielt sie der Mann fest, diesmal konnte sie ihm nicht weglaufen.

»Was für eine schöne Frau«, sagte Doktor Wenzel.

2. TRAUERN

Nur den bezeichne ich als Menschen, der bereit ist,
Verantwortung zu tragen.
Antoine de Saint-Exupéry

Jahraus, jahrein waren die Sommerregen warm gewesen. Weich wie Daunen fielen sie aus den Wolken auf das Dorf, und der Himmel blieb trotzdem unendlich und hell. »Im Sommer bringt der Regen alles zum Wachsen«, hatte die Mutter dann gesagt, hatte Tara bei der Hand genommen und war mit ihr hinaus in den Garten gerannt. Doch Tara wuchs nicht einen Millimeter.

»Weil es in dieser Gegend nicht lange genug regnet. Hier scheint nur die Sonne. Mai, Juni, Juli, August, September ist es heiß, heiß, heiß, und mir vergeht der Atem«, hatte die Mutter gesagt, Taras nassen Kopf gestreichelt und leise gelacht. »Wo ich herkomme, hat es tagelang geregnet, wie aus Kübeln. Das war keine Husche, wie die hier, nein, das war ein Geschütte, Geblitze und Gedonnere, und weißt du, was ich dann gemacht habe?«

»Nein, Mama«, hatte Tara gesagt und den Kopf stillgehalten, weil die Mutter sie weiterstreichelte.

»Ich habe mir meinen Bruder geschnappt und bin mit ihm auf die Straße, und wir haben uns so lange in den Regen gestellt, bis wir nass waren, klatschnass wie Waschlappen. Das Wasser ist uns aus den Haaren gelaufen, an den Armen und Beinen ist es runter, und irgendwann waren wir so bibberig, dass unsere Zähne geknirscht und unsere Knochen geklappert haben. ›Jetzt bin ich wieder einen Millimeter gewachsen‹, habe ich gesagt, und mein Bruder hat zu mir hinaufgeguckt mit einem Gesicht wie ein Gespenst, so bleich und blaugefroren ist es gewesen, und er hat gesagt: ›Und ich zwei.‹« Die Mutter hatte ihre feingliedrigen Hände von Taras Kopf genommen.

»Warum gibt's bei uns keinen richtigen Regen, Mama?«, hatte Tara gefragt, laut und deutlich, damit sich ihre Stimme in die Erinnerungen der Mutter schob.

»Weil es hier keinen Winter gibt, keinen Schnee, kein Schlittenfahren, kein Schlittschuhlaufen, nichts«, hatte die Mutter geantwortet, ohne Tara anzusehen. »Die Tage werden kürzer und länger, und die Sonne schiebt den Regen weg.«

Tara hatte genickt. Sobald der Regen vorbei war, brach die Sonne hervor, trocknete ihre Haare, ihre Haut, ihr T-Shirt, ihre Hose. Die Pfützen auf der Terrasse, auf den Gehwegen und Straßen verdampften. Die Tropfen auf den Gräsern und Bäumen, den Blüten und Blättern glitzerten einen Moment, waren im nächsten verdunstet und hinterließen gezackte Ränder, die sich von denen der Spritzmittel in den Weinbergen nicht unterschieden. Ja, die Sommer waren heiß und unerbittlich.

Wegen des Wetters sollte Oliver Seebalds Beerdigung dann auch in Erinnerung bleiben. Sie fand an einem regnerischen Hochsommermorgen statt, und der Weg zum Seebaldschen Familiengrab wurde den Trauergästen zu einem kurzen, feuchten Martyrium. Einige froren unter ihren Schirmen, einige staksten und stocherten mit den Absätzen in der aufgeweichten Erde, viele sackten ein. Die Erde spritzte gegen Schuhe, auf Lack und Leder, hinterließ Flecken und Tupfer, die sich in löchrigen Mustern entlang der Waden zu den Knien zogen, sich in Strümpfen und Hosen festsetzten. Ab und an war ein Schnüffeln und Schnäuzen zu hören, das sich vom Schmatzen der Schuhe kaum unterschied und mit ihm zusammen einen einförmigen Rhythmus ergab. Doch niemand scherte aus. Man blieb auf dem Weg, seufzte, schwieg und schielte zu Heinz, dem Bruder des Verstorbenen. Wie immer trug er eine Regenjacke und gelbe Gummistiefel, während die aus Frankfurt angereiste Schwester Karin einen Regenschirm mit Wölkchenhimmel über ihren platinblonden Locken aufgespannt hatte. Der Schirm glich einem einsamen, auf und ab wippenden Farbtupfen inmitten der schwarzen Dächer aus Schirmen, Kappen, Hüten, auf die es unablässig tropfte, als würde der alte Häuptling über ihnen die Wolken zusammendrücken. Sie alle – Giselas Mann Gerd, Tochter Franzi an der Hand, Susannes neuer Freund Mitch, die ehemaligen Klassenkameraden, die Mitglieder aus den Vereinen, Onkel Erich und Onkel Siggi – mochten ihre Gründe haben, dem Toten eine Handvoll Erde auf den Sarg zu werfen. Oliver Seebald hätte das Gleiche für jeden von ihnen getan. Auch er wäre den Weg zu ihren Gräbern gegangen, stoisch, ohne mit der Wimper zu zucken, trotz des Regens und seines schwachen Herzens. Bei jedem Dorffest war er dabei gewesen und hatte, wenn seine Baufirma ein neues Haus in die Weinberge gestellt, eine Garage ausgebaut, einen Pool im Garten gefliest hatte, ein paar Worte gesprochen, damals, als Erich Weinrich und er noch Geschäftspartner und Freunde waren. Ja, der alte Häuptling war überall zu Hause gewesen, und mochte er dreimal auf die andere Seite der Bundesstraße gezogen sein, in die große gelbe Villa, die er seiner Frau zuliebe hatte bauen lassen und die zu groß und zu auffällig war, genau wie seine Frau. »Die Seebald ist nicht, wie sie tut«, hieß es. »Die hat ihre Leichen im Keller und dem Olli das Herz schwer gemacht.« – »Gift«, sagten die einen. »Ja«, sagten die anderen, »sie war Gift.«

Das sagte auch Frau Diettrich zu ihrer Freundin Margot Krol und ihrer Tochter Rosa auf dem Weg zum Seebaldschen Grab.

»Wie kann man ihn bei dem Wetter beerdigen? Soll Doktor Wenzel über Olivers Herz reden, was er will, mir macht er nichts vor, die Seebalds sind alle an Altersschwäche gestorben.«

»Alle«, nickte Frau Krol.

»Ganz meine Meinung«, flüsterte Frau Diettrich und stach ihren Regenschirm in den grauen Himmel. »Ich brauche sie mir gar nicht ansehen, läuft da hinter seinem Sarg her wie frisch tapeziert. Hast du gehört, gestern ist sie zum Friseur, und vorgestern ist sie in die Stadt und kauft sich ein Paar Schuhe. Kauft sich Schuhe, jetzt, wo ihr Mann tot ist.«

Während Frau Diettrichs Flüstern war Rosa zu ihr unter den Regenschirm geschlüpft.

»Die ist froh, dass sie ihn los ist und das Haus und das Grundstück erbt.« Frau Diettrich nahm Rosas Arm und drückte ihn an ihre Brust. »Und von den Männern kriegt die auch nie genug, aber ich werde deinem Vater auf die Finger sehen.«

Rosa kicherte. »Was soll Paps denn mit Frau Seebald? Der hat echt genug Stress mit der Wertpapierabteilung und dem Handballverein, jetzt wo Herr Seebald tot ist ...«

»Also, mein Mann geht von der Arbeit nach Hause«, schaltete sich Frau Krol ein, die mit ihrem Schirm neben Frau Diettrich herstapfte. »Am nächsten Tag geht er wieder zur Arbeit, und von der Arbeit wieder nach Hause, und das von Montag bis Freitag. Und am Wochenende machen wir unseren Garten.«

»Meinetwegen. Ich lasse mir meinen Mann auch nicht zum Gespött machen. Oder denkst du, nur dein Mann kommt pünktlich nach Hause?« Frau Diettrich drückte Rosas Arm fester an ihre Brust. »Dass du so oft bei der kleinen Seebald übernachtest, muss nicht sein, Rosa, du hast schließlich ein eigenes Bett.«

»Aber keine eigene Wohnung«, maulte Rosa, die ihren Arm von der Mutter löste.

Frau Diettrich schüttelte ihren Regenschirm. »Wir werden dir das Dachgeschoss ausbauen, wenn es so weit ist.«

»Das sagst du immer. Außerdem ist Frau Seebald echt nett. Wenn sie im Garten ist, winkt sie mal durchs Fenster, sonst stört die nicht die Bohne.«

Frau Diettrich und Frau Krol sahen sich an.

»Kurt Bergheimer hat mir erzählt, sie kippt Zwiebelsud auf die Tomaten.« Frau Diettrich näherte sich dem Ohr von Frau Krol, flüsterte: »Dass Oliver so was mitgemacht hat«, und verhakte ihren in Margot Krols Regenschirm.

Unberührt von Frau Diettrich und ihren Geschichten,

schritt Greta Seebald zwischen Hedwig und Gisela hinter Pfarrer Peters und dem Sarg her, wurde von ihren Töchtern eingerahmt und von deren Armen gestützt. Hedwig musste in die Knie gehen, sie war nun die Größte in der Familie, während Gisela eine Hand in den Oberarm der Mutter gekrallt hatte. Ihr Mund hatte sich in den letzten Tagen zu einem Strich verdünnt. Er gab Anweisungen, redete sachlich, nüchtern und kein unnötiges Wort. Über Tara hatte er ein Gespinst aus Anklagen gelegt. Gisela versuchte, das »Hätte sie« mit dem Vater sterben zu lassen und ihre Ruhe zu finden. Sie fand sie nicht. Selbst jetzt, hinter dem Sarg, überlegte sie, was sich hätte vermeiden lassen, wenn ihre Schwester den Infarkt rechtzeitig bemerkt hätte.

Auf Giselas schwarzer Stoffhose klebte feuchte Erde. Wie ekelhaft, dachte sie. Nein, sie würde sich in dieser seufzenden, schweigenden Schlange nicht entblößen und zu weinen anfangen. Der Tod des Vaters, die Mutter, auf die sie ständig aufpassen musste, die Spritzer auf der Hose, der Regen – es war, als würde ihr mit jedem Tropfen etwas zwischen den Fingern zerrinnen, würde in der aufgeweichten Erde versickern und das Leben selbst, nicht der Vater, im Sarg vor ihr davongetragen werden. Wenn Gisela eins verabscheute, waren das unklare Formen, Fettleibigkeit, schlaffe Haut, waren das Schmutz, Regen, schlammige Erde unter ihren Schuhen. Und weil der Vater tot und die Familie alles andere als beständig war, lag es an ihr, das Leben der Schwestern und der Mutter im Haus zu behüten, zu verwahren und einzuschließen. Ab jetzt war sie der Kopf der Familie. Ab jetzt würde sie sich um das Haus und den Garten kümmern, würde die Pacht für das Grundstück eintreiben, die Kosten für das Familiengrab von ihrem Konto abbuchen lassen und einmal im Jahr durch vier teilen. Die Seebalds gehörten zusammen, die Familie war Vergangenheit, Gegenwart, Zukunft, sie war der Kredit und der Klebstoff der Zeit. Erdklumpen hatten sich unter ihren Sohlen festgesetzt, die schmatzende Erde schien ihre Gedanken zu verhöhnen. Gisela verstand nicht, warum sich der Vater einer Feuerbestattung verweigert hatte. Das wäre unkomplizierter gewesen, als bei Regen über den Friedhof zu laufen, das Dorf im Nacken zu haben, das Seufzen, Schnäuzen, Schweigen zu hören, das Patsch, patsch der Sargträger in den klobigen Schuhen und ihren gleichmäßigen, schweren Atem.

Die vier Männer hatten während der Trauerfeier vor der Kirchentür gestanden, hatten geraucht und in die grauen Wolken gesehen. Ob es regnen werde, hatten sie einander gefragt, ob der Sarg schwer sei. Er könne nicht schwer genug sein, sagte einer, er habe heute gut gefrühstückt. Die anderen hatten gelacht, hatten einer nach dem anderen die Zigaretten auf den Boden geschnippt und mit ihren Schuhspitzen zerrieben. Und er habe, sagte ein schmaler Älterer, der sich die Haare in die Stirn gekämmt hatte, seine Treter eingefettet. »Ich auch«, antworteten die anderen und nickten. »Für die Füße.« »Ja«, sagten die anderen, »für die Füße«. »Und nicht zu schnell gehen«, sagte der Ältere und wischte sich eine Strähne aus der Stirn, »das Grab ist hinten an der Mauer. Bei den Familiengräbern.« Wieder hatten sie genickt und waren, die ersten Regentropfen im Gesicht, unter dem Kirchenportal zusammengerückt. Mittlerweile glänzten ihre Gesichter vor Nässe und Schweiß, ihre Kräfte hatten nachgelassen, und sie gingen in ihren eingefetteten schwarzen Tretern, den Sarg auf den Schultern, langsam und bedächtig auf das Familiengrab an der Mauer zu.

Würden sie nur schneller gehen, dachte Gisela, dann hätte sie diesen Zirkus aus Beileidsbekundungen, Tränen und falscher Trauer längst hinter sich. Die meisten waren sowieso nur gekommen, um sich später im Dorf darüber auszubreiten, dass die Töchter am Grab nicht geweint und nicht elend ausgesehen hatten und die Mutter am Tag vorher zum Friseur gegangen war. »Du gehst nicht«, hatte ihr Gisela erklärt. »Nicht vor Papas Beerdigung.« Die Mutter hatte gelächelt, hatte mit ihrem Lächeln »Mein Gott, zum Abschied will ich mich für ihn noch einmal hübschen« gesagt, und weg war sie gewesen. Gisela hatte sich auf die Lippen gebissen, hatte die tänzelnden Schritte der Mutter vom Küchenfenster beobachtet, Andres' Gesicht an ihre Brust gepresst und sich ausgemalt, wie die Mutter die Straße entlang ins Dorf tänzelte. Ohne es zu wollen, verabscheute sie das Sich-Hübschen der Mutter. Gleichgültig, ob für einen toten oder lebendigen Mann, war so ein Verhalten bei einer Frau ihres Alters nicht kokett, es war krankhaft. Und einen Tag vor der Beerdigung zum Friseur zu gehen, mit diesem Lächeln, diesem Gang, war genauso krankhaft und würde ein lawinenartiges Gerede lostreten. Nach Giselas fester Überzeugung gehörten Klatsch und Tratsch wie Nachlässigkeit und Weichheit zu den Dingen, die das Blut erhitzten und den Niedergang der Moral beschleunigten. Sie hatte irgendwo gelesen, dass die Welt eine riesige Flüstergalerie sei. Den Gedanken hatte sie auf das Dorf übertragen und das Dorf zum Abziehbild der Welt gemacht, schon war für sie die Welt im Kleinstformat präsent.

Die Mutter schien das nicht zu stören. Mit ihrer neuen Frisur hatte sie vor der Trauerfeier in der Kirche mit Pfarrer Peters geplaudert, als wäre sie, ein Glas Sekt in der Hand, bei der Eröffnung einer Boutique, nicht bei der Beerdigung ihres Mannes. Nein, die Mutter hörte nicht auf das Geflüster, das aus den Ecken, Straßen, Häusern in die Kirche schlüpfte, sich in die Bänke drängelte, hinter ihrem Rücken zum Familiengrab schlich und bei der Trauerfeier die Kosten für das Essen und die Getränke längst ausgerechnet hatte. Deswegen nahm sich Gisela vor, den Sperenzchen der Mutter ein Ende zu machen. Das fing mit dem Parfum an und hörte beim Friseur auf. Die Hand am Oberarm der Mutter, den Regenschirm über ihrem Kopf, führte Gisela die Familie, die Finanzen, die Zeit, das Haus und das Parfum der Mutter auf dem Weg zum Seebald-schen Grab zusammen.

Hinter ihr gingen Tara und Susanne. Susanne trug ein schwarzes Samtkleid unter einem bis zu den Knien reichenden Regenmantel, der ihre Waden wie zwei seidenbestrumpfte Kegel ausstellte. Wären keine Spritzer auf den Strümpfen gewesen, hätte sie auf einem Laufsteg schreiten können, ein Dorfmannequin mit einem rosigen Teint. Ihre Locken hatten sich durch die feuchte Luft noch stärker gekräuselt, rahmten ihr Gesicht ein. Und mitten in diesem rosigen Gemälde schimmerten ihre dunkelblauen Augen – wegen des Vaters, des Wetters oder weil sie immer schimmerten. Im Gegensatz zu Susannes ansprechendem Äußeren hatten Taras Jeans und Kapuzenpullover nicht nur Giselas Unmut, sondern auch den der Trauergäste auf sich gezogen.

»Christine sieht scheußlich aus«, hatte Frau Diettrich

geflüstert. »Wie kann man das dem eigenen Vater antun, so scheußlich zu seiner Beerdigung zu kommen?«

Dabei hatte sie den Kopf vom Rock ihrer Tochter Rosa zu Margot Krols eng sitzendem Kostüm gedreht. In dem Moment waren Frau Diettrich die Tränen der Trauer und Zufriedenheit in die Augen geschossen. »Die weinen ihm keine einzige Träne nach. Bin ich froh, dass er das nicht mehr erleben muss«, schluchzte sie, während Frau Krol gleichfalls zu schluchzen begann. »Denen werden die Augen feucht, weil es regnet.«

»Keine einzige Träne«, nickte Frau Diettrich, ihr Schluchzen beruhigte sich, ihre Stimme wurde leise. »Mich würde es nicht wundern, wenn Christine einen Stein unter ihrem schrecklichen Pulli hervorholt und auf seinen Sarg wirft, jetzt, wo er sich nicht mehr wehren kann.«

»Auf den eigenen Vater. Warum sie nicht unter dem Schirm ihrer Schwester geht? Die sieht wenigstens nett aus.«

»Ein bisschen zu nett für eine Beerdigung.« Frau Diettrich warf einen kurzen Blick auf Rosa und wandte sich an Margot Krol: »Hast du's gesehen? Während der ganzen Trauerfeier hat sie sich in der letzten Reihe rumgedrückt. Wie aus dem Ei gepellt, aber nicht bei der eigenen Familie sitzen. Bei so einer Schwester würde ich auch nicht unter den Schirm wollen.«

Tatsächlich hatte Tara es abgelehnt, unter Susannes Schirm zu laufen. Und so traf sie der Regen im Gesicht, sickerte durch ihren Kapuzenpullover, rollte ihren Nacken und Rücken hinunter, klebte die ausgefransten Jeans an ihre Schenkel. Ihre Arme und Beine waren kalt, ihre Haut prickelte, die Füße in den klammen Socken pflügten durch die Friedhofserde. Und da fielen Tara all die Erzählungen der Mutter vom Sommerregen und von der Körpergröße ein, und sie erinnerte sich, wie ihr die feingliedrigen Hände über den Kopf gestreichelt hatten. Heute sahen die Hände der Mutter unter einer dunklen Kostümjacke hervor. Sie drückten eine immer gleiche Tastatur in der Luft, klimperten eine immer gleiche Tonleiter. Und Tara war, als liefe eine schwarz gekleidete Wolkenfront vor ihr, in deren Mitte der leicht gebeugte Rücken der Mutter wie eine letzte Schönwetterwolke von einer zierlichen und einer hageren Schlechtwetterwolke erdrückt wurde. Und während die Schönwetterwolke erdrückt wurde oder sich vielleicht noch rechtzeitig aus der Mitte löste, aufstieg und irgendwann nicht einmal mehr als Wolke am Himmel zu erkennen war, begann Tara leise zu weinen.

In der Kirche hatte sie in der zweiten Reihe gestanden, so nah, dass sie das fruchtige Parfum der Mutter riechen und ihren Rücken berühren konnte. Vor den Bänken war der Sarg auf einer Holzbahre aufgebaut worden. Gisela hatte sich rechts von der Mutter postiert, Hedwig hinter Gisela gleich neben Tara. Susanne hatte, wie sie später erzählte, keinen Parkplatz gefunden und sich zu Mitch in die letzte Reihe gesetzt. Neben Gisela standen die Geschwister des Vaters, Karin und Heinz. Karin war schlank und auffallend groß. Nach der Schule hatte sie Stewardess werden wollen, wurde stattdessen Zahnarzthelferin und heiratete in eine Frankfurter Bankierfamilie ein. Heinz wohnte im Nachbardorf. Er schien nicht zu verstehen, warum er in der Kirche war. Immer wieder fragte er seine Schwester, ob sein Bruder gestorben sei, und stieß dabei trockene Spucklaute aus.

»Ist der Olli nicht unter der Erde?«

»Nein, Heinz, der Oliver liegt vorne im Sarg«, erklärte ihm Karin leise.

Heinz nickte und schlug einen ähnlich erklärenden Ton an. »Unter der Erde kriechen dir die Würmer ins Maul.« Während er das sagte, war sein Blick zu dem von Kränzen und Blumengestecken umlagerten Sarg gewandert. »Ist der Olli gestorben?«

»Ja, Heinz, unser Bruder ist tot«, sagte Karin bedächtig.

»Tot«, wiederholte Heinz genauso bedächtig, spuckte trocken aus und stierte auf den Sarg. »Man darf den Menschen nicht in die Erde legen, sonst hat er die Würmer schneller im Maul, wie er denkt.« Heinz spuckte noch einmal trocken aus. »Aber denken tut der Mensch da unten nicht, oder?«

»Wenn man gestorben ist, kann man nicht mehr denken, Heinz. Und jetzt ist Schluss.«

»Ja, am Schluss ist Schluss mit dem Denken.« Heinz nickte. »Kannst den Olli fragen, Karin.«

In der Zwischenzeit hatten immer mehr Trauergäste die Kirche betreten und sich, nachdem sie Pfarrer Peters zugenickt hatten, einen Platz gesucht. Pfarrer Peters hatte zurückgenickt. Er war ein kräftiger Mann, dessen Ohren bei den Predigten rosafarben glänzten, während sein Gesicht bleich wurde. Heute schimmerten seine Ohren schon vor der Predigt rosa, und sein Gesicht war dementsprechend blass. Die Kutte schien seinen Körper zu strecken und machte aus ihm eine imposante Erscheinung.

»Da hat sich Ihr Mann schönes Wetter bestellt«, sagte er lächelnd und trat zu der Mutter.

»Weiß Gott, und ich habe am Sonntag noch gewässert«, lächelte die Mutter zurück.

»Wer hätte gedacht, dass es sich so stark abgekühlt?« Diesmal nickte der Pfarrer Frau Krol, Frau Diettrich und Rosa zu. »So einen Temperatursturz haben wir seit Jahren nicht erlebt.«

»Ist Doktor Wenzel gekommen?«, fragte die Mutter.

»Doktor Wenzel lässt sich entschuldigen, ein dringender Termin. Wie wir wissen, geht es auch in seinem Beruf um Leben und Tod.«

Pfarrer Peters legte der Mutter eine Hand auf die Schulter und streichelte ihr Schulterblatt.

»Den Olli hat er am Sonntag gleich ins Kühlhaus bringen lassen«, nickte die Mutter. »Ein Toter fängt bei dem Wetter schnell an zu riechen. Das ist wie beim Kotelett, hat er gesagt, das lässt man auch nicht in der Sonne liegen, sondern packt es in den Kühlschrank …«, die Mutter stellte das Nicken ein und lächelte schwach, »damit es frisch bleibt.«

»Nun, das Fleisch verkommt, aber unsere Seele ist unsterblich.« Pfarrer Peters strich über das andere Schulterblatt der Mutter.

»Wenn man die essen müsste, die Seele, mein Gott, wie würde die schmecken? Im Kühlhaus hat Doktor Wenzel meinen Mann aufgeschnitten und einen Herzinfarkt festgestellt. Plop macht es, das Herz setzt aus, und weg ist er. Und der alte Schütz hat ihn wieder zusammengenäht.« Die Mutter lächelte starr in Richtung des aufgebahrten Sarges. »Haben Sie ihn sich angesehen?«

Der Pfarrer hörte mit dem Streicheln auf.

»Und? Ist er nicht schön geworden? Meine Töchter können über die Bestattungskosten sagen, was sie wollen, aber ihr Vater sieht jetzt richtig gut aus. Was Herr Schütz aus so einem Menschen macht. ›Frau Seebald‹, hat er gesagt, ›die Nägel werden geschnitten, aber die Haare nicht, da machen wir ein bisschen Gel rein, kämmen sie nach hinten und fertig ist er.‹« Die Mutter zupfte eins ihrer fruchtigen Taschentücher aus dem Ärmel und drückte es an ihre Augen. »Sie sind mir eine große Stütze gewesen, Herr Peters, und jetzt, wo mein Mann nicht mehr ist – und wer weiß, wo er ist …« Sie lächelte und hielt sich das Taschentuch unter die Nase. »… würde ich mich freuen, wenn Sie mich ab und an besuchen kommen. Tine ist selten zu Hause.« Diesmal betupfte die Mutter ihre Lippen und steckte das Taschentuch in den Ärmel zurück. »Ich werde mich allein fühlen. Und ans Alleinsein muss sich der Mensch erst gewöhnen.«

»Haben Sie sich überlegt, das Haus zu verkaufen und wegzuziehen?«, fragte Pfarrer Peters, während sich seine Hand wieder in Bewegung setzte und von den Schultern zum Rücken der Mutter glitt.

»Bin ich nicht zu alt?«

»Frau Seebald«, Pfarrer Peters' Hand schob sich den Rücken hinunter, »das ist keine Frage des Alters, sondern der Lebensgeister.«

»Mein Gott, warum nicht? Habe ich Ihnen von meinem Großvater erzählt?« Ohne Pfarrer Peters' Antwort abzuwarten oder dessen Hand zu beachten, die an ihrem Steißbein angekommen war und über ihren Hintern strich, brummelte sie: »Was kostet die Welt, meine Kleine?«

»Nun, die Welt ist nicht das Himmelreich«, antwortete der Pfarrer. Seine Ohren glühten, sein Gesicht war allerdings nicht mehr blass, sondern leicht gerötet. Und vielleicht lag es an der Gesichtsfarbe, dass sich seine Hand vom

Hintern der Mutter löste und in den Ärmel der Kutte krabbelte.

»Ja«, fuhr die Mutter mit ihrer klaren Stimme fort, »›Was kostet die Welt‹, hat er gesagt, und das mit einer Handbewegung, als ob er alle Teller und Tassen vom Tisch wischen und sich die Welt heranholen will. Und ich habe wirklich gedacht, sie kostet nichts, die Welt, die ist wie das Leben umsonst.«

»Das ist falsch, Frau Seebald«, sagte Pfarrer Peters ernst. »Wie wir gerade durch den Verlust eines geliebten Menschen lernen, ist das Leben nicht umsonst, sondern ein Meer aus Tränen, Schmerz und Schuld.«

»Schuld? Was für eine Schuld?«

Tara versuchte, Pfarrer Peters' Antwort zu hören, während Gisela den Kopf zu der neben Tara stehenden Hedwig drehte.

»Papa ist noch nicht begraben, und sie macht mit Pfarrer Peters rum. Und mit Doktor Wenzel telefoniert sie jeden Tag.«

Hedwig war in die Knie gegangen.

»Deswegen. Neue Frisur, neue Schuhe, ich habe mich schon gewundert.«

»Mach mir das nicht zum Vorwurf.«

Hedwig ließ die Schultern hängen und wurde noch ein wenig kleiner. »Ich finde es doch genauso unsinnig wie du, Gila.«

»Unsinnig? Du magst das unsinnig finden, ich finde es krankhaft. Für einen Toten zum Friseur gehen, dafür gibt es kein anderes Wort als krankhaft. Und dass sich das halbe Dorf über sie und Doktor Wenzel den Mund zerreißt, ist das andere.«

»Willst du ihm das Haus verbieten? Du kennst unsere Mutter.« Hedwigs Kopf näherte sich dem ihrer Schwester. »Einsperren kannst du sie nicht.«

»Richtig. Aber ich kann ihr, wie meinen Kindern, Grenzen setzen. Ihr ›Komme ich heute nicht, komme ich morgen‹ wird es bei mir nicht geben, das verspreche ich dir.« Gisela, die vor Hedwigs Kopf zurückgezuckt war, biss sich auf die Lippen.

»Was willst du machen?«

»Das weiß ich nicht, aber die Zeiten ihres Gehübsches und Herumgerennes sind vorbei.« Gisela schien zu überlegen, dann sagte sie leise: »Wenn es sein muss, sperre ich sie ein.«

In der Kirche war es totenstill geworden. Pfarrer Peters hatte der Mutter ein letztes Mal über den Rücken getätschelt und ging nun auf geräuschlosen Sohlen um den Sarg. Es war, als hätte sich die Stille wie ein Wachtposten neben dem toten Vater aufgebaut, während der Sarg von den Kränzen, Blumensträußen und Gestecken regelrecht erdrückt wurde. Tara sah die Sträuße und Gestecke erste Blütenblätter verlieren, und die Kränze kamen ihr wie Reifen vor, die durch nasses Laub gerollt worden waren.

»Ehrlich, Gila, lass Mama in Ruhe«, sagte sie.

Ihre Stimme hatte sich von ihr gelöst, hatte ein Echo erzeugt, das aus allen Ecken der Kirche zurückzukommen schien und auf das Gisela leise antwortete: »Genau das werde ich nicht tun. Ich werde sie nicht in Ruhe lassen. Entschuldige, du bist nicht nur die Jüngste, du bist auch die Letzte in unserer Familie.«

Es war einer der wenigen Sätze, die ihre Schwester nach dem Tod des Vaters für Tara bereithielt und die ihr ins

Fleisch schneiden sollten, ganz fein, damit sie nichts spürte und der Schnitt trotzdem blutete.

»Was habt ihr denn?«, fragte die Mutter.

Gisela und Tara schwiegen, nur Hedwig sagte: »Nach dem, was passiert ist, hältst du deinen Mund, Tine.«

»Was meinst du mit ›passiert ist‹?«

»Papa ist gestorben, das ist passiert«, sagte Gisela an Hedwigs Stelle. »Vielleicht hast du es endlich gemerkt.«

Bevor sich Tara die Ohren zuhalten konnte, hatten die Worte ihrer Schwester sie erreicht. Du bist meine Schwester, sonst nichts, wollte sie sagen, doch die Mutter kam ihr zuvor.

»Wann fängt Pfarrer Peters nur mit seiner Predigt an, ich bin ganz verschwitzt. Habt ihr Susanne gesehen?«

»Natürlich nicht. Sie ist bestimmt zu spät.«

»Hoffentlich hat sie einen Platz gefunden.« Die Mutter lächelte Gisela an. »Das ist das Wichtigste.«

»Nein, Mama, das ist nicht das Wichtigste. Das Wichtigste ist, dass sie einmal, zur Beerdigung ihres Vaters, pünktlich sein könnte.«

»Damit sie da sitzt, wo sie hingehört«, murrte Hedwig, und Gisela fügte hinzu: »... bei ihrer Familie.«

»Gila, Schatz, ...«

»Ich bin nicht dein Schatz«, unterbrach Gisela die Mutter. »Genauso wenig, wie ich für die Unpünktlichkeit meiner Schwester verantwortlich bin. Ich habe sie nicht erzogen.«

»Mein Gott.« Die Mutter zupfte das Taschentuch aus ihrem Ärmel und schnäuzte sich leise. »Ein Zuspätkommen ist kein Weltuntergang.«

»Kein Weltuntergang? Tut mir leid, Mama, aber ob es

einer ist oder nicht, ist kein Grund und erst recht keine Entschuldigung für das, was man tut. Und was du Papa und uns angetan hast, wirst du wohl wissen.«

»Falls sie es nicht verdrängt oder vergessen hat«, sagte Hedwig zu Gisela.

Tara merkte, wie sie ihren Schwestern am liebsten in den Rücken boxen, ihnen die Köpfe einschlagen, ihnen irgendwie weh tun wollte. Rasch drehte sie sich um, tat, als suche sie Susanne zwischen den Trauergästen. Wie alle Seebalds hatte der Vater der evangelischen Minderheit im Dorf angehört, der er nach langen internen Debatten zusammen mit Erich Weinrich die Kirche gebaut hatte. Von außen erinnerte die Kirche an ein einstöckiges Frachtschiff, innen an einen fröstеligen, mit einer Empore ausgestatteten Gemeindesaal. Der am Kreuz hängende Jesus war eine blau gestrichene Holzskulptur, deren Gegner behaupteten, man hätte zwei dem Einbahnstraßenzeichen nachempfundene Holzplatten aneinandergeleimt und mit einer blauen Birne versehen. Die Befürworter hingegen sprachen vom Zeichencharakter moderner christlicher Kunst, und Giselas Mann Gerd war sogar der Ansicht gewesen, die Stelle über der Kanzel müsse leer bleiben, weil das Göttliche nicht abbildbar sei. Es hatte nicht wenig Ärger gegeben. Am Schluss hatten sich die Befürworter durchgesetzt, und die Skulptur war über der Kanzel angebracht worden. Wie der ganze Raum war auch die Kanzel äußerst nüchtern gehalten und ähnelte einem Stehpult. Pfarrer Peters schien das nicht zu stören. Er redete von der heiligen Nüchternheit sakraler Räume, in denen sich der Mensch besser auf das Wort Gottes konzentrieren könne, weil er vom Sinnlichen weg zum Notwendigen hingelenkt werde.

Trotzdem hatte Tara während der Predigten nie ein Gefühl heiliger Nüchternheit. Ihr war nur kalt, und manchmal schliefen ihr die Füße ein.

Inzwischen hatte sie Susanne entdeckt. Die Schwester winkte ihr aus der letzten Reihe zu. In dem Moment begann der Organist auf der Empore *Eine feste Burg ist unser Gott* anzustimmen. Das Lied hatte Gisela für den Vater ausgesucht, es sei zu Lebzeiten sein liebstes gewesen, behauptete sie. Ohne Susanne zurückzuwinken, drehte sich Tara um. Die Gemeinde begann zu singen. Pfarrer Peters betrat die Kanzel und wartete, bis der letzte Akkord verklungen war. Dann setzte er mit der Trauerrede für Oliver Seebald an: »... den wir nicht vergessen werden, weil er ein Mensch mit einem weichen Herzen war, ein verständnisvoller Ehemann«, an der Stelle schluchzte die Mutter auf, »ein liebevoller Mann und Vater. Das ist in Zeiten großer Selbstbezogenheit und Sattheit ein Zeichen von Stärke, und die hat Oliver Seebald vielen von uns vorausgehabt.« Pfarrer Peters machte eine Pause, wippte auf den Ballen, als wolle er sich auf die Empore schwingen, und fuhr fort: »Lassen wir sein Leben an uns vorüberziehen. Was haben wir uns gefreut, als die junge Margarete Große in unser Dorf kam, als sie ihm in unserer alten Kirche das Jawort gab, ihm drei Töchter gebar und zum Schluss eine vierte«, Pfarrer Peters nickte der Mutter zu, »als er mit Erich Weinrich dies Prachtstück von Kirche baute und mit uns zusammen einweihte. Wie haben wir sein Haus bewundert und ihn mit einem lachenden und einem weinenden Auge aus unserem Dorf in unser Neubaugebiet gehen lassen. Aber was ist der Mensch, wenn er von uns geht und die zurücklässt, die ihm am Herzen lagen, Geschwister und Freunde, Heim und Herd, Frau und Töchter? Nun, Oliver Seebald ist ein Mensch mit einem gütigen Herzen gewesen. Und mit diesem gütigen Herzen ist er am Sonntagmorgen zu Bäcker Wenger und am Sonntagabend zu Gott gegangen. Manche mögen sagen, zu früh, ich aber sage euch, es gibt kein Zu-früh und kein Zu-spät, denn Gottes Wille ist außerhalb unserer Zeit. Möge Oliver Seebald in Frieden ruhen, wie er zu Lebzeiten in Frieden mit seiner Frau und seinen Töchtern gelebt hat.«

An der Stelle machte Pfarrer Peters eine kurze Pause, während der die Mutter das Taschentuch an ihre Augen führte. Danach begann er, noch einmal auf seinen Ballen zu wippen, schien mit seinem Haaransatz die Fußsohlen des blauen Einbahnstraßen-Jesus zu kitzeln und sagte in einem bestimmten, abschließenden Ton: »Lasst uns immer eingedenk sein, dass traurige Zeiten im Licht der Ewigkeit nicht als ein Unglück, sondern als eine Gnade aufzufassen sind. Denn wenn Gott will, werden wir Oliver Seebald nach seinem Tod umso stärker lieben. Amen.«

»Amen«, brummte es in der Kirche.

Mittlerweile trommelte der Regen auf das Dach. Trotz der Blumen, Blüten, Kränze war das fruchtige Parfum der Mutter der einzige Geruch in dem sakralen Gebäude, und wie früher kam er Tara schwer und gleichzeitig flüchtig vor. Der Organist stimmte *Weh dem, der Tränen sät* an. Die vier Sargträger betraten die Kirche, marschierten zum Sarg, befreiten ihn von den Gestecken, Kränzen und Blumen und hoben ihn auf ihre Schultern. Die Mutter schnäuzte sich, Gisela flüsterte Hedwig zu: »Jetzt bereut sie vor allen Leuten. Ist das peinlich.« Hedwig nickte. »Und das mit der Frisur.«

Die Trauergäste hatten sich erhoben und eine Gasse aus gesenkten Köpfen gebildet, während die Sargträger noch gemessener und langsamer zum Ausgang schritten. Und wie nach dem Bibelwort, nach dem die Letzten die Ersten sein werden, schritt die Mutter mit leicht gebeugtem Rücken zwischen Hedwig und Gisela hinter Pfarrer Peters her. Tara folgte ihnen, hinter ihr kamen Tante Karin und Onkel Heinz. An der Tür hakte sich Susanne bei ihr unter. »Stell dir vor«, hörte sie die Schwester flüstern, »ich hätte fast keinen Parkplatz gefunden.«

3. HINTER DEM REGENBOGEN

Wer gerne tut, was anderen Freude macht, erreicht,
dass andere tun, was ihm Freude macht.
Don Bosco

Was für ein behaarter Tennisball, dachte Tara, während Mitchs Faust gegen die Scheibe des alten Benz schlug, vor ihrer Stirn aufprallte, wegsprang und noch einmal zuschlug. Kurz darauf beugte sich Mitch über die Kühlerhaube. Mit einem dünnen Grinsen sah er an Tara vorbei zu ihrer Schwester.

»Ist er nicht niedlich?« Susanne beugte sich über das Lenkrad, spitzte den Mund und hauchte einen Kuss gegen die Scheibe. »Er hat sich wegen Papas Beerdigung extra eine Stunde freigenommen.« Lächelnd warf sie einen zweiten Kuss Richtung Scheibe. Mitch richtete sich auf, vergrub die Fäuste in den Taschen seines Blaumanns und stiefelte Richtung Werkstatt. »Ist das nicht lieb?«

»Klar.«

Die Regentropfen auf der Scheibe schienen Mitchs Gang zu wellen, schienen die Farbigkeit aus seinem Blaumann zu ziehen, und Tara wünschte sich, Susannes Freund wäre eine dürre Figur auf einem Poster, das vor ihren Augen zur Werkstatt flatterte und kleiner und kleiner wurde.

»Is that a gun in your pocket, or are you just glad to see me?«

Mit den Worten hatte Mitch, in Jeans und Unterhemd, Tara bei ihrer ersten Begegnung vor Susannes Dachwohnung begrüßt, hatte die Hände in seine Hosentaschen geschoben und an ihr vorbei ins Treppenhaus gegrinst. Da er offenbar nicht wusste, dass sie Susannes Schwester war, und Tara nicht in die Wohnung kam, ohne Mitch zu berühren, hatte sie geantwortet, bei ihr säßen die Waffen im Kopf, nicht in der Tasche und sie habe nicht vor, den Freund ihrer Schwester zu erschießen. Während sie das sagte, hatten sich Mitchs Augen zu Schlitzen verengt und waren vom Treppenhaus zu ihren Brüsten gewandert. Ohne den Blick abzuwenden, hatte er »Scheiße, Mann, ich bin der Neue« gerufen, hatte eine seiner behaarten Hände aus der Jeans gezerrt, zur Faust geballt und ins Treppenhaus gehalten. Und sie hatte die Faust genommen, hatte Haare und Knöchel in ihrer Handfläche gespürt und an das leise Summen der Drohnen im Garten der Mutter gedacht.

In Taras Augen war Mitch nichts weiter als ein dürrer, krummbeiniger Typ, für den Autos Pferde waren, die Werkstatt ein Stall und das Dorf eine Tankstelle in einer Wildnis aus Landstraßen, Bundesstraßen, Autobahnen, Autobahnkreuzen, Polizisten und Verkehrsschildern. Ein Dorfcowboy war er, mehr nicht. Doch das wollte sie ihrer Schwester nicht sagen und fragte stattdessen: »Findest du deine Freunde nicht immer niedlich?«

»Ja?« Susanne stützte die Ellbogen auf das Lenkrad. »Also

Mitch ist wirklich süß, ich meine, er hat was Verschmitztes, Männliches.«

Tara sah, wie ihre Schwester das Gesicht zwischen den Handflächen barg und die Haare nach vorn fallen ließ. Ihre Oberarme verschwanden unter einem kastanienbraunen Haarberg. Der schien Susannes ganzer Stolz zu sein, wurde gehegt, gepflegt und sofort nachgefärbt, sobald sich ein aschfarbener Streifen zeigte. Seit sich Tara an sie erinnerte, stand die Schwester vor irgendwelchen Spiegeln und zupfte an ihren Locken, und Tara kamen all die Kosenamen in den Sinn, all die Wildfänge, Lockenschöpfe, Kratzkätzchen und Tigermäuschen, die Susannes Freunde ihrer Schwester gegeben hatten und die an ihr hingen wie verstaubter Christbaumschmuck.

»Ehrlich, Sanne, Mitch ist nicht süß, er ist ein behaarter Affe.« Tara merkte, dass ihre Schwester Luft holte. »Dann ist er ein Automechaniker«, wieder wollte Susanne sie unterbrechen, »oder sonst wer. Von mir aus kannst du mit einem Rentner kommen …«

»Eigentlich ist er Musiker«, sagte Susanne, schüttelte ihre Haare und seufzte.

»Dann ist er Musiker. Ich habe nur keinen Bock, immer über deine Freunde zu quatschen, ehrlich nicht, und jetzt fahr los, sonst ist die Feier rum, und wir sitzen immer noch hier.«

»Sind wir zu spät? Oh je, Gila wird sauer sein.«

Hastig schaltete Susanne die Zündung an, wendete den Benz, ließ ihn die Ausfahrt hinunterrollen.

»Was sollte ich machen? Mitch hat eine Stunde frei gekriegt, ich meine, er kann ja nicht im Blaumann zu Papas Beerdigung gehen«, seufzte Susanne und fuhr leise fort:

»Ich will mich wirklich nicht in deine Kleidervorstellungen einmischen, aber hättest du zu Papas Beerdigung nicht ausnahmsweise einen Rock anziehen können?«

Sie rollte an einem Stoppschild vorbei, lenkte den Wagen, ohne den Blinker zu setzen, auf die Bundesstraße.

»Und warum? Ich bin nicht Mitch, aber ich bin auch nicht Onkel Heinz und habe gelbe Gummistiefel an. Ich habe mir überlegt, was ich anziehe, und weißt du was? Papa wäre es egal, ob ich im Rock komme, in Gummistiefeln oder im Blaumann, ehrlich, es wäre ihm scheißegal. Hauptsache, ich bin da und denke an ihn.«

Zu spät merkte Tara, dass ihr die Stimme wegbrach. Da ließ sich nichts machen, nur möglichst gleichmütig fortfahren: »Für mich ist Papas Beerdigung keine Modenschau.«

»Für mich doch auch nicht.« Susanne drückte mit ihrer Schuhspitze das Gaspedal durch und schaltete in den höchsten Gang. »Meinst du, sie wird sauer sein?«

»Klar. Du kennst Gila.«

Mit Gilas Namen hatte sich Tara ihre Stimme zurückgeholt. Beinah zufrieden drehte sie den Kopf, sah die Bäume an sich vorbeiflitzen, glaubte, die Erde auf den Feldern zu riechen und die vom Regen geschwärzte Bundesstraße, die sich vor dem Benz aufrollte wie ein in der Mitte gestreifter Läufer einer unendlich langen Teppichrolle.

»Oh je.«

»Oh je«, ahmte Tara das Seufzen ihrer Schwester nach. »Ich find's supi, dass ich mir das nicht anhören muss, was weiß ich, wie fröhlich Papa gewesen ist und was er für ein weiches Herz gehabt hat. Oh je«, diesmal klang Taras Seufzen nicht nach Susannes, mehr nach ihrem eigenen. »Zum

Schluss ist er ein Gespenst gewesen, ein Gespenst in seinem eigenen Haus, und ich wollte nie, dass er im Wohnzimmer ist, wenn ich drin bin, und wenn er reinkam, wollte ich raus.«

Tara warf der Schwester einen Blick zu. Susannes Profil bestand aus Locken, von ihrem Gesicht waren nur das Kinn und die Nasenspitze übrig geblieben.

»Und überall waren seine Haare – im Waschbecken, im Bad, auf dem Sofa, sogar unter meinen Socken.« Tara sah die Sonne in Susannes Locken glitzern. »Irgendwann habe ich gedacht, ich tu, als wäre er nicht da. Wie wenn man eine Tür zumacht, und weg ist er.« Susanne schien auf das Fahren konzentriert zu sein.

»Und jetzt, wo er weg ist«, murmelte Tara, »so völlig und vollständig weg, ist er in meinem Kopf, und ich denke, gleich geht die Tür auf, und er kommt ins Zimmer, und ich bin echt genervt, weil er reinkommt, und gleichzeitig wünsche ich mir, dass er reinkommt und sagt, dass er beim Bäcker war und Brötchen geholt hat.«

Susannes Locken hatten leicht zu zittern begonnen.

»Egal«, Tara spannte ihren Oberkörper unter dem Gurt an. »Wir sind zu spät, und Gila wird uns rupfen, und dann sind wir Luft für sie, schmutzige, graue, gerupfte Luft.«

»Du machst es schlimmer, als es ist«, sagte Susanne leise und trat das Gas durch.

»Mache ich nicht. Sie war schon sauer, weil du zu spät zur Kirche gekommen bist und nicht bei uns gesessen hast. Mann, Sanne, es ist rot.«

Abrupt trat ihre Schwester auf die Bremse. Tara spürte den Gurt zwischen Rippen und Brust, ruckte zur Scheibe, ruckte zurück an die Lehne, während Susanne ihre Stirn gegen die Scheibe presste und einer gelben Ente hinterherstarrte, die vom Dorf kommend über die Straße ins neuere der beiden Neubauviertel schaukelte. Das Dorf wurde von der Bundesstraße zerschnitten. Unterhalb griff das neuere Neubaugebiet in die Ebene und die Felder. Hier hatte der Vater als Erster gebaut. Das Dorf mit seinen Bauernhöfen, der Dorfstraße, der Bäckerei, dem Friseur, dem Schreibwarenladen, der Raiffeisenbank, dem historischen Marktplatz und dem Weinfass lag oberhalb der Bundesstraße. Es zog sich in die Weinberge hinauf, lief im älteren der beiden Neubaugebiete aus und endete als Sackgasse.

»Wenn Mitch das mitgekriegt hätte, dürfte ich morgen die Bremsbeläge wechseln. Er ist ein bisschen komisch mit seinem Benz«, sagte Susanne leise.

»Kann ich mir denken.« Tara lockerte den Gurt und atmete tief ein. Sie hatte Mitch oft von ihrer Schwester schwärmen hören, weil sie ein Händchen für ihn und seinen Benz habe. »Ehrlich Sanne, Mitch ist nichts für dich.«

»Meinst du? Also, eigentlich kann er keiner Fliege was zuleide tun.«

In dem Moment sprang die Ampel auf Grün, und geschmeidig, als habe sie einem störrischen Tier in die Weichteile getreten und wolle es nun besänftigen, fuhr Susanne los.

»Mir ist in den letzten Tagen so was von schlecht gewesen, ich glaube, wegen Papa und weil meine Periode nicht gekommen ist«, sagte sie, während sie mit Tempo dreißig durch das Dorf schlichen. »Ich habe einen Zyklus, nach dem kannst du den Wecker stellen, und als er eine Woche über die Zeit war, der Zyklus, meine ich, bin ich fast verrückt geworden. Also, wenn das so weitergegangen wäre, hätte ich mir was aus der Apotheke geholt. Heute Morgen habe ich dann Krämpfe gekriegt und geblutet. Wie ein Schwein, hat Mitch gesagt, also, das sind richtige Blutklumpen gewesen, und ein Schmerz ist mir in die Gebärmutter, als ob's mich zerreißt, und dann ist er weg gewesen, der Schmerz, meine ich, und nach ein paar Sekunden ging's von vorne los.«

»Dafür siehst du echt supi aus.«

»Wirklich? Ich habe mir auch einen ganzen Farbkasten ins Gesicht geworfen.« Susanne trat auf das Gaspedal und fuhr etwas schneller über die zweite Ampel. Kaum war sie über das Dorfausgangsschild hinaus, erhöhte sie die Geschwindigkeit.

»Ein Kind ist wirklich das Letzte, ich meine, das mit Mitch ist nicht so, wie ihr alle glaubt, ich fühle mich viel älter und reifer als er, nicht nur vier Jahre.«

Während sie redete, war Susanne auf einen Polo zugerauscht und hatte ihn überholt. Anstatt auf die Spur zurückzulenken, fuhr sie auf der Gegenfahrbahn weiter und schlug knapp vor der nächsten Kurve ein.

»Stört es dich, wenn ich rauche?«

Tara schüttelte den Kopf.

»Ist auch meine Lunge, was?«, seufzend kramte Susanne eine Packung aus dem Seitenfach, schüttelte sich eine Zigarette heraus. »Das Feuerzeug ist in dem Fach vor dir, du musst stärker ziehen, ja. Ich habe es Mitch gar nicht erzählt, also, ich habe letzte Woche einen Termin bei Herrn Diettrich gehabt. Er hat mir einen Job in der Wertpapierabteilung angeboten.«

Die Schwester neigte den Kopf zu Taras Händen und einer darin geborgenen dünnen Flamme. »Danke.«

Susanne paffte vor sich hin. »Wenn ich schwanger gewesen wäre, hätte ich's wegmachen lassen. Und wenn er mir den Kopf abgeschlagen hätte, ich hätt's wegmachen lassen. Meine Arbeit ist mir einfach wichtiger und das Geld auch, ich meine, wichtiger als ein Kind.«

Der Blick in die Ebene war gelb und orangefarben, die Sonne hatte sich durch die Wolken gegraben. Doch schien es draußen nicht heiß und das gelblich-orangefarbene Licht nur ein Abglanz des Sommers zu sein. Die Feuchtigkeit saß auf den Feldern, stieg aus der Erde, dem Asphalt. Und rechts von der Straße dickte ein Stück Himmel die Weinberge schon wieder mit grauen Wolken ein.

Susanne paffte in kurzen Zügen, nahm die Zigarette aus dem Mund legte sie in das Aschenbecherschächtelchen.

»Themenwechsel?«

»Themenwechsel.« Tara überlegte, dann fragte sie: »Was hat Onkel Siggi gesagt, wenn Papa schneller fahren sollte?«

Sie sah, dass sich Susannes Locken verneinend schüttelten. »Drück auf die Tube, Uwe.«

»›Drück auf die Tube, Uwe‹, das hatte ich ganz vergessen.« Susanne tastete nach der Zigarette. »Früher habe ich versucht, mir das vorzustellen, das mit der Tube, meine ich, da hast du also eine Tube und sollst so schnell drücken, dass alles auf einmal rauskommt.« Wieder schüttelte Susanne den Kopf, wobei ihre Locken in einer kleinen Zeitverzögerung nachgeschüttelt wurden. »Was ich mir für Gedanken gemacht habe.« Sie nahm die Zigarette, klemmte sich den Filter zwischen die Lippen. »Warum ich nicht so klug bin wie Hedi oder so hübsch wie Gila, warum an mir alles so groß und so viel ist, warum Papa mich nicht beachtet und Mama nicht ist wie andere Mütter«, während sie an der Zigarette sog, überlegte Susanne laut, »warum uns Onkel Siggi und Onkel Erich so oft besuchen und ob Mama wirklich was mit ihm hatte …«

»Was hatte?«, fragte Tara.

Susanne inhalierte.

»Na, damals, mit Onkel Siggi.«

»Was soll Mama denn mit Onkel Siggi gehabt haben?« Tara hatte plötzlich ein Kratzen in der Kehle, als würde sie, nicht ihre Schwester rauchen.

»Er hat doch damals mit Mitchs Vater in der Werkstatt gearbeitet, und da muss er irgendwas erzählt haben.«

Gemächlich glitt die Zigarette in Susannes rechten Mundwinkel.

»So ein alter Sack«, murmelte Tara und merkte, wie ihr das Kratzen die Kehle austrocknete.

»Also früher war er muskulös und kräftig, ich meine, sehr männlich.«

Susanne nahm einen letzten Zug und drückte die Zigarette im Aschenbecher aus. Sie hatte ähnlich feingliedrige Hände wie die Mutter, aber im Gegensatz zur Mutter eine noch glatte Haut.

»Gila behauptet, das ist alles Gerede aus dem Dorf. Und dann erzählt sie selbst, was Mama angestellt hat, bei Vereinsfeiern auf den Tischen getanzt, sich jedem Kerl an den Hals geworfen und immer einen Schnaps zwischen den Fingern.« Susanne seufzte. »Aber ich kann mich nicht erinnern, obwohl ich nur drei Jahre jünger bin. Ich meine, Mama kann es mit dem ganzen Dorf getrieben haben, bei mir ist nichts hängengeblieben, nichts.« Sie drosselte das Tempo. »Also, ich finde das nicht schlimm, wenn sie …«

»Was Gila erzählt«, unterbrach Tara sie heftig. »Hast du dir ihren Mund angeguckt?«

»Du meinst, er ist ein bisschen schmal.«

»Schmal. Mann, Sanne, der ist selbstgerecht.«

»Gila ist immer die Starke gewesen. Früher, wenn Mama unterwegs war, im Büro oder bei Onkel Erich auf der Baustelle, ich meine, wenn sie weg war und wir nicht wussten, wo …«

Susanne begann, sich mit der Zunge über die Unterlippe zu lecken. Sie schien darauf zu warten, dass Tara etwas sagte. Und da Tara schwieg, fuhr sie langsam wie in Gedanken fort: »Wenn Mama weg war, hat Gila für uns gekocht, sie hat sich an den Herd gestellt und Spiegeleier gebraten, und Hedi und ich haben möglichst viele gegessen, einfach weil es ihr Spaß gemacht hat, Eier in die Pfanne zu hauen.« Susanne nahm den Fuß vom Gaspedal. »Soll sie sauer sein, ich werde den Motor nicht heiß fahren und mir von Mitch den Kopf abreißen lassen.«

»Supi«, sagte Tara, schluckte und schickte das Kratzen mit dem angesammelten Speichel die Kehle hinunter. »Soll sie sauer werden, bis sie vertrocknet.«

»Stell dir vor, so eine liegt neben dir im Bett, so was Säuerliches, Vertrocknetes.« Susanne prustete los. »Also ich würde aufspringen und weglaufen«, lachte sie lauter und schien sich kaum im Sitz zu halten. »Der arme Gerd. Jede Nacht mit einer ausgepressten Zitrone im Bett liegen, gute Nacht, mein Schatz, oh je …«

Kurzatmig vor Gelächter brach Susanne ab, während Tara in ihr Lachen einzustimmen versuchte. Die Straße und das Sonnenlicht brannten ihr in den Augen, die Ebene kam ihr unendlich vor.

»Gila gibt mir die Schuld an Papas Tod«, sagte sie leise. »Wäre sie an meiner Stelle gewesen, wäre er bestimmt noch am Leben.«

»Lass sie reden.«

Susanne bremste ab und steuerte auf das nächste Dorf zu. Statt eines Neubaugebiets waren hier ein Schwimmbad und eine Sporthalle in die Ebene gesetzt worden. Das Dorf lag rechts von der Straße, die Häuser standen dicht beieinander, klammerten sich an die Hänge und hangelten sich zu den Reben hinauf. Die Traubenlese war seit Jahren vernachlässigt, der Anbau roter Trauben eingestellt worden.

»Aber sie beschuldigt mich. Ehrlich, Sanne, sie tut, als hätte ich am Sonntag eine Schippe oder was weiß ich genommen, und mit der hätte ich Papa auf den Kopf geschlagen, einmal, zweimal, dreimal, viermal, bis er tot ist, vollständig tot.«

»Hast du wirklich nichts gemerkt, ich meine, wenn jemand neben mir sitzt und er hört auf zu atmen …«

Tara zuckte zusammen.

»Denkst du auch …«

»Nein, es ist nur so plötzlich passiert.«

Susanne schien es nicht mehr eilig zu haben. Langsam brummte der Benz durch das Dorf. Die Straße und die Häuser lagen im Schatten, die Fensterscheiben waren verschmiert, die Gardinen vergilbt. Hinter dem Benz fuhr ein Passat auf.

»Du bist immer Papas Liebling gewesen. Gila ist die Vernünftige, und Hedwig braucht niemanden außer Gila, aber ich, ich kann mich nicht zusammenhalten, ich habe zu wenig Grenzen. Also, ich habe mir wirklich gewünscht, dass Papa mit mir redet. Manchmal hat er nicht mal meinen

Namen gewusst. Und jetzt ist es zu spät, fürs Reden meine ich.«

Obwohl das Dorf hinter ihnen lag, tippte Susanne mit der Fußspitze nur leicht aufs Gaspedal. Der Zeiger auf dem Tachometer zeigte fünfzig, der Passat rückte näher.

»Du hättest jeden Sonntag mit ihm reden können oder fernsehen. Ehrlich, Sanne, du bist gekommen, weil du dich bei Mama ausheulen wolltest. Du bist nie wegen Papa gekommen.«

»Bin ich nicht?«, fragte Susanne, während der Passat blinkte und an ihnen vorbeischoss. Susanne sah nach links in die Ebene. »Guck mal, ein Regenbogen! Ist das nicht schön?«

Tara drehte den Kopf. Das Sonnenlicht hatte sich in Susannes Haaren gebündelt, hatte den Haarberg entzündet und in dem Haarberg jede einzelne Locke. Tara glaubte, ein Knistern zu hören.

»Darf ich mir nicht was wünschen, wenn ich einen Regenbogen sehe? Also, wünsch dir was. Hm, hm, hm. Hinter dem Regenbogen ist der Himmel warm und wattiert, und Papa sitzt auf einer Wolke und winkt …«

»Wir müssen links abbiegen, Sanne.«

»Stell's dir trotzdem vor, überall in den Wolken flattern Vögel, und Papa …«

»… sitzt auf einer Wolke.«

»Oder ist mitten im Vogelschwarm und winkt«, plapperte die Schwester, bog in einen Feldweg ab und holperte im Schritttempo auf den Regenbogen zu. »Und wir machen eine Spazierfahrt und winken zurück.«

»Mann, Sanne, wir sind da.«

Tatsächlich war rechts von ihnen ein mitten in die Felder gestelltes Getreidesilo aufgetaucht, braun, breit und platt wie ein Kuhfladen. Das Silo war vor Jahren von der Firma Seebald-Weinrich zu einem Wirtshaus umgebaut worden. An der Wand neben der Eingangstür kauerte ein Mädchen mit einem Greisengesicht. Es trug ein dunkelblaues Kleid und Strümpfe, über denen spitze Knie hervorsahen. Susanne winkte ihm durch die Scheibe zu. Das Mädchen schob seinen Rücken Stück für Stück an der Wand hoch.

»Du hast recht, ich darf Mama nicht mit meinen Problemen belästigen. Mitch behauptet sowieso, ich komme nach ihr: Ganz wie deine Alte, sagt er, Beine breit und …«

»Nein, Sanne, ich will nicht«, rief Tara hastig. Sie sah, dass das Mädchen ihnen den Kopf zugedreht hatte und in einem fort an seinem Kleid nestelte.

»Irgendwas wollte ich noch«, sagte Susanne. Sie schien Taras Einwurf nicht zur Kenntnis genommen zu haben. »Ach ja, streite dich nicht mit Gila. Denk an was Nettes, wenn sie dich anfährt. Ich meine, es bleibt nichts von dir übrig, wenn sie nicht will, dass was von dir übrig bleibt.«

4. EINE FLIEGE

Für Kinder ist gesundes Spiel wichtiger als gesundes Essen.
Kardinal Lercaro

Susanne parkte den Benz zwischen einem Polo und dem Passat der Familie Kappelhoff-Seebald, während das Mädchen, die Arme um den mageren Körper geschlungen, auf sie zugerannt kam. Susanne und Tara stiegen aus.

»Dir ist wohl kalt, Prinzesschen?« Lächelnd beugte sich Susanne zu ihm herunter und küsste es auf den Mund.

»Mami sagt, ich darf nur auf dem Parkplatz spielen«, flüsterte das Mädchen, das Susannes Kuss regungslos über sich ergehen ließ.

»Vielleicht, weil der schwarze Mann in den Feldern sitzt und kleinen Mädchen Böses will.«

»Oder weil die Mami drinnen sitzt und ihren Sohn stillt. Und der Papi an seinen Nägeln knabbert und die Vorsuppe verdaut«, sagte Tara. Susanne lachte, das Mädchen starrte sie mit großen Augen an. »Mann, Franzi, du wirst deinem Vater immer ähnlicher.« Tara ging einen Schritt auf ihre Nichte zu.

In dem Moment kam Leben in die kleine Gestalt. Sie

breitete ihre dürren Arme aus, drängte sich an Susannes Seite, umschlang ihre Hüfte und legte den mageren Kopf an ihren Bauch.

»Tante Christl schielt mit den Augen«, flüsterte sie, wobei ihre fleischige Unterlippe zu zittern begann. »Die ist nicht meine Tante.«

»Aber, Franzi. Natürlich ist sie deine Tante, sie ist ja auch meine Schwester. Das hat mit ihrem Schielen nichts zu tun«.

Sanft löste Susanne die Ärmchen von ihrer Hüfte, schob Franzi beiseite und nahm einen abgeschliffenen Stein vom Boden.

»Früher haben deine Mama, Tante Hedi und ich im Sommer immer Hüpfkasten gespielt. Kennst du das?«

Franzi schüttelte den Kopf.

»Deine Mama hat mit einem Stock vier Kästchen in den Boden geritzt und an das vierte noch zwei, wie ein Kreuz. Dann hat sich jede von uns einen kleinen Stein gesucht und ihn ins erste Kästchen geworfen«, erzählte Susanne, warf den Stein neben Tara, winkelte ein Bein an und hüpfte auf ihrem hohen Absatz zu ihr. Wackelnd, so dass sie den angewinkelten Fuß absetzen musste, griff sie nach dem Stein. »Dann wirfst du ihn ins zweite Kästchen, dann ins dritte, ins vierte«, sagte sie, drehte sich um und hüpfte zu Franzi zurück. »Und zum Schluss wirfst du ihn in die Kreuzarme, erst in den einen, dann in den anderen, springst mit beiden Füßen hinein«, Susanne grätschte, soweit ihr dunkles Samtkleid es erlaubte, die Beine, »nimmst den Stein, rufst ›Verbrannt‹, drehst dich um und springst zurück.«

»Verbrannt«, flüsterte Franzi.

»Autsch.« Offenbar hatte sich Susanne bei ihrer Vorführung weh getan. Sie humpelte zum Benz und stützte sich auf der Heckklappe ab. »Jetzt ist mir ein Stein in den Schuh gerutscht.«

»Hast du's kapiert?« Wie im Auto hatte Tara wieder diese fremde Stimme, die ganz fern von ihr war und nun rief: »Verbrannt werden ist das Ziel, ums Verbranntwerden dreht sich alles. Verbrannt«, rief die Stimme über die Felder, die Dörfer, in die parkenden Autos und gegen das Wirtshaus, »verbrannt. Darauf kannst du echt stolz sein. Du hast es geschafft, du musst nur brüllen: Verbrannt, verbrannt, verbrannt.«

»So ungefähr.«

Die eine Hand auf die Heckklappe gestützt, zog Susanne mit der anderen den Schuh von ihrem Fuß, während Franzis dunkelblaue, große Augen auf Tara ruhten.

»Deine Mutter hätte unseren Vater am liebsten auch verbrannt«, schluchzte Tara, »aber weil er's nicht wollte, hat sie's bei uns nicht durchgekriegt.« Starr waren die Augen ihrer Nichte, als hätten sie keine Lider, und Tara kamen sie fischig und dumm vor.

»Verbrannt oder nicht verbrannt«, Susanne schüttelte einen Stein aus ihrem Schuh und schlüpfte wieder hinein, »Hüpfkasten ist ein Spiel für den Sommer, also, wenn es heiß ist und lange nicht geregnet hat, dann lässt sich das Kreuz gut in den Boden ritzen. Und jetzt …«

»Klar ist es ein Spiel für den Sommer«, unterbrach Tara sie und hoffte, ihre gewohnte Stimme wiederzufinden. »Im Sommer setzt sich der Staub in die Gesichter und macht sie grau, bis nur noch die Pupillen lebendig sind.«

»Tine, ich finde, wir sollten jetzt reingehen«, sagte Susanne, die in Franzis erschrockenes Gesicht lächelte und Taras Worten offenbar keine Beachtung schenken wollte.

»Nein«, rief Tara und glaubte, Susanne mit einem genauso ängstlichen Greisengesicht wie ihre Nichte anzustarren. »Hörst du's nicht?«

»Was?«

Susanne drehte sich um und sah über die Autos in die Felder und die Ebene, dahin, wo sich vor kurzem der Regenbogen gewölbt hatte. Und Tara kam es vor, als würde ein Wind kleine Steine einen Hang hinunterpusten und sie unten im Sand zu einem Hüpfkastenkreuz zusammenschieben.

»Meine Stimme hört sich so komisch an, findest du nicht?«

»Nein, finde ich nicht.« Susanne starrte weiter in die Felder und in die sonnige Luft und begann, sich ein paar Locken in die Stirn zu zupfen. »Lass uns reingehen, Tine. Sonst denkt Gila, uns ist was passiert.«

Doch Tara kam die Tür zum Gasthaus plötzlich wie ein Holzdeckel vor, der sich mit einem Knarzen vor ihr öffnen würde. Und hinter der Tür sah sie einen dunklen Raum, und in dem Raum torkelten schwarz gekleidete Menschen zwischen Tischen, lachten, weinten und redeten unermüdlich aufeinander ein.

»Nein, Sanne, ich komm nicht mit«, sagte sie, glaubte, ihre normale Stimme zu hören, und griff rasch nach Franzis Hand. »Franzi und ich, wir gehen lieber ein Stück spazieren und suchen den schwarzen Mann. Und wenn wir ihn gefunden haben, binden wir ihm einen Strick um den Hals und bringen ihn der Mama zum Abendbrot.«

»Ist gut, ich sage ihr Bescheid«, lächelte Susanne, während Franzi ihre Hand in Taras ließ und sich ihr, ohne ein Wort zu sagen, anschloss. Das Gasthaus und Susanne im Rücken, traten sie auf den Weg und liefen in die Felder.

»Guck mal, Tante Christl, der Rasen ist aber hoch«, rief Franzi und zog Tara zu einer Grasnarbe, die den Weg flankierte. Ohne Taras Hand loszulassen, stakste sie auf ihren Storchenbeinen durchs Gras, kreischte und sprang an Taras Seite zurück. »Meine Mami sagt, ich darf mein Kleid nicht schmutzig machen.«

»Sie wird schon nichts merken«, sagte Tara, obwohl die Strümpfe ihrer Nichte feucht und grau geworden waren. »Wenn wir zurück sind, sind die bestimmt ganz trocken, ehrlich.«

»Ehrlich?« Franzi sah mit gekräuselter Stirn zu ihr auf. Dann drückte sie Taras Hand, machte mit der anderen eine Faust und hielt sie sich vor das Gesicht. »Tante Christl, die Mami weint den ganzen Tag. Eins, zwei, drei, vier, fünf.« Bei jeder Zahl hatte Franzi einen Finger gespreizt, ballte sie bei fünf wieder zur Faust und begann von vorne, »sechs sieben acht neun zehn«. Franzi starrte ihre Finger an. »Zehn Finger sind kein Tag, nein.«

»Nein«, sagte Tara, die ebenfalls auf Franzis Finger starrte. »Dass deine Mama weint, ist normal. Alle weinen: die Oma, Tante Susanne, Tante Hedwig …«

»Andres«, fügte Franzi hinzu. Diesmal hatte sie die Finger bei jedem Namen in die Handfläche zurückgeklappt. »Andres weint, weil der ist ein Baby, und Babys können nur weinen und an Mamis Brust, sonst nichts. Eins, zwei, drei, vier, fünf, sechs, sieben, acht, neun, zehn. Tante Christl, weinst du auch?«

»Klar, ich habe auch geweint«, antwortete Tara und

fragte mit einer Stimme, die beinah nach ihrer alten klang: »Und du? Hast du geweint?«

»Nö, der Opi wohnt doch im Himmel beim lieben Gott. Da muss ich nicht weinen.«

»Tut er das?«

»Hm.« Franzi stakste auf ihren Storchenbeinen neben Tara her.

Eine Weile sagte sie keinen Ton, dann fing sie an zu nicken. »Duuu, eins ist doof im Himmel.«

»Was?«

»Ich kann den Opi nicht anrufen, weil der hat kein Telefon und der liebe Gott auch nicht.«

Beide schwiegen. Der Weg hatte sich verengt, es war kein Schotter mehr ausgestreut worden, und das Gras wuchs nun überall. Doch Franzi lief ohne zu maulen neben Tara her, und Tara versuchte, nicht zu stark auszuschreiten.

»Hast du schon mal eine Fliege totgeschlagen?«, fragte sie.

Franzi schüttelte den Kopf, überlegte und schien sich an etwas zu erinnern.

»Aber der Papi hat. Der hat gesagt: ›Scheißfliege.‹« Franzi schielte zu Tara, wiederholte: »Scheißfliege«, und biss sich auf die Lippen.

»Das darf man nicht sagen«, fuhr sie hastig fort, »aber die Fliege ist im Wohnzimmer gefliegt und hat ganz laut ssst gemacht.« Sie begann zu kichern.

»Ssst, da hat der Papi in die Luft gehauen, und die Fliege hat ssst gemacht, ssst, und daa-ann hat der Papi die Fliege zwischen seine Hände gekriegt …«

»… und zugeschlagen.«

Franzi nickte heftig. »Und daa-ann hat er die Hände auseinander gemacht, aber die Fliege ist nicht tot gewesen.

Nö.« Franzi schüttelte den Kopf. »Sie ist in Papis Hand geklebt.«

»Sie hat in seiner Hand geklebt.«

Franzi nickte. »Der Papi hat so feuchte Hände. Das ist eklig.«

»Ja, feuchte Hände sind eklig.« Jetzt war es Tara, die nickte.

Franzi zog die Hand aus ihrer, summte leise vor sich hin und hüpfte auf Storchenbeinen mal in der Grasnarbe, mal vor ihr auf dem Weg.

»Die ist nicht tot gewesen, die Fliege, die hat gestrampelt«, rief sie plötzlich, blieb stehen und drehte sich nach Tara um. Auch Tara war stehen geblieben.

»Also hat der Papa eine Faust gemacht und geschüttelt«, versuchte sie die Gedanken der Nichte weiterzuspinnen und stellte fest, dass sich ein Grashalm in Franzis Schuhschnalle verheddert hatte.

Franzi schüttelte den Kopf. »Nö, der hat sie in ein Papier gemacht, knick, knack, und daa-ann hat er sie in den Mülleimer.«

»Und so ähnlich ist es mit dem Opa. Den hat man in einen Sarg gelegt und den Sarg in die Erde gesenkt«, sagte Tara.

»Der Opi ist in dem Sarg?«

»Ja, der Leichnam, also, der tote Körper.«

»Warum?«

Tara versuchte, Franzis Augen zu fixieren.

»Weil er tot ist. Das ist wie bei der Fliege«, sagte sie.

»Ssst, der Opi ist eine Fliege.«

»Nein, er ist keine Fliege. Aber beide, die Fliege und der Opa, können nicht mehr atmen. Ihr Herz schlägt nicht mehr, sie sehen nichts, hören nichts, sie sind«, sagte Tara mit einem Blick auf Franzi, die den Kopf gesenkt hatte und den Grashalm in ihrer Schnalle betrachtete, »sie sind das, was wir tot nennen.«

»Und der Himmel?«

»Da ist nichts im Himmel, keine Fliegen, keine Menschen, kein Telefon und kein Gott. Der Himmel besteht aus Wolken, Luft, sonst nichts.«

»Doch. Der Opi ist im Himmel«, sagte Franzi, während sie beharrlich auf ihre Schuhe blickte.

»Hast du den Sarg mit den vielen Blumen gesehen und die vier Männer, die den Sarg zum Grab getragen haben und ihn in die Erde gesenkt haben? Da ist der Opa, in der Erde, nicht im Himmel.«

»Und was macht er da?«

»Er kann nichts mehr machen, er ist tot.«

Tara war warm geworden. Ihre Haut unter dem Pullover kribbelte, und sie dachte an Susanne und den Regenbogen, der in der Ebene geleuchtet hatte, weit hinten am Ende der Felder. In dem Moment war es ihr gleichgültig, dass sich Susanne etwas gewünscht hatte und sie nicht, gleichgültig, was Susanne für Wünsche hatte und ob Wünsche zu leicht oder zu schwer waren. Vielleicht waren Wünsche immer zu schwer und zu leicht, und das Beste war, keine zu haben.

»Tante Christl, ich will den schwarzen Mann nicht fangen«, hörte sie Franzi rufen.

»Was?«

Tara bemerkte, dass ihre Jeans unten am Schlag einen gleichmäßigen dunklen Rand bekommen hatte. Der Regen war in die Erde gesickert, der Blick in die Ebene war klar, ohne einen Regenbogen.

»Ich will zu meiner Mami.« Franzi zog Taras Pullover zu einem Zelt und sah mit großen Fischaugen zu ihr auf. »Duuu, meine Mami ist ganz böse auf dich.«

»Auf wen ist deine Mutter nicht böse«, sagte Tara leise, während Franzi ihren Pullover mit Mami-Mami-Rufen hin und her schwenkte. »Okay. Gehen wir zurück.«

»Mami, Mami …«

»Mann, wir gehen ja zurück«, rief Tara, boxte, als sie gegen die in der Luft tönenden »Mamis« nicht ankam, auf ihren Pullover und traf irgendetwas Weiches. Mit einem Schrei riss Franzi ihre Hand weg.

»Das sage ich meiner Mami. Dann ist sie ganz, ganz böse auf dich, weil du hast mich gehauen und den Opi totgemacht.«

»Habe ich nicht. Dein Opa ist an einem Herzinfarkt gestorben.«

Tara war, als müsse sie ein unendliche Male aufgesagtes Gedicht ein endgültig letztes Mal aufsagen. Rasch drehte sie sich um und ging zurück Richtung Gasthaus. In ihrem Rücken hörte sie Franzi krähen: »Er ist tot, er ist tot, die Tante macht den Opi tot.«

Tara schritt stärker aus. Das Gras auf dem Weg war gelblich, verlor sich im ausgestreuten Schotter, und Tara erinnerte sich, dass ihr die Steinchen im Sommer oft wie Glassplitter in den Knien gesteckt hatten. Dann hatte sie eins nach dem anderen herausgepult, mit spitzen Fingern und manchmal so lange, bis Schatten auf die Dorfstraße fielen und sie unter ihrer sommerroten Haut zu frieren begann. Aber sie hatte nicht aufgehört und auch das letzte Steinchen herausgezupft.

»Tante Christl, da ist eine Pfütze in meinem Schuh«,

hörte sie ihre Nichte rufen, drehte sich um und sah Franzi weit hinten in der Grasnarbe stapfen, die den Weg und die geordneten, wellig-braunen Felder wie ein feindliches Geschwisterpaar voneinander trennte. Das hohe Gras schien die Knie ihrer Nichte zu umschlingen und zwischen ihre Beine zu greifen.

»Komm raus!«, rief Tara.

Doch Franzi hob nur das Kleid über die Schenkel, krähte »Die Tante macht den Opi tot« und »Ich geh auf deinen Nerven, ja?«

Tara rannte zurück. Währenddessen hatte ihre Nichte angefangen, sich langsam mit hochgehobenem Kleid im Gras zu drehen.

»Ich geh auf deinen Nerven, ja, ich geh auf deinen Nerven, so sehr, dass du mich hassen tust, so sehr, dass du mich hauen tust, so sehr, sehr, dass ich sterben muss«, sang sie und blieb mit halb geöffnetem Mund stehen.

Hastig ging Tara auf sie zu, streckte ihre Hand aus, angelte nach der ihrer Nichte und zog Franzi aus dem Gras. Franzis Strümpfe waren grau, und am Saum ihres dunkelblauen Kleides hatte sich ein noch dunklerer Rand gebildet. Franzi betrachtete ihre gesprenkelten Schuhe.

»Das sind Berge für Liliputaner, und das ist eine Schlange aus Gras, die frisst die Liliputaner auf. Mami sagt, wir ziehen in Omi ihr Haus. Mami, Papi, ich und der Andres.«

»Und wo wohnen die Oma und ich dann?«

»Im Himmel, beim Opi und beim lieben Gott«, rief Franzi, sah Tara an und lachte.

5. FEIERN

Das ist der rechte Mensch: Wach, lebendig, in Verantwortung gebunden, mit spähenden Augen und lauschendem Herzen!
Alfred Delp

Hedwig war noch einmal zurückgekommen.

Während des Essens hatte sie es sich überlegt und die Überlegung in ihren Körper sacken lassen. Gut ist es, dabei zu sein, besser, dabei nicht bemerkt zu werden. Auf einer Holzbank gegenüber von Gisela und der Mutter hatte sie durch den mal schmaleren, mal breiteren Spalt aus Köpfen, Schultern, Oberkörpern die Hosenbeine der Kellner und Schürzen der Kellnerinnen vorbeihuschen sehen. Sonst zeigten sich Ausschnitte des Gasthauses, die massive Holzvertäfelung an Decke und Wänden, der dunkle Parkettboden, der Eichentresen, die längs gestaffelten Tische und Bänke. Hedwig fand, dass die Einrichtung etwas Rustikal-Gemütliches hatte, etwas von der erbarmungslosen Obszönität des Gemeinen. Und die würde, je länger die Beerdigungsfeier dauerte und je länger der Vater tot war, immer deutlicher in den Gesichtern und Gesten zu erkennen sein. Hedwig störte es, auf einer Holzbank zu sitzen und Fenster im Rücken zu haben. Die Bank hatte keine Lehne, und ihr Rücken empfing Signale, die sie nicht zu entziffern wusste. Vor ihren Augen spielte sich das Übliche ab. Die Mutter, ein Glas Wein in der Hand, redete, lachte, seufzte, Gila nahm ihr das Glas aus der Hand und versuchte, ihr Seufzen, Lachen, Reden zu unterbinden. Wie sinnlos, hatte Hedwig gedacht und das aschblonde Haar der Schwester betrachtet, die mandelförmigen, graublauen Augen und den geschundenen Mund. Früher war der Mund zart gewesen, und die fein geschwungenen Lippen hatten sich an ihre gedrückt, wenn Gila Zungenküsse üben wollte. Energisch und weich waren Hedwig die Küsse der Schwester vorgekommen, und sie hatten nach Lippenpomade geschmeckt, nach Himbeerbonbons und Kaugummi. Obwohl Gila ihre Lippen im Lauf der Jahre in kontinuierlicher Kleinarbeit weggebissen hatte und seit ihrer ersten Schwangerschaft kein Lipgloss mehr benutzte, sehnte sich Hedwig nach diesen Küssen. Sie hätte alles getan, um die süß-säuerlichen Himbeerbonbons zu schmecken und den weichen, entschlossenen Mund auf ihrem zu spüren. Sie hätte alles getan, um Gila zu beschützen. Denn sie liebte ihre Schwester. Um Gila nicht gegen sich aufzubringen, gab sie ihr recht. Hedwig wusste, es gehörte zum Spiel, zum Schwesternspiel. Gila krempelte die Ärmel hoch, wusch die Wäsche der Familie. Sie selbst untersuchte die Gesichter hinter dem Reden, studierte das Schweigen und die Angst. Schon früh hatte sie gelernt, dass Schweigen und Angst siamesische Zwillinge waren. Das Schweigen kam aus der Angst, die Angst aus dem Schweigen. Schweigen herrschte über das Reden, Angst über jedes nicht gesagte Wort. Mochten sie aneinander zerren, mochten sie sich voneinander abstoßen, die Angst wurde im Schweigen, das Schweigen in der Angst gehalten. Und während Gila die Wäsche der Familie wusch, studierte Hedwig die Gesichter und wandte ihr Wissen im richtigen Moment an.

»Hedi? Ich hab mit Sanne gesprochen. Sie fährt einen Bogen über Neudorf, setzt dich ab und bringt dann Gerd und die Kinder nach Hause. Ich nehme Mama und Tine in unserem Passat mit.«

»Wirst du mit ihr fertig?« hatte Hedwig gefragt und sich über den Tisch gebeugt.

Die Teller waren abgeräumt, die Mutter hatte sich zu Onkel Siggi, Onkel Erich und Onkel Heinz gesetzt. Andres wurde wegen des Lärms und der stickigen Luft von Gerd über den Parkplatz geschoben, Franzi lag auf zwei zusammengeschobenen Stühlen neben dem Tresen und sollte schlafen. Trotz der späten Stunde wurde Bier um Bier gezapft, schwankten Schnäpse in kleinen Gläsern vorbei.

»Natürlich werde ich mit ihr fertig.«

Gila saß Hedwig gegenüber und hatte ihre mandelförmigen Augen auf den Rücken der Mutter geheftet.

»Die Zeiten sind vorbei, als Mama bei jeder Feier auf dem Tisch getanzt hat und ich mich mit euch zwischen Hosenbeinen und Strümpfen versteckt habe«, sagte sie. »Und wenn endlich Ruhe war, bin ich mit euch nichts wie weg. Dann habe ich sie lachen sehen und mit dem Finger auf ihre Töchter zeigen, auf diese kleine Gänseschar, die zur Tür watschelte und schnell nach Hause wollte. Ich mit Tine im Arm, die brüllte und brüllte, du vor mir und Sanne hinter mir an meinem Rock.«

Während Gila redete, hatte sich eine aschblonde Strähne

aus ihren zusammengebundenen Haaren gelöst und war in ihre Stirn gefallen.

»Ich werde Mamas Gesicht nicht vergessen und ihr Lachen auch nicht, und wenn du fragst, wo Papa war …«

»Ich weiß, Gila.«

Beinah hätte Hedwig ihre Hand ausgestreckt und Gila die Strähne aus der Stirn gestrichen. Sie kannte die alten Geschichten, und sie kannte sie besser als ihre Schwester. Doch Gila schien ihr nicht zugehört zu haben. »Unser Vater saß mit seinem verrutschten Jackett am Tischende und schlief. Aber ich schlafe nicht, darauf kann sie sich verlassen.«

Wieder zuckte ihre Hand, wollte sich über den Tisch strecken, die feinen Gesichtszüge der Schwester berühren und die Strähne aus ihrem Gesicht streichen.

»Lässt sich dreimal hintereinander schwängern. Und bei Tine spielt sie die Mutter, gurrt und singt und fährt sie spazieren, besonders an den Wochenenden, da sehen ja die meisten Leute zu.«

»Irgendwann werden wir sie zur Rechenschaft ziehen«, sagte Hedwig wie nebenbei und brauchte nicht hinzuhören, als Gila »Und ob ich das werde« rief.

Ungeduldig strich sich die Schwester die Strähne aus der Stirn, klemmte sie hinter das Ohr.

»Mama hat zu gut gelebt, Hedi. Hier ein paar neue Schuhe, da eine neue Frisur, jeden Wunsch hat Papa ihr von den Augen abgelesen. Und wie hat sie's ihm gedankt? ›Mein Gott, Schatz‹«, Gila versuchte, die Stimme der Mutter nachzuahmen, »›du wirst nicht sterben, wenn Franzi ihr Kleid bekleckert und Andres auf deine Bluse spuckt.‹ – ›Und wer hat die Arbeit‹, habe ich gefragt. ›Die Waschmaschine‹, hat sie gesagt und gelacht. Wie ich es hasse, ihr Lachen, aber es wird ihr vergehen, das verspreche ich dir.«

»Wird es«, sagte Hedwig in diesem Schwesternspiel, von dem Gila die Regeln nicht kannte und die Gegnerinnen erst recht nicht. »Ich bin immer für dich da«, fuhr sie fort und beugte sich ein Stück weiter über den Tisch.

Während sie sich vorbeugte, wich die Schwester in einer Parallelbewegung zurück. Hedwig tat, als hätte sie Gilas Zurückzucken nicht bemerkt.

»Was hältst du davon, wenn wir den Kinderwagen mitnehmen?«

»Natürlich. Oder soll ich Mama da reinlegen?«

»Unsere Mutter im Kinderwagen.« Hedwig versuchte sich an einem Lachen. »Die würden wir da nicht mehr rausbekommen.« Mühsam lachend schob sie sich aus der Bank.

»Sag unserer Eisprinzessin, sie soll morgen bitte pünktlich sein.«

»Mach ich. Und falls du …«

»Ist lieb von dir, aber ich schaffe das ohne dich.«

»Dann bis morgen. Gila?«

Doch da war ihre Schwester schon aus der Bank gerutscht und zum Tisch der Mutter geeilt.

Als Hedwig kurz darauf mit Susanne, ihrem sabbernden Neffen, ihrer Nichte und ihrem Schwager auf dem Parkplatz stand, drehte sie in ihren Gedanken die Uhr eine Stunde vor. Sie beschloss, sich von der Rückwand anzuschleichen und gleich vom ersten Fenster in den Raum zu spähen.

Der Wind zerrte an ihrer Jacke. Die Sterne kamen ihr wie blank geriebene Knöpfe auf einem schwarzen Stoff vor. Für einen Moment schien sich der Stoff über sie zu werfen und ihren Körper mit all den Sternen hinauf ins Firmament zu schleudern. Dann drängte sich der Wind wieder durch ihre Jacke.

»Bin ich müde«, murrte sie, drückte den Vordersitz zur Scheibe und schob ihren Körper wie ein sperriges Paket auf den Rücksitz.

»Na, so was. Jetzt ist mir eins von diesen Steinchen in den Schuh gerutscht«, hörte sie Susanne rufen.

Mit einem Handgriff hatte die Schwester den Kinderwagen zusammengeklappt und im Kofferraum verstaut, während Gerd, den sabbernden Andres im Arm, auf Franzi einflüsterte, sie solle sich bitte, bitte nach hinten setzen, und Franzi jammerte, sie wolle vorne bei Tante Susanne sitzen, nicht hinten bei Tante Hedwig.

»Lass sie doch«, sagte Susanne. »Ich fahre auch ganz vorsichtig.«

»Kinder dürfen nicht vorne sitzen«, nuschelte Gerd und zwängte sich neben Hedwig. »Gila sagt, für Kinder ist es auf dem Beifahrersitz viel zu gefährlich.«

»Ach«, sorgfältig schnürte Susanne den Gurt um ihre Nichte, »dann werden wir es ihr nicht sagen. Was sie nicht weiß, macht sie nicht heiß, ich meine, macht ihr keine Angst.«

Und ob wir ihr das sagen werden, Sanne, und zwar genau dann, wenn es nötig ist, dachte Hedwig und winkelte die Knie an.

»Bin ich müde«, hörte sie Susannes Stimme. »Mitch hat heute einen Auftritt im JUZ, der wird bestimmt sauer sein, wenn ich nicht komme.«

»Mmm«, summte Gerd und begann mit den Schenkeln

zu wippen. Andres lag sabbernd in seinem Schoß und hatte die Augen geschlossen. Franzi war hinter der Lehne verschwunden.

»Wäre Tine aufmerksamer gewesen«, sagte Hedwig leise.

»Was?« Susanne schaltete die Scheinwerfer ein.

»Wäre sie aufmerksamer gewesen …«, sagte sie ein bisschen lauter und hörte den Schwager neben sich nuscheln: »… der Schwiegervater wäre am Leben.«

»Also, ich weiß nicht.«

Susanne hatte den Motor angelassen und rollte aus der Parklücke. Unter den Rädern knirschten Steinchen, spritzten zur Seite.

»Erinnerst du dich, Hedi? Früher haben wir im Sommer immer Hüpfkasten gespielt, ich habe es Franzi heute Mittag schon erzählt.« Susanne hatte ihren Plauderton angeschlagen. »Und da ist mir eingefallen, wie lang es immer gedauert hat, bis Gila einen Stein gefunden hat, ich meine, sie wollte einfach den perfekten Stein haben, wie das perfekte Leben.«

»Wir haben das perfekte Leben«, nuschelte Gerd. »Wir sind uns in allem einig. Ich meine auch, dass euer Vater noch leben könnte, wenn sich eure Schwester um ihn gekümmert …«

In dem Moment schlug ein Nachtfalter gegen die Windschutzscheibe, taumelte, schlug noch einmal an und blieb kleben.

Zehn Minuten später hatte Susanne Hedwig vor einem schmucklosen Wohnhaus abgesetzt, in dem sie, die einzige Alleinstehende zwischen Wespennestern aus jungen Familien, eine noch schmucklosere Wohnung bezogen hatte. Leise brummte der Benz auf der dunklen Straße davon, während sie tat, als suche sie nach dem Haustürschlüssel. Dabei beobachtete sie die Rücklichter des Wagens und wartete, bis sie faustgroß geworden waren. Dann schloss sie die Tür auf, schob ihr Rad aus dem Flur und fuhr die Straße in der entgegengesetzten Richtung zurück.

Der Wind schnitt ihr ins Gesicht, versuchte, sie am Vorwärtskommen zu hindern. Doch sie ließ sich nicht hindern, nicht von der Sonne, vom Regen nicht und bestimmt nicht vom Wind. Sie hatte sich auch nie von irgendwelchen Männern hindern lassen, von Männern bei Tag, bei Nacht, bei Vollmond, Neumond, Männern, die Mädchen in Autos zerrten und junge Frauen. Sie war kein Mädchen mehr, und jung war sie auch als Mädchen nie gewesen. Für deine Tochter braucht man eine Kneifzange, Greta, hatte Onkel Siggi gesagt und sich ausgelassen über ihre Gestalt, Hedwig, flach wie ein Brett und keinen Arsch in der Hose. Und sie sagte es sich auf, wenn sie bei Dunkelheit durch die Felder radelte, ohne den Dynamo gegen den Radmantel zu drücken. Hedwig, flach wie ein Brett und keinen Arsch in der Hose. Trotzdem war es, als führe einer neben ihr, der mit einer Kneifzange nach ihr fasste oder mit einer kleinen feuchten Hand. Sobald sie diese feuchte Hand spürte, hatte sie keine Kraft mehr in den Beinen, kapitulierte sie vor ihrem Atem.

Hedwig bog in die geschotterte Landstraße ein. Sie lauschte den Reifen, sah geradeaus, nicht nach links, in die tintenschwarzen Felder, nicht nach rechts, wo ein Auto mit monotonem Brummen über die Bundesstraße schlich. Was blieb ihr außer ihrem Körper, diesem Brett aus Fasern und Fleisch, und ihrem Willen darin? Ja, ihr Wille war ein mächtiger Gefährte. Er setzte sie aufs Rad und gab die

Richtung vor. Und der Körper geriet aus der Puste und gab auf. Ein paar Meter vor ihrem Ziel stieg Hedwig ab. Sie presste den Lenker an die Brust, damit die Steine nur unter dem Hinterreifen knirschten, und näherte sich dem Gasthaus von der Rückseite. Dort lehnte sie das Rad an die Wand, spähte über den Parkplatz zu Gilas Passat und drei anderen Wagen und schmiegte sich an das Gemäuer. Trotz des Regens waren die Steine trocken und warm, nur der Wind war frisch hier draußen in den Feldern. Sie hatte einfach nicht genug Fleisch auf den Rippen. Und über den Rippen war eine dünne Schicht Haut, zu dünn, um den Körper zu schützen. Doch Hedwig hatte gelernt, dass nicht sie, sondern Haut und Knochen fröstelten, und dass das Warten ein Geduldsspiel war, bei dem es auf den Willen ankam, nicht aufs Wetter. Sollte Gila erzählen, was sich in den Kneipen abspielte und auf den Vereinsfeiern. Hedwig wusste, was hinter den Türen und Fenstern geschah, und hinter den Gesichtern. Deswegen war sie ja auch zurückgekommen. Sie fühlte sich sicher, sie saß ihnen im Rücken, und hinter ihr war das Rauschen der Felder, waren Sterne und Nacht. Dann schlich sie zum ersten Fenster und warf einen Blick in die Gaststube.

Im dem verrauchten Raum befanden sich kaum noch Gäste. Die Vereinsmitglieder, Nachbarn und Schulfreunde des Vaters, die kellnernden Hosenbeine und Schürzen waren gegangen. Tante Karin war gleich nach der Beerdigung abgefahren. Es sei traurig, aber sie könne ihren Mann unmöglich allein lassen, hatte sie, die Absätze in der Friedhofserde, den Regenschirm mit den Wolken über dem platinblonden Kopf, erklärt. Ihr Peter habe zurzeit viel zu tun, sonst wäre er selbstverständlich mitgekommen, Familie sei Familie, aber Arbeit sei Arbeit, und die komme zuerst. Während die Tante ihre Worte wie Glasperlen auf eine Schnur fädelte und vor der Mutter baumeln ließ, war Hedwig bemüht gewesen, dem Körper der Mutter unter dem Schirm auszuweichen. Das Grab war zugeschüttet worden, die übereinandergeschichteten Blumen und Kränze kamen ihr grau vor wie die Grabsteine und der seitlich einfallende Regen.

Neben der Mutter drückte Onkel Heinz die Gummistiefel in die Erde und sah seine Schwester aus großen, dunkelblauen Kinderaugen an.

»Dann liegt der Olli jetzt unter der Erde?«

»Ja, Heinz. Deswegen ist deine Schwester aus Frankfurt gekommen.« Karin drehte den Regenschirm, und der Wölkchenhimmel begann, wie eine Wetterkarte über ihrem blondierten Kopf zu kreisen. »Siehst du, hier liegt er, nein, Heinz, nicht bei Knapps, hier, vor uns, wo die schönen Blumen und Kränze sind, das ist unser Grab, unser Familiengrab.«

»Es bleibt keiner übrig«, nickte Heinz, und seine Augen füllten sich mit Tränen.

»Das ist richtig, Heinz, wir müssen alle sterben. Der Oliver ist uns nur vorausgegangen. Aber deswegen müssen wir nicht weinen.«

Diesmal betonte die Tante jedes Wort, drehte und drehte den Schirm. »Die Karin fährt jetzt nach Frankfurt zurück, aber sie kommt bald wieder und besucht dich, die Greta und ihre Schwestern, was sage ich, Töchter, ich bin schon ganz durcheinander, und dann gehen wir zusammen auf den Friedhof.«

»Und besuchen den Olli in seinem Grab«, nickte Heinz.

Es sah aus, als tropfe ihm bei jedem Nicken eine große dunkelblaue Träne auf die Gummistiefel.

»An, Heinz, an seinem Grab«, erklärte ihm Karin unter ihrem Wölkchenhimmel, neigte sich zur Mutter und küsste ihr die Wange.

»Ich melde mich morgen, Greta. Richte Gisela und Christine liebe Grüße aus, und deiner hübschen, wie heißt sie, Susanne, ja, der auch. Und du, Hedwig, gibst auf deine Mutti acht.«

»Ich werde sie nicht aus den Augen lassen.«

»Lieb von dir. Es ist so traurig, wenn einem der Mann wegstirbt.« Mit einem leisen Schluchzen zog Karin ihre Schuhabsätze aus der Erde und trippelte zwischen Kreuzen, Grabsteinen, Gräbern Richtung Ausgang. Und der Himmel war gnädig und gleichgültig und wischte die Tante mit einem grauen, seitlich einfallenden Regen Stück für Stück weg.

»Karinchen«, rief Heinz, »Karinchen. Komm zurück.«

Doch der Wölkchenhimmel hatte sich nicht mehr umgedreht.

Nun saß der Onkel am Tischende, saß da mit offenem Mund, großen Kinderaugen und drehte den Kopf abwechselnd zu Onkel Siggi und Onkel Erich. Hedwig warf ihm noch einen kurzen Blick zu, dann begann sie, ihre jüngste Schwester mit Rosa Diettrich am Tresen zu beobachten.

Rosa und Tine standen so nah beieinander, dass sich ihre Brustspitzen berührten. Als wollte sie eine Brotkrume von Rosas Bluse picken, senkte ihre Schwester den Kopf. Die Bewegung war kurz, der Bruchteil von etwas, was Hedwig am liebsten zurückgespult und sich noch einmal angesehen hätte. Wie sie sich ähnelten mit ihren Mittelscheiteln, den Streifen entblößter Kopfhaut, von denen Rosas glattes, braunes und Tines fein gewelltes, rotes Haar in zwei Hälften auf die Schultern fielen. Sogar ihre Nasen waren kaum zu unterscheiden. Gerade waren sie, obwohl Hedwig der Nasenrücken ihrer Schwester zierlicher vorkam. Dahingegen wirkte ihr Körper schwerfällig. Und den tomatigen Haaren und der weißen, im Sommer rötlich gesprenkelten Haut haftete etwas Fremdes an. Zwar hatte auch Tine den schmalen Schädel, ähnelte ihre Augenform der von Gila und der Mutter, aber ihre hellblaue Iris und die gedrungene Gestalt hatten mit der Mutter nichts zu tun und mit dem Vater erst recht nicht. Der Vater war hager gewesen, wie sie, Hedwig. Nein, niemand in der Familie hatte so eine Figur, so ein Sommersprossengesicht, und niemand in der Familie schielte. Schielen war eine Erbkrankheit, es wurde in direkter Linie weitergegeben. Die Seebalds hingegen schielten nicht, und auch im Dorf schielte kein Mensch, keine Frau, kein Mann. Hedwig hatte Fotos von der Feuerwehr und vom Handballverein aufgestöbert, hatte sich um die Freunde der Mutter gekümmert. Gila konnte viel erzählen, Hedwig wusste, dass Tines Augen ein Geheimnis verrieten. Es war nicht die Schwester, es war die Mutter, die sich Tag für Tag, Minute für Minute in der Tochter verriet. Nein, ihre Schwestern würden den Verrat nie bemerken. Susanne war zu dumm, Gila zu moralisch und Tine zu sensibel unter ihrer sommersprossigen Haut, zu berechenbar klug, wie alles Sensible. Trotzdem war Gila der Meinung, Tine habe den Vater sterben lassen. Was für ein Unsinn, was für ein lächerlicher Gedanke, dachte Hedwig und betrachtete ihre jüngste

Schwester, die immer noch dicht bei ihrer Freundin stand und sie in dem Moment am Rock zupfte. Er stand Rosa gut, dieser Rock, machte sie knabenhaft schmal, das hatte Hedwig schon in der Kirche bemerkt. Jetzt hielt die Schwester ihr ein verpacktes Rechteck hin. Rosa nahm es und knickte es an den Längsseiten ein. Hedwig brauchte den beiden nicht zuzuhören, sie kannte die kleinen feinen Worte und Liebesbekundungen, denn sie untersuchte die Gesichter hinter dem Reden, sie studierte das Schweigen, und die Angst.

Mittlerweile hatte Rosa das Rechteck auf den Tresen gelegt.

»Mäxchen, ich lese nicht gern, okay? Und wenn es das ist, was ich denke, werde ich es nie lesen.«

»Trotzdem kannst du mich umarmen.«

»Oh, Mann.« Rosa legte die Arme um Tara.

»Es ist nicht wegen dem Namen, ehrlich, Rosa, das Buch hat mich an dich erinnert. Deswegen wollte ich es dir schenken. Ich wollte dir auch eine Torte backen …«

»Schon gut.« Hastig löste Rosa die Arme von Tara, griff nach dem Buch und stopfte es in ihre Rocktasche. »Bist du sehr traurig?«

»Wegen Papa?«, Tara senkte den Kopf. »Keine Ahnung, vielleicht habe ich ihn nicht richtig geliebt, nicht wie man einen Vater liebt. Ich hab ihn mir ja weggewünscht. Und jetzt, wo er weg ist, fehlt er mir.« Tara merkte, wie ihr die Tränen in die Augen stiegen. »Sanne sagt, sie würde gerne noch mal mit ihm reden, über die Vergangenheit, was weiß ich, aber ich will, dass es ihn wieder gibt, bescheuert, was?«

»Na ja«, Rosa fummelte an ihrem Rock. »Ist dein Vater wirklich neben dir gestorben?«

Tara nickte und versuchte, die Tränen herunterzuschlucken. Unwillkürlich drängte sie sich an Rosa, drückte den Kopf auf ihre Schulter, ahnte, dass sich am Blusenkragen ein nasser Fleck bilden würde, und spürte Rosas Brüste, rund und herausfordernd, wie sie ihr vertraut waren.

»Meine Mutter sagt, die Seebalds haben Herzen wie Ziegelsteine.« Rosa begann, ihr auf den Rücken zu klopfen, als solle sie ein Bäuerchen machen und die Vergangenheit ausspucken, damit alles so werden würde, wie es gewesen war. Tara hörte ein dumpfes Pochen im Brustkorb und Rosas Stimme in ihrem Ohr. »Scheiße, Mann, ich hab kein Taschentuch.«

»Ich auch nicht. Jetzt ist deine Bluse ganz nass, tut mir leid.« Tara löste sich von Rosas Schulter, wischte sich mit dem Ärmel das Gesicht ab. »Die Herzen von uns Seebalds bröckeln einem total schnell zwischen den Fingern weg.«

»Macht nichts«, sagte Rosa, deren Hände sich um Taras Hals schlossen und Taras Kopf näher an ihren brachten.

»Du siehst süß aus in deinem Rock«, sagte Tara leise.

Sie wollte Rosas Nasenspitze küssen, ihr Kinn, den Pickel zwischen ihren Brauen, und dabei wollte sie ihre Tränen vergessen, den toten Vater, die zwischen den Schwestern eingekeilte Mutter, die Beerdigungsfeier, das Haus – einfach alles, vergessen und vergessen und vergessen.

»Rosa, es wird Zeit.«

»Bis nachher.«

»Nein, Mäxchen, heute nicht. Ich gehe ins JUZ. Bea ist in Mitchs Band eingestiegen, und ich hab versprochen, ich komme vorbei.«

»Mitch? Was für ein Mitch?«, fragte Tara, wobei Frau Diettrichs »Rosa«-Rufe ihre Frage zu übertönen schienen.

»Mitch! Der neue Lover von deiner Schwester«, hastig entfernten sich Rosas Hände von Taras Hals, und Rosa trat einen Schritt zurück. »Außerdem sind die Flugis gegen das Zwischenlager nicht fertig«, sagte sie, ohne Tara anzusehen. »Wir haben eine Abmachung, aber wir sind nicht verheiratet.«

»Behauptet auch keiner.« Wieder spürte Tara die Tränen aufsteigen. »Von mir aus könnt ihr an euren Flugblättern sitzen, bis ihr schwarz werdet. Die werden das Zeug sowieso in euren Eierstöcken lagern, scheißegal, ob ihr euch an Schienen kettet, Flugis verteilt oder irgendwelche Lieder klampft.«

»Unsere Eierstöcke …«, sagte Rosa, immer noch ohne Tara anzusehen. »Ehrlich, Tine, das nenne ich Solidarität.«

»Tut mir leid.«

»Schon klar.«

Mittlerweile hatte Frau Diettrich zum dritten, vierten Mal nach ihrer Tochter gerufen.

»Also, Mäxchen, ich melde mich.«

»Brauchst du nicht«, murmelte Tara und sah, wie Rosa ihrer Mutter einen Kuss auf die Wange drückte, sah das Buch in der Rocktasche gegen ihren Schenkel schlagen, sah Rosa sich an der Tür umdrehen und einen zweiten Kuss Richtung Tresen werfen. Als müsse sie einem Schlag ausweichen, riss Tara den Kopf zur Seite, doch da hatte sich die Tür schon hinter Rosa geschlossen. Nur der ausgeworfene Kuss taumelte in der Luft, schwebte zur Decke und zerplatzte.

»Das wäre geschafft.« Frau Diettrich atmete stoßweise in

die Nacht. »Die Luft drinnen ist nicht zum Aushalten. Mein Kleid wird stehen vor Rauch.« Breitbeinig lehnte sie sich an die Tür, sagte: »Wartet mal«, rief: »Ist da jemand?«, schwieg und fuhr etwas leiser fort: »Ich hätte noch für kleine Mädchen gehen sollen.«

In dem Moment griff der Wind nach ihrem Rock, blähte den Stoff. Frau Diettrich und Frau Krol hakten Rosa unter, gingen langsam mit vorgebeugten Oberkörpern zu den geparkten Autos. Rosa schien in die Luft gehoben zu werden. Der Wind drückte ihr den Rock gegen die Beine, zerrte den Stoff nach hinten.

»Hast du gesehen, wie viel der Siggi getrunken hat?«

»Viel hat der getrunken.«

»Und heute viel zu viel, zur Feier des Tages sozusagen.«

Frau Diettrich lenkte ihre Schritte zu einem Opel neben Gilas Passat.

»Musst du dich immer mit der kleinen Seebald herumtreiben.«

Es war, als spräche die Nacht.

»Im Dorf gibt's genug andere Mädchen.«

»Und Jungs gibt es auch.«

»Ja. Früher ist sie niedlich gewesen mit ihrem Igelschnitt und den Sommersprossen. Aber heute? Was für ein scheußlicher Pullover. Und wenn sie schielt, kriegt sie was Unheimliches.«

»Mann, Mama, dann ist sie müde.«

»Müde? Ein Teufel sieht der aus den Augen«, knurrte die Nacht, während Absätze scharrten und ein fistelndes Lachen in das Scharren einstimmte. »Ja, der Olli hatte Augen wie ein Luchs.«

»Wie ein Luchs.«

»Nein, der hat nicht geschielt. Aber ihr Bruder hat. Bis ihm die Pupillen aus den Nasenlöchern gerollt sind.«

»Und wie die Russen kommen, sind sie über die Elbe, und ihr Bruder kann nicht schwimmen. Und sie ist vorne raus, und wie sie sich umdreht, ist er weg, ertrunken.«

»Schielen ist eine Krankheit«, heulte es von überall her, »bei uns im Dorf hat nie einer geschielt.«

Die drei Schatten waren vor dem Opel stehen geblieben.

»Aber Ollis Beerdigung im Schober feiern, wo alles vom Feinsten ist, Wein, Bier, Schnaps …« Die Nacht war zurückgewichen, die Worte wurden vom Wind in die Felder gestreut. »Sind bestimmt zehn Klare gewesen.« – »Was der getrunken hat …« – »Der Olli würde sich im Grab umdrehen.«

Eine Autotür klappte, die Stimmen setzten aus, um sich ein letztes Mal zurückzumelden.

»Eine Krankheit.« – »Ja.« – »Ganz meine Meinung.«

Eine zweite Tür klappte. Kurz darauf bewegten sich die Scheinwerfer über die Felder, drehten sich die Rücklichter vom Parkplatz zum Gasthaus, streiften die Wand. Dann rumpelte der Wagen über den Schotterweg in die Felder hinein.

6. DIE LETZTEN RESTE

Es gibt bloß eine Traurigkeit: kein Heiliger zu sein.
Léon Bloy

Im Gasthaus war noch ein Tisch besetzt. Da die Kellner und Kellnerinnen gegangen waren, zapfte Herr Pauli, der Besitzer, das Bier, schenkte die kleinen klaren Schnäpse aus. Obwohl die Tischdecke Flecken bekommen hatte und die leeren Gläser zu Pyramiden gestapelt waren, sahen die Menschen in ihren schwarzen Röcken und Hosen, ihren blickdichten Strümpfen und dunklen Krawatten feierlich aus, vergessene Gäste, die sich an den Gläsern festhielten und ihre Müdigkeit wegtranken.

»Das nenne ich vornehm.«

Siggi Oberländer zeigte auf Onkel Heinz' Gummistiefel, die wie zwei gelbe Kröten unter dem Tisch hervorlugten. Während die Mutter und Erich Weinrich lachten, neigte sich Tara zu ihrer ältesten Schwester.

»Wie stellst du dir das vor? Das Haus ist zu klein für uns alle. Oder soll Mama mit mir im Keller wohnen?«

Da Gila nicht antwortete, drehte Tara den Kopf zur Fensterscheibe und entdeckte darin ihr Gesicht, das ein wenig verzerrt aussah. In dem Moment glaubte sie, eine Bewegung hinter der Scheibe wahrzunehmen. Nun heftete auch Gila ihren Blick auf das Fenster. Neben Taras wirkte ihr Gesicht ausgemergelt und gespenstisch alt. Tara wollte sie fragen, ob sie diese Bewegung bemerkt hatte und sagte: »Franzi wollte uns schon in den Himmel schicken, zu Papa und dem lieben Gott.«

»Meine Tochter? Wo habt ihr euch eigentlich herumgetrieben? Franzi hatte ganz nasse Strümpfe.«

»Nach dem Regen ist das Gras nass, und Franzi ist ein bisschen im Gras herumgesprungen. Mann, Gila, deine Tochter wird sich nicht den Tod holen.«

Ohne es zu wollen, drehte sich Tara wieder der Schwester zu. Auch Gilas Blick hatte sich von der Scheibe gelöst. Sie starrte Tara an.

»Meine Tochter wird sich nicht den Tod holen? Papa ist gestorben, hast du das immer noch nicht begriffen? Er ist gestorben, während du Cola trinkst und einen Krimi guckst. Und an seiner Beerdigung stiefelst du mit meinem Kind durchs Gras und sagst, Franzi wird sich nicht den Tod holen.«

Tara kam es vor, als wolle Gila sie anspucken.

»Ich habe Franzi nicht durchs Gras gescheucht«, sagte sie leise.

»Und ich habe nichts von scheuchen gesagt, drehe mir bitte nicht das Wort im Mund um. Du bist mit meiner Tochter spazieren gegangen, und danach waren ihre Strümpfe so nass, dass ich sie auswringen musste.«

»Tut mir leid.«

»Tut dir leid?« Gila schien durch Taras Augen hindurchzusehen. »Hast du das von deiner Schwester?«, fragte sie, wobei ihre Stimme zu einer Karikatur von Susannes wurde. »Wir werden deiner Mama nichts erzählen, das ist jetzt unser Geheimnis. Geht das nicht so?« Gila lachte böse auf, dann redete sie in ihrem eigenen Ton weiter: »Ihr mit euren Geheimnissen und eurer Feigheit. Ihr lügt lieber das Blaue vom Himmel runter, als einmal für eure Lügen und Geheimnisse geradezustehen.«

»Ich sag doch, tut mir leid.«

»Tut dir leid. Was tut dir leid, angeblich leid? Nichts, gar nichts. Du bist nur bequem und verlogen. Und ich habe es am Hals, wenn meiner Tochter die Blase brennt und ich jede Minute mit ihr aufs Klo rennen muss.«

»Ich habe sie nicht ins Gras geschickt oder gescheucht.«

»Ihr wolltet den bösen Wolf fangen und mir zum Abendbrot vorsetzen, war's nicht so? Oder hat Franzi irgendeinen Unsinn erzählt?« Immer noch starrte die Schwester durch Tara hindurch. »Und du hast nicht die Größe, das zuzugeben, du, eine erwachsene Frau.«

Tara senkte den Kopf. Sie sah Franzi mit ihren fischigen Augen vor Gila stehen, sah die nassen Strümpfe und den Wasserrand am Samtkleid und erinnerte sich, dass Franzi das Kleid im letzten Winter zur Geburtstagsfeier des Vaters getragen hatte. Und plötzlich hörte Tara ihre Nichte jammern: »Mami, ich muss Pipi«, und ihre Schwester zischen: »Nicht schon wieder.« Ja, sie konnte es sich denken, wie Gila Franzi ausgequetscht und verhört hatte und warum sie, die Tochter an der Hand, immer wieder kopfschüttelnd an Rosa und ihr vorbei zur Toilette gerannt war.

»Ich habe genug mit Papas Beerdigung zu tun, mit Mama und dem Baby, und du machst mir meine Tochter krank. Ausgerechnet du.« Gila biss sich auf die Lippen.

»Du bist meine erste Tochter gewesen. Ich habe auf dich aufgepasst, bin mit dir zu Frau Doktor Schmidt gegangen und habe mich darum gekümmert, dass du deine Sehübungen machst. Eigentlich hast du es mir zu verdanken, dass du nicht mehr schielst.«

»Klar.« Tara hob den Kopf, sah in Gilas mandelförmige Augen. Wie um die Schwester zu beruhigen, fügte sie hinzu: »Das war echt lieb von dir.«

»War es auch. Warum soll ich's nicht sagen? Wir ziehen nicht wegen der Miete und dem großen Garten zu euch, sondern wegen Mama. Da kann ich eingreifen, wenn sie ihr Geld verschleudert, das Haus vernachlässigt und das halbe Dorf sich den Mund zerreißt, weil Pfarrer Peters, Doktor Wenzel oder sonst wer bei ihr ein und aus geht.«

»Aber Mama ist erwachsen.«

»Trotzdem.« Gila begann, auf ihrer Unterlippe zu kauen. »Ihre Friseurtermine und sinnlosen Einkäufe wird es bei mir nicht geben, das verspreche ich dir, eher sperre ich sie ein.«

»Mann, Gila. Mama war jung, als sie ins Dorf kam. Sie hat sich hier nie wohl gefühlt. Sie findet das Klima scheiße, und die Leute sind ihr einfach zu spießig. Und wenn man so spießig ist wie die Leute hier, wird man bei einer wie Mama total schnell misstrauisch.«

»Soll das eine Entschuldigung sein?« Gila lachte ihr kurzes, böses Lachen. »Ich habe weder meine alte Mutter noch meine junge vergessen, und ich vergesse mich nicht. Als sie Anfang zwanzig war und ich ungefähr vier, ist sie mit mir an die See, zu einer Art Erholungsurlaub. Frag nicht, wo sie Hedi und Sanne gelassen hat, Sanne war ja noch ein Baby, aber wir sind an die Ostsee gefahren, in einen Kurort mit blonden Familien, Eisdielen und einer kilometerlangen Strandpromenade, auf der die Mütter ihre Kinderwägen schoben. Die Männer gingen mit leeren Händen neben ihnen her, die Kinder stopften sich Eis in die Münder und brüllten, weil der Wind ihnen an den blonden Haaren riss. Und dann waren da also Mama und ich. Unterhalb der Promenade hat die See geplätschert, und zwischen der Promenade und der See war ein Streifen Sand mit ein paar Strandkörben, nicht wie heute, wo die Körbe Spalier stehen und man sich durchzwängen muss, bis man endlich am Wasser ist. Mama hatte uns einen Strandkorb gemietet, und um uns herum bauten die blonden Väter Burgen aus Muscheln und Sand, die Kinder brüllten, und die Mütter ruckelten ihre Kinderwägen. Mama wurde selten gegrüßt. Sie hatte auch so einen Schick mit ihrem roten Badeanzug, ihren lackierten Nägeln und dem Bubikopf. Ja, Bubiköpfe waren damals modern, und unsere Mutter ging natürlich mit der Mode. Sie trug also den roten Badeanzug und als Einzige keine Badekappe, wenn sie zum Wasser rannte und ihre hübsch bemalten Zehen in die Wellen streckte. Währenddessen hockte ich am Wasser und schaufelte Kanalsysteme aus. Mama hatte mir ein rot gepunktetes Höschen gekauft, mit einem Volant am Hintern, der sich kräuselte und für niedlich gehalten wurde, obwohl er immer voll Sand war und wie ein Entensteiß im Winde wedelte. Unserer Mutter war das egal. Ich ging Ton in Ton mit ihrem Badeanzug und stand ihr ausgezeichnet, solange ich vorne am Wasser saß und schaufelte. Manchmal rief sie mich zu sich, cremte mir die Lippen ein und das Gesicht, zog mich auf ihren Schoß, küsste mich zwischen die Schultern. Das war ganz willkürlich, wenn sie ihre Zeitschriften durchgeblättert hatte und Mutter sein wollte, war ich an der Reihe. Ich habe das damals nur nicht begriffen, ich habe gedacht, sie wäre nur für mich da.

Eines Tages hat sich im Nachbarkorb ein Herr einquartiert. Er trug einen beigen Frotteehut und hatte eine Glatze. Sie bekamen schnell Kontakt, Mama und er, und er lud uns zum Eis ein und fragte, ob sie meine große Schwester sei. Du kannst dir vorstellen, wie sie lachte und sich geschmeichelt fühlte, sie ist ja so leicht zu durchschauen, und zu mir sagte er, wie schön ich schaufele und was ich für feines Haar hätte, und streichelte mir den Kopf. Ich fand seine Hand eklig. Sie war zu weich für eine Männerhand und klebte an meinen Haaren. Und ich bekam eine Gänsehaut, trotz der heißen Luft. Ja, daran erinnere ich mich genau, dass mir von der Hand kalt wurde. Ich überlegte, wie ich den Mann wegschaufeln könnte, und hoffte, dass es Mama im Strandkorb zu langweilig werden würde. Dann rief sie: ›Gila, Schatz, mir kribbelt's im Zeh‹, warf sich in ein tief ausgeschnittenes, rotes Kleid, und wir spazierten die Promenade hoch und runter, aßen Eis, während die blonden Mütter ihre Kinderwägen an uns vorbeischoben und die blonden Väter uns mit ihren sinnlosen, leeren Händen hinterhersahen.

Irgendwann ging sie allein. Sie erklärte mir, am Strand sei es viel schöner, der Herr mit dem Frotteehut würde auch auf mich aufpassen. Und der Mann fragte, wo ein Handtuch sei und ein Höschen zum Wechseln, und sie zeigte ihm das Handtuch, das Höschen und sagte: ›Mein Gott, eigentlich braucht sie's nicht.‹ Dabei lachte sie und warf sich das Kleid über, und der Mann sagte: ›Gehen Sie, amüsieren Sie sich, ich passe auf die Kahle auf.‹ Ich blieb am Wasser hocken, vorne bei den Wellen, die um meine Füße plätscherten und meine Kanalsysteme zuschütteten, und ich wäre am liebsten hinter ihr hergerannt und hätte gebrüllt: ›Mama, ich komme mit.‹ Ich habe es nicht getan. Ich habe die Zähne zusammengebissen, bis sie knirschten, und habe versucht, nicht an den Mann mit dem beigen Frotteehut und den klebrigen Händen zu denken. In den ersten Tagen rief er nach mir, wollte mein Höschen wechseln, weil es nass sei, und meinen Popo abrubbeln, weil er kalt sei, und sich mit mir einkuscheln, weil ich frieren würde. Ich habe getan, als hörte ich ihn nicht, Tag für Tag, mit dem Kopf unter der Sonne, den knirschenden Zähnen und den Wellen zwischen den Zehen. Irgendwann hat er nicht mehr gerufen, sondern nur noch in seinem Strandkorb gesessen. Und ich habe auf das Meer geguckt und mir überlegt, wie lange es dauern würde, bis ich ein Boot gebaut hätte und weit weg, zum glitzernden, gekrümmten Horizont gepaddelt wäre. Tag für Tag habe ich die Füße in den Sand gedrückt, habe mit der Schippe über meinen Spann gestrichen und immer größere Boote gebaut, regelrechte Dampfer, die mich an den Rand des Meeres trugen. Tag für Tag, mit dem Mann in meinem Rücken und ohne meine Mutter, die in ihrem tief ausgeschnittenen, roten Kleid auf der Strandpromenade spazierte. Und da ist mir klargeworden, dass ich allein bin auf der Welt, mutterseelenallein.«

»Mama kann nicht aus ihrer Haut«, sagte Tara leise.

»Natürlich kann sie nicht aus ihrer Haut, ich kann ja auch nicht aus meiner, aber ich versuch's wenigstens. Und Mama? Sie macht nicht mal Anstalten dazu. Sie fühlt sich pudelwohl in ihrer Haut.«

»Hey, Gila«, brüllte eine kräftige Stimme.

Als wäre die Stimme ein Klingeln, ein Weckruf, kehrten Gilas durchdringende, abwesende Augen zum Tisch zurück. Ihr Blick wurde wachsam, ihre feinen Züge spannten sich, und den Urlaub, die See und den Mann mit dem Frotteehut schien es nie gegeben zu haben. Ohne Tara noch einmal anzusehen, drehte sie sich zu dem schräg gegenüber auf die Bank gefläzten Onkel Siggi.

»Wo ist dein Mona-Gila-Lächeln geblieben, Frau Kappelhoff-Seebald? Steckt's zu Hause in der Spülmaschine, oder hat's die Emma, die Emmazipation gefressen?«

»Entschuldige, mein Vater ist heute beerdigt worden. Da ist mir nicht nach Lachen zumute«, fuhr Gila ihn an, wobei sich ihr Rücken straffte und ihr Gesicht reglos wurde, als hätte sich eine dünne Eisschicht auf ihre Haut gelegt.

»Ja, mit dem Tod ist nicht zu spaßen«, nickte Onkel Siggi. »Trotzdem kannst du den alten Siggi Oberländer anlächeln.«

Onkel Heinz fiel in Onkel Siggis Nicken ein.

»Der Olli spuckt, weil ihm die Würmer ins Maul kriechen. Nein, zu lachen hat er da unten nichts mehr.«

»Wie wahr«, seufzte Onkel Siggi, und sie nickten beide vor sich hin. »Ich glaube, jetzt ist wieder ein Idiot zur Welt gekommen.« Ein dünnes Grinsen rollte sich in Siggi Oberländers Gesicht aus, während er sein Nicken einstellte. »So spielt das Leben, der Olli liegt im Grab. Und ich nicht.«

Nun stellte auch Onkel Heinz sein Nicken ein. Seine großen, dunkelblauen Augen waren verquollen, als hätte er zu lange geschlafen oder geweint.

»Weißt du, was ich glaube, Siggi …«

»Pst«, flüsterte Siggi Oberländer, legte eine Hand ans Ohr. »Hallo«, er kniff die Brauen zusammen und flüsterte noch einmal: »Hallo.«

»Darf man vielleicht erfahren, was das soll?«, fragte Gila schneidend.

Statt ihr zu antworten, richtete Onkel Siggi seine Augen auf die Tischplatte. »Ist da jemand?«

»Hörst du's?«, wisperte Heinz.

Onkel Siggi schüttelte den Kopf und klopfte. Nun schienen alle ins Holz hineinzulauschen, in die Gaststube und in die Nacht. Einen Moment lang war es totenstill, dann rollte Siggi Oberländer wieder sein Grinsen auf dem Gesicht aus und sagte: »Nein, der ist mucksmäuschenstill.«

»Mein Gott, Siggi«, die Mutter versuchte zu lachen. »Ich habe wirklich gedacht, da unten ist jemand …«

»Aber der Olli ist im Sarg. Der kann nicht unterm Tisch hocken«, unterbrach Onkel Heinz sie aufgeregt.

»Natürlich nicht«, zischte Gila. »Onkel Siggi hat sich nur einen seiner miesen Scherze erlaubt. Eigentlich müsste man ihn für so was vom Tisch entfernen.«

»Für was, Frau Kappelhoff-Seebald? Männer brauchen Sex und Drags und Rock 'n' Roll, die brauchen was Handfestes, kein Gequatsche, stimmt's, Heinz?«

»Ich weiß nicht, der Olli liegt doch im Sarg.«

»Und wie der im Sarg liegt. Aber du kommst aus demselben Stall. Also, hast du Lust auf ein Spielchen?«

»Ich weiß nicht.«

Die Mutter und Onkel Erich lachten.

Gila warf Siggi Oberländer einen Rasierklingenblick zu, als solle sein Gesicht von den Wangenknochen bis zum Kinn aufgeritzt werden. »Lass uns bitte mit deinen Spielchen in Ruhe. Wir sind hier auf Papas Beerdigung, nicht in einer von deinen Kneipen, verstanden?«

Ohne sich um Gila zu kümmern, redete Onkel Siggi auf Onkel Heinz ein. »Komm schon. Jetzt, wo deinem Bruder die Würmer ins Fleisch kriechen, bist du der Mann in der Familie, stimmt's?«

»Ich weiß nicht.«

»Also bist du kein Mann«, seufzte Onkel Siggi, der sich vom einsetzenden Gelächter nicht unterbrechen ließ. »Kannst dir trotzdem einen Fuffi verdienen.«

Ächzend hob er den Hintern, zerrte ein abgegriffenes Portemonnaie aus seiner Hosentasche, fummelte einen Fünfzig-Mark-Schein heraus und legte ihn auf den Tisch. »Was ist? Hast du Schiss in der Hose?«

Heinz starrte auf den Schein.

»Wenn du vier Tritte unterm Tisch aushältst, ist das dein Geld.«

»Wirklich?« Mit offenem Mund starrte Heinz nicht mehr den Schein, sondern Siggi Oberländer an. »Ich halt vierzig Tritte durch.«

»Vorsicht, Heinz, der Siggi ist ein schlauer Fuchs«, lachte Onkel Erich.

»Und wenn er ein schlauer Fuchs ist«, rief Gila, deren Rasierklingenblicke Onkel Siggis Augen zu zerschneiden schienen. »Hast du mich nicht verstanden? Du sollst mit deinen Spielchen aufhören.«

Doch Siggi Oberländer reagierte nicht auf Gila, sondern lächelte Onkel Heinz an.

»Vier Tritte, und der Fuffi ist deiner. Vierzig sind mir zu viel, davon kriege ich Muskelkater.«

Trotz seines Lächelns redete Siggi Oberländer in einem

Ton, als säße ein Bankdirektor mit einem Gläubiger am Tisch und feilsche um einen Kredit.

»Vier, vierzig, ich halt's durch«, rief Heinz aufgeregt.

»Dann ab zu meinen Füßen!«

Siggi Oberländer hätte es nicht befehlen müssen. In einer Mischung aus Eifer und Gehorsam war Heinz unter den Tisch geschlüpft und hatte sich mit dem Hintern vor seine Schuhe gesetzt.

»Zäumen wir das Pferd von hinten auf, das hat mir immer am besten gefallen.« Onkel Siggi zwinkerte der Mutter zu, rief: »Eins, zwei, drei«, und trat bei »drei« zu.

»Kannst ruhig fester treten, es tut nicht weh.« Die Stimme, die sich durch die Tischplatte kämpfte, hörte sich dumpf und ergeben an.

»Abwarten«, lachte Onkel Siggi, rief: »Eins, zwei«, und trat bei »zwei« zu. »Und jetzt zum Ersten und Letzten: drei.«

Diesmal hatte er ausgeholt. Ein klägliches Wimmern war zu hören.

»Und jetzt zieh ich die Spendierhosen an. Sieben Schnäpse auf meine Rechnung, Pauli.«

Lauthals rief Siggi Oberländer die sieben Schnäpse in die Gaststube, während sich Onkel Heinz' Stimme mit einem »Ich bin fertig« durch die Holzplatte quälte.

Onkel Siggi lachte. »Ich auch.«

»Musst dich nicht genieren, es hat nicht weh gemacht, nur ein bisschen geziept. Ehrlich, Siggi, ich sag keinen Mucks.«

»Dafür kann ich mir was kaufen! Nein, Heinz, dein Bruder ist unter der Erde, und du bleibst unter dem Tisch.«

»Aber du hast vier gesagt.«

»Richtig, mein Gutster, ich haue nur keine fünfzig Eier

in die Tonne, nicht für vier läppische Tritte, drei reichen mir, haha«, lachte Onkel Siggi und steckte den Fünfziger in sein Portemonnaie zurück.

»Aber ich kann nicht hier unten bleiben«, wimmerte die Stimme.

»Dein Problem, und wenn du mir deinen Allerwertesten bis zum Sankt-Nimmerleins-Tag hinstreckst.« Onkel Siggi schnappte nach Luft, sein Gesicht war rot angelaufen und kurzatmig vor Lachen rief er: »Oder willst du mir da unten einen blasen?«

»Ich weiß nicht«, wimmerte es.

»Das Spiel ist aus, Heinz«, schaltete sich Erich Weinrich ein und beugte sich unter den Tisch. »Komm hoch. Der Siggi spendiert dir einen Schnaps.«

Onkel Heinz blinzelte Erich Weinrich aus seinen großen, dunkelblauen Kinderaugen an. »Nein, Erich, einer muss noch sein.«

Onkel Erich begann zu lachen. Es war ein tiefes, brummendes Gelächter, in das Taras kaum hörbares Glucksen und das klare Lachen der Mutter einfielen. Nur Gila verzog keine Miene. Sie presste die Lippen aufeinander und sah eisig und abweisend aus. Währenddessen war Onkel Heinz unter dem Tisch hervorgekrabbelt.

»Ich hätt's durchgehalten.«

»Keine Frage. Ich wollte gerade wieder zutreten.« Onkel Siggis Augen tränten vor Lachen. »Aber ich geb jedem eine zweite Chance«, sagte er und sah die Mutter an.

In dem Moment fuhr Gila auf. Ihr Blick war so scharf, als wolle er Onkel Siggis Haut in Streifen schneiden. »Ich verbiete dir, Scherze auf Kosten von Onkel Heinz zu machen. Mein Onkel ist geistig behindert. Das weißt du ganz genau. Deswegen hast du ihn dir ausgesucht und nicht mich oder sonst jemanden.« Gila zischte nicht, sie spie ihre Worte über den Tisch. »Was bist du für ein mieser Charakter! Oder ist es nicht mies, einen Schwächeren unter den Tisch zu setzen und zu demütigen?« Mit einer Stimme, die die Gaststube in ein Kühlhaus verwandelte, fuhr sie fort: »Dabei sind sie nicht lustig, deine Scherze. Sie sind gemein und menschenverachtend, und du bist der Einzige, der darüber lacht. Aber das interessiert dich nicht, Hauptsache, du hast deinen Spaß gehabt, deinen miesen Spaß auf Kosten eines geistig behinderten Menschen.« Wieder blieb es still, wieder hob sich Gilas Eisstimme: »Man macht keine Witze mit geistig behinderten Menschen und keine über geistig behinderte Menschen, verstanden?«

»Ich bin nicht behindert«, murmelte Heinz. »Ich hätt gewonnen, wenn der Siggi zugetreten hätt.«

»Logisch. Hier haben andere einen an der Waffel«, versicherte ihm Onkel Siggi. »Jetzt hörst du mir zu, Frau Kappelhoff-Seebald. Von mir aus kannst du deine Kinder und deinen Gerd tyrannisieren, aber mich nicht. Erstens. Zweitens bin ich der Mann am Tisch, und du bist nichts wie eine kleine, schwarze Fliege, und die tanzt mir nicht auf der Nase rum. Such keinen Streit, sonst ziehst du den Kürzeren.«

»Rassistisch und frauenfeindlich ist er auch«, rief Gila in die Runde und richtete ihren Blick wieder auf Onkel Siggi. »Fass mich einmal an, und du kriegst eine Anklage wegen Körperverletzung an den Hals, und dann ziehst du den Kürzeren.«

»Aber, aber. Ich mache mir meine Finger doch nicht

schmutzig«, lachte Onkel Siggi. »He, Pauli, wo bleiben die Schnäpse?«

Mit leicht erhobenem Kopf begann er seine Krawatte zu lockern und blinzelte Onkel Heinz verschwörerisch an. »Du bist also ein geistig behinderter Mensch. Na schön. Wenn's geistig behinderte Menschen gibt, gibt's auch geistig behinderte Schweine. Ich hab zwar nie eins gesehen, aber ich glaub, die sind noch bescheuerter wie die Menschen. Weißt du, was man mit einem geistig behinderten Schwein macht, Heinz? Man bringt's zum Metzger, und ab geht's in die Verwurstung. Und dann piep, piep, piep, guten Appetit. Hast du schon mal ein geistig behindertes Schwein gegessen, Heinz?« Genüsslich zupfte Onkel Siggi das lange Ende seiner Krawatte durch die gelockerte Schlaufe.

»Ich bin kein Schwein«, murmelte Onkel Heinz. »Ich bin nur ein bisschen langsam.«

»Was du nicht sagst.« Onkel Siggi stopfte seine Krawatte in die Hosentasche.

In dem Moment trat Herr Pauli an den Tisch, stellte ein Tablett mit sieben Schnäpsen vor Onkel Siggi ab und setzte sich ans Tischende.

»Dann wollen wir mal«, rief Onkel Siggi, verteilte die Schnäpse, rief: »Auf Olli«, hob sein Glas und stieß mit Onkel Heinz an. Gila hielt die Arme vor der Brust verschränkt. Tara schob das vor ihr stehende Glas weg und stellte sich unwillkürlich vor, wie dies bisschen Alkohol ins Blut sickerte, zusammen mit dem Blut in die Köpfe floss, die Zungen schwer machte, die Worte eindickte und die Gedanken.

Währenddessen hatten Onkel Siggi, Onkel Heinz, Erich Weinrich, Herr Pauli und die Mutter die Gläser an die Münder geführt und sich den Schnaps in die Rachen gekippt. Onkel Siggi, der als Erster fertig war, schnappte sich Gilas und Taras Schnäpse und kippte sie hinterher.

»Mein Gott, habe ich einen im Tee«, rief die Mutter. Sie mühte sich aus der Bank, wich Gilas Hand aus und stolperte um den Tisch. Bei jedem Schritt schien ein Gewicht den zurückbleibenden Fuß zu beschweren und ihren Körper aus dem Gleichgewicht zu bringen. Hinter Erich Weinrich kam die Mutter zum Stehen, ließ die Hände auf seine Schultern sinken, beugte sich zu ihm und knabberte an seinem Ohrläppchen.

Nun kletterte auch Onkel Siggi über die Bank. »Was hältst du von einem Tänzchen, Greta? Früher haben wir so schön miteinander getanzt.« Er fasste die Mutter um die Taille und zog ihren Hintern an seine Leisten. »Hey, Pauli! Bring uns armen Schluckern sieben Klare. Und mach ein bisschen Musik. Greta und ich wollen tanzen.«

»Fünf«, sagte Gila bestimmt, »fünf Klare. Für Tine und mich nicht.«

»Dann fünf. Sieben minus zwei Weicheier sind fünf, fünf Klare.«

Ohne Siggi Oberländers Bemerkung zu beachten, wandte sich Gila an die Mutter: »Du auch nicht, Mama, bitte, du bist betrunken.«

»Ach, Schatz, man kann nie genug betrunken sein.« Zärtlich strich die Mutter über Onkel Erichs Schultern. Dann drehte sie sich um, trommelte Onkel Siggi auf die Brust, rief: »Bin ich betrunken? Los, Siggi, sag, bin ich betrunken?«

Onkel Siggi stierte der Mutter ins Gesicht, nahm seine Hände von ihrer Taille und torkelte einen Schritt zurück.

»Einen Scheißdreck sag ich«, murmelte er.

»Da hörst du's, Schatz«, rief die Mutter. Sie schien Herrn Paulis Blick zu suchen, wobei sie offenbar jeden der drei Männer am Tisch für Herrn Pauli hielt. »Lieber Herr Pauli, bringen Sie uns sieben minus zwei Schnäpse. Meine Töchter sind zu blass für was Scharfes, die kommen nach ihrem Vater.«

Onkel Siggi lachte brüllend, Onkel Erich brummend, Onkel Heinz lachte, weil Onkel Siggi und Onkel Erich lachten, und auch Herr Pauli schloss sich ihnen an, schnappte sein Tablett und eilte zum Tresen.

Die Mutter sah auf die lachenden Männer und begann zu singen: »Da-von geht die Welt nicht unter, sieht man sie manchmal auch grau, ein-mal wird sie wie-der bun-ter, einmal wird sie wie-der him-melblau …«

»Mama!«

»Mein Gott, früher habe ich euch alle unter den Tisch getrunken«, stimmte die Mutter in das Gelächter der Männer ein.

»Na, na, einen Oberländer trinkt man nicht unter den Tisch«, brüllte Onkel Siggi, hörte zu lachen auf und stierte in die Gaststube. »Ich glaube, ich erinnere mich an was, ach ja, wie ich dem Olli seinen Benz repariert habe. Mann, habe ich mir dabei die Finger schmutzig gemacht.«

»Und wie«, antwortete die Mutter mit ihrem seufzenden Lachen.

Mittlerweile dudelten Schlager aus einem Kassettenrekorder, und Herr Pauli goss aus einer Flasche mit feinem Metallschnabel vier Gläser voll. Die Mutter schlang die Arme um Onkel Siggis Hals. Onkel Siggi legte die Arme um die Taille der Mutter. Aneinandergeschmiegt begannen sie sich im Kreis zu drehen.

»Mama, hör auf«, rief Gila.

»Gila«, Tara zupfte die Schwester am Ärmel, »Gila.«

»Nichts zu machen. Deine Schwester ist woanders, die beachtet dich nicht.«

»Was?«

Ohne dass Tara es bemerkt hatte, war Erich Weinrich zu ihr gerückt und saß nun auf dem einzigen Stuhl am Kopfende des Tisches. Tara ließ ihre Hand sinken.

»Ist lange her, dass wir uns unterhalten haben. Fünf Jahre? Zehn Jahre? Wie die Zeit vergeht. Aber heute ist die Gelegenheit, heute kann ich dich was fragen.«

Onkel Erichs Hände stützten sich auf die Schenkel. Sein Kopf war Tara zugeneigt. Der Bügel seiner Hornbrille spaltete seine Schläfe und verschwand mit dem zurückgestrichenen, welligen Haar hinter seinem zierlichen Ohr. Tara sah, wie Onkel Erich seine Hände hob, sie zu ihr drehte, als wolle er ihr die Lebenslinien zeigen, und hörte ihn sagen: »Olli und ich hatten Meinungsverschiedenheiten, falsch, Streit hatten wir.« Bei dem Wort »Streit« legte Onkel Erich die Hände auf seine Schenkel zurück. »Das ist normal, wenn einem die Firma pleitegeht. Da wird viel schmutzige Wäsche gewaschen. Schmutzige Wäsche, kein Geld. Geld braucht man nicht waschen. Geld ist nicht schmutzig und nicht sauber, es gehört zum Geschäft, das musst du dir merken, Chris. Man rechnet alles durch, macht Schulden, schiebt sie in andere Schuhe, krempelt die Ärmel hoch und denkt an das, was vor einem liegt. Lohnt sich's, lohnt sich's nicht? Das Baugewerbe ist ein hartes Geschäft. Entweder wird man der Größte, oder man wird vom Größten gefressen. Das ist bei Olli und mir nicht anders gewesen.«

»Klar.«

»Erinnerst du dich an meine Dackeldame, die alte Mathilde? Wie du sie am Schwanz gezogen hast? Greta hat geglaubt, sie beißt, aber sie hat nicht mal gejault. Weil du's gewesen bist. Ja, wir haben viel Spaß miteinander gehabt.« Die Augen hinter der Hornbrille waren auf Taras sommersprossiges Gesicht gerichtet. Erich Weinrich begann, sie mit seinen Worten einzuschläfern. »Wie geht's deinem Schielen?«

»Ich schiele nicht. Ich sehe super.«

»Verstehe. Ist lange her, das mit meiner Dackeldame, mit dir und mit mir. Dafür sind deine Augen gesund. Und sie sind himmelblau geblieben.«

Wieder waren Erich Weinrichs Worte wie aus Watte, seine grünbraunen Augen hinter der Hornbrille blinzelten. Ohne es zu wollen, blinzelte Tara zurück und ihr war, als ließen sich die zersprengten Reste ihres Kinder-Ichs losgelöst und schmerzfrei aus der Ferne der Gegenwart betrachten. Sie erinnerte sich, dass Erich Weinrich diesem Kinder-Ich ein Fort geschenkt hatte, erinnerte sich an die vier Wachtürme, an das Tor und das Messingschild über dem Tor, in das die Worte »Fort Fiesta« eingraviert waren. Doch an Erich Weinrich erinnerte sie sich nicht.

»Mein Sehfehler hat nichts mit meiner Augenfarbe zu tun.«

Kaum hatte Tara das gesagt, schien die Vergangenheit in den Raum zu straucheln, die Gegenwart zusammenzufalten und den Vater an Onkel Erichs Platz zu setzen. Jetzt war es der Vater, der über Taras Augen redete, über ihren Silberblick und dass er sie liebgehabt habe, trotz der Augen, der Iris, des Silberblicks.

»Richtig. Da gibt's keinen Zusammenhang zwischen der Augenfarbe und dem Schielen. Meine Tante, die alte Gesche Weinrich, die hat geschielt, dass ihr die Pupillen in die Nasenlöcher gerollt sind, aber gesehen hat sie wie ein Luchs.«

»Bei euch in der Familie hat jemand geschielt?«, fragte Tara, während sich Erich Weinrichs Worte in ihrem Kopf sammelten, in ihren Ohren rauschten und der Onkel sie weiter anblinzelte.

»Ich bin kurzsichtig wie meine Mutter. Ich sehe ohne Brille keinen Meter«, sagte er. »Schielen und Kurzsichtigkeit haben mit der Augenfarbe nichts zu tun, ich habe zum Beispiel grünbraune Augen, du hast himmelblaue …«

»Egal«, unterbrach Tara ihn, »ich rede nicht über Sachen, die mich nicht interessieren.«

»Verstehe. Vielleicht interessiert dich Folgendes. Olli ist tot, ich bin da. Ich dachte, ich sehe nach deinen Finanzen, gebe dir ein paar Anlagetipps. Eine Immobilie ist eine seriöse Sache, da bin ich konservativ. Hast du eine Lebensversicherung?«

»Bei mir gibt's nichts zu versichern.«

»Das wird sich zeigen. Ich komme morgen mit zu Rolf Winterbach. Ist ein alter Geschäftsfreund von deinem Vater und mir. Damals, als die Firma pleiteging, haben wir alles über Rolf laufen lassen: Abwicklung, Grundbucheinträge, Umschreibungen – hat alles der Rolf gemacht.«

Mir egal, dachte Tara, wenn du mich nur in Ruhe lässt. Dann kannst du von mir aus hinter den Regenbogen gehen oder ans andere Ende der Welt und zusammen mit Rolf Winterbach alles überprüfen und abwickeln – Versicherungen, Lebende, Tote.

»Wir machen durch bis morgen früh und singen bums fallera.«

Tara sah zu Onkel Siggi und der Mutter, die sich immer noch im Kreis drehten, hörte beide singen und merkte, wie Gila neben ihr aus einer Art Erstarrung erwachte, sich schüttelte und zu den beiden Tanzenden eilte.

»Wir haben Papa heute Morgen beerdigt. Hast du das vergessen, Mama?«

»Was ist dabei, wenn ich mich ein bisschen amüsiere? Dein Vater wird keinen Stein auf mich werfen, Gila. Und Sie, Paulchen, sind ein ganz, ganz großer Schatz.«

Leise war Herr Pauli an den Tisch getreten, hatte einen Schnaps vor Erich Weinrich, einen vor Onkel Heinz und zwei neben Onkel Heinz gestellt. Onkel Erich winkte ihn zu sich. Herr Pauli nickte, eilte mit dem leeren Tablett zum Tresen und stellte die Musik ab. Onkel Siggi und die Mutter torkelten noch einmal um die eigene Achse und blieben so stehen, dass Onkel Siggi die Schnäpse und die Mutter ihre Tochter im Blick hatte.

»Mama, du bist betrunken und fährst jetzt mit Tine und mir nach Hause.«

»Nein, nein.« Die Mutter drückte Siggi Oberländer einen trockenen Kuss auf den Mund. Dann sah sie in die Gaststube. Als säßen auf den leeren Bänken, den zusammengeschobenen Stühlen, den aufeinandergestellten Barhockern noch Nachbarn, Freunde, Schulkameraden ihres Mannes, hob sie ihre Stimme und rief: »Meine Tochter will mich nach Hause bringen. Sie gönnt es mir nicht, wenn ich mich amüsiere. Und wenn es ein bisschen ist, ein kleines, kleines bisschen.« Der Blick der Mutter kreiste durch den Raum. »Sie gönnt es mir nicht, weil sie sich nicht amüsieren kann. Sie kann nicht feiern und nicht trinken. Sie kann sich nicht über schönes Wetter freuen, sie meckert nur über schlechtes. Und das Schlimmste ist«, die Mutter stieß die Worte nun in einem Atemzug aus, »sie kann nicht leben. Und weil sie nicht leben kann, ist sie neidisch, auf mich, ihre eigene Mutter.«

»Mama!«

Die Mutter löste die Arme von Onkel Siggis Hals.

»Nein, lass mich, du, ja, du. Ich habe keine Schuld, dass du dir so einen Mann angeschafft hast, so ein Leben und zwei Kinder. Ich hab's nicht gewollt. Ich wollte mehr für dich, die große weite Welt wollte ich, für alle meine Töchter. Aber sie trauen sich nicht, sie schnattern und sind ängstlich. Und du bist besonders ängstlich. Mein Gott, keine Lust, kein Leben und immer auf Diät.«

Ihr Gerede verlor sich in einem Seufzen, während sie ihre Hände gegen Onkel Siggis Schultern stemmte und sich aus der Umarmung wand.

»Du weißt nicht, was du redest, Mama«, sagte Gila leise.

»Ich weiß nicht, was ich rede? Mein Gott, Schatz, was kümmert mich's morgen? Jetzt ist jetzt, und jetzt will ich was trinken.«

Die Mutter hielt sich gerade, als sie mit Onkel Siggi zum Tisch ging, sich von Onkel Erich das Glas geben ließ und den Schnaps in einem Zug hinunterstürzte.

»Zur Feier meines Mannes trinke ich, so viel ich will, Frau Oberförsterin, denn mein Mann ist gestorben, nicht deiner«, rief sie mit einem versteckten Seufzen hinter ihrem Lachen. »Jetzt ist jetzt. Morgen habe ich einen dicken Kopf.«

»Jetzt ist jetzt. Morgen ist morgen«, brüllte Onkel Siggi.

Er griff nach einem Glas, kippte den Schnaps und stierte auf das letzte volle. Bevor ihn jemand daran hindern konnte, hatte er es sich geschnappt und ausgetrunken. »Der eine war für Olli, der andere für mich. Musik, zwei, drei, vier. Wir machen durch bis morgen früh und singen bums fallera.«

»Und wir gehen.« Gila nickte Tara zu und fasste die Mutter am Arm.

»Nein.« Mit einer fahrigen Handbewegung schlug die Mutter in die Luft, versuchte, Gila zu treffen, und verhedderte sich. Zu schwach, zu unkoordiniert waren ihre Bewegungen, wie die Flügelschläge eines ins Netz gegangenen Vogels.

»Nein«, rief sie noch einmal, »ich nicht.« Dabei legte sie den Kopf schief, während sich ihre Hände immer mehr in dem unsichtbaren Netz verfingen. »Nein?«, fragte sie offenbar ratlos und ließ die Hände sinken. »Wir machen durch bis morgen früh, ja?«

»Nein, Mama. Wir haben morgen einen anstrengenden Tag, wir müssen zu Herrn Winterbach, und es ist spät.«

»Spät?« Die Mutter betrachtete Gilas Hand auf ihrem Arm. »Bitte, Schatz, es ist nicht spät.«

Doch die Hand blieb um ihren Arm gekrallt, und Gila antwortete ihr nicht.

»Mein Gott, dann ist es spät, aber nicht zu spät.« Hinter dem ratlosen Ton war ein Kichern zu hören. »Und ich bin blau, aber nicht so blau, blau, blau wie der En-zi-an, wenn beim Alpenglühn, wir uns wieder-sehn.« Kichernd stemmte sich die Mutter gegen Gila, die sie zur Tür zog. »Das ist mein Leben, meins, und ich erwarte, dass du das reschpekt…, mich reschpekt…, reschpekt… mein Gott, ich bin blau, blau, blau wie der Enzian.«

Gila hatte ihre Augen auf die Tür gerichtet und schien bemüht, die Schritte der Mutter den ihren anzupassen und sie möglichst rasch hinaus an die Luft und zum Auto zu bringen.

»Gila, Schatz, du reißt mir den Arm aus. Mein Gott, dann nimm ihn eben mit, meinen Arm. Und ich bleibe da, ein Arm reicht mir. Prost.«

Auch Tara war aufgestanden. Ohne sich von Onkel Erich, Onkel Heinz und Onkel Siggi zu verabschieden, schob sie sich am Tisch entlang, rannte durch den Raum und drehte sich an der Tür nach Gila und der Mutter um. Gila zerrte an der Mutter, die sich schwer machte und zum Tisch zurückzugehen versuchte. Rasch öffnete Tara die Tür. Sie spürte, wie die Nacht in den Raum schlüpfte, ihren Rücken umfing und ihr das Gefühl gab, dass sie draußen etwas anderes erwartete, gleichgültig und zärtlich wie die Felder, die Straßen, die ganze Welt.

Gleich würde sie hinausgehen, würde weggehen und so lange die in den Himmel genähten Sterne betrachten, bis sie den kleinen Wagen entdeckte, den großen, bis sich die Milchstraße in einem Bogen zeigte und die wilden Tupfer ein Muster ergaben. Die Planeten, Sterne waren Lichtjahre entfernt, und Tara war froh, die Zeichen da oben nicht lesen zu können.

»Hände weg von schönen Frauen.« Trotz seiner Trunkenheit hatte Onkel Siggi Gila und die Mutter eingeholt. »Pass auf, Frau Kappelhoff-Seebald, du fährst jetzt zu deinem Gerd und machst dir einen schönen Abend, und ich bringe deine Mutter nach Hause.«

»Nichts wirst du, du betrunkenes Schwein«, zischte Gila.

»Betrunkenes Schwein, so so.«

Breitbeinig baute sich Siggi Oberländer vor Gila auf, pflückte ihre Finger vom Ärmel der Mutter und schubste sie zur Tür. »Ich habe dich gewarnt. Irgendwann ist Schluss. Und das ist jetzt. Du hast Feierabend, Frau Kappelhoff-Seebald, Schluss für heute und auf Wiedersehen.«

Als wäre er Luft, versuchte Gila, an ihm vorbei zur Mutter zu kommen. Diesmal schubste Onkel Siggi sie kräftiger. Gila taumelte und ging einen Schritt auf ihn zu.

»Du sollst mich nicht anfassen«, schrie sie.

Statt etwas zu sagen, stieß Siggi Oberländer sie gezielter und noch kräftiger weg. Gila geriet ins Straucheln und prallte gegen den Türrahmen.

»Ich hab die Schnauze voll von deinen geistig behinderten Menschen, deinen betrunkenen Schweinen und deinem ganzen dämlichen Gequatsche, hau endlich ab.«

Gila hatte sich aufgerappelt. Zitternd, die Arme angewinkelt, die Ellbogen an die Rippen gepresst, stand sie so dicht bei Tara, dass Tara ihren Atem hörte. »Komm, Gila, wir gehen«, flüsterte sie und warf ein lautes »Gute Nacht« in den Raum.

»Gute Nacht«, rief die Mutter. »Macht euch keine Sorgen, Onkel Siggi bringt mich ins Bett.«

»Nein, Mama, wir gehen zusammen«, schluchzte Gila.

»Es hat keinen Sinn«, flüsterte Tara.

»Aber ich kann sie nicht hier lassen. Merkst du nicht, wie betrunken sie ist? Vorhin hat sie mich beschuldigt, ich würde sie nicht respektieren, dabei ist sie es, die mich nicht respektiert.«

»Ist jetzt egal.«

»Nein, ist es nicht. Wenn sie mich respektieren würde,

würde sie mit nach Hause kommen, sie würde einsehen, dass sie betrunken ist. Respektieren heißt anerkennen, oder nicht? Und, erkennt sie mich an? Nein, tut sie nicht. Obwohl ich nichts getrunken habe und viel vernünftiger bin als sie.«

Tara betrachtete Onkel Siggis Schuhe.

»Ich muss pinkeln. Und wenn ich zurück bin, seid ihr verschwunden«, sagte Siggi Oberländer in einem klaren Ton, reichte der Mutter den Arm, drehte sich mit ihr zum Tisch. Und dann sah er sich noch einmal um. In seinem Gesicht schien alles zu lachen, die Lippen, die Nasenflügel, die großporige Haut, sogar die Ohren lachten, nur seine Augen hatten sich zu Schlitzen verengt und funkelten Gila böse an. Die Mutter an seiner Seite ging aufrecht. Im Gegensatz zu ihrem Begleiter hatte sie ihre Töchter offenbar längst vergessen. Am Tisch sah sie lächelnd zu Onkel Heinz, der seinen Kopf auf die Unterarme gebettet hatte und leise schnarchte. Um Onkel Heinz' Locken waren Schnapsgläser aufgebaut worden, über dem Schnapsglaskranz stand ein halbvolles Bierglas.

»Was ist, Schwager, bist du müde? Und du bist auch noch da?« Die betrunkenen Augen der Mutter waren von Onkel Heinz zu Erich Weinrich gewandert, der dem vorangegangenen Geschehen nicht einen Funken Aufmerksamkeit geschenkt zu haben schien. »Ich werde das Haus verkaufen und um die Welt reisen. Kommst du mit?«

»Es ist alles in Ordnung, Greta. Gleich gibt's was zu trinken.«

»Ja, stoßen wir an. Auf mein Leben, es lebe hoch«, rief die Mutter. Und plötzlich, als wäre ihr Gesicht unter Wasser gehalten worden und als würden ihr die Wassertropfen kalt den Nacken hinunterrinnen, sagte sie: »Mein Gott, ich muss lange Finger machen, denn irgendwann ist es vorbei mit dem Leben. Und was bin ich dann?«

»Entschuldigung.« Leise war Herr Pauli an den Tisch getreten, stellte ein Schnapsglas neben Erich Weinrichs Bier, eins vor die Mutter.

Onkel Erich nickte ihm zu. »Letzte Runde, Pauli.«

»Und nach der letzten Runde kommen wir unter die Erde«, rief die Mutter und schüttelte den Kopf. »Der alte Schütz hat Olli den Dreiteiler angezogen. Dann hat er ihm die Haare gekämmt und ein bisschen Gel reingemacht. ›Frau Seebald‹, hat er gesagt, ›die Haare haben die richtige Länge, und die Nägel sind gefeilt.‹ Mein Gott, Ollis Fußnägel sind viel schneller gewachsen als seine Fingernägel, aber denkst du, er hat sie geschnitten? Nein, er hat sie wachsen lassen, und wachsen und wachsen. Was sind seine Hände bleich, bleich und blau, hast du's gesehen? Bleiche Hände, bleiche Nägel, bleiches Haar, ›das wächst weiter, das Tote‹, hat der alte Schütz gesagt, ›das greift durch den Sarg und wird irgendwann zu Erde‹.«

»Ist alles in Ordnung, Greta. Wir stoßen jetzt auf dein Leben an, nicht auf den Tod.«

7. EIN SKELETT

Mein Tod, eine Scheinfrage: Solange ich bin,
ist er nicht, und wenn er ist, bin ich nicht mehr.
Jean Améry

Dann wachst du plötzlich auf und liegst in deinem Bett, wie jede Nacht, und neben dir liegt einer, den du kanntest, vor Jahren, liegt neben dir und dicht an deiner Seite, wo gestern noch ein anderer war. Der liegt jetzt unter der Erde. Mit Würmern im Mund, sagen sie, weil Würmer fleißige Arbeiter sind, sich durchs Holz fressen, sich durch Krawatten, Hemden, Hosen zur Haut vorfressen und durch die Haut, den Mund ins dumpfe, süßlich riechende Fleisch. Sie machen die Erde fruchtbar, machen sie fett, Bäume gedeihen, Stiefmütterchen, Hecken. Und hinten bei den Steinen breitet ein Kreuz die Arme aus, und unten im Sarg liegt, die Hände auf dem Dreiteiler, der Körper. Der ist gut aufgehoben da unten und ist heute, was er vor ein paar Tagen nicht war, etwas Abzuarbeitendes. Vor ein paar Tagen lag er noch neben dir, atmete in dein Haar, deinen Nacken, fasste über deine Schulter an deine Brust – ein Arm, eine Hand und ein Bein, die dich in den Schlaf wiegten. Abends einzuschlafen mit einem Körper im Rücken, nachts aufzuwachen, deinen Körper aus dem anderen zu schälen und ihn morgens darin wiederzufinden, war nicht angenehm, nicht unangenehm, es war normal, nach über dreißig Jahren. Normal ist, was man Tag für Tag, Nacht für Nacht tut. Einschlafen, aufwachen ist normal, denkst du und drehst den Kopf, drückst die Nase ins Kissen, das nach dir riecht, nach deinem Haar, deinem Parfum. Auch das ist normal, und angenehm.

Vor den Fenstern hat sich die Nacht ausgebreitet, wirft sich aufs Haus, auf den Garten, hinter den Fenstern ist Dunkelheit. Bei Licht könne er nicht schlafen, schlafen bei Licht sei er nicht gewohnt, hat er immer gesagt und wie ein Kind gequengelt, bis die Fenster Jalousien bekamen, Jalousien mit hellen horizontalen Lamellen. Die Lamellen hängen an Fäden, haben ein Plastikstöckchen und eine Perlenschnur. An der Perlenschnur ziehst du, mit dem Stöckchen drehst du, damit sie sich kippen, schließen. Du hast es immer falsch gemacht, hast sie gekippt, wenn sie sich schließen, hast sie geschlossen, wenn sie sich kippen sollten. Du hast es nicht bemerkt. Erst wenn sein Arm kam, sein Bein und sein Murren. Macht nichts, hast du gesagt, Licht fällt immer durch, mehr oder weniger Licht. Aber er könne bei Licht nicht schlafen, hat er gequengelt, ist über dich gekrochen, aus dem Bett zum Fenster, hat die gekippte Jalousie geschlossen, die Lamellen zur Fläche geglättet, ist zurück ins Bett und wieder über dich. Und dann hat er dich angesehen, ein Kobold mit einem Knochenschädel unter den weißgelockten Haaren, und du hast den Schädel zwischen deine Hände genommen, hast ihn zu dir gezogen, und sein Mund hat deinen nass geküsst, dass nichts war für einen Moment, und danach graues Licht. Nun wird er zufrieden sein – kein Mondlicht, keine Lampe stört, solange das Grab bezahlt ist, niemand die Erde pflügt, niemand ihn ausgräbt, nun hat er Nacht da unten, und ewigen Schlaf.

Du findest das nicht normal, eingezwängt in eine Kiste im Dunkeln zu liegen, mit Würmern in der Haut, im Fleisch, im Mund. Du willst in alle Winde, willst in die Sonne gestreut werden, du willst dich ausbreiten, einen Moment, einen Windschlag lang, du fürchtest kein Licht, keine Hitze. Das Mondlicht gehört zur Dunkelheit, wandert mit ihr durch den Garten, streift das Haus, gleitet durch Lamellen. Es tastet das Bett, die Wände, die Nachtschränke ab, wie Hände Körper abtasten, wenn die Augen geschlossen sind und man trotzdem etwas sehen will, spüren oder wissen. Die Lamellen sind wie die feinen Saiten eines Eierschneiders, das Licht ist ein Ei, das zerschnitten wird und seinerseits die Decke zerschneidet, die Wand, den Nachttisch und den Mann neben dir. Männer neben dir bist du gewohnt. Sie sind nicht unangenehm mit ihren Bartstoppeln, ihren Seufzern, Schnarchern, ihrem Geruch und ihren Körpern, denkst du, während deine Hand über den Nachttisch krabbelt, gegen eine Pillenschachtel stößt, gegen ein Fläschchen, sich eine Strippe um den Mittelfinger wickelt und nicht zieht, bloß kein Licht.

Du hast das Licht der Nachttischlampe nicht angemacht, wegen deinem schweren Kopf und wegen dem, der neben dir liegt. Das kräftige Kinn am kräftigen Hals, Arme und Beine von sich gestreckt, liegt er schnarchend und nackt unter der Decke, wie der andere nie lag. Der war ein Klappmesser in einem gestreiften Schlafanzug. Seine Knie in deinen Kniekehlen, sein Arm über deiner Schulter, seine Hand auf deiner Brust, sein Bein auf deinem Schenkel, schloss er deinen Körper ab. Damit ist Schluss, seit ein paar Tagen. Für immer und ewig ist das aus und vorbei, gnadenlos aus und vorbei mit dem Mann, deinem Mann. Du sollst nicht unglücklich sein über das Unglück und den Tod. Das hast du dir versprochen, nicht unglücklich zu sein, sondern glücklich über das, was kommt. Genau das wirst du hinaus in die Welt lachen, und die Welt lacht es zurück. Aus dem Sommer wird Herbst, aus dem Körper ein Skelett, dann wird es Winter sein. Die Würmer werden ihre Arbeit getan haben, und du hast das Haus verkauft, bist auf und davon, angekommen im richtigen Leben, ein Hans im Glück, mit einem Bankkonto, dick wie ein kopfgroßer Goldbrocken. Mit deinen Töchtern telefonierst du alle naselang, bestellst ihnen schöne Grüße.

Neben dir raschelt der mit dem zerschnittenen Gesicht, zerschnitten von hellgrauen, dunkelgrauen Streifen. Soll er rascheln, ein Mann kommt nach einem anderen, geht vor einem anderen, und der neben dir ist auch ein Dazwischen, einer, der nach einem anderen kommt und vor einem anderen geht. So hast du es immer gehalten, denkst du, drückst die Nase tiefer ins Kissen, riechst dein Haar, fühlst dich zerschlagen. Klug sein heißt, immer einen Schnaps zu früh aufhören, hat dein Großvater gesagt, beim Letzten beißen dich die Hunde, also hast du immer einen Schnaps zu früh aufgehört und zugesehen, wie der Letzte von den Hunden zerbissen wurde. Nur heute war es anders, heute kam der erste Schnaps schon morgens. Da hat es wie aus Gießkannen geregnet, der Regen hat auf den Sarg getrommelt, als brenne der tote Mann da drinnen, obwohl er nicht brennen wollte und sich leise wie ein Taucher in den Schlaf geschnorchelt hat. Ein Blitz aus heiterem Himmel war sein Tod, für ihn war der Blitz, für dich der heitere Himmel. Das hast du auch heute Morgen gedacht, als du hinter ihm her bist und deine Töchter wie Schlingpflanzen an dir emporkletterten und sagten, dass du eine Fahne hast, und sie dich vor Gott, der Welt und dem ganzen Dorf verstecken werden. Da hast du sie wieder gespürt, die Körper deiner Töchter. Der deiner Ältesten ist verknöchert und abgestorben, bevor er erwachsen wurde, deine Zweite, mager und zäh, tut, als sei sie körperlos und ist in ihrer Körperlichkeit umso aufdringlicher. Der üppige, gefällige deiner Dritten erinnert dich an deinen eigenen Körper und macht dich fassungslos darüber, was du gewesen bist. Bleibt der deiner Jüngsten, der einzige Frauenkörper, den du hättest lieben wollen. Doch nachdem die verschleierten Augen zu blau, die Haut sommersprossig und das tomatige Haar endgültig geworden waren, begann dich auch deine Jüngste zu ekeln. Als trüge sie jene Weiblichkeit an sich, die sich deine Dritte Tag für Tag ins Gesicht schminkt und die deiner Ältesten am Körper hängt wie alter, abgeblätterter Lack. Vier Töchter hast du aus dir herausgepresst, vier Frauen zur Welt gebracht, obwohl du sie von Kindesbeinen an gemieden hast – Frauen, Mädchen, Puppen. Stocksteif bist du gewesen, wenn Mütter und Tanten dich hochhoben und deinen Kopf zwischen ihre Brüste klemmten, wenn Schulkameradinnen ihre Stirn in deinen Schoß legten und mit heißem Atem Geheimnisse in deine Scham flüsterten. Was kümmern dich die Geheimnisse kleiner Mädchen, was die Körper deiner Töchter. Bis gestern warst du Mutter, ab morgen lebst du! Paris, Rom, London, New York, die große weite Welt hält mehr bereit als ein Dorf, vier Töchter und ein Gestern. Bist du hier, bist du da, bist du da, bist du hier, und auf und davon.

Du drehst den Kopf, siehst die Lamellen zittern und träumst, dass das Licht dir einen Mann ins Zimmer stellt. Scheibchen für Scheibchen zieht es ihn durch die Lamellen vor dein Bett, puzzelt ihn zusammen. Und heraus kommt einer mit abstehenden, fleischigen Ohren, mit dichtem Haar, rauen Augen und einem Pelz unter dem Regenmantel. Du hast nichts gegen derbe Männer, Männer mit glatten Bäuchen, sehnigen Armen, kräftigen Beinen, Cowboys, die keine Spuren an ihren Körpern haben, Spuren der Liebe, des Schmerzes, der Angst. Verpackt in Mäntel, bieten sie ihre Körper an, tun, als seien sie käuflich, und du schlägst zu und kaufst. Und während du träumst und die Arme um sie legst, ihre Brustwarzen streichelst, an ihren Haaren reißt, haben sie dir längst das Fell über die Ohren gezogen und sind auf leisen Sohlen gegangen.

»Und jetzt?«, hörst du dich fragen und versuchst, den Männerkörper unter dem Mantel auszumachen.

»Jetzt«, sagt er, während seine Augen, umschlossen von buschigen Wimpern, den neben dir taxieren, »jetzt kannst du aufstehen und gehen.«

»Mein Gott«, sagst du, »dafür brauchst du dich nicht vor meinem Bett aufbauen und anbieten wie ein Bauer. Willst du nicht deinen Regenmantel ausziehen? Nein?«

Schade, denkst du, setzt dich auf und schiebst dir das Kissen in den Rücken. »Dann nicht.«

Der Mann fasst an seine fleischigen Ohren. »Wohin soll's gehen?«

»Paris, London, New York«, sagst du. »Ich verkaufe das Haus, ja, das Haus ist der erste Ort, den ich verlasse.«

»Das Verlassen ist so eine Sache«, der Mann lächelt. »Weil du in allem, was du verlässt, unwiderruflich gefangen bleibst. Ich, zum Beispiel, habe vor kurzem einen Arbeitsplatz verlassen. An dem waren vier Kohlezeichnungen«, sagt der Mann und beginnt, sich hinter den Ohren zu kratzen. »Vier Kohlezeichnungen auf vier Fetzen Papier, weil die Zeit nur noch für vier Zeichnungen reichte, einen Kohlestift lang dauerte und ich ja schon da war, wie der Igel, der auch schon da ist, wenn der Hase kommt. Was tun? Nun, ich habe ihm eine Frist eingeräumt, bis er den Stift beiseitegelegt hat. Der Name des Künstlers?«, sagt der Mann und hebt die Hände vor seine Brust, damit du die rosigen Flächen siehst. »Namen sind mir gleichgültig, und auf den Zeichnungen ist auch nur ein Skelett zu sehen. Was für ein Unsinn. Als ob Männer, Frauen, Jungen, Mädchen meine Arbeit nicht genauso zuverlässig ausführen wie ein Skelett.«

Der Mann kratzt sich wieder hinter den Ohren. Und weil dir nichts anderes einfällt, sagst du: »Ein Skelett, also.«

»Nichts anderes«, nickt er, stützt seine plumpen Hände auf die Bettkante und hört zu nicken, nicht zu lächeln auf. »Aber ich bin nicht dumm genug, die ganze Zeit als Knochenmann herumzulaufen. Weil ihr mich mit euren Toten verwechselt, habt ihr aus mir ein Skelett gemacht. Weißt du, wie ich das nenne?«

»Na?«

»Eine unsinnige Kostümierung.«

»Was solltest du denn sonst sein?«

»Immer die Person, die der Sterbende zuletzt sieht. Im

Fall des Herrn neben dir wärst das du. Im Fall deines Ablebens wäre das der Herr neben dir. Im Fall deines Mannes war es deine und Erich Weinrichs Tochter. Im Fall des Künstlers war es eine Putzfrau und ihr Spitz. Nein, bitte, keine Diskussion«, lächelt er, obwohl du keine Diskussion anfangen wolltest.

Diskussionen haben in deinen Träumen keinen Platz, und Diskussionen über deine jüngste Tochter hörst du dir nicht einmal im Wachzustand an.

»Diese vier Papierfetzen sind übrigens längst vergilbt«, sagt der Mann. »Die Kohle ist verblasst, und mit ihr verblasst das Skelett, wird mürbe und zerfällt.«

Während er redet und die Hände auf die Bettkante stützt, wird deine Haut zu einer Reibefläche, an der du einen Mann nach dem anderen entzünden könntest. Männer haben dein Leben gekreuzt, also kommt es auf den hier nicht an, denkst du und fragst mit einem leicht plätschernden Plaudern: »Und was hast du alles gesehen auf deinen vier Papieren?«

»Meine vier Papiere, das ist gut.«

Diesmal lacht er ein Hauruck-Lachen, so dass du unwillkürlich auf den Schlafenden neben dir siehst. Die Beine von sich gestreckt, das kräftige Kinn am kräftigen Hals, liegt er stocksteif unter der Decke, rührt sich nicht, schnarcht nicht, scheint nicht einmal zu atmen.

»Pst. Er soll nicht aufwachen«, sagst du und senkst die Stimme. »Er hat nicht umsonst einen roten Kopf, er sucht mit allen Streit, außer mit Olli, meinem Mann, mit dem hat er nie gestritten. Und du bist nicht mein Mann.«

»Bin ich nicht, nein.« Der Mann lacht lauter, und es kommt dir vor, als bebe sein Brustkorb, blähe sich sein

Mantel vor Lachen. »Keine Angst, der Dummkopf hört uns nicht. Warum hast du ihn mit nach Hause genommen? Den gab's doch schon vor Jahren, lass mich rechnen, der muss zeitgleich mit dem Kindsvater gewesen sein.«

»Der Siggi hat mir nie geschadet«, sagst du und winkst ab. »Ich bin das Alleinsein nicht gewohnt, nach über dreißig Jahren.«

»Man wird nicht jünger mit der Zeit, nicht wahr?«

»Nun, ja.« Du versuchst dich wieder am Plauderton. Immer schön wässrig bleiben, die Worte plätschern lassen und dabei en passant das Thema wechseln. »Wolltest du nicht erzählen, was du auf den vier Zeichnungen gesehen hast?«

»Wollte ich.«

Da er nichts sagt, sagst auch du nichts, nicht einen Ton, keine Silbe, nichts. Wenn er nicht will, warum sollst du? Und du denkst an die Spiele deiner Töchter, die Kriegsspiele sind. Sie schweigen oder tuscheln hinter dem Rücken der einen mit der anderen und sind unermüdlich, was das Tuscheln, das Schweigen betrifft. Die zuerst spricht, sich zuerst an die andere wendet, ist in die Knie gegangen, hat sich gedemütigt und verächtlich gemacht. Und du? Du tust, als würdest du nichts bemerken, brichst Unterhaltungen vom Zaun, zwingst sie mit dümmsten Fragen zu Antworten, drängst sie in Gespräche. Es ist dir gleichgültig, wie du dastehst, offen für ihre Verachtung und Demütigungen, du pfeifst darauf.

Der Mann stützt sich noch immer auf das Bett. Ein Kraftpaket aus Muskeln, Sehnen, Knochen, sieht er zu dir und dem Schlafenden hinunter, während du träumst, dass der neben dir zu atmen aufhört und der vor dir durchsichtig wird, dass Licht in seinen Körper dringt und der Körper in diesem Licht verschwindet. Nur die Hände bleiben an die Bettkante geklammert, blutleer wie Kinderhände, die ihren Platz an der Kletterstange auf Teufel komm raus nicht aufgeben wollen.

»Schon gut«, sagt der Mann.

Kaum hat er die Worte ausgesprochen, gewinnt er an Form, füllt sich sein Körper mit Knochen, Muskeln, Adern, Blut.

»Zu den Zeichnungen Folgendes: Auf der ersten sah ich ein Skelett die Glocken läuten, auf der zweiten durch einen Türspalt spähen, auf der dritten in Ballgarderobe, Ketten um den Hals, Klunker an den Knochenfingern, sich über einen Kontrabass beugen. Auf der vierten zieht es einen Mann in die Luft. Da ist es wieder nackt, nackt bis auf die Knochen.«

Jetzt, denkst du und schlägst möglichst nachlässig vor: »Du kannst deinen Regenmantel ruhig ausziehen.«

»Danke. Ein Knopf reicht.« Der Mann, fummelt am Revers, öffnet einen Knopf, einen zweiten.

»Du brauchst dich nicht genieren«, lachst du. »Ich weiß, wie Männer aussehen.«

»Und wie ich aussehe, weißt du im Schlaf. Muskulös, Ganzkörperbehaarung, in einem dieser unsinnigen wasserdichten Mäntel, derb, verwegen, ein bisschen wie ein Cowboy. Kein Jüngling, kein Greis und bloß keine Frau. Das ist nicht ungewöhnlich, bis auf den Mantel bin ich ein Klassiker. Frauen in deinem Alter achten aufs Kinn, nicht auf Krawatten.« Der Mann lächelt. »Du hast mich gar nicht gefragt, warum ich hier bin.«

»Mein Gott, warum sollte ich? Jetzt ist jetzt, und wenn

ich morgen aufwache, gibt es dich nicht mehr«, lächelst du zurück.

»Mich nicht, aber mein Tun. Hast du darüber nachgedacht, dass die Tat am Ende das Entscheidene ist. Danach kannst du nicht sagen: ›Tut mir leid, ich wollte was anderes‹, oder: ›Entschuldigung, ich habe noch das und das zu erledigen, das und das abzuschließen, das und das richtigzustellen‹, nein, danach kannst du nichts mehr tun gegen das, was du getan hast. Du kannst nicht jammern, dein Leben hätte einen Sinn gehabt, du wärst nur depressiv, lethargisch, manisch, indifferent, geschädigt gewesen. In der Regel beginnst du dann zu weinen und dich zu bedauern, so, wie du es gelernt, genossen und ein Leben lang getan hast. Diese dicken, schweren Tränen über das eigene Dasein, die eigene Nichtigkeit sind der Gipfel der Dummheit. Du kannst sie dir sparen. Bist du weg, sind die anderen dran und tun, was sie wollen, was sie für richtig halten. Eine Weile mögen Anekdoten über dich kursieren, siehst du aus irgendwelchen Fotografien, aus Bildern, die keinen interessieren, bist in Filmen, über die kein Mensch befindet. Und noch eine Weile später kräht nicht einmal der sprichwörtliche Hahn mehr nach dir, und wenn er kräht, dann nach deinen Nachkommen und noch eine Weile später nach den Nachkommen deiner Nachkommen.«

Der Mann schnippt mit den Fingern, als habe er sich einen Fussel vom Mantel gezupft und schicke ihn in die Luft. »Umsonst, tot, vergessen seid ihr«, sagt er, streckt die Arme aus und zeigt seine rosigen Handflächen. »Und trotzdem legt ihr Menschen dieses merkwürdige Streben an den Tag, diese zähe Geschäftigkeit, zwängt euch in Kostüme, in Konstruktionen aus Staat, Gesellschaft, Familie.

Was für aufgeblasene, unsinnige Worte. Nehmen wir die Familie. Ja, von der Familie könnte ich dir ein Lied singen. Da werden Samen in Schöße gespritzt, und schon ist der Sinn des Lebens angesetzt. Der Unsinn ist aufgehoben, die eigene kleine Welt wird in Kinder, Bäume, Häuser gepflanzt und das eigene kleine Gesicht in der Gegenwart konserviert. Wie flink ihr dann herbeistürzt und ruft: ›Ich bin, ich bin. Bin ich nicht verewigenswert, einbalsamiert in der absoluten Gegenwart?‹ Als würden Kinder, Bäume, Häuser den Sinn ergeben, mit dem man mir von der Schippe springen kann. Das Ende ist und bleibt das Ende. Für mich seid ihr Schneeflocken. Ihr werdet in die Welt geworfen, trudelt, taumelt und klebt irgendwo fest, bis ein Frühling kommt und euch wegschmilzt.«

Der Mann legt seine Hände auf die Bettkante, lässig diesmal, wie zwei abgeknickte Blätter. Er scheint darauf zu warten, dass du antwortest, und du tust ihm den Gefallen und sagst: »Meine Töchter, der Oliver, ich selbst, wir sind also alle umsonst.«

Der Mann lächelt. »Was hat es für einen Sinn, dass es schneit. Es bleibt nichts übrig, nichts zurück. Tot ist tot, vergessen ist vergessen.«

Ganz einverständlich gibst du das Lächeln zurück. Einen Moment lang willst du die abgeknickten Hände greifen, willst sie auf deine Augen legen und mit dem Mund nach den Handflächen schnappen. »Ach, weißt du«, sagst du stattdessen, »es hat etwas Tröstliches, dass man umsonst ist.« In dem Moment siehst du einen Schädel und weißes, lockiges Haar hinter dem Rücken des Mannes hervorspähen, denkst, mein Gott, der Olli ist immer ein Feigling gewesen, und fährst fort: »Wer möchte sich an alles erinnern?

Ich nicht. Ich vergesse, was ich nicht erinnern will. Er braucht gar nicht hinter dir hervorgucken. Das Leben ist zu schön, zu sehr im Moment. Und das Schönste ist, es ist umsonst. Ich habe den Olli liebgehabt, hörst du, mein Alter, ich habe dich liebgehabt, nur gestorben ist gestorben, das sagt der vor dir auch, der Cowboy mit dem Pelz und den dichten Wimpern. Wenn ich tot bin, werde ich niemandem erscheinen, ich werde auf nichts pochen, nicht auf mich und nicht aufs Erinnern. Ich werde verbrannt und in alle Winde verstreut werden. Zieh deinen Schädel ruhig ein. Du wolltest im Anzug begraben werden. Und du hast deinen Willen und deinen Anzug gekriegt. Nur einen Willen kriegst du nicht, ich werde nicht neben dir liegen, nie mehr, hörst du, mich wird es nicht als Skelett geben. Mir ist es egal, dass ich sterbe. Und dass ich nach dem Tod nichts bin, ist mir auch egal, weil dann alles egal ist, und das Nichts erst recht.«

»Bist du sicher? Wenn ich dich heute mitnehme, wirst du es nicht bereuen, über dreißig Jahre in einer Ehe vertan zu haben, in einem nichtssagenden Dorf, zwischen nichtssagenden Menschen, in einer milchigen, warmen Landschaft, der wärmsten des Landes, so warm, dass dein Kreislauf beim kleinsten Temperaturanstieg aus der Bahn geworfen wird, und so kalt, dass die Rotweine deinen Magen verätzen.« Der Mann lacht. »Keine Angst, ich bin geduldig. Das Warten ist meine Stärke, die Geduld meine Braut, denn ihr steuert ja unwiderruflich aufs Ende zu.«

»Und auf eine schöne Zeit«, sagst du. »Du kannst ruhig warten und geduldig sein. Ich habe heute meinen Mann beerdigt, morgen verkaufe ich das Haus, übermorgen reise ich nach Paris, London, New York. Und jetzt liege ich im

Bett, habe einen dicken Kopf, einen Mann, der schläft, und einen, mit dem ich mich unterhalte.«

»Dann stell dir vor, ich nehme die Schnapsdrossel neben dir mit, Leberzirrhose, Alkoholvergiftung. Wirst du morgen eine schöne Zeit haben? Nein, du hast Ärger am Hals. Oder wie willst du die tote Schnapsdrossel mit deinem schweren Kopf aus dem Haus schaffen, bevor deine Töchter auftauchen und dir das Leben zur Hölle machen?« Wieder lässt der Mann sein bellendes Lachen hören. »Morgens den Mann beerdigen und abends den Hausfreund im Bett haben, das heizt die zugepfropfteste Fantasie an.«

»Mein Gott, der Siggi tut niemandem was, und ich auch nicht«, sagst du. »Schuld und Verantwortung, was soll das sein? Es ist ihre Schuld, die Schuld meiner Töchter, ihre Verantwortung, nicht meine. Und du? Bist du keusch? Ziehst du deswegen den Mantel nicht aus? Ein oder zwei Männer im Bett machen noch lange keine Schuld.«

»Oder drei, oder vier. Aller guten Töchter sind drei. Mit der vierten bist du übers Ziel hinausgeschossen. Die ist mehr als ein Mann zu viel, die ist die Konsequenz eines Mannes und außerehelich«, lacht er, wobei er seinen Mantel um einen weiteren Knopf öffnet.

»Die Konsequenz eines Mannes? Sie ist zuallererst meine Tochter, wie die anderen drei. Olli hat sie liebgehabt, sehr lieb, stimmt's, mein Alter? Bist du fort, oder hast du dich hinter seinem Rücken versteckt? Sollen mir meine Töchter ihre Schuld anhängen, spätestens in London oder Paris habe ich sie vergessen.«

»Was du vergisst! Der reinste Sozialismus. Der wollte das Alte auch vergessen, wegsprengen, niederreißen und ab damit in die ewigen Jagdgründe. Nur habt ihr die Rechnung ohne eure Nachkommen gemacht. Deine Töchter sind keine Sozialistinnen. Bevor sie dich aus dem Haus lassen, werden sie dich lebendig begraben. Dann komme nicht einmal mehr ich vorbei. Wo nichts ist, gibt es nichts zu holen, da habe ich das Interesse verloren.«

»Da hast du deine Arbeit getan.«

»So ist es. Ich bin nicht zum Träumen da, ich komme um zu arbeiten. Und, fragst du immer noch nicht, warum ich hier bin? Brennt sie dir nicht auf der Zunge, die kleine Frage, ob du die Nächste bist, oder der neben dir, deine Töchter oder …«

»Nein, nein, ich will nichts wissen«, rufst du. »Ich lebe gut mit meiner Unwissenheit. Das ist vielleicht ein Fehler, mein Gott, aber ich gebe meine Fehler zu, ich gebe sie zu. Und eins«, sagst du und lächelst dein schmeichelhaftestes Lächeln, »weiß ich. Morgen früh ist der Siggi weg, du bist weg und der Olli hinter deinem Rücken auch. Ich habe ausgeträumt, stehe auf und werde mich ärgern, weil ich nicht auf meinen Großvater gehört und einen Schnaps zu viel getrunken habe.«

»Ausgeträumt?«

Der Mann winkt mit einer Hand ab, mit der anderen öffnet er einen vierten Knopf, fasst sich an den Kragen und zerrt ihn über seine Schultern. Du siehst, wie sich die Behaarung von der Brust zum Bauchnabel kräuselt, siehst ein Dreieck aus dichtem, dunklem Haar, an das sich ein zweites aus gröberem Haar anschließt.

»In der guten alten Welt habe ich Jahrtausende wie am Fließband gearbeitet. Dass ich mich heute dem Einzelnen widme, bedeutet für mich mehr Zeitaufwand. Zu viel. Wo es vor kurzem um Millionen ging, ist heute der Einzelne dran. Dem muss man gerecht werden, muss Händchen halten oder Todesangst einreden, obwohl die Zeit knapp ist und hinter dem einen schon der Nächste steht. Früher rannte euch die Zeit weg, heute mir. Hast du dir überlegt, warum Menschen in euren Breitengraden so alt werden?«

»Weil die Medizin vorangeschritten ist«, sagst du und starrst auf die behaarte Brust.

»Ach was, weil ich mit meiner Arbeit nicht nachkomme. Und während ich arbeite, errichtet ihr Friedhöfe, baut Häuser und Städte, legt Spielplätze und Gärten an. Ihr fliegt durch die Luft, rast über die Straßen, jagt über Hügel, tragt Helme und gepolsterte Hosen und schont euer Gesäß für eure kleine Welt und die kleine Weile, die euch bleibt. Man stelle sich das vor: Über dem Ungeheuerlichen, über all den Toten tritt der gewöhnliche Erdenbürger in die Pedale. Was die Zeit nicht totkriegt, kriegt ihr mit Fortpflanzung und Tempo, Fleiß und Fitness tot. Wie schnell ihr vergeht, ihr Krümel der Ewigkeit. Und ich wünsche mir, dass auch mir die Stunde schlägt, die Minute, die Sekunde. Doch für mich vergeht die Zeit nur, indem ich meine Arbeit erledige. In Ewigkeit Arbeit, so ist das.«

»Wie willst du dich denn totkriegen?«, flüsterst du und träumst von einer zweiten Knopfleiste, an der du fingerst, um den Mann Knopf für Knopf, Körperteil für Körperteil aus dem Mantel zu schälen.

»Das habe ich mich auch gefragt.« Der Mann beginnt, sich den Brustkorb zu kraulen. »Irgendwann schafft sich alles aus der Zeit, das geht nicht ewig, das, was sich Leben nennt, Liebe, Geschichte. Nur ich bin unsterblich und will genauso wenig unsterblich sein wie ihr sterblich. Eure Sucht nach Ewigkeit …«

»Die kommt dir unsinnig vor, nicht wahr.« Du lachst zu laut, dann fragst du: »Was hältst du davon, wenn wir uns ein bisschen austauschen und den Sinn Sinn, den Unsinn Unsinn sein lassen? Du kommst zu mir ins Bett …«

»Ich tausche aus Prinzip nicht. Nach jedem Tausch wollt ihr zurücktauschen und wieder sterblich sein, während ich, selbst wenn ich wollte, nicht tauschen könnte. Nein, ich halte nichts von euren Wetten, Bitten, Pakten. Sie bringen nichts als Scherereien und nicht den Zipfel eines Ertrags.«

»Dann bleibst du in deiner, ich in meiner Haut. Wir rollen den Siggi ein Stück beiseite, ganz ohne Pakt, und du legst dich zu mir.«

Nachdenklich krault der Mann seine Brust. »Ich soll ihn ohne Grund beiseiteschaffen?«

»Mein Gott, nur für einen Moment«, sagst du, streckst deine Arme aus, spürst, wie sich dein Rücken spannt, setzt deine Hände neben deine Füße und kniest dich auf die Matratze.

»Für einen Moment?« Der Mann fährt mit den Händen an der Bettkante entlang. »Willst du dich über mich lustig machen? Ich gebe einen Cowboy im Regenmantel. Aber ich kann mich auch in einen Eskimo verwandeln, in einen Afrikaner, Asiaten, in rote, braune, schwarze, weiße, behaarte, unbehaarte Körper. Mein Repertoire ist unermesslich, international, multikulturell.«

»Nein, nein, ich will keinen glatten, unbehaarten Körper«, flüsterst du, schiebst dein Becken vor und kriechst auf den Mann zu. Doch als sich deine Hände lang machen, lösen sich die des Mannes von der Bettkante.

»So hast du's immer gehalten«, hörst du ihn lachen. »Ein

Mann kommt nach dem anderen. Umsatteln, nenne ich das, umsatteln auf den nächsten Besten, jetzt, wo der eine begraben ist, der andere seinen Rausch ausschläft, ist der dritte dran. Nur bin ich kein Mann, so wenig, wie ich ein Skelett bin.«

»Das ist mir egal, wenn du so bleibst, wie du bist. Ich wollte immer einen wie dich.«

»Einen wie mich?«, lacht der Mann und weicht einen Schritt zurück. »Wer soll ich denn sein? Oder anders, wer bin ich nicht? Dass ihr immer mit dem Tod kopulieren wollt. Was malt ihr euch dabei aus? Ich bin nicht da, verstehst du, nicht da. Also tue nicht, als wäre ich behaart und solle dir zum Tanz aufspielen.«

»Dann komm morgen, morgen bin ich allein«, sagst du, greifst über die Bettkante und hörst eine Tür ins Schloss fallen. Und du denkst, jetzt geht er die Treppe runter zur Haustür, jetzt durch die Haustür in den Garten, jetzt durch den Garten ins Dorf, durch das Dorf über die Berge, klettert er bergauf, bergab, jetzt schon Kilometer entfernt, und du hörst eine Stimme rufen.

»Erinnerst du dich an deinen Großvater? Am Ende seiner Tage war er allein, mutterseelenallein. Also hat er sich selbst beim Sterben gesehen. Er hat gesehen, wie er sich in seinem Bett auf eine Bühne trägt. Dann hat er in den Zuschauerraum gesehen und einen einzigen Zuschauer entdeckt: Das war er. Was für eine Komödie, hat er gesagt und zu lachen angefangen, weil ihm beim Tragen die Luft wegblieb und er sich in seinem Bett schwer machte und immer wieder ›langsam‹ sagte, ›langsam‹, und er hat Tränen gelacht, wie er darüber Tränen gelacht hat. Das ist das letzte Mal, dass ich auf einer Bühne gewesen bin, hat er gesagt, jetzt habe ich genug von mir. Und dann hat er gesungen: ›Alles hat ein Ende, nur die Wurst hat zwei.‹«

»Und ich habe genug von dir«, rufst du. »Wenn du glaubst, ich brauche einen wie dich, hast du dich geschnitten. Ich kann mich allein vergnügen.«

»Vergnügen, was für ein Vergnügen? Da ist ein Skelett in der Erde und eins neben dir im Bett, und wenn du jetzt aufstehst und in den Spiegel siehst, hast du eins vor deinem Gesicht. Und das bist du.«

8. ALTE GESCHICHTEN

O felix culpa!
Hannah Arendt

Vor der Testamentseröffnung war sie so gewesen, wie Tara sie kannte, in- und auswendig kannte, liebte und verabscheute, trotz oder wegen der Striemen auf ihren Wangen. Singend war sie an ihr und den Schwestern vorbeigeschritten, sie, die Mutter, die alles verkaufen und eine Zeit hinter sich lassen wollte, ein Haus, einen Toten und vier Töchter. Tara hörte es in ihrem Singen: »Wem Gott will rechte Gunst erweisen, den schickt er in die weite Welt.« Und gleichgültig, ob es die weite Welt und die rechte Gunst gab, die Mutter würde darüber hinwegsehen, wie sie darüber hinwegging, dass es kein Gott war, der sie in die Welt schickte, sondern das Geld ihres toten Mannes.

Ob die Mutter an Gott glaubte, wusste sie nicht, zumindest hatte Tara sie nie beten gehört, und in der Kirche war sie zu ihrer Hochzeit, den Konfirmationen ihrer Töchter und zur Beerdigung ihres Mannes gewesen. Nein, Gott verschaffte der Mutter die Möglichkeit, Zeit zu gewinnen und sich in der gewonnenen Zeit davonzustehlen.

Hinter ihrem Gott versteckten sich ihre Ungeheuerlichkeiten. Vielleicht sang sie ihn deswegen herbei, einen Gott, der ihr rechte Gunst erwies mit seinen bunten Wäldern, gelben Stoppelfeldern, der lustigen Seefahrt, dem lustigen Zigeunerleben, dem Wandern, das des Müllers Lust ist, des Schneiders, Bauers, Bürgers. Dabei hätte sie wissen müssen, dass es ein Zurück nicht ohne den Zorn der Zurückgebliebenen gab.

»Mein Gott, was seht ihr mich an?«, hatte sie gesagt. »Es ist überall dasselbe. Erst kommt die Heirat, dann ein Kind, dann ein zweites, ein drittes, Töchter wie die Orgelpfeifen, so geht's bergauf, und du bist glücklich und unglücklich und gehst mit. Und oben, auf dem Gipfel, stemmst du dich gegen Wind und Wetter und denkst, mein Gott, die Luft ist dünn hier oben, und hast noch nicht zu Ende gedacht, da fällst du. Aber das Fallen geht viel schneller, und unten stehst du wieder auf, bist glücklich und unglücklich, und versuchst es nicht noch einmal. Und dass ich's nicht noch einmal versucht habe, ist mir eine Lehre gewesen.«

Während die Mutter das sagte, waren ihre Finger in den Nacken gekrabbelt, hatten den Reißverschluss ertastet, ein paar Zacken geöffnet, und Tara glaubte, die zwei Striemen unter dem gepuderten Gesicht sehen zu können.

»Wenn er nicht gestorben wäre, würden wir heute leben wie gestern. Aber er ist nun mal gestorben. Ich erbe das Haus, und ich werde es verkaufen. Und mit dem Geld werde ich verreisen, ob ihr wollt oder nicht, das ist jetzt mein Leben.«

Die Hände im Nacken, hatte sich die Mutter vor den Spiegel gestellt, hatte ihm langsam, fast zögernd, ihr Gesicht zugewandt und genauso langsam die Hände sinken lassen.

»Zuallererst werde ich das Ding hier abhängen, das hat mich lange genug gestört«, hatte sie gemurmelt und mit den Fingerspitzen die zwei Striemen auf ihren Wangen berührt.

Jetzt war es zu spät, zu spät für sie, zu spät, den Spiegel abzuhängen, zu spät, daran zu verzweifeln, dass es zu spät war. Mit hochgezogenen Schultern, die Beine übereinandergeschlagen, die Hände im Schoß gefaltet, starrte die Mutter Rolf Winterbach hinter seinem Schreibtisch an. Ihr Atem war seit der Testamentseröffnung flach. Ihr Kleid roch muffig, nach schlecht getrockneter Wäsche. Als wäre sie durch den Regen gerannt und säße nun im feuchten Kleid vor Tara, keine Mutter, keine Frau, nur das, was bleibt, wenn ein Mensch auseinanderbricht: ein Haufen Knochen, Haut, Muff.

Die Mittagsluft wellte den Vorhang, die Stoffenden wischten über das Parkett, gemächlich und gleichmäßig, wie Wasser über Sand wischt, um Fußabdrücke zu glätten, Muscheln, Algen, Abfälle wegzuspülen und wieder heran, weg und heran, heran und weg. Es war das Wächserne, Starre an der Mutter, das die Zeit raffte, war die verkrampfte Haltung, die sie altern ließ und verriet, was kommen würde: die Gebrechlichkeit, der gekrümmte Leib, das Alleinsein bis zur Hilflosigkeit. Die Testamentseröffnung schien ihre Arme gegerbt, ihren Hals gerunzelt, die Haut den Greifzähnen der Falten überlassen zu haben, und Tara, die hinter ihr saß, bemühte sich, nicht zu heulen.

Trübsal blasen sei wie Mückenstiche aufkratzen, hatte die Mutter oft gesagt, erst komme das Blut, dann der Schorf, dann die Narbe, dann das Erinnern, und wer wolle sich schon erinnern, sie nicht. Sie wolle keine Narben, keine Erinnerung. Dafür sei das Leben zu kurz, zu geheimnisvoll. Vom Haus über den Garten, die Wälder und Berge werde sie zu den Elbauen reisen, werde das schmutzige blaue Wasser ins Elbsandsteingebirge fließen sehen, und wenn sie genug davon habe, ginge es ab in die großen Städte, Paris, London, New York. In New York werde sie die Freiheitsstatue besuchen und die Fackel gegen ein Schwert austauschen. So eine alte Tante brauche kein Licht, sie könne trotzdem Tag und Nacht, bei jedem Wetter gesehen werden.

Tara rannen die Worte durch den Kopf, und sie dachte an den roten Sand in der Eieruhr, die sie sonntags immer umgedreht hatte. Dann hatte die Mutter sechs Eier in das sprudelnde Wasser gesenkt, und Tara hatte den rieselnden Sand beobachtet, bis das letzte Körnchen in die untere Hälfte gefallen und das Eigelb wachsweich war. ›Mein Gott‹, hatte die Mutter dann gesagt, ›jetzt sind wieder fünf Minuten vergangen‹, hatte den Eiertopf unter kaltes Wasser gehalten und Tara vorgeschlagen, die Zeit umzudrehen und den Sand noch einmal durch die Uhr rieseln zu lassen.

»Mama, erinnerst du dich an die Eieruhr?«, wollte Tara fragen und an dem muffigen Stoff ziehen. Doch da hörte sie links von sich ein Räuspern, rechts vor sich eine Art Scharren und spürte Hedwigs Stimme von hinten zwischen ihre Rippen greifen und sich bei dem Notar danach erkundigen, ob das Testament anfechtbar sei.

»Anfechtbar?« Herr Winterbach neigte den wuchtigen, kahlen Schädel zum Schreibtisch, um ein Nicken anzudeuten. »Prinzipiell ja.«

Trotz seines wuchtigen Schädels war der Notar ein feingliedriger, älterer Herr, dessen Körper an ein Marionettengestänge erinnerte und den eigenen Kopf nur mühsam zu tragen schien.

»Im Erbrecht kann ein Silberlöffel zum Streitfall werden«, sagte Herr Winterbach und begann, seine Hände zu begutachten. Auch die waren zierlich und dünn, doch sahen sie nicht zerbrechlich aus, sondern mehr wie zwei kunstvolle Prothesen. »Unsere Rechtsordnung beruht darauf, dass prinzipiell alles anfechtbar ist.« Er nickte kaum merklich in Hedwigs Richtung. »Der Einspruch ist die Gerechtigkeit des Rechts. Das gilt für das Erbrecht und das Strafrecht gleichermaßen.« Behutsam legte sich Herr Winterbach die Hände auf das Gesicht und drückte die Zeigefinger in seine Backen. »Ein jüdischer Universalgelehrter hat in den zwanziger Jahren unseres Jahrhunderts die These vertreten, Recht verurteile zu Schuld, nicht zu Strafe. Demnach wäre die Strafe eine Folge der Schuld. Führen wir den Gedanken weiter, ficht ein Verurteilter, wenn er das Strafmaß anficht, letztlich den Schuldspruch an. Aber versuchen Sie nicht, darüber mit einem Juristen zu diskutieren. Für ihn ist Schuld absolut, Strafe relativ, ergo ist die Schuld das eigentlich Relevante.«

»Entschuldigung. Was haben diese Ausführungen mit dem Testament meines Vaters zu tun?«, fragte Gila scharf. »Außerdem weiß jedes Kind, dass es erst bestraft wird, nachdem es was angestellt hat, alles andere ist ja vollkommen unsinnig.«

Mittlerweile hatte Herr Winterbach seine Zeigefinger so fest in die Backen gedrückt, dass die Mundpartie gestrafft und die überschüssige Haut zu den Ohren geschoben wurde. Wieder nickte er, diesmal in Richtung der zwischen Susanne und der Mutter sitzenden Gila.

»Kommen wir auf Frau Seebalds Frage zurück, fragen wir uns, ob einer Anfechtung prinzipiell Erfolg beschieden wäre, sprich, ob sich an dem Testament etwas revidieren ließe. Ich wage das zu bezweifeln. Die Sachlage ist eindeutig. Haus und Grundstück waren Eigentum des Verstorbenen und ausschließlich unter seinem Namen im Grundbuch vermerkt. Eine Barschaft existiert nicht, die Lebens- und Rentenversicherungen wurden vor fünfzehn Jahren ausgezahlt, die Rente wurde auf ein Minimum reduziert. Der Verstorbene hat das Testament in Kenntnis des Erbrechts sowie im Vollbesitz seiner geistigen Kräfte aufgesetzt, wofür ich mich verbürge.«

Während seiner Ausführungen hatte Herr Winterbach die Zeigefinger aus seinen Backen gedreht und die Hände auf dem Schreibtisch ausgebreitet.

»Haben Sie weitere Fragen. Die Damen? Herr Weinrich?«

Der Notar sah zu Erich Weinrich. Unwillkürlich folgte Tara der Bewegung. Sie schielte nach rechts, wo Onkel Erich, die Hände auf den Schenkeln, unverrückbar, beinah reglos, auf seinem Stuhl saß und nicht zu erkennen gab, ob er zugehört hatte.

»Frau Seebald?«, fragte Herr Winterbach, ohne den Kopf zu drehen. Wie Erich Weinrich blieb die Mutter starr, allerdings eher wie ein Haufen Elend – so würde sie sagen, wenn sie sich sehen könnte.

Der Vorhang bewegte sich vor und zurück, der Stoff glitt über das Parkett, die Sonne schien ins Zimmer. Herr Winterbach ließ seinen Kopf auf den Brustkorb sacken und begann, seine Fingernägel zu inspizieren.

Tara rutschte auf ihrem Stuhl vor. Sie versuchte, sich unauffällig zur Mutter zu beugen. Weißt du was, Mama, wollte sie sagen, ich drehe die Eieruhr um. Dann haben wir genug Zeit. Bis der Dotter wachsweich ist, sind wir über alle Berge, und du kannst mir erzählen, warum dein Bruder mehr als ein Butterbrot haben sollte im Leben und warum dein Großvater an der Elbe geblieben ist. Lass uns gehen, Mama. Ich halte das hier nicht aus, und dich halte ich auch nicht aus. Doch sie schwieg, und der Körper in dem muffigen Kleid rührte sich nicht. Was ist, Mama, wollte Tara flüstern und erinnerte sich daran, wie sie nach dem Frühstück im Flur gestanden hatte und die Mutter im Morgenmantel die Treppen hinauf ins Schlafzimmer gestiegen war, ein Glas milchiges Wasser in den Händen. Bei jedem Schritt war das Wasser über den Rand geschwappt, auf die Stufen getropft und die Mutter hatte mit ihren Hausschuhen darübergewischt. Oben angekommen, hatte sie die Flüssigkeit wie einen Schnaps hinuntergekippt und das Glas auf das Geländer gestellt.

»Mein Gott, habe ich einen Brummschädel. Ich komme mir vor wie der böse Wolf, der zum Frühstück sechs Geißlein gefressen hat. Herr Ober, die Rechnung bitte«, hatte sie gelacht.

Auch wenn Tara sich in dem Moment in die Zunge geschnitten hätte, hätte sie es sich nicht verkneifen können und sagte: »Onkel Erich hat mich gestern echt genervt, setzt sich neben mich und redet über seinen Dackel.«

»Die alte Mathilde?«

»Alte Mathilde?« Tara bemerkte, dass die Mutter ihr den Rücken zugekehrt hatte. »Ist doch egal, wie der Dackel heißt. Ich habe einfach keine Lust, mit Onkel Erich zu reden. Was geht den mein Schielen an?« Und da sie sogar eine blutende Zunge nicht hindern würde, fragte sie: »Warum kommt er mit zu Herrn Winterbach?«

Die Mutter zupfte an ihrem Morgenmantel. »Vielleicht will er sich ein bisschen um dich kümmern«, antwortete sie, ohne sich umzudrehen.

»Kümmern? Ich brauche kein Gekümmere, ich bin erwachsen.«

Statt einer Antwort hatte Tara ein Summen im Ohr, und so blieb ihr nichts anderes, als in einem Befehlston zu rufen: »Er soll mich in Ruhe lassen. Hörst du, Mama.«

Offenbar hatte die Mutter nichts gehört, denn sie war samt ihrem Morgenmantel verschwunden. Tara rannte die Treppen hoch und stieß die Tür zum Schlafzimmer auf. Ein süßliches Gemisch aus fruchtigem Parfum, Schweiß und Alkohol füllte das Zimmer. Die Mutter lehnte sich aus dem Fenster. Sonnenlicht fiel auf das zerwühlte Bett und den Nachttisch voller Staubfliegen. Über dem Stuhl vor dem Schminktisch hing das hochgeschlossene Trauerkleid, unter dem Stuhl lag eine Krawatte.

»Mein Gott«, sagte die Mutter oder ihr Rücken oder der um den Körper geschlungene Morgenmantel. »Letzten Sonntag habe ich die Tomaten mit Zwiebelsud übergossen, stundenlang habe ich Zwiebeln gekocht, hast du's nicht gerochen? ›Als würde das Haus weinen‹, hat er gesagt. Und er hat Tränen in den Augen gehabt, das erste Mal, seit Jahren. ›Dann setz dich in den Garten‹, habe ich gesagt, aber er ist zum Herd gegangen, hat mich umarmt und sich geschüttelt vor Weinen.«

Langsam drehte sich die Mutter vom Fenster weg.

»Hast du dich eingecremt? Bei deiner weißen Haut musst du dich eincremen.« Sie ging auf Tara zu und strich ihr über das Haar. »Früher hast du schon vom Hingucken einen Sonnenbrand gekriegt.«

»Er soll mich in Ruhe lassen.« Diesmal hatte Tara den Befehlston gegen ein Bitten eingetauscht, und weil Messer und Zunge eins geworden waren, murmelte sie: »Er ist viel besser weggekommen als Papa, das hat er mir gestern selbst erzählt. Papa hat es am Herzen gehabt. Und er hat weitergemacht mit seinen blöden Geschäften.«

»Ach, Kind.« Die Mutter griff nach einer der beiden Bettdecken und begann, sie zu schütteln. Ein Schwarm Staubfliegen schwirrte heraus, schwirrte bei jedem Schütteln höher, schwebte in der Luft und dann auf die Matratze. Die Mutter faltete die Decke, legte sie an das Fußende des Bettes.

»Olivers Herzschwäche hatte mit der Firma nichts zu tun und mit dir auch nichts, Tine«, sagte sie und strich über die zusammengefaltete Decke. »Er hat sich über dich gefreut, ja gefreut, und bis auf sein Herz ist alles in Ordnung gewesen. Mein Gott, habe ich einen Nachdurst. Aufhören, wenn es am schönsten ist, hat mein Großvater immer gesagt, und das habe ich gestern vergessen.«

»Papa hat nicht aufgehört, weil es am schönsten war, sondern weil die Firma pleitegegangen ist.«

»Dein Vater ist nie ein großer Geschäftsmann gewesen, ob er's einsehen wollte oder nicht, aber ohne Erich Weinrich hätten wir es nie mehr auf die Beine geschafft.«

Die Mutter hatte die zweite Bettdecke genommen, schüttelte sie aus, faltete sie zum Paket, drückte das Paket gegen ihren Bauch und sah sich im Zimmer um.

»Dass Erich uns geholfen hat, ist Schnee von gestern. Da mache ich aus einer Mücke keinen Elefanten, und der

Erich auch nicht. Jetzt guck mich nicht so an. Ja, Erich Weinrich hat deinem Vater damals den Acker verkauft. Und später hat er das Haus, nein, die Schulden aufs Haus übernommen, obwohl sie kein Wort mehr miteinander geredet haben. Zwei erwachsene Männer, und führen sich auf wie Kleinkinder.«

Der Blick der Mutter war an dem über den Stuhl geworfenen Kleid hängengeblieben. »Dafür hat Erich von Olli den Kundenstamm gekriegt, und mit dem hat er die Firma neu aufgebaut, richtig modern und erfolgreich.« Sie legte die Decke auf den Stuhl. »Mein Gott, wozu brauche ich eine zweite Decke?«, fuhr sie mit leisem Lachen fort, hinter dem sich ein Seufzen verbarg, zog den Morgenmantel aus und warf ihn über die Bettkante. »Ich bin ja bald weg.«

Tara sah, dass sie einen schwarzen BH und eine schwarze Spitzenunterhose trug.

»Das sind Röllchen, was?«, die Mutter schlug sich unterhalb des Nabels auf den Bauch. »Hast du gehört, wie das klatscht? Nein, das sind keine Röllchen, das sind Schwarten, für jede Tochter gab's eine dazu.« Diesmal lachte sie, ohne zu seufzen, und tätschelte sich dabei den Bauch. »Deinen Vater hat's nicht gestört, weil ihn an mir nie was gestört hat.«

Während sie das sagte, hatte sie das Trauerkleid vom Stuhl genommen, schlüpfte hinein, griff an den Hüften nach dem Stoff und zerrte ihn über die Unterhose und den Bauch zu den Schultern.

»Ich war zu jung und er zu alt, er war immer zu alt, viel älter, als er war. Mein Gott, Erich ist auch zehn Jahre älter. Aber Oliver war nicht zehn, er war hundert Jahre älter.« Die Mutter griff durch die Armöffnungen, zog sich das Kleid über die Schultern. »Er war hundert Jahre älter, ich hundert Jahre jünger. Trotzdem habe ich eine Tochter nach der anderen gekriegt, Töchter wie die Orgelpfeifen. Na und? Ich habe das Beste daraus gemacht, bin mit ihm verreist, Bodensee, Gardasee, Zell am See. ›Das ist auch ein Geseee‹, sage ich. ›Bodensee, Gardasee, Zell am See‹, sagt er und zählt die Tagesabläufe auf, wann wir wo frühstücken sind, was wir gegessen haben, wie die Pensionen heißen, die Berge. Jeder Urlaub hat für ihn in einen Kalender gepasst und für mich nicht. Was kümmern mich die Namen von irgendwelchen Bergen und Seen, was der Schnee von gestern? Heute ist heute.« Die Mutter lächelte. »Und dann kamst du, dann das Haus, dann ging die Firma pleite, wir konnten Hedwig und Gila das Studium nicht zahlen, und alles wurde anders.«

»Was, Mama?«

»Ja, was?«, hatte die Mutter gefragt, sich im halb offenen Kleid vor Tara gestellt und die Hände um die Bettkante gelegt. »Jede Firma kann pleitegehen, und jedes Kind kann schielen. Ich habe bestimmt auch geschielt, oder mein Bruder, oder sonst wer. Das kommt von den Großes, die haben einfach alle geschielt. Und wenn du mit zwei Köpfen auf die Welt gekommen wärst – du bist immer sein Liebling gewesen. Das darfst du nie vergessen.«

In dem Moment klappte eine Tür zu und Gilas atemlose Stimme rief: »Mama, seid ihr fertig?« Ihre Absätze klackerten wie ein zu schnell gestelltes Metronom die Treppen hinauf, und schon stand die Schwester im Schlafzimmer. Ihr feines, aschblondes Haar war hochgesteckt, ihr Gesicht blass, ihre Augen waren von einer Sonnenbrille verdeckt.

»Ist Sanne da? Nein? Typisch, zehn Uhr haben wir gesagt, und wie spät ist es? Viertel nach zehn. Immer dasselbe mit unserer Eisprinzessin.« Gila starrte aufs Bett. »Du hast Papas Decke weggeräumt?«

»Einen wunderschönen guten Morgen«, lächelte die Mutter, sang: »Guten Morgen, Guten Morgen, Guten Morgen Sonnenschein«, fingerte nach dem Reißverschluss, sagte: »Tine, machst du mir bitte das Kleid zu? Ich komm an diesen dummen Schieber nicht ran«, rief: »Was ich jetzt brauche, sind ein paar Rollmöpse und ein Bier, und keinen Herrn Winterbach. Mein Großvater hat immer gesagt: ›Sei klug, meine Kahle, fang mit dem an, mit dem du aufgehört hast.‹«

»Dann müsstest du mit Schnaps anfangen. Hast du eine Ahnung, den Hauch einer Ahnung, wie mich Onkel Siggi gestern Abend behandelt hat, Mama?«

Den Kopf schräg über die Schulter geneigt, warf die Mutter einen Blick auf Taras Finger, die unterhalb ihrer Unterhose den Reißverschluss aus dem Kleidersaum fummelten. Sie drückte die Brust raus, den Hintern zusammen, ihr Rücken straffte sich.

»Er hat mich an den Oberarmen gepackt und rausgeworfen, hörst du? Er hat deine Tochter von der Beerdigungsfeier ihres Vaters entfernt.«

Die Mutter seufzte, lachte vielleicht, wobei ihr Körper weich wurde, und Taras Finger, immer flattriger, den Reißverschluss aus dem Saum zu zupfen versuchten.

»Das kann man sich ja nicht ansehen.« Schon hatte Gila sie weggeschoben, hatte den Reißverschluss aus dem Saum gezerrt, zum Nacken hinaufgerissen und die Mutter ins Kleid eingeschlossen.

»So«, sagte sie und sah sich um. »Wo ist die Bürste?«

Eigentlich war es wie immer. Die Sonne fiel auf das Bett, und Tara kam es vor, als würden die Kopfkissen über dem Laken schweben, das Bett federleicht werden und der Morgenmantel sich am Fußende kräuseln. Der Schminktisch war vollgestellt, der Stuhl ein Stück vom Tisch gerückt. Dass sich unter dem Stuhl eine Krawatte zusammenrollte, wäre bis vor ein paar Tagen nichts Ungewöhnliches gewesen.

»Was ist das?«, fragte Gila leise.

»Was?«, die Mutter, die Gilas Sonnenbrillenaugen gefolgt war, hob die Schultern. »Ach. Das ist bestimmt Siggis Krawatte.«

»Onkel Siggis Krawatte?«

»Mein Gott, er hat mich doch gestern nach Hause gefahren, und da haben wir noch einen Absacker getrunken.« Die Mutter deutete ihr Lachen an. »Vielleicht war es auch ein Kaffee, ja, wenn ich mich recht erinnere, hat er sich einen Kaffee aufgebrüht.«

Obwohl die Brille Gilas Gesicht verdeckte, war zu erkennen, dass es kalkweiß geworden war. »Einen Kaffee brüht man sich in der Küche auf, oder verstehe ich da etwas falsch?«

»Nein, nein, dem Siggi geht nur überall was verloren, Geld, Schlüssel, Socken.« Die Mutter schien plötzlich über jedes Wort zu stolpern. »Bückt sich nach einer Filtertüte, schon rutscht ihm die Krawatte aus der Hose.«

»Onkel Siggi brüht sich in unserer Küche einen Kaffee auf. Nachdem er mich von Papas Beerdigungsfeier vertrieben hat«, Gila drehte den Kopf, sah Tara an und fuhr fort, »und du trägst ihm die Krawatte ins Schlafzimmer.« Der Ton war leise, knurrend und so scharf, als habe Gila ihn an ihren Zähnen gewetzt. »Darf man erfahren, warum du ihm die Krawatte nicht in der Küche zurückgegeben hast, Mama?«

»Vielleicht hat sie es vergessen«, sagte Tara leise.

Anstatt darauf einzugehen, holte Gila die zusammengerollte Krawatte unter dem Stuhl hervor und wickelte sich das spitze Ende um die Hand.

»Ja, ich hab's vergessen. Mein Gott, wenn man ein bisschen über den Durst getrunken hat, kann man leicht was vergessen oder tut Dinge …«

»Tut Dinge!«, rief Gila schrill. »Ich werde von ihm gedemütigt, und du tust Dinge! Dinge nennst du das, Dinge! Kannst du nicht einmal ehrlich sein und die ›Dinge‹ beim Namen nennen?« Unwillkürlich biss Gila sich auf die Lippen. »Wärst du damals nur gegangen. Aber du bist nicht gegangen. Wo hättest du auch hin sollen? Bei uns hast du ein Dach über dem Kopf gehabt, und Papa hat dir alles nachgesehen, alle deine ›Dinge‹.« Gila packte das baumelnde Ende der Krawatte, wickelte es um ihre andere Hand.

»Und jetzt liegt er unter der Erde, und ich habe immer noch ein Dach über dem Kopf. Gila, Schatz, du siehst aus wie der Tod. Ach, was rede ich für einen Unsinn, der Tod ist ja behaart. Tine, da auf dem Nachttisch, gibst du mir bitte das braune Fläschchen?«

»Ich will nichts wissen über deine ›Dinge‹.« Gilas Stimme wurde schriller. »Ich will nichts wissen und weiß es doch. Und du erzählst mir, Onkel Siggi ist in der Küche die Krawatte aus der Hose gefallen. In der Küche, nicht wahr? In der Küche beim Bücken, und du hast sie dann ins Schlafzimmer getragen. Entschuldige, Mama, aber deine

Lügen grenzen an Beleidigung, ja, sie beleidigen meine Intelligenz.«

Gilas Schrillen hatte sich in gellendes Lachen verwandelt. Und Tara hörte, wie das Zimmer zum Klangkörper dieses Gelächters wurde, wie es in die Ecken sprang, aus ihnen zurücksprang, sich auf ihre Haut legte und sie zum Frösteln brachte. Hastig gab Tara der Mutter die braune Flasche, und die Mutter begann genauso hastig am Verschluss zu drehen.

»Nimm ein paar Tropfen, dann kriegst du wieder Farbe ins Gesicht«, sagte sie. »Gila, Schatz, ohne Sonnenbrille sieht die Welt gleich anders aus.«

»Die Welt? Davon geht die Welt nicht unter, war's nicht so, hast du das gestern nicht gesungen? Wenn man das singen nennen kann, so betrunken, wie du warst. Davon geht die Welt nicht unter. Vom Lügen nicht und vom Vergessen nicht. Und ob sie davon untergeht. Vergessen und lügen, und lügen und vergessen, seit ich denken kann.« Gilas Stimme überschlug sich. Sie schleuderte das Vergessen ins Zimmer, das Lügen, Denken und die Welt.

»Glaub mir, die sind rein pflanzlich«, sagte die Mutter und beugte sich zu ihrer Tochter vor.

»Ich will deine Tropfen nicht.« Die Krawatte in Gilas Hand rollte sich aus, peitschte durch die Luft und traf die Mutter im Gesicht. Die Mutter zuckte zusammen. Ein feiner roter Streifen zeigte sich auf ihrer rechten Wange. Die Flasche in der einen, hob sie die andere Hand und berührte mit den Fingerspitzen die blutige Haut.

»Hast du bei deinen ›Dingen‹ einmal an uns gedacht? Hast du einmal daran gedacht, dass wir uns schämen für deine ›Dinge‹? Ja, ich habe mich mein Leben lang für dich geschämt. Aber dich hat das nicht gekümmert, du hast gedacht, das geht vorbei, wenn du überhaupt was gedacht hast.«

Diesmal schlug Gila schräg von der Seite auf die linke Backe. Und diesmal zuckte die Mutter nicht zusammen. Sie sah Gila nur starr an.

»Und wie ich mich geschämt habe, für dein Zum-Friseur-Tänzeln, deinen Egoismus und dein ständiges Lachen. Du bist nie zu Hause gewesen, wenn andere Mütter zu Hause waren, Essen gekocht haben, saubergemacht und sich um ihre Kinder gekümmert haben. Nein, Mama, du kannst mir nichts vormachen. Ich habe nichts vergessen, keinen einzigen Namen.« Gila spannte den Stoff zwischen ihren Händen.

»Gila, hör auf.« Einen Moment lang füllte Taras Stimme das Zimmer, dann wurde sie von der durchdringenden Stimme der Schwester übertönt.

»Jetzt fühlst du dich wohl stark, wie du vor mir stehst mit deinen Tropfen und deinem Lächeln. Aber das ist nicht stark, nur arrogant. Genau wie gestern Abend. Da hast du nicht mit der Wimper gezuckt, als Onkel Siggi auf mich eingeschlagen hat, nein, du hast dich amüsiert. Und ich soll dich respektieren? Ich dich?«, brüllte Gila und holte zum dritten Mal aus.

»Krawatte her.«

Ob es an ihrem Befehlston lag oder an der Lautstärke, konnte Tara nicht feststellen, nur dass Gila an sich hielt. Bemüht, die Hände nicht zu schnell, nicht zu langsam auszustrecken, versuchte Tara, die Augen ihrer Schwester hinter der Sonnenbrille zu fixieren. »Gib die Krawatte her«, sagte sie. Sie hatte den Eindruck, dass Gila sie hinter den dunklen Gläsern anstarrte, offenbar ohne zu wissen, wen sie vor sich hatte. Plötzlich brach ihre Schwester in ein jämmerliches Schluchzen aus, zerknüllte die Krawatte und warf sie Tara zu.

»Ich wollte Mama nicht schlagen.«

»Klar.« Tara faltete die Krawatte zusammen und stopfte sie zwischen die Matratze und den Bettrahmen. Der Morgen war der Morgen nach der Beerdigung ihres Vaters und doch wie Jahre von seinem Tod entfernt.

»Das Schwein, er ist an allem Schuld.«

Gilas Schluchzen war zu einem Wimmern geworden. Die Schwester weinte so leise, als solle das aus dem Flur kommende »Guten Morgen« ungestört ins Schlafzimmer schlüpfen. »Hedi hat das Rad genommen, ich meine, ich bin eine Viertelstunde zu spät gewesen, vielleicht auch zwanzig Minuten, also mehr bestimmt nicht.« Da weder die Mutter noch Gila etwas sagten, rief die Stimme: »Seid ihr weg?«

»Nein, Schatz.« Hastig nahm die Mutter die zweite Decke vom Stuhl, legte sie aufs Bett, rückte den Stuhl an den Schminktisch. »Geht bitte zu eurer Schwester runter.« Dabei nickte sie in Gilas Richtung, stellte die braune Flasche neben einen Karton mit Papiertüchern, zupfte ein Tuch heraus. »Mein Gott, du hörst dich ganz verschnupft an.«

»Das kommt von den Nebenhöhlen.« Gila trompetete in das Tuch. »Seit Papas Tod sind die völlig dicht. Und dann tischst du mir diese Krawattengeschichte auf …«

»Mann, Gila«, unterbrach Tara sie, während die Mutter über ihre Wange tastete und sich zu dem Spiegel auf dem Schminktisch neigte.

»Ein bisschen Farbe wird reichen«, sagte sie und griff nach einem dicken Pinsel, »wo es rot ist.«

»Bluten tut's nicht.« Gila war die Erleichterung anzuhören. »Ich wollte dich nicht schlagen, bestimmt nicht, Mama, aber warum sagst du nicht einmal die Wahrheit?«

»Wahrheit. Was für eine Wahrheit? Es ist deine Wahrheit, Schatz, nicht meine, und mit deiner Wahrheit kannst du machen, was du willst.« Die Mutter wandte den Kopf vom Spiegel zur Tür. »Ist das unser Telefon?«

Tatsächlich schrillte es durch das Haus, und Susanne rief: »Telefon!«

»Das hätte ich mir denken können, den Besen nehmen und alles unter den Tisch kehren. Aber die Wahrheit bleibt die Wahrheit, Mama.« Gila hob ihre Stimme. »Ich werde deine ›Dinge‹ nicht mehr hinnehmen, eher sperre ich dich ein …«

»Gehst du bitte ans Telefon, Gisela.«

In dem Moment schien Gila begriffen zu haben. Begleitet vom Telefonschrillen riss sie sich die Sonnenbrille von den Augen und hetzte mit Metronomschritten aus dem Zimmer, die Treppe hinunter. Die Mutter drehte sich um. Kurz darauf glitzerten zwei schwarze Pupillen aus dem Toilettenspiegel, und ein trauriges Gesicht lächelte ein trauriges Gesicht an.

»Tine, du auch.«

Tara nickte. Sie lief aus dem Zimmer, wünschte sich, dass die Mutter sie zurückriefe, wusste, dass sie nicht zurückgerufen werden würde. Unten im Flur hörte sie Susanne »Morgen, Gila« sagen, »soll ich rangehen? Nein, was ist denn mit dir los? Du siehst so verquollen aus. Ich meine, ich kann nichts dafür, dass ich ein bisschen spät bin. Mitch hat den Autoschlüssel …«, hörte Gila »Pst« sagen, dann ein »Kappelhoff-Seebald« und: »Guten Morgen Tante Karin. Ja, Mama geht es besser. Nein, sie ist oben. Zu Herrn Winterbach. Nein, jetzt nicht. Mache ich, und du grüß Onkel Peter von mir.« Offenbar hatte die Tante aufgelegt, denn Gila sagte: »Die tut, als ob ich ihre Putzfrau bin.«

In dem Moment knarzte eine Diele an der Wohnzimmertür, und eine hagere Gestalt, dünn und grau wie ein Bleistiftstrich, trat aus dem Türrahmen. Sie sah zu Tara, sagte: »Guten Morgen.«

»Wie lange bist du schon hier?«, fragte Tara.

Statt ihr zu antworteten, gesellte sich Hedwig zu Gila und Susanne und erkundigte sich, ob die Mutter gestern Abend gut nach Hause gekommen sei.

Bestimmt hat sie irgendwo in den Feldern gesteckt, hat im Wind gezittert und alles beobachtet, dachte Tara, spürte eine Hitze in ihrem Gesicht und hörte Gila sagen: »Gut nach Hause? Da musst du Onkel Siggi fragen, ich habe Mama nicht nach Hause gebracht. Ja, ja, ich habe es versprochen, aber Onkel Siggi hat mich von der Beerdigungsfeier entfernt, eliminiert, wie das so schön heißt. Erst hat er Onkel Heinz gedemütigt, und dann hat er auf mich eingeschlagen.«

»Nein!«, rief Susanne und riss ihre Augen auf. »Onkel Siggi hat dich geschlagen? Womit denn?«

»Mit den Fäusten, oder denkst du, er hat einen Gürtel genommen? Das Schwein wollte nicht, dass ich Mama nach Hause bringe. Dabei war sie sturzbetrunken, hat die ganze Zeit gelallt und sich jedem an den Hals geworfen. Bring sie bloß weg, habe ich gedacht, und da ist er auf mich los.«

Gila warf Tara einen Blick zu. Die Sonnenbrille hatte sie sich in die Stirn geschoben, die Gläser saßen wie zwei riesige Spangen in ihrem Haar. Ihre Iris war von einem matten Blau, ihre Hornhaut von blutigen Äderchen durchzogen, ihre Lider waren geschwollen und hellrot.

»Das muss ja richtig weh getan haben«, flüsterte Susanne, deren puppenhaft aufgerissene Augen ihr Gesicht in ein altes Kindergesicht verwandelten.

»Natürlich. Gerd standen die Tränen in den Augen, als ich ihm heute Morgen meine blauen Flecken gezeigt habe«, fuhr Gila in einem fast wollüstigen Ton fort. »Er reagiert furchtbar sensibel auf Gewalt, besonders in der eigenen Familie.«

»Klar«, murmelte Tara, »Onkel Siggi ist ein Schwein, und Gerd ist ein Weichei.«

Hedwig, die die ganze Zeit geschwiegen hatte, verschränkte die Arme vor der Brust, Susanne kicherte und schob mit dem Kichern das alte Kind aus ihrem Gesicht.

»Ja, mein Mann ist ein Weichei«, sagte Gila, deren wollüstiger Ton in einen zufriedenen umschlug. »Ich schleppe nämlich keine Faschisten an, die meine Tochter verprügeln, sie ›Schmeißfliege‹ nennen und von der Beerdigungsfeier ihres Vaters vertreiben. Soll ich dir sagen, warum ich Gerd geheiratet habe?« Gila schien ihre Worte sorgfältig auszuwählen. »Weil er Gefühle hat und weint, wenn seiner Frau Gewalt angetan wird.«

»Na und? Als ob ein Weichei kein Faschist sein kann«, murmelte Tara.

»Wie bitte? Du vergleichst meinen Mann mit einem Schwein wie Siggi Oberländer? Das ist jetzt nicht meine Schwester.«

»Mit den Haaren sowieso nicht.« Hedwig zog die Mundwinkel nach oben und lächelte.

»Lass meine Haare in Ruhe«, rief Tara, »du Gerippe.«

»Lieber ein Gerippe wie Papa als ein Rotfuchs, der keinem ähnlich sieht.« Hedwigs Mundwinkel zogen sich ein Stück weiter nach oben. »Außenstehende werfen anderen gern ihren Faschismus vor. Was ist das für ein Gefühl, wenn man vor dem Spiegel steht und einen von der ersten Haarspitze bis zur letzten Sommersprosse nichts an die eigene Familie erinnert, Fräulein Schiel-mich-an?«

»Hedi, bitte«, zischte Gila, Susanne kicherte: »Fräulein Schiel-mich-an«. Hedwig stand lächelnd mit gepanzerter Brust vor Tara, und Tara wusste nicht, wo sie zuerst hinschlagen sollte: in Gilas Zischen, Susannes Kichern oder Hedwigs Körper.

»Susanne, Schatz, guten Morgen. Guten Morgen, Hedwig, was für ein schöner Morgen. Und du, Gila, hast du endlich deine Sonnenbrille abgesetzt? Wie schön.«

Lächelnd, als wäre nichts passiert, kam die Mutter durch den Flur spaziert, obwohl die Wangen für ein Nichts zu braun waren, die Lippen zu rot, das Lächeln zu starr. Ohne Gilas Antwort abzuwarten, tupfte sie sich mit den Fingerspitzen über die Wangen und fragte leise: »Ist noch was zu sehen?«

»Was soll denn zu sehen sein, Mama, oder bist du gestern so betrunken gewesen? Papa ist tot, ich meine, noch nicht lange tot …«

»Und ich war angeschickert«, lächelte die Mutter und gab Susanne einen Kuss. »Mein Gott, du heiratest, kriegst eine Tochter nach der anderen, verlebst die Jahre, und plötzlich stirbt dir der Mann weg. Was seht ihr mich so an?

Mein Mann fehlt mir, und wenn ich ein bisschen getrunken habe, halte ich das Alleinsein besser aus, und wenn ich es dann immer noch nicht aushalte …«

»Verschone uns bitte mit Einzelheiten«, hatte Gila gezischt, während Susanne aufgeregt sagte: »Ich kann dich soo gut verstehen, Mama.«

»Da gibt's nichts zu verstehen, Schatz. Das sind lauter kalte Reste unter der Erde, Milliarden mehr als Menschen darauf.« Lächelnd hatte die Mutter ein eingeklemmtes Haar aus ihrem Reißverschluss gefummelt. »Aber ich bin jetzt Witwe und will mich ein bisschen amüsieren. Und deswegen verkaufe ich das Haus, ob euch das gefällt oder nicht.«

»Verkaufen«, tönte es in Taras einem Ohr, »kaufen« im anderen, so rasant und gehetzt, als wären die Worte zu einem einzigen Wort geworden. Das Verkaufen hatte ins Kaufen gegriffen, das Kaufen ins Verkaufen, und Hedwigs Stimme stellte fest: »Dann liegt der Schätzwert des Hauses folglich bei einer Million.«

Diese Feststellung schien in Taras Kopf einen Knall zu erzeugen, und sie sah Herrn Winterbach hinter seinem Schreibtisch kaum merklich nicken.

»Selbstverständlich ist der Schätzwert des Hauses aktuell. Er wurde vor genau vier Monaten verifiziert.«

In dem Moment zuckte die Mutter zusammen und starrte Hedwig an, so dass sich auch Tara unwillkürlich zu ihrer Schwester drehte. Hedwig hatte etwas Mädchenhaftes bekommen. Die Haare hatten sich an ihre Wangen geschmiegt. Die graublaue Iris schien endlos und tief zu sein. Sie lächelte. Kaum hatte sie Taras Blick bemerkt, brach das

Lächeln weg. Ihre Lider und Wimpern senkten sich, Hedwig verschränkte die Arme vor der Brust. Dann zeigte sich ein zweites Lächeln in ihrem Gesicht.

Tara drehte sich hastig zu Herrn Winterbach um.

»Wenn der Schätzwert des Hauses bei einer Million liegt, müsste der Wert des Grundstücks zwischen 250000 und 300000 liegen«, überlegte Hedwig in ihrem Rücken.

Herr Winterbach schüttelte den Kopf.

»Nicht ganz. Ursprünglich hatte das Grundstück einen wesentlich höheren Wert als das Haus«, erwiderte er, griff nach einem Stapel Papiere und begann zu blättern. »Die Wertminderung hat erst mit dem Bebauungsverbot eingesetzt. Wie wir alle wissen, darf in den Weinbergen oberhalb des Winzerweges seit drei Jahren nicht mehr gebaut werden, die dort befindlichen Grundstücke wurden zu reinen Bewirtschaftungsflächen erklärt.« Herr Winterbach hielt mit dem Blättern inne und tippte auf das obenauf liegende Papier.

»Aus den Unterlagen geht hervor, dass sich Ihr Pächter eine Art Hütte auf dem Grundstück gebaut hat, in der er sogar wohnen soll. Aber das ist ein anderes Problem.«

Wieder begann er zu blättern, stockte bei einem Papier, überflog die Zeilen. »Nach dem mir vorliegenden Grundbuchauszug ist das Grundstück seit über zehn Jahren, seit dem Tod von Heinz Seebald senior, nicht mehr geschätzt worden.«

»Und meine 300000 Mark?«, fragte die Mutter.

»Ihre 300000 Mark stellen einen hypothetischen Wert dar, Frau Seebald, sprich, sie sind das nicht unrealistische Resultat aus dem Schätzwert des Hauses und der veranschlagten Summe Ihres kostenfreien Wohnrechts in Relation zum gegenwärtigen Wert des Grundstücks. Falls Sie über die veranschlagte Summe Zweifel hegen sollten, können Sie selbstverständlich jederzeit einen Kollegen konsultieren.«

»Nein, nein. Wenn ich das Grundstück erbe und nicht das Haus, verkaufe ich eben das Grundstück«, sagte die Mutter. Da Herr Winterbach in das Papier vertieft war, rief sie. »Für 290000 Mark.« Herr Winterbach blätterte eine Seite um. »280000«, schlug die Mutter vor und versuchte, seinen Blick auf sich zu lenken. »270000. Ist mein kostenloses Wohnrecht mit 30000 Mark nicht genug abgerechnet?«

Den Zeigefinger wie ein Lesezeichen zwischen zwei Papieren, sah der Notar auf. »Über den Preis müssen Sie sich mit Ihrem Pächter einigen, Frau Seebald. Herrn Gersdorf käme bei einem Verkauf prinzipiell das Vorkaufsrecht zu. Es sei denn, Sie beabsichtigen, das Grundstück selbst zu bewirtschaften.«

Hedwig und Gila begannen zu lachen.

»Ich möchte offen sprechen«, sagte Herr Winterbach, ohne in das Gelächter einzustimmen. »Das Grundstück wird sich schwer verkaufen lassen. Zum einen ist ein Pachtvertrag nicht per Handschlag aufzuheben, um es nonchalant auszudrücken. Zum anderen ist Herr Gersdorf ein unberechenbarer Vertragspartner, glauben Sie mir. Bevor Sie sich mit ihm in Verbindung setzen oder gerichtlich gegen ihn vorgehen, sollten Sie eine Schätzung vornehmen lassen. Dass sich der Wert der Grundstücke oberhalb des Winzerwegs aufgrund der Bausperre verringert hat, dürfte auch Herrn Gersdorf bekannt sein. Wenn ich Ihnen einen Rat geben darf? An Ihrer Stelle würde ich erst nach der Vertragskündigung verkaufen.«

»Und wann ist das?«, fragte die Mutter leise.

»Heinz Seebald senior schloss den Vertrag über zehn Jahre ab. Trotz der Schwierigkeiten ist die Vertragsdauer von Ihrem Mann übernommen worden.« Herr Winterbach schob das Papier mit dem Zeigefinger nach links und strich mit der Kuppe über einige Zeilen. »Das letzte Mal wurde vor drei Jahren verlängert, die nächste Aufhebung wäre demnach in sieben Jahren.«

»Sieben Jahre!«, rief die Mutter. »Mit welchem Geld soll ich bis dahin denn verreisen?«

»Nun, das lässt sich nur ex negativo beantworten«, sagte Herr Winterbach, leckte seinen Zeigefinger an und blätterte. »Um das Haus dem Seebaldschen Besitzstand zu erhalten, sind ein Teil des Grundstücks sowie die Lebens- und Rentenversicherung bei der Insolvenz der Firma an die Raiffeisenbank übergegangen. Ich will Sie nicht langweilen, Frau Seebald, aber meines Wissens haben sich die Herren Diettrich und Weinrich damals äußerst generös gezeigt. Dass Ihnen lediglich der Pflichtanteil der Pension Ihres verstorbenen Ehegatten zusteht, dürfte Ihnen bekannt sein.«

»Das ist mir zu viel Pflicht, und ich habe keinen Pfennig im Portemonnaie. So komme ich nie nach Paris.«

»Du erbst das Grundstück und kannst dein Leben lang mietfrei bei uns wohnen«, zischte Gila. »Aber statt Papa dankbar zu sein, redest du von Paris.«

»Dankbar! Ich bin dankbar wie eine Dank-Bar, Schatz, ich gebe einen Dank nach dem anderen aus«, rief die Mutter, die offenbar kein anderes Wort aufgeschnappt hatte. »Vielen Dank. Danke schön. Herzlichen Dank, aber ich werde nicht mietfrei bei euch wohnen. Ich will was sehen von der Welt, ich will mich amüsieren, und nicht nur ein bisschen, denn irgendwann gibt's nur noch den Tod, und den gibt's umsonst. Das hat er zwar verschwiegen, der alte Gauner, aber ich lasse mich nicht täuschen, nein, ich will mich amüsieren, bis ich tot bin.«

»Papa ist tot. Bitte, Mama, stirb ihm nicht gleich hinterher«, flüsterte Susanne. Sie hatte einen Ellbogen auf die Lehne gestützt und saß nun so dicht am Fenster, dass ihre kastanienbraunen Locken von der Mittagsluft leicht zerzaust wurden.

»Ja, Papa ist tot«, wiederholte Hedwig. »Aber er hat dich bedacht. Du wirst dich bei uns so amüsieren, wie du es dir leisten kannst.«

»Schluss mit dem Unsinn. Mama hat das Grundstück geerbt, zahlt keinen Pfennig Miete und bekommt eine Mindestrente. Wie wäre es, ihr überlegt euch, wo wir sie in unserem Haus unterbringen? Viel Platz haben wir nicht.« Gila begann, an der Schulter der Mutter herumzuzupfen.

»Unterbringen? Mein Gott, ich bin kein Müllsack, Schatz, ich bin Witwe und organisiere mein Leben selbst«, rief die Mutter, die mit dem Handrücken nach Gilas Fingern schlug. »Wenn ich weg bin, könnt ihr das Haus unter euch aufteilen. Meine Miete zahle ich woanders, die Hotels in Paris sollen sehr teuer sein, hat mir Doktor Wenzel erzählt.«

»Wie oft noch, Mama, du hast kein Geld für Paris.« Gila nahm ihre Hand von der Schulter der Mutter, rollte imaginäre Fussel zwischen den Fingerspitzen und schnippte sie auf den Boden.

»Geld oder kein Geld, Gila, du kennst unsere Mutter«, redete es in Taras Rücken. »Eines Tages wird sie mit einer Pappe um den Hals zum Dorfausgangsschild spazieren und den Daumen rausstrecken. Da steht sie dann und wartet auf einen Trip nach Paris, London, New York. Und irgendwann fährt Doktor Wenzel vorbei oder Pfarrer Peters und nimmt sie bis nach Neudorf mit.«

»Am Dorfausgangsschild mit einer Pappe um den Hals. Also, du hast heute Einfälle, Hedi«, prustete es vor Tara.

»Und spätestens in Großdorf wird man bei uns anrufen und fragen, ob unsere Mutter verlorengegangen ist. Man hätte da eine aufgegabelt, mit einer Pappe um den Hals, die fragt, warum überall in Paris Weinberge sind.«

»So werde ich's machen. Los geht's mit einer Pappe um den Hals von Paris bis New York. In New York besuche ich die Freiheitsstatue und schicke euch schöne Grüße.«

Die Mutter war aufgesprungen und hatte sich zu Erich Weinrich gedreht. Als sie ihn abseits von ihren Töchtern an der Tür sitzen sah, schien sie sich zu besinnen. Sie neigte den Kopf, wie ein Kind, das kokett sein will, und fragte: »Kommst du mit? Nein? Dass ich nicht mitgekommen bin, hatte nichts mit dir zu tun. Oder nicht genug. Du warst nicht genug und ich auch nicht, aber die Zeit läuft und läuft, Sekunden werden zu Minuten, Minuten zu Stunden, und ich laufe mit, die ganze Zeit, bis ich in alle Winde verstreut werde. Was kümmert mich der Schnee von gestern, wenn ich nicht weiß, wo er geblieben ist. Nein, ich werde mir mein Leben versüßen. Auf die Füllung kommt es an, auf die Creme im Leben, nicht auf den Guss.«

»Du hast kein Geld für die Creme im Leben, deine Rente reicht gerade für einen Brotkanten«, höhnte es in Taras Rücken.

»Für einen Brotkanten«, kicherte es vor ihr. »Also, Hedi, du sagst heute komische Dinge.«

»Nein, keine komischen Dinge mehr.« Die Mutter legte ihre Hände über die gerougten Striemen und begann, den Kopf hin- und herzudrehen. Wieder kam sie Tara wie ein Kind vor.

»Sanne, bitte! Und du, Mama, reiß dich zusammen.«

»Nein, keine komischen Dinge mehr, nein, nein, keine komischen Dinge mehr.«

»Was, nein?« Gila stand auf, zog der Mutter die Hände von den Wangen und drückte sie auf den Stuhl. »Warum hast du nichts zurückgelegt? Kein Sparbuch, keine Anlage, nichts? Du hast doch gewusst, dass Papa kein Geld hat, keine müde Mark, erinnerst du dich? Keine müde Mark und blank bis auf die Knochen, aber du musstest ja jede Woche zum Friseur rennen.«

Rasch drückte sie die Mutter an sich, umklammerte ihre zuckenden Schultern, schien sie in der Umarmung auf dem Platz halten zu wollen. »Jetzt ist es zu spät.«

»Sei nicht so streng, Gila.« Susanne beugte sich vor, und die Luft begann wieder sanft an ihren Locken zu zupfen. »Also, ich werde Mama bestimmt jeden Sonntag besuchen kommen«, sagte sie, und Hedwig fügte hinzu: »Ich auch. Warum in die Ferne schweifen, wenn deine Töchter bei dir wohnen, Mama? Jedes Ding hat seine Zeit, und die Creme des Lebens werden wir dir aufs Brot schmieren.«

Gila hat Recht, dachte Tara. Es war zu spät, um zu verschwinden, zu spät, um Geld zu sparen, zu spät, um den Vater zu fragen, warum die Mutter das Grundstück, nicht das Haus erbte, warum sie mit ihren Töchtern zusammenleben sollte und ob er wirklich glaubte, dass der Tod ihn nicht schied von seiner Frau und seinen Töchtern.

Unwillkürlich schielte Tara zu Erich Weinrich. Die

schweren, behaarten Hände auf die Oberschenkel gestützt, saß er immer noch unbeweglich auf dem Stuhl.

»Wenn ich bitte zusammenfassen darf?«, fragte Herr Winterbach.

»Ja, bringen wir es hinter uns.« Gila drückte den Puppenkörper der Mutter an sich. »Eine Testamentseröffnung ist die reinste Leichenfledderei.«

»Das Grundstück mit dem angenommenen Wert von 300000 Mark wird auf Frau Margarete Seebald geborene Große überschrieben. Das Haus mit einem Wert von einer Million erben zu je einem Viertel Frau Gisela Kappelhoff-Seebald, Frau Hedwig Seebald, Frau Susanne Seebald und Frau Christine Seebald mit der Auflage, ihre Mutter, Frau Margarete Seebald, bis an deren Lebensende mietfrei dort wohnen zu lassen.«

Ohne die Mutter aus der Umarmung freizugeben, drehte sich Gila um und sah an Tara vorbei zu Hedwig. »Wir könnten den Lagerraum und die Waschküche neben Tines Einliegerwohnung für Mama ausbauen, Sanne kriegt das Dachgeschoss, und du wohnst bei Gerd, den Kindern und mir im Haus.«

»Entschuldigung.«

»Sind Sie immer noch nicht fertig?« Unwillig drehte Gila den Kopf.

»Eine Kleinigkeit.« Herr Winterbach nickte. »Prinzipiell besteht für jede Teilhaberin die Möglichkeit, sich ihr Erbe auszahlen zu lassen. In dem Fall haben die anderen beziehungsweise eine oder zwei der Teilhaberinnen das Vorkaufsrecht.«

»Das interessiert uns doch nicht«, sagte Gila, die mit der Mutter im Arm aufzustehen versuchte.

In dem Moment kratzte ein Stuhl über den Parkettboden und Erich Weinrichs kurzsichtige Augen blinzelten Tara an.

»Ja, bitte?« Es war ein anderes Lächeln, das Herr Winterbach seinem Geschäftsfreund zuwarf, vertraut, vertraulich beinah, und das Erich Weinrich auffing, um in derselben vertraulichen Art zurückzulächeln. Dabei kniff er die Augen zusammen, als habe er ein entferntes Straßenschild zu lesen. »Und ob das interessiert«, sagte er. »Falls Tine ihr Erbe nicht antritt, ist es für die anderen Teilhaberinnen günstiger, sie sofort auszuzahlen. Das spart Zeit, Geld und unnötigen Ärger.«

Diesmal drehte Gila nur leicht, nicht einmal unwillig den Kopf.

»Vielen Dank. Nur wird Tine wie Hedi, Sanne und ich ihr Erbe antreten. Unsere Mutter hält das Alleinsein schlecht aus. Und was dann passiert, haben wir gestern Abend erlebt.«

Kerzengrade, wie ein Ausrufezeichen, saß die Schwester auf ihrem Stuhl, während die Mutter die Schultern gebeugt hatte und kaum zu atmen schien. In dem Moment dachte Tara daran, dass sie einmal im Fernsehen in geraffter Zeit den Verfall einer Kornblume gesehen hatte, klein musste sie damals gewesen sein, noch nicht in der Schule. Trotzdem erinnerte sie sich, wie schnell ein Bild auf das andere folgte. Stängel und Blätter wuchsen, die Knospe entstand, sprang zur Blüte auf, die Blüte weitete sich, wurde von Bienen bestäubt, der Stängel verholzte, die Blätter verblassten und fielen ab. Genau so war die Mutter zwischen dem Aufstehen und der Testamentseröffnung verfallen. Von der Frau im Morgenmantel, die, ein Glas Wasser in der Hand, die

Treppe hinaufgegangen war und das verschüttete Wasser auf jeder Stufe mit ihren Hausschuhen verwischt hatte, über die Mutter, die die Treppe herunterkam und Gilas Striemen hinter ihrer Schminke verbarg, bis hin zu der Wachsfigur auf dem Stuhl vor Tara, die sich langsam auflöste und zu einer fremden alten Frau in Gilas Armen wurde.

»Fort von hier wird sie nicht kommen«, keuchte es, und Tara fragte sich, wer da keuchte, und rief: »Nein, ich werde mein Erbe nicht antreten.«

»Wie bitte?« In Sekundenschnelle riss Gila ihren Arm von der Mutter, stieß den an sie gelehnten Körper beiseite, warf sich herum und starrte Tara wie einer Fremden ins Gesicht. »Du willst keine Verantwortung für Mama übernehmen?«

»Ehrlich, Gila, darum geht's nicht«, murmelte Tara.

Doch Gila war längst in Fahrt gekommen und fegte über ihr Gemurmel hinweg: »Wenn wir dir egal sind, bitte. Aber was ist mit Mama? Willst du sie sich selbst überlassen, in ihrem Zustand und mit dem bisschen Geld?«

Tara merkte, dass ihr auf Teufel komm raus keine Antwort einfallen wollte. Als hätte die Schwester ihre Gedanken gelesen, zischte sie: »Wen wundert's, dass dir nichts einfällt. Du kommst ganz nach den Großes. Schielen und rote Haare, Hedi hat recht. Ich, ich, ich, was anderes ist in deinem Kopf nicht drin, so eine hausgemachte Egoistin bist du. Wie stellst du dir das vor? Soll ich mir einen Goldesel kaufen oder Geldscheine vom Himmel zaubern? Oder kannst du mir erklären, mit welchem Geld ich dich auszahlen soll?«

»In Raten«, sagte Onkel Erich. »Ich strecke die 250000 vor, ihr bürgt mit dem Haus.« Er hob seine Hände von den

Schenkeln, um sich sofort wieder aufzustützen. »Ich bin ein Geschäftsmann. Aber für die Familie gibt es Sonderkonditionen. Da drück ich ein Auge zu, auch wenn ich nicht zur Familie gehöre, keine Angst. Ich nehme einen festen Zinssatz, drei, vier Prozent, unabhängig von den Monatsraten. Und ihr richtet bei Susanne einen Dauerauftrag ein. Über den Betrag werden wir uns einigen. Wie gesagt, ich bin ein Geschäftsmann, kein Halsabschneider.«

Kaum hatte er ausgeredet, setzte sich die Mutter auf, reckte den Kopf zum Fenster und betrachtete die luftigen, wehenden Vorhänge.

»Dein Kredit wäre günstiger als der bei der Raiffeisenbank, unabhängig davon, wie viel wir jeden Monat zahlen?«, fragte Hedwig.

Erich Weinrich nickte, während Gila die Lippen schürzte und sich auf ein Gefecht vorzubereiten schien.

Doch Hedwig kam ihrer Schwester zuvor. »Warum nicht, Gila? Das Haus ginge durch Sanne, dich und mich, und wir könnten trotzdem alle zusammen wohnen, Sanne unter dem Dach, du und ich im Haus und Tine neben Mama im Keller.«

»Warum nicht?«, wiederholte die Mutter, ohne den Blick von den Vorhängen zu wenden. »Weil im Keller die letzte Mücke verstaubt, und Licht gibt's da auch nicht. Im Keller vergisst mich sogar der Tod, und die Zeit ist verloren, ob Sonntag ist, Montag, Dienstag, das ist alles ein Brei, Leben und Zeit, alles ein Brei.«

Sie lachte, und Tara hatte den Eindruck, dass das Lachen nicht in ihrem Gesicht war, nicht in ihren Augen, sondern eigenartig ortlos und fremd. Wieder hörte sie die Mutter sagen, sie sei der Wolf, der zum Frühstück sechs Geißlein gefressen habe, ›Herr Ober, die Rechnung, bitte‹, hörte sie sie lachen, richtig lachen, und auch Tara hätte am liebsten gelacht, hätte sie an der Hand genommen und wäre mit ihr in die Welt gezogen.

Stattdessen sagte die Mutter: »Nein, ich habe keine Angst, dass ich umsonst bin. Was soll das für eine Wahrheit sein und was für eine Schuld? Eine Krawatte ist eine Krawatte, tot ist tot, da bleibt nichts übrig, nichts zurück, auch nicht von dir, mein Schatz.«

»Mama, du redest irr, wirre Dinge. Und du kümmere dich um dein Studium, Tine. Oder willst du mir weismachen, du verstehst mit Geld umzugehen?«, rief Gila. »Bis in die Puppen rumhängen und morgens nicht aus den Federn kommen ist bei mir nicht drin. Ich schmeiß dich aus dem Bett, und dann wirst du merken, was dir Papas 250000 Mark nützen. Nichts, gar nichts.«

»Ehrlich, Gila, ich bin nicht deine Tochter. Und ich bin auch kein Nesthäkchen, keine Tine, keine Tante Christl, keine Chris oder Papas kleiner Mann. Ich will meinen Anteil«, Tara holte Luft, »weil ich nicht mit euch zusammenwohnen werde. Ich werde ausziehen, und zwar«, sie holte noch einmal Luft, als wolle sie ihre Rippenbögen sprengen, »nicht morgen, sondern heute, jetzt gleich, sofort.«

»Was?«

»Also, ich finde, Tine hat nichts Falsches gesagt«, rief Susanne und legte den Kopf schief. Die Sonne flatterte wie ein goldener Vogel durch ihr Haar, und bevor Gila dazwischenfahren konnte, sagte sie: »Ich bin sooo lange von zu Hause weg, ich meine, seit ich nicht mehr zu Hause wohne, wohne ich in einem Dachgeschoss. Was soll ich in unserem Dachgeschoss, wenn ich in meinem Dachgeschoss wohne? Also ich möchte meine 250000 auch in bar haben. Was soll ich mit einem Viertel vom Haus? Mit 250000 kann ich mir einen Benz kaufen. Das ist nur ein Beispiel, Gila, ich meine, wenn wir das Haus verkaufen, bleibt Mama eben allein drin wohnen.«

»Denkst du auch nur an dich? Tine ist die Jüngste. Sie ist verwöhnt und verzogen, von ihr habe ich nichts anderes erwartet, aber von dir? Geld, Geld, Geld, steckt nichts anderes in euren Köpfen? Na schön. Tine wird ihr Geld kriegen, Pfennig für Pfennig, und wenn ich es mir aus den Rippen schneide, aber du nicht.« Gilas Stimme hatte einen scharfen Ton angenommen, in den Hedwig nüchtern einfiel: »Wir haben kein Geld, um euch beide auszuzahlen. Außerdem hast du keinen Onkel, der dir 250000 Mark überweist. Oder willst du unsere Mutter in deinem Dachgeschoss unterbringen, ich meine«, hier machte Hedwig eine Pause, »zusammen mit Mitch und seiner Gitarre? Du mit deiner Berufserfahrung bist bestimmt nicht so dumm zu glauben, das Haus ließe sich verkaufen, solange unsere Mutter drin wohnt. Nein, so dumm bist du nicht, auch wenn du in der Bank nur hinter dem Tresen arbeitest. Damit hat sich das Thema erledigt, es sei denn, Mitch überweist uns 250000 Mark.«

In dem Moment verschwand die Sonne aus Susannes Locken. Susanne drehte sich um, sah Tara mit aufgerissenen Augen an.

»Ich verstehe nicht, warum Onkel Erich dir die 250000 auszahlt. Ich bin doch die Ältere, oder nicht?«

II

Wenn man mich fragte, wie geht's, sagte ich,
nicht so gut = unbeweglich, aber macht nichts.
Friederike Mayröcker

1. DAS LEBEN MIT ANDEREN

Wer blind wählet, dem schlägt Opferdampf in die Augen.
Friedrich Gottlieb Klopstock

Blut, heißt es, ist ein besonderer Saft. Er fließt gemächlich durch Adern und Äderchen, in Arme, Beine, Hände. Und weil er so gemächlich floss, hatte Tara nachts unter der Bettdecke kalte Füße, Eiszapfenfüße, selbst im Sommer. Und selbst im Sommer war das echt unangenehm, sagte Rosa und schob Taras Füße von ihrem Schenkel. Hass war kein besonderer Saft. Er war ein Blitz, der in den Kopf schlug, ein Feuerwerk, das im Körper brannte und in der nachtschwarzen Seele. Und bevor Tara begriff, was da in ihren Kopf, ihren Körper gefahren war, war es verschwunden, verpufft, in Luft aufgelöst. Mit ihm verpufften Verachtung, Arroganz und ein fein zugestreutes Minderwertigkeitsgefühl. Das war für den Hass, was das Salz für die Suppe war, es trieb den Geschmack hervor oder ließ alles umkippen. Aber Salz war Salz, und Hass war Hass, der lag in der Familie, und Tara wusste, wovon sie sprach.

Als sie diesen Hass zum ersten Mal spürte, hätte sie auf

den Absätzen kehrtmachen sollen. Doch Tara, oder irgendetwas in Tara, war weitergestiefelt, mit einer matten Septembersonne im Gesicht und der Erinnerung an den Baggersee, Rosas Sonnenbrand und an sich selbst auf dem Badetuch neben Rosa. Es war, als lenkte nicht Tara die Schritte, sondern als lenkten die Schritte Tara, bis sie bei der alten Turnhalle angekommen war. Das musste in der Zeit der Abiturvorbereitungen gewesen sein, lange vor dem Tod des Vaters. Die Sonne hatte sich auf die Felder gesenkt, die Weinberge lagen im Schatten. Autos krochen über die Bundesstraße, dicht an der Turnhalle vorbei. Wie jedes Jahr war die Halle in der letzten Septemberwoche für das Dorffest leer geräumt worden. Aus dem Spätnachmittag quälte sich das Licht durch ihre Milchglasscheiben. Wo es sonst nach Füßen und verschwitzten Turnhemden roch, hing kalter Zigarettenrauch in der Luft. Taras Ohren rauschten. Es waren nicht die Motorgeräusche von der Bundesstraße, nicht das Gejohle bei den Autoskootern, es war ein Dröhnen und Rauschen in ihrem Kopf. Doch bevor sie darüber nachdenken konnte, war sie bereits in die alte Turnhalle gestiefelt und begann, sich umzusehen. In der Mitte drängten sich Tischreihen, an der Querseite, neben der Gerätekammer, war ein Podest aufgebaut worden. An der Längsseite stand ein Tresen aus Tapeziertischen, auf dem sich Weinflaschen aneinanderreihten und klobige grüne Gläser. Am Tresen, gegenüber dem Eingang, ruderte Onkel Heinz mit den Armen und redete auf Thilo, den neuen Trainer der Handballmannschaft, ein. Thilos Handballfinger trommelten auf die Theke, seine taubenblauen Augen blinzelten zur Tür des Geräteraums, und da hingen sie kichernd und tuschelnd beieinander, Bea und

Rosa, wobei Bea Richtung Tresen kicherte und Rosa Richtung Eingang. Obwohl sich Tara mitten in die Tür gestellt hatte, schien sie für Rosa Luft zu sein. Sie beschloss, das nicht zu bemerken, knallte die Absätze auf den Boden und marschierte am Podest entlang zum Geräteraum. Tara wollte sich einfach dazustellen und sagen, dass sie es hier wirklich kalt finde. Dass sie eine zu viel war, wusste sie auch ohne Rosas Stirn, in die sich schon zwei Furchen gegraben hatten. Die Plastikchips für die Autoskooter in ihrer Jeans kniffen, das Dröhnen und Rauschen in ihrem Kopf, ihren Ohren wurde lauter. Aber Tara marschierte weiter, immer weiter, bis sie die Tür des Geräteraums erreicht hatte. In dem Moment schlug ein Blitz in ihren Kopf, brannte ein Feuerwerk in ihrem Körper, und Tara, die von der Wucht ihres Hasses geschüttelt wurde, sah nicht Rosa, sie sah Bea an. Dorfschönheiten gab es in jedem Dorf. Bea schien das nicht zu kapieren. Sie klapperte, besser, stolzierte wie ein Naturwunder mit ihrem kurzen Rock umher, als sei sie in Schönheit gewickelt, nicht schreiend, blind und blutig zur Welt gekommen. Bestimmt war der Rock wegen der Blicke so kurz und besonders wegen Taras Blick, Taras hasserfülltem Schieleblick. Und der flüsterte ihr ein, einmal unter den Rock zu fassen, mit ausgestrecktem Arm und um Bea zu demütigen. Kurz war er wegen der Beine, dieser schlanken, wohlgeformten Beine, die hellbraun und glatt waren, vom Sommer und vom Baggersee. Und darüber waren ein straffer Bauch und ein Busen. Üppig, nicht zu üppig, war er, maßgeschneidert und hellbraun wie die Arme, die Beine, die ganze restliche Haut. Und dann gab es diese kamillenfarbenen, langen Haare. Die waren die Krönung und wurden immer im richtigen Moment geschwungen, wie jetzt, als Tara sich dazustellte, Bea den Blick auf den Tresen versperrte und das zweikehlige Kichern beendete.

Während sich Rosas Stirnfalten vertieften, senkte Bea den Kopf. Ihre Haare fielen ihr über Gesicht, Kinn, Hals zum üppigen, nicht zu üppigen Busen, zum hübsch in den Bauch gegossenen Nabel und wurden mit einem Schwung in den Rücken geworfen.

»Was willst du?«, fauchte Rosa, und Bea fragte kichernd, ob der Trottel am Tresen Taras Onkel sei.

»Und wenn?«, fragte Tara zurück.

Hatte sie je darüber nachgedacht, warum Beas Unterlippe dunkler war als ihre Oberlippe und ihre Haare nach Kamille rochen? Wie Tara sie hasste, wenn sie bei den Autoskootern lümmelte, nein, nicht lümmelte, besser, stakste, klapperte, stolzierte, denn um sie herum lümmelte es, eine Traube Bea-Anbeter, die größer und größer wurde, je länger Bea blieb. Sie bräuchte sich nur einen herauszupflücken, schon wäre Ruhe, aber die dumme Gans wollte nicht pflücken, sie wollte gepflückt werden, auch wenn sich kein Schwein traute und keine Sau wusste, ob sie reif war, genießbar, oder ob sie süchtig machte. Nun, Tara war das höchst gleichgültig, Hauptsache, Bea wurde entfernt, eliminiert und in den Weinbergen mit Haut, Haar und kurzem Rock an die Rebstöcke und Holzpflöcke gefesselt. Sollte sie ihre Haare aus den Zweigen zerren und dabei skalpiert werden, sollten ihre Beine aufreißen, eitern und Bea mit einer Blutvergiftung aus Taras Leben verschwinden. Dann würde ein kamillenblondes Gift weniger die Turnhalle und das Dorffest beherrschen, die Freundin und Taras Kopf.

Gerade wenn sie zu dritt bei den Autoskootern standen, versuchte Tara, Bea nicht mal mit halbem Ohr zuzuhören. Sie zählte die gegeneinanderstoßenden Autos, konzentrierte sich auf das Kreischen der Beifahrerinnen, das Lachen der Fahrer. Und plötzlich und wie immer war Bea mittendrin, diesmal von Uwe chauffiert. Sofort steuerten die anderen Fahrer auf sie zu, lachten verbissener, kreischten die Beifahrerinnen lauter. Das war eigentlich nicht ausgemacht, aua, dass sie Bea verfolgten, aua, sie wollten selbst im Zentrum sitzen und fanden das nicht gut, dass Heiko und Micha jetzt hinter Bea her waren. Einer, Wolfgang, schoss quer über die Bahn, erwischte den Bea-Skooter und rammte die Fahrerseite. Uwe riss am Lenkrad, versuchte, rückwärts auszuscheren, nur war da Heiko, der in ihn hineinpreschte, und gleichzeitig keilte ihn Micha von vorne ein, Massenkarambolage, und über die Musik, *Moviestar*, erhoben sich ein brüllendes Gelächter und die Auas von Bea und Heike.

Typisch, dachte Tara, klemmte ihre Stiefelabsätze hinter das Gerüst und setzte sich auf die obere Stange. Neben ihr wippte Rosa mit den Ballen, und Tara fiel nichts ein, als ihr die Mandeltüte hinzuhalten. Ihr »Bedien dich« wurde von Rosa weggesummt, und so knabberte sie allein eine Mandel, fragte: »Wollen wir mal fahren?«, während Bea ihnen zuwinkte, hinterrücks von Wolfgang gerammt wurde und mit dem Gesicht gegen die Ablage stieß. Grinsend hob Tara den Daumen. Wolfgang antwortete mit einem Victory-Zeichen und grinste zurück. Hoffentlich rieselt Blut von Beas Stirn in die getuschten Augen, ist ihr Kinn zertrümmert, ein Schneidezahn ausgebrochen oder sonst was zerstört worden, dachte Tara. Stattdessen brachte Bea ihre kamillenblonden Haare zum Einsatz, runter, hoch und fliegen lassen, und war leider und wie immer unversehrt geblieben. Wieder winkte sie, tippte sich an die Stirn, zeigte ihre kräftigen, weißen Zähne, das sollte wohl ein Lachen sein, und zirpte: »Ich komme gleich.«

»Supi«, rief Rosa, die zurückwinkte, als wolle sie sich den Arm ausreißen.

»Bin ich froh, dass ich nicht Beas Hauer habe«, sagte Tara.

»Bea kann genauso wenig was für ihre Zähne wie du für deine Haare, Mäxchen«, fauchte Rosa, griff in die Mandeltüte, kaute auf einer Mandel. »Ich finde, sie sieht echt supi aus.«

»Für das Gebiss würde ich mich bedanken. Wetten, die steht stundenlang vorm Spiegel, wirft ihre Haare und übt ihr Lächeln? Und dann der Rock, da denkt doch jeder, die will …«

»Hör auf, du bist eifersüchtig, die mit Eifer sucht, was Leiden schafft, haha«, sagte Rosa und griff so rabiat in die Tüte, dass Tara sie beinah fallen gelassen hätte.

Wenn es bloß Eifersucht wäre oder Neid, gesunder, nackter Neid, und nicht dieses andere, dieser Hass, der zuckte, brannte und plötzlich weg war, verpufft und wieder da, weg und da, da und weg, und so weiter, immer weiter, bevor Tara etwas tun konnte, sich in der Badewanne ertränken oder besser gleich im Baggersee.

In dem Moment stakste Bea heran, auf hellbraunen, haarlosen Beinen unter dem zu kurzen Rock. Kaum war sie in der Nähe, schien sich ein Scheinwerfer eingeschaltet zu haben und Tara von einem Lichtkegel erfasst zu werden.

»Hi«, zirpte Bea.

»Wo?«, fragte Tara, drehte sich um, warf einen Blick auf die graue Turnhalle mit den noch graueren Milchglasscheiben und drehte sich wieder zurück.

»Sehr witzig«, murmelte Rosa.

»Supi, dass ihr gekommen seid«, zirpte Bea, die offenbar nichts gehört hatte und vor ihnen herumstakste. Mit Küsschen hier, Küsschen da für Tara, wobei sie sich auf die Zehenspitzen stellte und ihre verschiedenfarbigen Lippen auf Taras Wangen hauchte, und mit Küsschen hier, Küsschen da für Rosa. Hier neigte sich Bea zu Rosas länglichem Mund.

Man kann seine Verlogenheit auch übertreiben, dachte Tara und starrte auf die Skooterfläche, auf der Wolfgang Achten drehte.

»So ein Arschloch. Baggert einen an, und wenn man nicht will, wird er arschig.« Beas nicht zu große, meeresfarbene Augen hinter den getuschten Wimpern zwinkerten: »Duu, Rosa, ich muss dir was erzählen.«

Wieder wurde zum soundsovielten Mal *Moviestar* runtergenudelt, während Wolfgang ausstieg und, die Hände in den Jeans, zum Autoskooter-Typen schlenderte. Tara zerknüllte den Rand der Mandeltüte. »Seid ihr schon gefahren?«, fragte Bea, summte: »I think you are a movie star, ahaha.«

»Nein.« Tara versuchte, ihre freie Hand in die frisch gewaschene Jeans zu schieben, und fragte ihrerseits: »Hast du was ins Auge gekriegt?«

»Ins Auge?«

»Na, weil du so komisch blinzelst.«

»Ach das, das sind meine Kontaktlinsen. Duu, Rosa, ich trau mich nicht alleine in die Halle, kommst du mit?«

Schon für diese Babysprache hätte Tara Bea am liebsten ins Gesicht gepeitscht. Rosa hingegen strahlte wie eine kleine Angestellte, der der Abteilungsleiter auf seinen Kontrollgängen über den Kopf streichelt, zirpte im Bea-Ton »Okay« und begann ebenfalls zu blinzeln. »Tine und ich fahren eine Runde, dann komme ich.«

»Supi«, zirpte Bea.

Rosa fragte: »Hast du Chips?«, und Tara rief: »Klar.«

Sie hopste vom Gerüst, warf die zerknüllte Mandeltüte auf den Boden, stiefelte zum nächsten Auto und ließ sich so ungeschickt ins Polster fallen, dass ihr linker Cowboystiefel einknickte. Rasch griff sie den Lenker, drückte dem Typen zwei Chips in die Hand und winkte Wolfgang zu. Wie gerne würde sie Rosa jetzt den Arm um die Schulter legen, dann wäre das Leben für eine Fahrt perfekt.

»Bis gleich«, hörte sie Bea zirpen, hörte die Küsschen hier, Küsschen da, und schon hüpfte Rosa auf den Beifahrersitz. Tara legte den Arm um die Lehne, Rosa setzte sich gerade hin. Aus den Augenwinkeln sah Tara, wie Wolfgang an der Bande entlang zu einem Wagen sprintete. Sie drehte eine Runde, Wolfgang holte ihren Wagen ein, brüllte: »Wettfahrt«, und Rosa brüllte: »Darauf hab ich keinen Bock.«

Doch das war Tara egal. Sie drückte ihre Stiefelspitze auf das Pedal, raste neben Wolfgang Richtung Bande, während Rosa kreischte und raus wollte und eine Runde später raus war.

»Endlich sind die Tussen weg«, brüllte Wolfgang, und Tara, der plötzlich leicht zumute war, so leicht, als wäre ihr Kopf leer und ihr Körper ein Haufen Asche, brüllte: »Jaaaa.«

Seitdem überfiel er sie zuzeiten, rauschte in ihren Ohren, zündete Feuerwerke, warf Blitze, kam und ging, wie es ihm gefiel, und mit ihm kamen und gingen Verachtung, Arroganz und das fein zugestreute Minderwertigkeitsgefühl. Und Tara lernte, dass es gleich war, wo sie sich aufhielt, ob bei Rosa und den Schwestern im Dorf oder in ihrer neuen Wohnung in der Stadt. Sie kam nicht gegen die Plötzlichkeit ihres Hasses an.

»Darf man erfahren, was du die ganze Zeit über treibst? Du hast keine Arbeit, kein Studium, keine Familie, nicht mal einen Freund hast du, ist auch kein Wunder, so schwierig, wie du bist. Denkst du, ich weiß nicht, dass du die Nacht zum Tag machst und morgens nicht aus den Federn kommst?«

Natürlich hatten Gilas Anschuldigungen, Klagen und Sorgen nichts mit Rosa zu tun. Und trotzdem hörte Tara Rosas Namen hinter jedem Telefongespräch, obwohl sie hunderte Kilometer zwischen sich und das Dorf gebracht hatte, mit einem neuen Namen in einem neuen Zimmer auf einer neuen Matratze saß, Jalousien vor dem Fenster hingen und sie Rosa längst aus ihrem Gedächtnis gestrichen hatte.

»Ich heiße Tara. In meinem Pass steht Tara Seebald. Geh zum Einwohnermeldeamt und erkundige dich, dann hast du's schwarz auf weiß.«

»Eins weiß ich auch ohne Einwohnermeldeamt, wir haben dir dein Geld nicht ausgezahlt, damit du mit einem falschen Namen rumläufst.«

»Es ist mein Geld, und mit meinem Geld tue ich, was ich will, bin ich, wer ich will, und heiße, wie ich will.«

»Du bist Christine Seebald, wenn ich dich erinnern darf, und das seit über zwanzig Jahren.«

»Und ich lebe, wie ich will.«

»Nachts in Kneipen hängen, den Tag verschlafen und Papas Geld auf den Kopf hauen, nennst du das leben? Ich kann es mir an fünf Fingern abzählen, dass du vor vier nicht ins Bett kommst. Tine, bitte, reiß dich am Riemen und schließ dein Studium ab.«

»Ich heiße Tara. Tine ist nicht mehr. Ich weiß nicht, wen du damit meinst, tut mir leid.«

»Was hat das mit deinem Namen zu tun? Tara oder nicht Tara, habe ich zu Hedi gesagt, wir bauen die Waschküche aus, dann hat sie ihre eigene Wohnung. In die Einliegerwohnung kannst du nicht mehr, da haben wir Mama untergebracht. Du glaubst nicht, wie froh ich bin, dass wir sie da drin haben. Mit Händen und Füßen hat sie sich gewehrt, hat sich jeden Tag in unsere Küche geschlichen, und kaum sind wir im Bett gewesen, hat sie sich vor unser Schlafzimmer gelegt. Na, und als Franzi eines Nachts aufs Klo musste und einen schwarzen Haufen vor unserer Tür sah, der ›pscht‹ machte, ›pscht‹, hat sie's mit der Angst gekriegt und gebrüllt. Ich dachte, sie trommelt das ganze Dorf zusammen, so hat sie geschrien. Ich bin senkrecht hoch und raus, und da liegt sie vor unserer Schlafzimmertür, und neben ihr steht mein Kind und brüllt. ›Mama‹, sage ich, ›musst du Franzi so einen Schrecken einjagen‹, und sie redet einen Unsinn, sie sei kein Müllsack, sie wolle in ihrem Schlafzimmer schlafen. ›Mama‹, sage ich ganz ruhig, ›dein Schlafzimmer ist unten.‹ – ›Wo unten?‹ – ›Unten neben der Waschküche‹, sage ich, aber versuch mal, einer verwirrten alten Frau zu erklären, wo sie wohnt. Nein, ihr

Schlafzimmer sei oben, und wenn ihr Schlafzimmer nicht oben sei, sei das nicht ihr Haus, und wenn das nicht ihr Haus sei, müsse sie hier nicht wohnen, und wenn sie hier nicht wohnen müsse, könne sie gehen. ›Mama‹, sage ich ganz ruhig, ›das ist unser Haus, das Haus deiner Töchter.‹ – ›Nein.‹ – ›Doch.‹ – ›Nein.‹ – ›Doch.‹ Und dann wollte sie Geld haben, Geld für ihr Haus. Sie hat sogar Gerd angebettelt, und Gerd ist die Gutmütigkeit in Person, der gibt jedem Trinkgeld, aber irgendwann ist Schluss, da hat Hedi recht, und ich sage: ›Mama, leg dich nie wieder vor unser Schlafzimmer und jage Franzi einen Schrecken ein, hörst du?‹, aber unsere Mutter kann nur noch Blödsinn erzählen, von einem Mann in einem Mantel, der sie nachts besuchen kommt und nichts von ihr will. ›Was soll er denn wollen?‹, frage ich, und sie fängt an zu kichern und sagt: ›Dein Aufzug.‹ – ›Schlafanzug, Mama, das ist ein Schlafanzug.‹ – ›Mein Gott‹, sagt sie, ›dein Schlafanzug ist ein Zelt, Schatz, der ist nichts für die Straße‹, und fängt wieder an zu kichern. ›Richtig obszön‹, habe ich zu Hedi gesagt. Wir überlegen schon, ihr die Schlüssel wegzunehmen, sonst haut sie eines Tages wirklich ab und lässt sonst was mit sich machen. Ich will den Teufel nicht an die Wand malen, aber sie ist unberechenbar, Tine, hörst du?«

Nein. Wie sollte Tara ein neues Leben beginnen, wenn Gila anrief und sie zu dem machte, was sie nicht mehr war, sondern in gut verschnürten Kartons bei den Schwestern zurückgelassen hatte? In der Stadt sah ihr kein Mensch das Dorf, die Schwestern und die Mutter an. Man sah ihre Haare. Und man sah ein leichtes Schielen, frühmorgens, wenn sie todmüde war, die ersten Straßenbahnen zum Ostfriedhof rumpelten, die Glasscherben in Parks und Gärten zu glitzern begannen, Sprühfahrzeuge die Bürgersteige wässerten, Plastikteller, Dosen, Hundekot an die Straßenränder drängten und die Sonne die Luft über der Stadt hellblau färbte und orangerot. In diesen Morgenstunden waren ihre Ohren taub, ihr Kopf leer, und sie hatte das Dorf weit weg geschoben, so weit, wie es nicht mal im Traum weg war. Dann gab es keine Schwestern, keine Mutter, nur Taras Müdigkeit und die erwachende Stadt.

Vielleicht hatte sie aus dem Grund die fremde Hand an diesem Morgen nicht von ihrem Schenkel entfernt, obwohl der Hass unter der Morgensonne lauerte und nicht von ihr lassen würde. Als sie mittags aufwachte, war die Hand immer noch auf ihrem Schenkel, verschwitzt, klebrig, wie angewachsen. Ohne einen Zeh zu rühren, hörte Tara die Straßenbahnen durch ihre Wohnung rattern – jahrzehntealte schwere Straßenbahnen –, spürte die Sonne durch die Jalousie scheinen und gab vor zu schlafen. Die Jalousie hatte sie aus dem Elternschlafzimmer mitgenommen. Mit einer Schnur konnte man sie zur Fläche ziehen, mit einem Stöckchen kippen und schließen. Tara mochte das, obwohl sie den Kniff nicht raushatte und die Lamellen schloss, wenn sie sich kippen, und kippte, wenn sie sich schließen sollten. Frühmorgens machte das keinen Unterschied, erst gegen Mittag reizte das Licht die Lider, leuchtete die Sonne in ihrem Haar. Trotzdem berührte die Hand neben Tara ihr Haar nicht. Sie tastete über ihre Schenkel, streichelte ihre Hüfte, ihre Brüste, ihren Bauch. Gleich nach dem Kaffee würde Tara diese fremde Hand zur Straßenbahn bringen und so lange warten, bis die dazugehörige Frau aus ihrem Blick gefahren war.

Vielleicht hätte Tara sie warnen sollen. Nur, wen warnt man, wenn man am Tresen lehnt, die um die Tanzfläche gruppierten Stühle zählt und bei Alex, der Barkeeperin, Worte fallenlässt wie »Noch eins, dann haue ich ab«.

»Women Only«, hatte Alex gesagt und auf das Schild, die Klingel und das schmale, vergitterte Fenster gezeigt.

»Klar«, hatte Tara geantwortet und getan, als wäre ihr das egal, obwohl es nicht egal war. Mit Männern redete man über die Tiefe des Baggersees, die Höchstgeschwindigkeit auf Autobahnen, fuhr um die Wette, brüllte Frauen weg, aber mit den Frauen hier? Trotzdem nahm Tara Abend für Abend die Straßenbahn zum Women Only, lehnte am Tresen, und einmal hatte sie sogar getanzt.

»Typen wollen ihn reinstecken, mehr nicht«, sagte Alex, während sie den Hahn drückte und ein paar Bier vorzapfte. »Noch eins?«

»Kuscheln ist genauso blöd.«

»Was?« Alex sah von den halbvollen Gläsern auf.

»Kuscheln ist scheiße.«

»Sagst du.«

»Sage ich.«

»Soso.«

In der Bar roch es nach Bier und Zigaretten.

»Eins noch, dann haue ich ab.«

Tara warf einen Blick auf die Tanzfläche. Vorne versuchten sich zwei Frauen am Discofox, neben ihnen tippte eine kleine Blondine abwechselnd einen Fuß hinter den anderen. Die Haare hingen ihr ins Gesicht, die Arme hatte sie vom Körper abgespreizt, die Finger flatterten im Takt der Musik, *Moviestar.* Tara legte die Unterarme auf den Tresen und drehte sich zur Tanzfläche.

»Das ist Bille, die Kleine, die so hübsch vor deiner Nase tanzt.«

»Wenn, dann Sibylle«, sagte Tara und wunderte sich über die Ausdauer, mit der die Frau ihre Haare vor dem Gesicht hängen ließ und einen Fuß hinter den anderen tippte.

»Dann eben Sibylle.«

Alex hatte sich vorgebeugt und ihre gegelten schwarzen Haare wie Mikadostäbchen in Taras Rücken gespießt.

Ohne den Blick von der tanzenden Frau abzuwenden, sagte Tara: »Ehrlich, das ist ein Unterschied. Eine Sibylle hat nur einen Wunsch.«

»Ach ja?«

»Ja. Der Sage nach ist das nämlich so: Wenn ihre Kindeskinder sie fragen: ›Uroma, was willst du‹, antwortet sie: ›Sterben will ich, sterben.‹ Da ist sie schon so eingeschrumpft, dass sie in eine Flasche passt, hockt also in der Flasche und will sterben.«

»Ist ja pervers.«

»Ist es nicht. Pervers ist, dass sie so lange leben wollte, wie ein Kehrichthaufen Staubkörner hat. Hast du mal die Staubkörner auf einem Kehrichthaufen gezählt? Dann weißt du, wie viele Jahrtausende so eine Sibylle leben muss.«

Den Blick auf die haareschwenkende kleine Frau gerichtet, sagte sie leise: »Früher habe ich gedacht, mich gibt's nicht. Zum Beispiel, wenn ich mir die Knie aufgeschlagen habe, beim Rollschuhlaufen, und die Steinchen aus der Wunde gepult habe, habe ich gedacht, das kann nicht wirklich sein, dass ich auf der Welt bin und mir Steinchen aus den Knien pule. Heute denke ich, ich bin in einer Hölle, denn alles, was ich nicht aushalte, was mich wütend macht, wütend bis zum Hass, ist immer da und quält mich. Ich habe mir meine Mutter nicht ausgesucht oder meine Schwestern oder Rosa.« Tara schluckte. »Oder denkst du, ich kann mir dich aussuchen? Nein, kann ich nicht, ob ich meine Hand hinhalte oder nicht, ist wirklich egal, es passiert einfach.«

»Noch ein Bier?«

»Eins noch, dann haue ich ab.«

Kaum hatte Tara das gesagt, zog die Frau den Haarvorhang von einem Gesicht, das klein und spitz wie ein Dreieck war und Grübchen hatte. Mit diesem Grübchenlächeln warf sie die Haare in den Rücken.

»Ich stelle sie dir vor.«

»Wen?«

»Bille. Wohnt in der Studentenstadt und kommt jedes Wochenende.«

Und während die Frau die Haare in ihren Rücken schwang und zur Decke sah, murmelte Tara: »Für die Nummer mit den Haaren würde ich sie rausschmeißen.«

»Was?«

»Das Geschwenke und Gehänge, wie die letzte Tussi, jedes einzelne Haar würde ich ihr dafür ausreißen.«

»Bille ist eine femme, da hat man, was sage ich, frau, frau hat es mit der Frisur. Mann, Vorsicht, dein Glas.«

»Und jetzt sage ich dir, was sie ist, mit ihren Haaren und ihrem Lächeln, sie ist eine …«

Als hätte sie Tara unterbrechen wollen, warf die Frau ihre Haare vor ihren Bauch, ließ sie wie ausgekämmte Teppichfransen baumeln und brachte sie mit einem Schwung in den Rücken zurück.

»Du hast auch Haare, lange, rote Haare, und regst dich

über Bille auf. Und was bist du mit deinem ›nicht auf der Welt sein‹? Kalt bis in die Fußspitzen bist du.«

Abrupt drehte sich Tara um, streifte mit dem Ellbogen das hinter ihr stehende Glas, sah Bier über den Rand schwappen, das Papier unten am Glasrand dunkel werden und eine gelbe Brühe den Tresen entlangrinnen.

»Schon gut.« Alex schnappte sich einen Lappen und wischte über den Tresen.

»Das haben wir durch, oder?« Tara bemühte sich, nicht lauter zu sein als die Musik. »Ich bin kalt bis in die Fußspitzen. Ist das alles, oder fällt dir noch was ein, damit's ein richtig großer Haufen wird, so ein richtig großer Haufen aus Schielen, Schamhaar und kalten Füßen?«

Alex zuckte mit den Schultern. »Ich habe gesagt, schon gut.«

»Nein. Nichts ist gut. Gar nichts.«

In dem Moment flatterte eine hellbraune Hand an ihr vorbei, eine hohe Stimme zirpte »Hi«, und neben Tara begann es, nach künstlichen Blüten zu riechen.

»Tara, Bille«, knurrte Alex und jagte den Lappen über den Tresen.

»Ich verkorke dich in einer Flasche und hänge dich an der Decke auf«, murmelte Tara, ohne die Frau anzusehen.

Da streifte die hellbraune Hand ihre Schulter, und die hohe Stimme sagte: »Ich kann nichts für meinen Namen.«

»Jeder kann was für seinen Namen«, murmelte Tara, während die Frau bei Alex eine Apfelsaftschorle bestellte, sich an sie wandte, »Ist das heiß« sagte und zu Alex »Lieb, dass du einen Eiswürfel reingetan hast«, zu Tara »Tara ist ein seltener Name«, zu Alex »Du musst mir ein Getränk ausgeben, meine Seminararbeit ist fertig«, zu Tara »über

Frauensprache, Sprache der Veränderung«, und weiter zu Tara: »Darin habe ich gezeigt, dass sich die deutsche Männersprache über Endungen feminisieren lässt.«

Tara griff nach dem Bier.

»Auf die Veränderungen«, rief die helle Stimme.

»Ich bin ich. Ich habe mit deinen Veränderungen nichts zu tun«, sagte Tara schroff.

»Nein? Aber Veränderungen sind wichtig, weil sie dich am Leben halten.« Die Frau nippte an ihrer Saftschorle, und Tara murmelte: »Vergiss du nicht zu sterben.«

»Sterben?«

»Sterben. Wenn man tot ist, gibt's keine Veränderungen, Asche zu Asche, Staub zu Staub, stimmt's Alex?«

Alex, die Speerspitzen ihrer schwarzen Haare auf Tara gerichtet, wienerte die Zapfhähne. Tara leckte sich die Oberlippe, schob das Glas über den Tresen, sagte: »Bei uns im Dorf sind früher Zwerge in den Weinfässern gelaufen. Wie Hamster in ihren Laufrädern. Die haben den Weinstein vom Holz geschrubbt, Tag für Tag, das war ihr Beruf.«

Im Gesicht der Frau tauchte das Grübchenlächeln auf.

Alex hatte sich Taras Glas geschnappt. »Du wolltest sie kennenlernen.«

»Wen?«, fragte Tara.

»Dich mein ich nicht.« Alex' Augen, die von den Kajalbalken wie von Trauerrändern umschlossen und ins Zentrum des Gesichts gerückt worden waren, funkelten sie an.

»Aber das ist interessant«, meldete sich die Frau. »Kleine Menschen steckten nicht nur in Weinfässern, sie wurden für alles missbraucht. Gegen 1800 ist im Oberfränkischen zum Beispiel ein Mann mit einer türkischen Puppe durch die Dörfer gezogen und hat behauptet, die Puppe würde jedes Schachspiel gewinnen. Eine leblose Puppe, sagen die Leute, niemals. Also baut der Mann einen Tisch auf, frau setzt sich an den Tisch, spielt ein Spiel ums andere, verliert eins ums andere, und mit den Spielen verliert sie Haus und Hof. ›Die Puppe ist ein Derwisch‹, rufen die Leute und jagen den Mann davon. Die Wahrheit ist, dass der Mann einen Zwerg hatte. Der saß in dem Tisch, lenkte die Hand der Puppe und gewann jedes Spiel.« Bevor Tara etwas erwidern konnte, schnaubte Alex: »Sag bloß nicht, ich bin ich, du.«

»Und du, steck deine Gläser in dein Spülwasser und misch dich nicht in Angelegenheiten, die dich nichts angehen.«

»Was für Angelegenheiten?«, schnaubte Alex.

»Meine«, schnaubte Tara zurück.

»Keinen Streit, bitte. Ich bin gleich wieder da.«

Und schon stand die Frau auf der Tanzfläche, ließ die Haare ins Gesicht fallen, die Finger flattern, tippte einen Fuß hinter den anderen. Sie schien das für Tara zu tun, und Tara war nicht entschlossen genug, dieses Tanzen, Trippeln, Flattern zu ignorieren. Sie drehte sich zu Alex, die sie ansah, wie Tara die Frau angesehen hatte, und murmelte: »Irgendwas erinnert mich …«

»Aber ich will's nicht wissen.« Alex senkte den Kopf, spülte, zapfte, wischte, kassierte und sagte kein Wort mehr. Auf der Tanzfläche trippelten die Füße, flatterten die Finger. Tara stand am Tresen, bestellte ein Bier und noch eins. Und im Voranschreiten der Minuten, Stunden stieg die Anzahl der Biere, vertieften sich Taras Augenringe, wurden ihre Beine schwer. Bis ihr Bleiben ein

Schlafen war, in dem in endlosen Träumen Frauen tanzten, Gläser über den Tresen geschoben wurden, Frauen verschwanden und eine übrig blieb, mit einem Grübchenlächeln im Gesicht.

Hinter dem schmalen Fenster ballte der Morgen die Faust, dehnte und räkelte sich der Tag, hupte ein Auto, ratterte eine Straßenbahn. Alex hatte sich einen langen, schwarzen Ledermantel angezogen, hatte die Musik abgestellt und die Stühle am Rand der Tanzfläche gegeneinandergekippt. Im Halbdunkel ähnelten sie ineinanderverschlungenen Tänzern.

»Kommst du?«

»Wohin?«, fragte Tara, sah die Frau lächeln und in einen hellblauen Mantel schlüpfen. Der Mantel hatte zu lange Ärmel, war an den Schultern zu weit und roch nach künstlichen Blüten.

»Hat dich jemand bestellt?«

Taras Frage schlug das Grübchenlächeln aus dem Gesicht, die Frau starrte Tara an.

»Klar hat dich niemand bestellt. Du stehst hier nur rum, wie bestellt und nicht abgeholt.«

»Ich dachte, wir gehen zusammen«, flüsterte die Frau. Sie hatte ihre Haare über den hellblauen Stoff gelegt. Ihre Fingerspitzen hingen kraftlos aus den Ärmeln.

»Du fährst doch auch mit der Straßenbahn.«

»Macht das vor der Tür aus, Bille«, knurrte es.

Ohne die Frau aus den Augen zu lassen, fragte Tara: »Wer hat was auszumachen?«

»Keine Ahnung, wer was hat, ich habe Feierabend.«

Alex schaltete das Licht über den Toiletten aus. Mit einer gezierten Bewegung, die weder zu ihrer Frisur noch zu dem Mantel passte, öffnete sie die Tür und deutete einen Diener an.

»Alex hat die ganze Nacht gearbeitet«, flüsterte die Frau, »sie wird müde sein.«

»Trotzdem lasse ich mich nicht rausschmeißen«, murmelte Tara, schlenderte langsam hinter der Frau her, klaubte eine Mark aus ihrer Jeans und drückte sie Alex in die Hand.

Die Morgenluft war frisch und zerrte an ihren Lungen. Das Licht war hellblau und orange, die Sonne stach ihr in die Augen. Und während Tara die aufsteigenden Tränen wegblinzelte, sauste eine Mark über ihren Kopf. Die Hände in den Jeans, kickte Tara die Mark auf die Straße. Vor ihr wurden die blonden Haare bei jedem Schritt geschwungen und von der Sonne gekämmt, wurden golden und weich, und Tara dachte an feminine Endungen, Rundungen, Sonnen, Monde, Sterne. *Ich liebe die Dinge, die verschwiegenen Gefährten.* Gefährtinnen, es müsste Gefährtinnen heißen, dachte sie und drehte sich um. Sie glaubte, Speerspitzen aus schwarzen Haaren hinter dem vergitterten Fenster zu entdecken und zwei Augen mit Trauerrändern aus Kajal. Plötzlich gab es in dem Raum keine Tanzfläche mehr, keinen Tresen, keine ineinander verschlungenen Stühle. Das Women Only wurde müde und grau, der Morgen regnete den Staub der Jahre auf es nieder, und Tara winkte, als wolle sie sich den Arm ausreißen. Dann stiefelte sie kurz entschlossen hinter der Frau her, wartete mit ihr auf die Straßenbahn, stieg nach ihr ein, setzte sich neben sie. Der Morgen kam ihr wie ein Morgen aus warmen Brötchen und aufgeschäumter Milch vor, und sie hörte die Straßenbahn zum Ostfriedhof rattern, hörte einen abgerissenen Mann vor sich schnarchen, sah eine Alte im geblümten Rock mit einem Korb voll Stiefmütterchen vorne mit dem Fahrer plaudern.

»Ich habe kalte Füße«, flüsterte die Frau. »Und du?«

»Ich kuschel nicht«, sagte Tara.

Eigentlich war es ein Morgen wie gestern, vorgestern, vorvorgestern, oder wäre es gewesen, wenn kein Kunstblütengeruch aus einem hellblauen Mantel gestiegen wäre, die Frau kein Grübchenlächeln aus ihrem dreieckigen Gesicht zu Tara geschickt und Tara sich nicht vor Fremdheit geschüttelt hätte. Und was sie befürchtete, trat ein. Die alte Frau vorne am Eingang, ihr geblümter Rock und der Korb mit Stiefmütterchen begannen sich langsam, zu verdoppelten. Und so langsam, wie sie sich verdoppelten, so schnell sah Tara auf ihre Füße und hoffte, die zur Nase gewanderte Pupille noch schneller in die Augenmitte und die verdoppelte Welt zu einer zusmmenzuschieben.

»Kaffee habe ich auch nicht«, sagte sie.

»Willst du bei mir einen Kaffee trinken? Ich wohne in der Studentenstadt, aber wenn wir den Anschluss am Odeonsplatz kriegen, dauert das keine halbe Stunde.«

»Danke«, murmelte Tara.

»Ja?«

»Nein. Danke, nein.«

»Dann vielleicht ein anderes Mal.«

Jetzt erklang ein Lachen. Und obwohl Tara mit dem Zurückschieben ihrer Pupille beschäftigt war, hatte sie einen aufgerissenen Mund vor sich und im Mund eine blutige Zunge. Dabei war die Stadt hellblau, morgenblau und orange, schliefen die Menschen in den Häusern und schickten ihr Gelächter und ihr Geschimpfe in ihre Träume und nicht in die Straßenbahn zu Tara. Tara hörte nur das Schnarchen des abgerissenen Mannes, spürte kalte Luft in ihrem Gesicht und eine Hand auf ihrem Schenkel. Sie hob den Kopf, ließ den Hals aus den Schultern wachsen, setzte sich gerade hin und fixierte die Frau, deren vier türkisfarbene Augen sich in ihren Haaren verfangen hatten.

»Aufgeräumt habe ich auch nicht«, sagte Tara, und als sie ihre Stimme hörte, rutschte die Pupille in die Augenmitte zurück. Die vier türkisfarbenen Augen wurden zu einem Augenpaar, während die Alte nach einem Blumenkorb griff und mit einer Hand über unzählige Stiefmütterchenköpfe strich. Einmal ist keinmal, ein Besuch ist kein Besuch, und was du morgens kannst besorgen, das verschiebe nicht auf abends, denn die Morgenstund hat Geld im Mund. Trotzdem kann ich dich nicht leiden, vergiss das nicht, dachte Tara und betrachtete das spitze Gesicht mit seinem Grübchenlächeln.

»Du darfst mich Sibylle nennen, wenn du Bille nicht magst«, flüsterte das Grübchenlächeln und nickte.

2. DAS LEBEN ZU HAUSE

Ob du willst oder nicht, leben musst du nun einmal.
Anton Čechov

Der Regen rieselte in die Hände, durch die Finger, nieselte auf die Thujahecke, die Sauerkirschbäume, den Rasen, auf Kräuter, Tomaten und auf die Terrasse und reichte nicht aus, um Gila bei ihren Gartenpflichten unter die Arme zu greifen und ihr das Wässern abzunehmen. Zumindest das Wässern. Aber wie jeden Sommer war der Regen eine traurige Kohorte, die sich in den Garten schleppte. Selbst das Wasser in der Regentonne wurde nie höher als eine Pfütze. Und abends war der Boden feucht. Die Erde in den Beeten war krümelig, der Rasen ähnelte strohigem, ungekämmtem Haar, und die Blätter der Sauerkirschbäume hingen schlaff von den Bäumen. Man lebte nun mal nicht im tropischen Regenwald, sondern an der Bergstraße, und deswegen lehnte Gila es ab, ein Fass im Garten herumstehen zu haben, ein Fass ohne Sinn und Verstand. Das sagte sie seit Wochen. Während Hedwig ihr seit Wochen zustimmte, hatte Susanne gekichert, das würde dem Fass den Boden ausschlagen, um auf Gilas Frage:

»Welches Fass, bitte?«, hinter ihrem Kichern zu stammeln, sie meine das im Garten. Seitdem sah sie weg, sobald Gila die Sprache auf die Regentonne brachte, »für die wir eine Lösung finden müssen«. Einmal hatte sie noch gekichert, Gila solle wegen einer Tonne kein Fass aufmachen, worauf Gila erklärte: »Entschuldige, Sanne, ich will kein Fass aufmachen, ich will es aus dem Garten haben«, und fragte, was an einer funktionslosen Regentonne komisch sei und warum Susanne nicht begreife, dass für eine Regentonne hier zu viel die Sonne scheine.

Ja, die Sonne kam Gila unendlich vor. Noch Anfang Oktober riss sie den Himmel auf, stemmte sich gegen die kürzer werdenden Tage. Und weil das so war, waren die Sommermorgen hellgelb und heiß, und Gila kniete schon gegen acht Uhr mit Sandalen, Plastikhandschuhen und einer über den Knien abgeschnittenen Jeans vor den Tomaten. Seit Wochen waren Läuse in den Sträuchern, die sie seit Wochen von den Stängeln, Blättern und Blüten pulte. Das tat sie der Mutter zuliebe, wie sie viel zu viel der Mutter zuliebe tat. Zwiebelsud, sie solle es mit Zwiebelsud versuchen, hatte ihr die Mutter gestern durch das Gitter zugerufen.

»Aber erkläre einer verwirrten alten Frau, dass wir nicht im Zeitalter der Kräuterhexen leben, sondern im zwanzigsten Jahrhundert«, hatte sie heute Morgen zu Gerd gesagt und vom Küchentisch ein Auge über den Rasen und die Thujahecke auf die Straße geworfen. »Wer soll die Zwiebeln auskochen? Tine ist weg, Hedi und Sanne sind da, und trotzdem stehe ich im Garten.«

Und wenn sie dreimal der Kopf der Familie war, an manchen Tagen wuchsen ihr Familie, Haus und Garten über den Kopf. Die Sauerkirschbäume waren nichts als Arbeit, und wenn sie morgens nicht wässerte, vertrockneten die Tomaten, der Salbei, die Petersilie und das Basilikum. Andererseits, nicht einmal Gerd wollte mehr Kartoffeln mit Salbeibutter und Mozzarella mit Tomaten und Basilikum essen. Ein englischer Rasen ist die Lösung, und ein elektrischer Rasenmäher, dachte Gila, während sie auch an diesem Morgen den Wassersprenger unterhalb des Holzfasses auf einem Rasenrechteck platzierte. Sobald Gerd und die Kinder, Hedi und Susanne das Haus verlassen hatten und die Geschirrspülmaschine eingeräumt war, war der Sprenger ihre erste Aufgabe. Die zweite war, sich mit den Plastikhandschuhen vor die Tomaten zu knien und die Läuse von den Blättern und Stängeln abzuzupfen, Pflanze für Pflanze, möglichst schnell und effektiv. Morgens brannte die Sonne den Garten noch nicht aus, fiel nur nach und nach auf Rasen, Beete, Bäume. Gila arbeitete gegen die Sonne, rannte mit dem Sprenger von Rasenrechteck zu Rasenrechteck, rollte den Schlauch von der Trommel, wässerte Beete und Bäume. Sie hatte nicht vor, mit einem Strohgarten aus der Gemeinschaft der Familien und Häuser herauszufallen. Deswegen hieß es: Zähne zusammenbeißen und wässern.

Den Schlauch an eine Tomatenpflanze haltend, sah Gila von ihren Sandalen über die Thujahecke hinauf in den Himmel. Kein einziges Wölkchen zeigte sich in der hellblauen Fläche. Das sah nicht nach Regen aus, nein, heute würde wieder nur die Sonne scheinen, und das bedeutete: die verschwitzten Kinder vor dem Essen unter die Dusche stellen, abseifen, eincremen, Schlüpfer wechseln, nicht in die Sonne und erst recht nicht in den Garten lassen.

Gila biss sich auf die Lippen, warf einen Blick über die Tomaten zur Terrasse, auf der eine Schicht festgetretener Staub lag. Also war auch die Terrasse zu wässern, zu wischen, trockenzureiben. Wie es vor dem Haus aussah, war nicht von Belang, für den Unrat der Straßen war sie nicht zuständig. Sonst wären die Straßen freundliche, verkehrsberuhigte Zonen, auf denen man zu Mittag essen und sich an den Forsythien, Hecken und frisch gestrichenen Zäunen der Vorgärten freuen könnte. An jeder Ecke würde ein Abfalleimer stehen, an jeder dritten eine Bank. Aber weil für so was kein Pfennig ausgegeben wurde, war das Dorf mit seiner Burg, dem historischen Marktplatz und dem Weinfass zum Schatten seiner selbst geworden, und der Tourismus zu einer Marginalie, die nicht einmal den Bürgermeister interessierte. Es grenzte an ein Wunder, wenn sich ein Tourist auf den Marktplatz verirrte und ein Foto vom Weinfass und vom Rathaus schoss.

Aus Verlegenheit, dachte Gila, schüttelte die letzten Wassertropfen auf die letzte Tomatenpflanze, rollte den Schlauch ein und legte ihn neben das Beet. Mit großen Schritten marschierte sie über den feuchten Rasen, griff nach dem Sprenger, stellte ihn auf ein Rechteck vor der Hecke und überprüfte den Bogen. Das Wasser nieselte auf die Thujen, kein Spritzer traf den Zaun des Nachbargartens, Herr Bergheimer würde also keinen Anlass zu einem Gespräch haben. Gila wusste, dass die Tropfen auf den Gräsern und Blättern gegen Mittag verdunstet waren. Dann stand die Sonne über dem Garten, der Garten unter der Sonne, flimmerte die Luft, und in der Siedlung herrschte Friedhofsruhe. Und die war wohltuend für Gilas gehetztes Leben. Eine Friedhofsruhe war immer gleich friedlich, freundlich, totenstill. Die Natur war üppig und trotzdem diskret, während der Seebaldsche Garten mit seinen Tomaten, Kräutern, Sauerkirschen wucherte, faulte, austrocknete und nichts als Arbeit war, Knochenarbeit unter einer brennenden Sonne. In zwei Wochen mussten die Kirschen gepflückt, gewaschen, entkernt, die Würmer entfernt, die Steine ausgekocht, das Fruchtfleisch eingekocht, die Gläser sterilisiert, die Plastikfolie in Rum getränkt, der Sud in die Gläser gefüllt werden. Und Gila würde mit blutrotem Gesicht, mit Händen und Armen, von denen der Saft troff, in der Küche stehen und nach stundenlangem Einkochen stundenlang mit Putzen beschäftigt sein. Ja, die Sauerkirschmarmelade war der Beweis für die Sinnlosigkeit ihrer Arbeit. Die Gläser vom Vorjahr stapelten sich im Küchenschrank, selbst Gerd wollte sein Brot nicht mehr mit Marmelade bestreichen. Und für Gila, die zu viel Arbeit und keine Zeit hatte, war das Kirschenpflücken und Einkochen Zeitverschwendung und trotzdem Arbeit. Deswegen musste ein englischer Rasen her, und Kirschen, Kräuter, Tonne und Tomaten mussten weg. Das predigte sie ihren Schwestern seit Wochen.

»Ob es euch passt oder nicht, samstags wird gegrillt, Mama kommt nach oben, und wir sitzen gemütlich zusammen, und zwar pünktlich, Susanne, ich will, dass Mama um zehn wieder unten ist.«

Gilas Abscheu vor Susannes Umgang mit Zeit hatte sich während des Zusammenlebens potenziert, war bis unter ihre Schädeldecke geklettert und erinnerte sie an das »Komm ich heute nicht, komm ich morgen« der Mutter. Sie, Gila, war immer in der Zeit, sie kam Morgen für Morgen der Sonne zuvor, wässerte, zupfte Unkraut, säuberte die Terrasse und leistete sich nicht mal einen Schnupfen. Sie hatte die Verantwortung für das Haus und die Familie übernommen, hatte Gersdorf das Pachtgeld aus den Rippen geleiert, den Prozess gegen Onkel Siggi gewonnen und die Gitter vor der Einliegerwohnung anbringen lassen. Sie hatte Mitch vor die Tür gesetzt, als Susanne das Zanken und Versöhnen nicht mehr aushielt und sie auch nicht. Also war sie zusammen mit Hedi eines Morgens hoch, hatte Mitch aus dem Bett geworfen und die Treppen hinunter zu seinem Benz geführt. Auf Susannes Frage, warum sie ihr nichts gesagt hatte, »ich meine, ich hätte mit ihm reden können«, hatte sie geantwortet, dass der Hätte-ich gestorben sei.

»Entschuldige, Sanne, Hedi und ich machen die Drecksarbeit, und was machst du? Du hältst deinen Kopf schief und stellst dumme Fragen. Drei Nächte bist du nicht zu Hause gewesen, hat Hedi gesagt, und wir müssen uns mit dem Kerl da oben herumschlagen.«

Derartige Diskussionen gehörten in ihren Aufgabenbereich, wobei ihr Susannes Fragen fast lieber waren als Hedwigs Unterstützung. Hedwig sprang ihr ständig bei. Und wenn sie ihr nicht beisprang, war sie da, wo Gila sie nicht vermutete. Als ginge sie auf Zehenspitzen, so leise war Hedwig, fast unheimlich leise. Gila wusste nie, ob sie durch das Haus schlich, in ihrem Zimmer etwas ausbrütete oder hinter ihrem Rücken stand.

Manchmal und ohne es sich einzugestehen, war Gila sogar froh, dass Tine nicht bei ihnen wohnte und trotzdem zu erreichen war.

Gila sah das Wasser in gleichmäßigen Bögen auf die Thujen nieseln und erinnerte sich dabei an eines der letzten Telefongespräche.

»Tine, ich bin's.«

»Mann, Gila, ich heiße Tara, eine Tine gibt's hier nicht.« Der übliche Einwand.

»Entschuldige, aber meine jüngste Schwester heißt Tine, und du bist meine jüngste Schwester, oder nicht? Denk bitte mal an Mama. Die wird das mit deinem neuen Namen gar nicht begreifen. Mein Gott, hat sie gestern gesagt, Tine ist weg. Ich war ganz überrascht, dass sie deinen Namen wusste, sie verwechselt buchstäblich alles und jeden. Zu mir sagt sie Hedi, zu Hedi Gerd, und Gerd sieht sie an und fragt: ›Wer ist das?‹ – ›Mama‹, sage ich, ›das ist Gerd, dein Schwiegersohn.‹ – ›Ich habe keine Söhne, nur Töchter.‹ – ›Ein Schwiegersohn ist kein Sohn, Mama, sondern mein Mann‹, sage ich ruhig. ›Seit wann hast du einen Mann?‹, fragt sie und fängt an zu kichern. Richtig obszön, habe ich zu Hedi gesagt. ›Seit über zehn Jahren, Mama.‹ Ich lass mich von meiner Mutter doch nicht provozieren, und wenn sie dreimal Hedi zu mir sagt und Gerd nicht kennen will und du ihr Nesthäkchen bist. Ich habe keine Zeit für ihren Unsinn.«

»Ich bin nicht euer Nesthäkchen, Gila, ihr gebt mich dafür aus.«

Jetzt fing das an, erst der Name, dann der Unsinn mit der Identität. »Entschuldige, ich gebe dich für das aus, was du bist, und du bist und bleibst meine jüngste Schwester. Außerdem habe ich im Gegensatz zu dir keine Zeit, über irgendwelche Namen zu diskutieren. Papas Liebling bist du lang genug gewesen, bitte, unterbrich mich nicht, es gibt Wichtigeres auf der Welt als deinen Namen. Zum Beispiel haben Hedi und ich Susannes Freund rausgeworfen, und jetzt ist endlich Ruhe unterm Dach.«

»Mir egal.«

»Nein, Tine, das ist nicht egal. Du hast dich genauso mit unseren Problemen zu beschäftigen wie Hedi und Susanne, oder denkst du, nur weil du woanders wohnst, kannst du dich aus deiner Familie stehlen wie ein Dieb.«

»Ich bin kein Dieb.«

»Würdest du mir bitte zuhören? Ich habe gesagt wie, wie ein Dieb. Wenn du wenigstens ernsthaft studieren würdest. Aber nicht mal das schaffst du. Dir ist wirklich alles egal. Ob wir Ärger mit Mitch haben, Sanne nachts wegbleibt und mir die Arbeit über den Kopf wächst, dir ist es egal. Andres zahnt, Franzi isst zu wenig, das ist eine einzige Nörgelei am Tisch, und dann ruft Tante Karin an. Die sitzt in ihrer neuen Einbauküche, zählt ihre Kontoauszüge, beklagt sich, dass ihr die Putzfrau Geld aus dem Portemonnaie stiehlt, und will unbedingt mit Mama reden. ›So ein Leben möchte ich haben‹, habe ich zu Hedi gesagt, Kontoauszüge zählen und sich von Putzfrauen bestehlen lassen, und das alles ohne Kinder, aber Kinder kann man sich auch nicht wie ein paar Schuhe kaufen und im nächsten Jahr zum Roten Kreuz tragen. Mit Kindern hätte unsere Tante das Leben von einer anderen Seite kennengelernt, nicht nur die Geschäfte leer gekauft und ihren Mann wie einen Geldautomaten behandelt. Ist doch so, die nimmt Onkel Peter aus wie einen Geldautomaten, da ist sie Mama ganz ähnlich. Mama hat auch nur von Papas Geld gelebt, was heißt hat, sie lebt bis heute von Papas Geld, lebt ihr Leben lang von Papas Geld.«

Wenn Gila über so ein Leben nachdachte, musste sie sich eingestehen, dass ihre Tante und ihre Mutter etwas Parasitäres, Schmarotzerhaftes an sich hatten. Und obwohl sie sich derartige Worte verbat, blieb eine unbequeme Wahrheit eine unbequeme Wahrheit und ein Schmarotzer ein Schmarotzer.

Doch das hatte sie ihrer Schwester nicht gesagt, sondern das Telefonat mit einem unguten Gefühl beendet.

Die Wahrheit lässt sich nicht ändern, dachte Gila, als sie den Rasensprenger parallel zur Hecke ein Rechteck weiter Richtung Terrasse rückte und den Bogen überprüfte. Unwillkürlich drehte sie den Kopf zur Böschung. Die Böschung wurde von dichtem Rasen überzogen, schloss sich an den Garten an und hatte auch zur Mittagszeit Schatten. Unterhalb der Böschung waren die Fenster der Einliegerwohnung in die Hauswand eingelassen. Die Gitterstäbe vor den Scheiben waren zierlich und konnten, wenn sie Patina angesetzt hatten, mit wildem Wein bepflanzt werden. Trotz des Kostenaufwands war Hedi sofort einverstanden gewesen, nur Susanne hatte die Augen aufgerissen und dumm getan.

»Können wir Mama nicht ohne Gitter schützen? Ich meine, sooo gefährlich ist sie doch nicht.«

Schützen! Schütze einen Menschen vor sich und seiner Dummheit. Also erklärte Gila ihrer Schwester, dass die Fenster nach außen zu kippen und nach innen zu öffnen waren, die Mutter Luft bekam und wegen der filigranen Stäbe einen freien Blick über die Böschung in den Garten behielt.

»Außerdem ist das Gitter furchtbar hässlich, also schön sieht das nicht aus«, hatte Susanne gesagt.

»Hier geht es nicht um schön oder nicht schön, Sanne, hier geht es um Einbruchsicherung und Ausbruchgefahr. Du kannst die Gitter gern wieder abnehmen, aber dann trägst du die Verantwortung, wenn Mama irgendeinen Unsinn veranstaltet und abhaut.«

Immer noch starrte Gila über die Böschung zur Einliegerwohnung. Irgendetwas ist heute anders, dachte sie, überlegte, ob die Mutter die Fenster gekippt oder geöffnet hatte, ob sie im Zimmer umherging, im Bett lag, im Schaukelstuhl saß oder vor dem Kühlschrank. Langsam drehte sich Gila zum Sprenger, schob ihn auf das letzte Rechteck vor der Terrasse, überprüfte den Wasserbogen und ging über den feuchten Rasen zum Kräuterbeet. Ein Regenwurm war aus dem Boden gespült worden und kroch in die aufgeweichte Erde zurück. Zwischen Basilikum und Petersilie hatten sich Pfützen gebildet. Es roch modrig, nach Wald, Pilzen und feuchten Blättern. Gila nahm den Gartenschlauch, schleppte ihn zum Kirschbaum. Die Sonne hatte die ersten Tomatenpflanzen erreicht. Und mit einem Mal wusste sie, was heute anders war. Die Mutter war sonderbar still. Gestern hatte sie gerufen: »Guten Morgen, Sonnenschein. Puh, ist das heiß. Das wird bestimmt ein heißer Tag. Nur was ist für ein Tag? Montag, Dienstag, Mittwoch, Donnerstag, Freitag, Samstag? Nein, Samstag ist es nicht, samstags wird gegrillt, da sitze ich auf der Terrasse und sehe in den Garten, mein Gott, habe ich Appetit auf ein gebratenes Würstchen.«

Ja, so war es gestern gewesen, und Gila war sofort die Böschung hinunter zu den Fenstern der Einliegerwohnung geeilt, während die Mutter lauter gerufen hatte: »Guten Morgen, Hedi, Schatz, was ist das für ein wunderschöner Morgen. Habt ihr gut miteinander geschlafen?«

Doch da hatte sich Gila bereits zum Gitter gebeugt und zwei glühende Kohleaugen entdeckt. Die Mutter hatte zu einem Kichern angesetzt, das sich vor ein Seufzen schob, und gefragt: »Bei der Hitze ist das eine verschwitzte Sache, nicht wahr?«

Wieder hatte Gila es vorgezogen, nicht zu antworten, fragte stattdessen: »Hast du gut geschlafen, Mama?«

»Schatz, mit wem?«, kicherte oder seufzte es zu ihr hinauf. »Wenn er nicht will, will er nicht. Kommt Nacht für Nacht ans Fenster, bringt mir dies und das, einen Stein, einen Stock, und fängt an zu flüstern. Schatz, warum machst du mir nicht die Tür auf? Ich gehe auch nicht in die Küche, ich gehe ins Schlafzimmer, der Blick aus dem Fenster ist morgens leuchtend und sonnig, und ich freue mich an der Sonne. Bitte, Hedi, heute ist bestimmt Samstag.«

Gila, der das Gerede der Mutter seit Wochen körperlich zuwider war, versuchte, die glühenden Augen unter den grauen Haaren auszumachen.

»Ein letztes Mal, Mama, ich weiß nicht, wo mir der Kopf steht vor Arbeit, und du willst raus. Soll ich mir das Mittagessen aus den Rippen schneiden? Räumt sich die Geschirrspülmaschine von alleine ein? Ich war den ganzen Morgen im Garten, die Tomaten sind verlaust …«

»Ja, das ist alles Arbeit unter der Sonne, besonders mit den Tomaten, kaum sind sie da, sind sie rot. Hast du Zwiebeln ausgekocht? Zwiebelsud hilft immer, und wenn das ganze Haus weint, sei nicht traurig, Schatz, das hört von allein auf.«

War zuerst ein Kichern und Seufzen zu hören gewesen, wurde das Seufzen lauter, das Kichern leiser, das Gerede unverständlich.

»Ich helfe dir bei der Arbeit, Hedi, ich koche die Zwiebeln aus, ich bin eine nützliche Frau.«

»Und ich bin Gila, nicht Hedi, Mama, merk dir das.«

Obwohl Gila wusste, dass die Mutter mit dem Unsinn nicht aufhören würde, beugte sie sich tiefer hinunter und sagte: »Seit Monaten verwechselst du unsere Namen und redest wirres Zeug, und wer weiß, was du alles vorhast. Erinnerst du dich, als du überall im Haus herumgelaufen bist? Und, was hast du getan? Legst dich nachts vor unser Schlafzimmer, erschreckst Franzi, bettelst Gerd um Geld an und behauptest, das Haus gehört dir. Dabei ist es unser Haus, Mama, das Haus deiner Töchter, und du hast das Grundstück geerbt.«

Die Mutter seufzte. »Was soll ich mit einem Grundstück unter einer Burg? Der Pächter rückt es nicht raus. Keine müde Mark und blank bis auf die Knochen, hat er das nicht gesagt, der mit dem Haus und dem Grundstück?«

»Entschuldige, Mama, Gersdorf zahlt seine Pacht jetzt.«

»Jetzt. Was ist sein ›Jetzt‹, wenn es nicht meines ist. Ich brauche jetzt Geld, nicht wenn ich alt und grau bin. Kannst du mir nicht ein bisschen Geld schenken? Bitte, Schatz, ich will doch verreisen: Paris, London, New York, und in New York besuche ich meine alte Tante …«

»Du hast keine Tante in New York.«

Gila, die unwillkürlich in das Geseufze eingestimmt hatte, biss sich auf die Lippen, während die Mutter das Gitter umfasst hielt und sich daran hochzuziehen versuchte. Ihre funkelnden Augen rückten näher, ihr Mund presste sich gegen die Stäbe.

»Aber ich habe morgen einen Termin mit meinem Friseur, da muss ich pünktlich sein. Pünktlichkeit ist eine Zierde, hat Großvater immer gesagt, und fünf Minuten vor der Zeit, ist die wahre Pünktlichkeit. Punkt. Pünktchen. Pünktlich.«

»Du hast keine Tante in New York«, wiederholte Gila etwas lauter. »Und du hast seit Monaten keinen Termin, Mama, hör auf, mich anzulügen.«

Am liebsten hätte Gila der Mutter ihr Gerede in den Mund zurückgestopft. Ihre Zeit war zu knapp, um sich von Sätzen ohne Sinn und Verstand fressen zu lassen. Sie warf einen Blick in das dunkle Zimmer, richtete sich wieder auf. In dem Moment fuhr ihr ein heftiger Schmerz ins Steißbein und in die unteren Bandscheiben. Gila krümmte sich, streckte den Arm aus und stützte sich an der Hausmauer ab.

»Glaube mir, ich bin nicht tot, wenn ich tot bin. Das ist wie bei deinem Vater. Der kommt mich nachts immer besuchen, und wenn ich ihm die Tür weise und sage: ›Ich lebe, und du bist tot‹, lacht er und sagt: ›Und ich komme hier raus und du nicht.‹«

Gila versuchte, das Gerede der Mutter aus ihrem Kopf zu verdrängen. Eine Hand an der Hausmauer, die andere auf dem Steißbein, begann sie, sich Wirbel für Wirbel aufzurichten. Kalter Schweiß rann ihr über die Stirn. Als sie endlich gerade stand und die Hände wie ein Stützkorsett in die Hüften stemmte, hörte sie die Mutter rufen: »Mein Gott, mach mir die Tür auf. Du bist nicht mein Richter, und eine Gärtnerin bist du auch nicht, du mit deinen Tomaten, deiner Schuld und deinem Gittergesicht.«

Halt deinen Mund, dachte Gila, presste die Lippen aufeinander und zischte: »Sei ruhig, Mama, ich komm gleich runter.«

Kräftig drückte sie ihre Hände gegen die unteren Bandscheiben, gab sich einen Ruck und wollte sich umdrehen. Da flüsterte es in ihrem Rücken: »Guten Morgen, Frau Kappelhoff-Seebald, Sie haben Ungeziefer in den Tomaten, zu viele Blüten an den Kirschbäumen und eine viel zu hohe Hecke.«

»Ignorieren«, hatte Hedi ihr geraten, und Gila hatte sich bemüht. Doch seit dem Frühling hatten sich das Geflüster und mit ihm Nachbar Bergheimer nicht mehr ignorieren lassen, hatten in einem fort Fragen über die Thujahecke geworfen und sich nach der Mutter erkundigt. Ob sie krank sei, sonst würde Frau Seebald den Garten wässern, und zwar abends, nicht morgens, und immer mit dem Schlauch, nicht mit dem Sprenger. Ein Sprenger brauche zu viel Wasser, und dass sie einen Sprenger habe, der so viel Wasser brauche, sei unglaublich. Wo Frau Seebald denn sei.

Ignorieren, dachte Gila. Je mehr sie die Familie allerdings abschottete, je mehr Ruhe ins Haus einkehrte, je leiser es wurde, desto mehr huschten Nachbar Bergheimers Augen im Garten herum. Damit sie im Dorf was zu tuscheln hatten. Zum Beispiel, dass Gila die Mutter weggesperrt und den Freund ihrer Schwester an die Luft gesetzt hätte, weil die was mit einem verheirateten Mann habe und nicht mehr nach Hause komme.

Wie ekelhaft das Getuschel war, ekelhaft, marode, krank. Es war ja nicht das Körnchen Wahrheit, es war die Unwürdigkeit, Verlogenheit, die Demütigung, die Gila den Ekel verursachten. Seit Wochen wollte sie sich Susanne vorknöpfen. Aber Susanne war seit Wochen kaum zu Hause, und wo war sie, wenn sie nicht zu Hause war, wo? Ein Apfel fällt nicht weit vom Stamm, und wie das mit dem

Stamm war, hatte sie gestern wieder erfahren, als sie sich mit ihrem krummen Rücken in den Keller geschleppt und die Mutter vor dem Kühlschrank erwischte hatte. Die Mutter hatte einen Schlager geträllert: »Montag, Dienstag, Mittwoch, Donnerstag, Freitag, Samstag, Sonntag«, und auf Gilas Frage, warum sie nicht im Schaukelstuhl, sondern vor dem geöffneten Kühlschrank sitze und unnötig Strom verbrauche, behauptet, das Licht im Kühlschrank sei so schön hell.

Über Nacht waren Gilas Schmerzen weniger geworden und saßen seit dem Morgen nur noch in der unteren Lendenwirbelsäule. Gila war selbst ganz erstaunt, dass sie die Tomaten heute fast schmerzfrei entlaust und den Garten gewässert hatte. Trotzdem durfte sie keine hastigen Bewegungen machen. Sie drehte den Rasensprenger ab, schleppte ihn auf die Terrasse und stellte ihn in die Ecke neben den Holzkohlengrill. Dann warf sie einen Blick über die Böschung.

»Mama?«

Die Gitter vor den Fenstern glänzten.

»Mama?« Gila reckte den Hals, suchte nach einem Schatten, einer Hand, fragte sich, ob es besser war, wenn die Mutter Unsinn redete und ihr die Zeit raubte, oder wenn sie wie heute ruhig war und ihr dadurch vielleicht noch mehr Zeit rauben würde. Seit sie die Mutter in der Einliegerwohnung untergebracht hatte, kümmerte sich Gila um ihre Wäsche, ihren Einkauf, stellte Eimer und Lappen hin und prüfte, ob sie sich zumindest unter den Armen wusch. Aber es war unmöglich, den ganzen Tag auf sie achtzugeben und auf das, was unten in der Einliegerwohnung vor sich ging. »Willst du sie an den Schaukelstuhl binden?«, hatte Hedi sie gestern erst wieder gefragt und ihr zugestimmt, dass man, wie für den Garten und die Regentonne, auch für die Mutter eine Lösung finden müsse.

Gila machte den Hals noch länger und rief: »Mama, ich rede mit dir.«

Statt einer Antwort ließ sie ein Stechen im unteren Lendenwirbel zurückfahren und mit zusammengebissenen Lippen in den hinteren Bereich der Terrasse humpeln. Die Sonne im Genick, begann sie, am Holzkohlengrill zu rütteln, sah drei dürre Stelzen vor ihren Füßen über die Fliesen hoppeln und fragte sich, was sie da gerade machte. Dann eilte sie, so schnell es ihr Rücken erlaubte, durch das Wohnzimmer in den Flur, griff in den Schlüsselkasten, entdeckte ihr Gesicht im Spiegel. Entspannung, Entspannung, befahl sie sich, schob den Unterkiefer vor und zurück und hastete die Treppen zur Einliegerwohnung hinunter. Daran, dass sie die Tür aufgeschlossen und den Schlüssel stecken gelassen hatte, konnte sie sich später nicht erinnern, nur dass ihr beim Eintreten aufgefallen war, wie geschmackvoll sie die Wohnung eingerichtet hatte. Alles war hell, freundlich und abwaschbar. Die Küchenzeile in der Nische neben dem kleinen Bad war mit weiß lackierten Einbaumöbeln ausgestattet, das Bett und die Schränke waren neu, aus lasierter Birke. Und mitten im Zimmer wippte ein Schaukelstuhl aus Bast auf einem hellgrünen Teppichboden, der das Zimmer auffrischen sollte und dessen Farbe sich in einer grünstichigen Tapete bis zur Decke fortsetzte. Den Wohnzimmertisch und zwei Stühle hatte Gerd unter die vergitterten Fenster gestellt, damit die Mutter Platz zum Essen, Kreuzworträtsellösen und Basteln hatte. Meistens standen allerdings Teller und schmutzige Becher darauf, und das Platzdeckchen war mit Krümeln übersät.

»Guten Morgen, Mama, warum hast du die Fenster geschlossen?«

Im Gegensatz zum Garten und zur Vormittagssonne war es in der Wohnung kühl. Ein Geruch aus abgestandener Luft, muffiger Bettwäsche und fruchtigem Parfum füllte die Luft. Unwillkürlich hielt Gila den Atem an. Die Mutter hatte den Schaukelstuhl zu den Fenstern gedreht und sich hineingesetzt.

»Ich habe guten Morgen gesagt und dich etwas gefragt, Mama.«

Kopfschüttelnd trat Gila in die Küchennische. Obwohl sie die Mutter seit Tagen darauf hinwies, war die Spüle nicht geputzt geworden. Der Wasserhahn war verkalkt, das Becken hatte Fettränder, im Ausguss hingen Essensreste und Haare, als würde sich die Mutter im Spülbecken waschen. Aus einem Topf auf dem Herd roch es säuerlich. Offensichtlich war hier gestern Abend Milch aufgekocht worden.

»Das ist ja ekelig.« Gila griff mit spitzen Fingern nach dem Topf, stellte ihn in die Spüle und ließ Wasser hineinlaufen. Der Kühlschrank neben ihr begann leise zu summen. »Wir haben dir die Wohnung so nett eingerichtet, und du lässt alles verkommen. Schämst du dich nicht?« Entschlossen gab sie einen Spritzer Spülmittel in die Brühe. »Scheuer nachher bitte den Topf, Mama, hast du mich verstanden?«

»Da ist nichts in deinem Wäscheboy«, hatte sie gestern gesagt. »Trägst du etwa seit einer Woche dieselbe Unterhose? Lüg mich nicht an, im Wäscheboy liegt kein einziger Schlüpfer.«

Langsam ging Gila auf die Gestalt im Schaukelstuhl zu, die bewegungslos wie ausgestopft dasaß und Richtung Fenster blickte.

»Ob wir uns verstanden haben? Du bist eine erwachsene Frau, Mama, bitte kümmere dich um deine Wohnung.«

Die Mutter hatte ihr Trauerkleid angezogen und darüber eine verschlissene, zitronengelbe Jacke. Das Haar, mit Spangen und Klammern festgesteckt, saß wie eine Haube auf ihrem Kopf. Ihr Gesicht war rotbraun geschminkt, der Mund mit grellem Lippenstift übermalt. Sie schien sich herausgeputzt zu haben, ausgerechnet die Mutter, die seit Tagen dieselbe Unterhose trug. Ihre schmalen, weißen Füße wurden von Sandaletten umschlossen, die Nägel waren blutrot lackiert. An ihren Handgelenken hingen Kettchen und Armbänder, am Ringfinger steckte der Ehering.

»Mama, ich rede mit dir.«

Der Schaukelstuhl begann, auf seinen Kufen vor- und zurückzuschaukeln, die Gestalt darin blieb starr, eine Puppe mit aufgerissenen Augen.

»Was ist das für ein Aufzug? Diese Haube auf deinem Kopf und die Kriegsbemalung. Entschuldige, Mama, das sieht geschmacklos aus. Und wo hast du die Jacke her? Die riecht ja wie aus der Altkleidersammlung.«

Gila brachte den Schaukelstuhl zum Stehen und entdeckte einen länglichen Gegenstand, den sich die Mutter quer über den Schoß gelegt hatte. Der Geruch war kaum auszuhalten. Unwillkürlich lenkte Gila ihren Blick von dem Gegenstand im Schoß der Mutter zu den Schlieren, Fingerabdrücken und Flecken an den Fenstern. So einen

Dreck kriegt man nur noch mit Spiritus und Zeitungspapier weg, dachte sie, beugte sich zu dem Haarnest und schnupperte.

»Entschuldige, Mama, der Gestank hier ist unerträglich.«

Kopfschüttelnd ging Gila um den Schaukelstuhl herum und stellte sich neben den Wohnzimmertisch. Auf dem Tisch waren die Platzdeckchen, Teller und Becher beiseitegeschoben worden, an ihrer Stelle lagen eine Schere, Filzstifte und ein Schreibblock.

»Hast du gebastelt?«, fragte sie, schlug den Block auf und las:

Ich bin in Paris. Von Paris reise ich nach New York und besuche dort meine Tante. Schöne Grüße, eure Mutter Greta.

»Ja, ja«, hörte sie es aus dem Schaukelstuhl kichern. »Schöne Grüße aus Paris, von eurer Mutter. Das bin ich, verstanden?«

Gila schnellte herum.

»Wie oft noch, Mama? Du hast kein Geld für Paris, und dir wird kein Mensch Geld für Paris geben. Rede ich gegen eine Wand? Kann ich sagen, was ich will, oder willst du mich nicht verstehen. Denkst du, mir macht das Spaß? Mir wäre es auch lieber, wenn ich nicht ständig auf dich aufpassen müsste. Ich habe genug anderes zu tun. Ich stehe jeden Morgen um sechs auf, koche Kaffee, decke den Tisch, wecke die Kinder, wasche sie, ziehe sie an, schmiere Brote, bin bis mittags im Garten, und dann habe ich noch kein Mittagessen gekocht.«

Erst jetzt bemerkte Gila, dass die Mutter im Schaukelstuhl einen Blick über die Böschung hinauf in den Garten hatte. Sie hatte sie also die ganze Zeit beobachtet, ihre

Beine, Sandalen, ihren leicht gekrümmten Gang, ihr Wässern, Läuse-Abpulen, Rasensprenger-Aufstellen.

»Ich brauche kein Mittagessen, Schatz, ich reise nach Paris. Für mein Alter sehe ich fantastisch aus.«

»Schluss mit deinem Paris und deinem Aussehen. Ich habe es nicht vergessen, wie obszön du warst, wenn man dich gelassen hat. Du mit deinem Lachen und den Händen an deinen Beinen, du hast sie doch genossen, diese Männerhände, die an dir hoch sind wie behaarte Spinnen. Aber das ist vorbei, verstehst du, aus und vorbei.«

»Ist es das? Such den Schnee vom letzten Jahr, du wirst ihn nicht finden.«

»Ich muss nichts finden, weil ich nichts verloren habe, Mama. Jede Einzelheit ist hier drin.« Gila klopfte gegen ihren Hinterkopf. »Zum Beispiel, wie deine Absätze auf dem Tisch gehackt haben, hack, hack, hack, und Papa in einer Ecke saß und schnarchte, und die Männer gegrölt haben, und die Frauen haben versucht zu grölen, gute Miene zu machen, es sich bloß nicht mit einem Mann zu verscherzen. Ein Mann ist was fürs Selbstbewusstsein, nicht wahr, für einen Mann macht man gerne die Beine breit. Hast du dich einmal gefragt, wie ich mich gefühlt habe? Ich werde es dir sagen, ich bin unter den Tisch gekrochen und habe mir die Augen zugehalten. Aber es hat nichts genützt. Ich habe dich trotzdem gesehen, durch das Holz und die Tischplatte, und ich habe mich geschämt, Mama, geschämt, für meine eigene Mutter.«

»Und weil das so ist, gehe ich heute zum Friseur. Dann musst du dich nicht mehr schämen. Gestern oder vorgestern – mein Gott, der Sommer ist grau wie eine Katze in der Nacht – gestern, vorgestern, vorvorgestern ist ein

Streifen über die Wand gewandert, ein heller, dünner Streifen, vom Fenster bis in die Ecke neben der Tür, und der hat gesagt: ›Das Zimmer ist nicht dein Ende, Greta.‹«

»Was redest du für dummes Zeug?«

Gila starrte auf die groteske Gestalt mit dem aufgetürmten, grauen Haar, der verschlissenen Jacke, dem rotbraun geschminkten Indianergesicht. Was sollte der Gegenstand in ihrem Schoß? Und neben dem Stuhl, das entdeckte Gila erst jetzt, stand ein Koffer. Was sollte der?

»Ich habe mich für dich geschämt, Mama, verstehst du?«

»Ja, Schatz, deswegen gehe ich zum Friseur«, flüsterte es. »Mich juckt es am Kopf.«

»Was?«

Läuse, Gila würde es nicht wundern, wenn sich die Mutter in diesem Dreckstall Läuse eingefangen hätte. Rasch ging sie zum Stuhl, beugte sich über das Haar, spürte den Schmerz in ihrer unteren Wirbelsäule. Mit den Fingerspitzen begann sie, die Haare der Mutter zu zerteilen und die Kopfhaut zu überprüfen. Es war das Parfum. Gesicht, Hals, Dekolleté, Arme, das ganze Haar rochen nach künstlicher Zitrone.

»Wie wäre es, du würdest Wasser und Seife benutzen und nicht dieses ekelhafte Parfum?«

Die Mutter rührte sich nicht.

»Was hast du überhaupt in deinem Schoß?«

Gila beugte sich tiefer. Der Schmerz kroch ihre Wirbelsäule hinauf, und Gila erkannte, dass der Gegenstand im Schoß der Mutter ein Holzbügel war.

»Ich bin verabredet, Gila, Schatz«, sagte, seufzte, kicherte die Mutter. »Ich tue es nicht gern.«

Bevor sich Gila aufrichten konnte, hörte sie dicht an

ihrem Ohr ein Sausen und in ihrem Gehörgang das Summen unzähliger Fliegen. Ein tosender Schmerz breitete sich in ihrem Kopf aus. Ihre Wirbelsäule knickte ein, kurz darauf schlug Gila mit der Schläfe gegen die Kufe des Schaukelstuhls. Nein, wollte sie rufen, ich habe keine Zeit, ich muss in den Garten und Essen kochen. Dann sah und hörte Gila Kappelhoff-Seebald nichts mehr.

3. OBEN. UNTEN II

Der Sieg über sich selbst ist mehr wert
als der über Gletscher und Felsen.
Inschrift eines Gipfelkreuzes in Vorarlberg

Endstation. Alles aussteigen, bitte. Eingekesselt von Studenten, Studentinnen, wurde Tara aus dem Waggon geschoben. Studentenstadt. Alles weitergehen. Bitte. Danke. Ja. Nein. Während sich die Körper voneinander lösten und Richtung Ausgang gingen, blieb Tara an einem Kiosk stehen und sah sich die Leberkässemmeln vor den Tageszeitungen und Magazinen an. Die Brötchen waren in Plastikfolie gewickelt und unter der Folie weich geworden, in jedem steckte ein Zahnstocher mit einem blau-weißen Plastikwimpel. Tara betrachtete die Brötchen so lange, bis sich der Bahnsteig geleert hatte. Dann bummelte sie Waggon für Waggon zurück, schlenderte die Treppe hinauf und hinüber zur Studentenstadt – ein an den Stadtrand gebautes Areal aus Hochhäusern, Rasenflächen, Straßen. Die Luft war warm und windstill, der Boden staubig, es hatte seit Wochen nicht geregnet. Tara überquerte ein Rasenquadrat, ging an hoch aufgeschossenen Birken vorbei zum letzten Hochhaus. Sie stieß die Haustür auf und sah den Fahrstuhl am Flurende. Irgendwo hallten Schritte, atmete jemand. Da begann Tara zu rennen, sprang in den Fahrstuhl, drückte einen Knopf. Sie erinnerte sich plötzlich an die endlosen Runden auf der Aschenbahn des Dorfsportplatzes und an den rötlichen Sand, der ihr beim Kämmen immer aus den Haaren gerieselt war. Als sich die Tür wieder öffnete, stellte sie einen Fuß in die Lichtschranke und fingerte nach dem Schlüssel. Sie beschloss, ihn nachher in den Briefkasten zu werfen, fragte sich, wann dieses Nachher sein würde – heute, morgen, in zwei Wochen, drei Monaten. Dann schlüpfte sie in einen quadratischen Flur, schloss eine Tür auf, rief »Ich bin's« in einen rot gestrichenen Korridor und steckte den Kopf in eine Küche. Auf dem Tisch stand ein Teller mit einem Stück Apfelkuchen.

»Niemand da?«

Tara griff nach dem Kuchen, biss auf ein Apfelstückchen, schlenderte kauend durch den Korridor in ein Zimmer mit Balkon.

»Tut mir leid, ich hab die Anschlüsse verpasst.«

Mitten in der frischen Luft, der Luft des zwölften Stocks, lag Bille. Sie hatte zwei Gartenstühle zusammengeschoben und sich ausgestreckt. Hinter ihr bewegten sich blasse Wolken, schräg unten lag das Rasenquadrat, in der Ferne glitzerte die U-Bahn-Haltestelle. Unter der Halle rotteten sich Menschen zusammen, warteten, dachten irgendwas, stiegen ein, aus, verschwanden.

Billes Unterkiefer hatte sich vorgeschoben. Ihr Mund war leicht geöffnet, ihre Augen waren geschlossen. Das von der Sonne gerötete Gesicht kam Tara einfältig und fremd vor. Zaghaft streckte sie ihre Finger aus, tastete nach der

Türklinke, wollte einen Schritt auf den Balkon setzen, doch ihre Beine rührten sich nicht vom Fleck. So ist das, man läuft nicht, wenn man laufen will, siegt nicht, wenn man siegen will, und wenn man sich vornimmt, aus seiner Haut zu schlüpfen, um als hübscher, gelber Schmetterling auf die Sonnenseite des Lebens zu flattern, endet man als dicke Hummel, die es kaum auf den nächsten Baum schafft.

Aber Tara hatte jetzt einen neuen Namen, sie musste es auf den nächsten Baum geschafft haben. »Tine ist nicht mehr, ich weiß nicht, wen ihr damit meint.« Sie ignorierte die, zu der die Schwestern Tine sagten und an der sie gezerrt und genagt hatten und immer weiter zerrten und nagten. Tine war ein alter Hut, gehörte der Vergangenheit an, und ihre Schwestern auch. Nur kümmerten sie sich nicht darum, nannten Tara Tine, und besonders Gila wollte ihr ganz harmlos, ganz einfach sagen, dass die Mutter dummes Zeug redete, Mitch weg war, Franzi zu wenig aß, Tante Karin von ihrer Putzfrau bestohlen wurde, »und du drückst dich vor deiner Verantwortung, Tine«. Ja, Gila würde diesen Namen so lange in Taras Ohr zischen, bis der Tod sie schied, die Schwestern von Tara, Tara von den Schwestern. Nicht einmal als Tote würde sie frei sein. Als Tote würde sie erst recht in Beschlag genommen, mit Legenden ausgestattet, in Stammbäume und Alben implantiert und im Familiengrab verwaltet werden. Der Tod machte nicht frei, nur gefügig: Er färbte ihr die Haare blond, rückte ihre Augen gerade, machte ihre Iris dunkelblau. »Ganz der Vater. Genau so ist unser Nesthäkchen auf die Welt und in unsere Familie gekommen.« Da konnte sich Tara in die Straßenbahn setzen, konnte in einer blau-weißen Stadt untertauchen, Gila würde immer wissen, wo sie war, wer sie war und wie sie hieß, Gila würde immer herausfinden, ob sie lebte oder tot war.

»Dich erreicht man nie«, hatte sie Tara letztes Mal ins Ohr gezischt. »Hast du einen Freund? … Das hätte mich auch gewundert, so schwierig, wie du bist. Dann schaff dir wenigstens einen Anrufbeantworter an, wir scheinen dich sehr zu interessieren, so oft, wie du anrufst.«

»Tut mir leid.«

»Tut dir leid, tut dir leid, nichts tut dir leid, du drückst dich vor deiner Verantwortung.«

»Ehrlich, Gila, hör mit meiner Verantwortung auf.«

»Erst wenn du aufhörst, sie zu verleugnen.«

»Was sagst du?«

Bille, das Gesicht in der Sonne, schnaubte kurz durch die Nase und schlummerte weiter, obwohl Wind und Wetter im zwölften Stock mehr als Wind und Wetter waren. Da klapperten die Fenster, prasselten die Hagelkörner auf die Brüstung, hämmerten gegen die Scheiben, da brannte die Sonne und versengte die Haut. Billes violettes T-Shirt war über ihren Bauch gerutscht, ihre Brustwarzen drückten sich durch den Stoff. Ihre Unterhose war ein schwarzes Dreieck, das die Scham nachzeichnete. Die Haare hingen wie ein zum Trocknen gelegtes Tuch über der Lehne.

Soll sie weiterschlafen, Tara war sowieso außerstande, auf den Balkon zu gehen. Ihre Beine weigerten sich, ihre Finger klebten an der Türklinke. Sie schien in einen ihrer Träume geraten zu sein, in dem sie aus irgendeinem Grund eine Mauer hinaufkletterte. Und während sie kletterte, wurde die Mauer höher und höher, wuchsen die Steine, schossen wie Pilze aus dem Boden, und Tara hatte plötzlich keine Mauer vor sich, sondern einen blassen, blauen Himmel. Der war unter, über, neben ihr, war überall, und Tara war sozusagen in den Himmel geklettert. Dabei hatte sie das Gefühl, dass sich der Himmel um ihren Körper schlang, ihre Lungen zupresste, bis sie keine Luft mehr bekam und mit einem Ruck aufwachte.

»Hey«, murmelte sie.

Tatsächlich neigte sich Billes Gesicht von der Sonne weg.

»Hi. Willst du nicht rauskommen?« Sie nahm die Beine vom Stuhl und zeigte auf den freien Platz.

»Klar.«

»Hast du den Apfelkuchen probiert. Er ist schön saftig, findest du nicht?«

»Wirklich saftig«, murmelte Tara. Sie löste ihre verschwitzte Hand von der Klinke und trat rasch, bevor ihre Eselsbeine es verhinderten, hinaus. »Danke.«

Ein Schwindelgefühl ließ sie auf den Stuhl sinken. Tara versuchte, nicht daran zu denken, dass sie in der Höhe unter freiem Himmel saß und der Balkon doppeltes Gewicht trug. Stattdessen überlegte sie, ob Billes Kinn durch einen Bart spitzer aussehen würde, ob ihre Augen wie das Grübchenlächeln schräg im Gesicht saßen oder nur den Anschein erweckten, weil ein Kajalstift ihre Form betonte und die Brauen zu schmalen Balken gezupft waren. Bille lächelte an ihr vorbei in den Himmel und Tara fragte sich, wie sie auf kürzestem Weg ins Zimmer zurückkommen könnte. Mittlerweile hatte sich Billes Gesicht zu drehen begonnen, drehte sich in Kreisen, Spiralen in den

Himmel hinein. Tara senkte den Kopf, betrachtete Billes rosafarbene Fußnägel. Dann konzentrierte sie sich auf den Boden.

»Stell dir vor, Frau Professorin Schmidt Kruschinzki hat gesagt, ich soll meine Seminararbeit zur Diplomarbeit ausbauen.«

»Deine Diplomarbeit?«

»Nein, Tara, meine Seminararbeit über Grammatik, dass Grammatik nicht neutral ist, sondern Ausdruck der patriarchalen Gesellschaft.«

»Klar.«

Tara konzentrierte sich weiter auf den Boden, der sich langsam hob und senkte, spürte ihren Stuhl vor- und zurückkippen und warf einen Blick auf Billes zusammengekrümmte Zehen.

»Warum soll ich an ein maskulines Substantiv nicht ein Movierungssuffix hängen? Damit habe ich es geschlechtlich spezifiziert. Ein weiblicher Mensch ist dann nicht mehr Mensch, sondern Menschin oder Menschfrau. Geschlechtsspezifiziert ist die Frau Menschfrau, der Mann Menschmann, aber kein reiner Mensch mehr.«

Billes Zehen hatten sich wieder entspannt. Nur der Stuhl wippte und schaukelte weiter, und Tara war sich jetzt sicher, keinen Boden, keinen Balkon, rein gar nichts unter den Füßen zu haben.

»Du hast mir gar kein Küsschen gegeben.«

»Kein Küsschen?«

Ohne das Grübchenlächeln und den auf den Mund tippenden Zeigefinger wahrzunehmen, fragte sich Tara, wie sie an Billes Mund kommen oder vielleicht über den Umweg zum Mund das Zimmer erreichen könnte. Und so kippte sie vor, hauchte einen Kuss auf Billes Wange, stürzte mit zwei Schritten ins Zimmer.

»Ist das heiß.«

Bille schob ihre Unterlippe über ihre Oberlippe. »Langweile ich dich?«

Und Tara, die wieder festen Boden unter den Füßen hatte, hob die Schultern und bemühte sich um ein Lächeln. »Nein, mir ist das mit deiner patriarchalen Grammatik nur ziemlich egal.«

»Aber warum? Das Leben braucht Veränderungen. Wie wir. Wir haben uns kennengelernt, wir verstehen und lieben uns.« Bille atmete in die Brust, als wäre ihr die Luft weggeblieben. »Wir haben uns doch auch verändert.«

»Klar.«

Obwohl Bille immer wieder von Veränderung sprach, hatte sich für Tara nichts verändert. Sie betrachtete alles wie in einem Kaleidoskop und wusste, dass die Frau auf dem Balkon mit ihrem langen, blonden Haar, ihren rosafarbenen Zehen und ihrem violetten T-Shirt für sie eine Frage der Zeit war. Ihr gelang es kaum, Sibylles Namen auszusprechen, nicht einmal »Bille« brachte sie heraus. Sie sagte, »du«, »hey« oder »Schatz«. Das klang neutral, auch wenn sie irgendwas erinnerte, ihr irgendwas in die Knochen fuhr. Natürlich gab es die sogenannten Veränderungen. War Bille am Anfang zaghaft, wurde sie im Lauf der Tage, Wochen, Monate zärtlich. Sie überraschte Tara mit Besuchen, brachte ihr ein Stück Kuchen, einen Gedichtband, eine rosafarbene Rose. Und trotzdem rumpelten die Straßenbahnen Tag für Tag, Woche für Woche vom Odeonsplatz zum Ostfriedhof und an Taras Wohnung vorbei, wie sie vor Bille vorbeigerumpelt waren und nach ihr vorbeirumpeln würden. Und in den Straßenbahnen saßen Menschen, die dann auf dem Ostfriedhof lägen und nichts mehr rumpeln hörten, während am Odeonsplatz weiter Richtung Innenstadt und Studentenstadt umgestiegen wurde. Das waren Veränderungen in der Fahrtrichtung. Wie die anderen sogenannten Veränderungen änderten sie für Tara eigentlich nichts. Wenn sie morgens aufstand, einen Filter in die Kaffeemaschine stopfte, Bille nach dem Kaffee in die Straßenbahn setzte und wegwinkte, war sie erleichtert, dass Bille weg war. Und Bille rief: »Bis Morgen«, fragte, »Wann bist du zu Hause«, »Kommst du vorbei«, »Wir sind ein Paar, findest du nicht?«.

Was für ein Paar? Ein Paar Turnschuhe, Hausschuhe, Socken, Strümpfe. Tara wollte kein rechtes, linkes Pendant, sie ging lieber allein. Trotzdem schien sich auch Alex in diesem »Wir« eingerichtet zu haben. Kaum hatten Bille und sie am Tresen Platz genommen, fragte Alex: »Seid ihr am Samstag da?«, »Was macht ihr am Sonntag?«, »Was haltet ihr von der und der, meint ihr zu dem und dem?«, »Wo seid ihr gestern gewesen, ihr seht müde aus, habt ihr nicht ausgeschlafen oder schmeckt euch das Bier heute nicht?«. Alex tat, als wäre Tara nur im Doppelpack vorhanden, während Bille Küsschen auf Taras Gesicht verteilte, mit Alex plauderte und für »uns« ein Bier und eine Apfelsaftschorle bestellte, die dann traulich vereint nebeneinander auf der Theke standen: der Humpen mit dem Eiswürfel und der gelben Saftschorle und das gelbe Bier mit dem weißen Schaum. Fragte Tara: »Willst du nicht tanzen?«, trippelte Bille auf die Tanzfläche, warf ihre Haare, ließ die Finger flattern, kam nach drei Liedern zurück, küsste

Tara ins Gesicht und störte. Vielleicht hatte sie ein Recht, zu stören, aber Tara war es lästig, wenn sich Bille in ihr Schweigen mischte, ihr Gesicht mit Küssen bedeckte, Abend für Abend, Woche für Woche »Gehen wir zu dir oder zu mir« fragte und immer mitging, sich immer zu ihr legte, sie immer anfasste.

Natürlich war Bille nicht unangenehm, solange sie nicht etwas haben wollte, was es nicht gab. Da hätte sie mit einem Bürstenschnitt auf dem Tresen tanzen können. Und so wickelte sich Tara nachts aus ihrer Umarmung und dachte, dass die Frau neben ihr den Schlaf der Gerechten schlief und sie in der Schuld dieser Gerechten stand, zumindest in der, ihr nicht deutlich zu sagen, du bist eine zu viel, ob ich dich »Schatz« nenne oder »Hey« zu dir sage, irgendwas in mir kann dich nicht leiden.

»Willst du sie haben?«

Tara hatte einen Moment lang allein mit Alex am Tresen gestanden, wie in alten Zeiten, die so alt nicht waren, und hatte noch einmal geflüstert: »Willst du sie?«

»Noch eins?«, fragte Alex.

»Nein, Bille, willst du sie?«

»Ist das einer von deinen Witzen?« Alex zapfte ein Bier für Tara, schenkte eine Apfelsaftschorle für Bille ein.

»Ich frage nur«, murmelte Tara.

Alex, die ihr das Bier und die Schorle zuschob, ließ die schwarz umrandeten Augen über die Tanzfläche gleiten.

Und schon hatte sich Bille wieder an Taras Seite geschmiegt.

»Wie deine bessere Hälfte, haha.«

»Haha«, lachte Tara mit, wobei es ihr egal war, ob Alex das gesagt hatte oder Bille oder sie selbst. »Haha«, lachte sie lauter und lustiger und dachte, dich kriege ich. Alex hatte ihr Bille vorgestellt, Alex sollte so ungeschoren nicht davonkommen.

Ein paar Lieder später, Bille redete gerade davon, dass die Stühle in den Vorlesungssälen nicht für kleine Studentinnen geeignet seien und sie wie in einem Kindersitz mit den Beinen baumele, rief Tara: »Hey, ist das nicht unser Lied, *Moviestar*? Willst du nicht tanzen, Schatz?«

Bille lächelte ihr Grübchenlächeln und ging. Eine Frau mit straffgezogenem Seitenscheitel, Breitbandkoteletten und einer Zigarette im Mund stellte sich ihr gegenüber auf die Tanzfläche, zog an der Zigarette und wiegte ihr Becken. Tara drehte den beiden den Rücken zu.

»Du willst sie loswerden, ja?«

Alex hatte die Haarspitzen gegen ihr Gesicht gerichtet.

Tara nickte.

»Darf man, was sage ich, frau, Mann, ich falle immer wieder rein …«

»Mann, Frau, ist doch scheißegal.«

»Eben nicht, na gut, was habe ich damit zu tun?«

»Keine Ahnung, ehrlich, ich weiß es nicht.«

»Du hast keine Ahnung?«

»Nein. Sie ist nett«, nickte Tara und nippte am Bier. »Ich kann sie nur nicht leiden.«

Währenddessen hatte die Frau mit den Breitbandkoteletten ihre Zigarette ausgedrückt. Die Daumen unter ihrem Metallgürtel, schob sie ihre Hüfte vor und zurück und tanzte sich an Bille heran. Bille hielt den Kopf gesenkt, die Haare hingen vor ihrem Gesicht, ihre dünnen Arme schlackerten.

»Du magst sie, kannst sie nur nicht leiden? Bist du deppert, plemplem? Und komm mir jetzt nicht mit meiner Weißwurstsprache, moag i, moag i net. Ich mag sie nämlich, die Bille, und Manu mag sie auch.«

»Klar.«

»Ja. Die Manu ist ein Fan von Bille.« Alex' Speerspitzen zielten an Taras Kopf vorbei auf die Tanzfläche. »Schenk sie der, wenn du sie nicht haben willst.«

»Manu? Kenne ich nicht«, murmelte Tara, ohne sich umzusehen.

»Dann schau dich halt um. Na, schöne Frau, hast du fertig getanzt, oder ist dir die Manu mit ihren Stiefeln auf die Füße getreten?«

»Nein, aber ich höre lieber auf«, sagte Bille, diesmal ohne zu lächeln.

»Und du auch, Tara«, flüsterte Alex.

Also hörte Tara auf und ertappte sich dabei, wie sie an Bille dachte. Mittags, wenn das Licht durch die Lamellen quoll und Billes Hand nicht über ihren Schenkel strich, wenn sie einen Filter in die Kaffeemaschine stopfte, hatte sie trotzdem Billes Stimme im Ohr, ihr Lachen, ihre Fragen: »Wir haben uns verändert, findest du nicht«, »Ist Tara dein richtiger Name, nein, ja, blöde Frage«. Billes Fragen, ihr Lachen, ihr Haar, irgendeine Kleinigkeit entzündeten in Taras Kopf ein Feuerwerk, entfachten ihren Hass. Das war schlimm genug, doch schlimmer war, dass sich Tara an Bille gewöhnt hatte, oder besser, an den Zustand, dass jemand da war.

»Tara, wo bist du?«

»Hm.« Tara fuhr auf und entdeckte Bille in blauer Balkonferne.

Sie hatte ihr violettes T-Shirt über dem Bauch zusammengebunden, den Stuhl Richtung Zimmer gerückt und sich in den Schneidersitz gesetzt.

»Willst du nicht wieder rauskommen?«

»Nein, mir ist das zu heiß«, abwehrend streckte Tara die Hände aus.

»Aber wir müssen miteinander reden.«

»Okay, gleich kannst du reden.«

Ohne auf Bille zu achten, trug Tara den Schreibtischstuhl zur Balkontür und sich setzte.

»Dein Diplom, quatsch, was sage ich, deine Seminararbeit hat deiner Dozentin gefallen.«

»Warum kommst du nicht raus?«

»Ist doch egal, Hauptsache, du kannst reden.«

»Nein, ist es nicht.«

»Ich habe rote Haare und Sommersprossen, ich halte die Sonne nicht aus. Meine Mutter sagt, ich würde schon vom Hingucken einen Sonnenbrand kriegen.« Tara brach ab. »Egal.«

Billes Oberschenkel wippten auf den Unterschenkeln, und Tara stellte sich vor, wie sich hinter der schwarzen Unterhose die Schamlippen öffneten.

»Alex hat mir erzählt, du hast mich angeboten wie eine warme Semmel.«

»Weil sie dich mit der Breitbandkotelette verkuppeln wollte.«

»Nein, weil sie viel mitkriegt. Und aus Mitleid oder Langeweile mischt sie sich halt manchmal ein. Manu weiß, dass wir zusammen sind, wenn du mit der Breitbandkotelette Manu meinst. Oder sind wir nicht zusammen?« Billes Stimme zitterte.

Tara zuckte mit den Achseln und entdeckte ein Glitzern in Billes Augen.

»Ich mag dich …«, murmelte sie, atmete tief durch, sagte dann leise: »Mehr nicht.«

Gleich würden Tränen aus Billes Augen schießen, und Tara würde ihr das Gesicht trocknen, Träne für Träne, mit einem Hass, der sich in ihrem Körper aufgestaut hatte und sie genauso verächtlich machte, wie Billes Weinen verächtlich war. Dabei brauchte sie nur aufzustehen und zu gehen, aus dem Zimmer, der Wohnung, dem Hochhaus, der Studentenstadt, brauchte nur zu verschwinden. Stattdessen starrte sie auf Billes wippende Schenkel, dachte an Billes Scham und ihre eigenen kalten Füße.

»Ich bin nur ehrlich.«

»Aber deine Ehrlichkeit ist unsensibel, als hättest du vor lauter Ehrlichkeit keinen Funken Fantasie.«

»Dann habe ich keine Fantasie.«

Diesmal zuckte Tara stärker mit den Schultern, während Bille mit hoher, zitternder Stimme rief: »Aber so geht das nicht.«

»Nein, so geht das nicht.«

»Aber …«, schluchzte Bille, und erste Tränen kullerten über ihr spitzes, dreieckiges Gesicht.

»Nein, kein Aber.«

Tara spürte eine Hitze in sich aufsteigen, und sie spürte ihren Körper, der nichts war außer diesem Hass, dieser Verachtung und dem fein zugestreuten Minderwertigkeitsgefühl.

»Also gut, ich habe dich bei Alex angepriesen, was weiß ich, wie eine warme Semmel, hörst du, ich habe es wirklich gesagt.«

»Aber zwischen Manu und mir läuft nichts.«

»Ist doch egal.«

Bille knotete ihr T-Shirt auf und rieb sich mit einem Zipfel die Augen trocken. Für einen Moment war die Rundung ihrer Brust zu sehen, dann ließ sie den Zipfel sinken, drehte den Kopf zur Brüstung und flüsterte mit hoher, zittriger Stimme: »Man tut einfach alles, um nichts zu verlieren.«

»Jetzt fällst du selbst rein auf deine maskuline Sprache«, sagte Tara.

»Was hätte ich tun sollen, deiner Meinung nach? Ich habe auch nichts zu verlieren, und wenn du springen würdest …« Sie schluckte. »Hey, nicht weinen. Vielleicht ist man brutal, wenn man ehrlich ist. Aber das Brutalste ist, wenn man tut, als hätte sich was verändert, und nichts hat sich verändert, und man lügt und lügt, macht einfach weiter und wäre doch lieber allein.«

4. ERSCHÜTTERUNGEN

Wir sind einander alle zum Segen oder Fluch.
Ignatius von Loyola

»Genau so ist es gewesen. Sie hat mich in ihre Wohnung gelockt und mir einen Knüppel oder sonst was auf den Kopf geschlagen.«

»Eine Gehirnerschütterung?«

»Eine schwere Gehirnerschütterung. Ich muss mit der Schläfe gegen die Kufe vom Schaukelstuhl gefallen sein.«

Als Hedwig am Spätnachmittag von der Arbeit gekommen war, hatte Franzi vor den Fenstern der Einliegerwohnung gesessen, hatte ihr Gesicht gegen die Stäbe gedrückt und geflüstert: »Tante Hedi, Tante Hedi, Mami ist krank am Kopf.«

Andres hockte im Kräuterbeet und buddelte Basilikum und Petersilie aus, und Herr Bergheimer hinter der Hecke fragte Hedwig aufgeregt, ob ihre Mutter zu Hause sei. Hedwig hatte genickt, dem Nachbarn einen guten Tag gewünscht und war in den Keller geeilt. Da der Schlüssel zur Einliegerwohnung weder im Schlüsselkasten hing noch im

Schloss steckte und hinter der Tür ein Plappern und leises Schluchzen zu hören waren, hatte Hedwig gerufen, dass sie da sei, hatte Gerd in seiner Filiale benachrichtigt und mit ihrem Zweitschlüssel die Tür aufgeschlossen. Die Luft in der Wohnung war muffig gewesen. Gila hatte mit blutverkrusteter Schläfe im Schaukelstuhl gesessen, hatte geweint und vor sich hin geplappert. Als Gerd sie kurz darauf ins Städtische Krankenhaus fuhr, hatte sie von angebrannten Töpfen und schwarzer Milch geredet, hatte »aufhören« gerufen und »Stirb, bis du tot bist, was für ein Unsinn, nicht wahr, was für ein Unsinn«.

Die erste Woche hatte sie allein in einem Zweibettzimmer gelegen, die anderen Wochen das Zimmer mit einer Blinddarmpatientin, danach mit einem dicken Kind geteilt. Sie durfte den Kopf nicht bewegen, sollte möglichst wenig aufstehen, musste sich füttern lassen, wurde mit einem Katheter für den Urin versehen und bekam eine Bettpfanne für die Exkremente.

Hedwig besuchte sie täglich nach der Arbeit und löste Gerd ab, der neben dem Bett saß, die Hände an seiner Hose rieb und Gila versicherte, dass es den Kindern gutgehe und ihr bald bessergehen würde. Zum Abschied strich er ihr jedes Mal über das aschblonde Haar und fragte, ob er die belegten Brötchen und den Kuchen mit nach Hause nehmen dürfe. Susanne kam montags und stellte einen Blumenstrauß auf den Nachtschrank. Franzi und Andres wurden sonntags in kurzem Rock und kurzer Hose um ihr Bett gruppiert. Sie sagten »Guten Tag« und »Auf Wiedersehen« und starrten Gila an, als wäre sie ein Gespenst.

Nach drei Wochen stand Gila auf wackligen Beinen, nach vier lief sie kurze Strecken, um sich zu trainieren und dem dicken Kind im Nachbarbett zu entkommen. Sie tastete sich über den Flur zu den Toiletten, schleppte sich in den Aufenthaltsraum, der hell und freundlich war und verglast, und bekam anfallartige Kopfschmerzen. Doch weil eine Seebald keinen Schmerz kannte und Schmerzen Ausreden waren, biss sich Gila auf die Lippen und schlurfte hinaus in den Garten. Im Gegensatz zu den tropischen Zimmertemperaturen war es hier angenehm kühl. Die Vögel zwitscherten, und die Bäume waren haushoch, als schlügen die Zweige Wurzeln in die Wolken. Der ganze Garten war mit Rasen ausgelegt, der Eingang von üppigen, gelben und rosafarbenen Rosenhecken umsäumt. Unter den Bäumen krümmten sich die Patienten auf den Bänken, saßen in Rollstühlen, waren an Armen und Beinen eingegipst, schliefen oder starrten vor sich hin. Sie sahen wie die Denkmäler ihrer Krankheiten aus, von Wind und Wetter, Ärzten und Operationen zerfressen. Möglichst rasch schlurfte Gila an ihnen vorbei und suchte sich eine freie Bank. Die Krankenhausruhe erinnerte sie an den Garten zu Hause und an die Sonne, die in ihren Nacken gebrannt hatte, erinnerte sie daran, dass sie auf der Terrasse gestanden und am Holzkohlengrill gerüttelt hatte. Und während des Rüttelns musste sie beschlossen haben, in die Einliegerwohnung hinunterzugehen. Weil es im Garten ruhig, unheimlich ruhig gewesen war. Weiter erinnerte sie sich an ihr Gesicht im Flurspiegel, an den Schlüssel, den Geruch aus Bettwäsche, ungewaschener Haut und Parfum. Doch was sich in der Wohnung abgespielt hatte, war weg.

Unwillkürlich begann Gila, mit den Zeigefingern ihre Schläfen zu massieren. Der Krankenhauspark schob sich in ihre Gedanken, die Vögel über ihrem Kopf rissen sie in eine Gegenwart, die sie weder interessierte noch einen Sinn zu haben schien. Gila wollte nur eins: in ihre Vergangenheit vordringen. Das war ihre Aufgabe: die Lücken in ihrem Kopf mit der Spachtelmasse der Erinnerung zu füllen und das Geschehen in eine Zeitabfolge zu bringen. Ohne ihre Erinnerungen konnten Hedwig und Susanne erzählen, was sie wollten, Gerd behaupten, sie habe im Schaukelstuhl gesessen, über angebrannte Töpfe geredet und der Mutter den Tod an den Hals gewünscht, ausgerechnet sie, die immer das Beste in ihrer Macht und Pflicht Stehende für die Mutter getan, sie immer mit Liebe und Respekt behandelt hatte. Aber Gila war nicht bereit, das zu schlucken und sich manipulieren zu lassen. Weit genug von den Patientendenkmälern entfernt, warf sie sich in die leere Zeit und fing immer wieder von vorne an: Dass der Vormittag heiß gewesen war, dass sie Läuse von den Tomaten gezupft und geschwitzt hatte. Und während sie zupfte, musste ihr aufgefallen sein, wie ruhig es im Garten war, oder war das auf der Terrasse gewesen, als sie den Rasensprenger neben den Grill stellte? Hatte sie sich in dem Moment nicht vielmehr über Gerd geärgert, weil der Grill voll verbrannter Kohle war? Warum sonst hätte sie am Rost rütteln sollen, denn dass sie an dem Rost gerüttelt hatte, war ihr klar und deutlich vor Augen. Dann war da der Schlüssel gewesen, der Spiegel, die Treppe und gleichzeitig ein Knistern, Tschilpen, Flattern auf grünem Rasen. Gila schreckte hoch und sah unzählige Spatzen vor ihren Füßen hüpfen.

»Weg hier«, rief sie und wischte mit den Händen durch die Luft.

Doch die Spatzen flogen näher heran und eine schüchterne, helle Stimme sagte: »Hallo.«

An Gilas Seite hatte sich das dicke Kind aus ihrem Zimmer gesetzt. Seine Finger steckten in einer paprikaroten Knistertüte, holten etwas Rundes heraus, stopften es sich in den Mund. Das Kind starrte Gila aus traurigen Augen an. »Ich muss essen, weil es mir schmeckt.«

»Ich weiß«, sagte Gila und stand auf.

Obwohl ihr das Kind leidtat, ekelte sie sich vor ihm. Und diesen Ekel hielt sie nicht aus, ja, sie schämte sich sogar für ihn. Hastig zog sie ihre Füße aus dem hüpfenden Spatzenhaufen, sagte »Tschüss«, suchte sich eine freie Bank und begann sich wieder über ihre Vergangenheit zu beugen: Dass sie auf der Terrasse gestanden, am Rost gerüttelt und zur Einliegerwohnung geguckt hatte. Und da musste ihr irgendwas aufgefallen sein.

Eine Woche später wurde das dicke Kind aus dem Zimmer entfernt. Gilas Kopfschmerzen hatten nachgelassen, ihre Erinnerungen hatten sich nur lückenhaft wiederhergestellt. Doch bevor sie das zugab und ihre Schwestern fragte, wo die Mutter sei, würde sie sich auf die Zunge beißen und zu Notlügen greifen.

»Meinen Koffer trage ich selbst«, sagte sie.

»Bist du nicht ein bisschen wackelig auf den Beinen?«, fragte Susanne. Sie trug ein dunkelrotes Kleid, das ab der Taille glockenförmig geschnitten war und Gila irgendwie bekannt vorkam.

»Entschuldige, ich war nicht eingegipst, ich hatte eine

Gehirnerschütterung. – Ist das neu?« Sie deutete auf das Kleid und überlegte krampfhaft, woher sie es kannte.

»Fast.« Susannes feingliedrige Hände strichen über den Stoff. »Gefällt es dir?«

Da Gila ihr nicht antwortete, fuhr sie fort: »Wir freuen uns sooo, dass du wieder gesund bist, besonders Franzi, die rennt schon den ganzen Tag durch den Garten und ruft: ›Mami kommt, Mami kommt.‹ Also, die ist ganz aus dem Häuschen vor Freude. Ach ja, und wenn du den Garten siehst, reg dich nicht auf, ich meine, wir sind nicht zum Gießen gekommen, und du hast eine Gehirnerschütterung gehabt. Also«, Susanne bemühte sich zu lächeln, »nimm es nicht auf die leichte Schulter.«

»Ich habe unseren Garten nie auf die leichte Schulter genommen«, sagte Gila und machte sich auf das Schlimmste gefasst.

Das Schlimmste war, wie sie es erwartet hatte. Der Garten war während ihrer Abwesenheit verwahrlost. Die Kirschen waren verfault oder lagen verschrumpelt unter den Bäumen, festgetreten in eine Strohmatte, die vor vier Wochen dichter, grüner Rasen gewesen war. Im Kräuterbeet wucherten Brennnesseln, an den Tomatenpflanzen hing keine einzige Tomate. Die Terrasse war mit Staub, Pollen, Blättern überzogen, der Grill war verrußt, die Thujahecke gewuchert.

Nein, das ist kein Garten, das ist eine Schande, dachte sie und warf einen Blick Richtung Böschung. In dem Moment hörte sie eine Stimme »Gila, Schatz« rufen. Gila zuckte zusammen und schlich zur Einliegerwohnung. Die Gitterstäbe vor den Fenstern waren matt, die Scheiben verschmutzt. Auf das Glas waren Strichmännchen, Herzen und das Wort »Schwein« gemalt worden. Die kriegt man nur noch mit Spiritus sauber, dachte Gila und spähte durch die Stäbe und die verschmierten Scheiben. Wieder hörte sie es »Gila, Schatz« rufen, wollte zurückrufen: Halt deinen Mund, und spürte einen Schmerz in ihrer linken Gehirnhälfte, als hätte ihr jemand auf den Hinterkopf geschlagen.

»Du kannst mich nicht täuschen, du bist nicht da«, flüsterte sie, richtete sich auf und ging langsam über die Böschung zum Haus zurück.

Nach dem Abendessen bat sie Gerd, die Kinder ins Bett zu bringen.

»Ich bin mit Hedi und Sanne im Wohnzimmer, wir haben Wichtiges zu besprechen.«

Wie der Garten wies auch das Wohnzimmer Spuren von Verwahrlosung auf. Das eigentlich Ungeheuerliche in dieser Verwahrlosung stand allerdings gegenüber einem der beiden Ledersessel.

»Ihr habt Mamas Schaukelstuhl nach oben gebracht?«, fragte Gila, ohne zu fragen, und begann, sich mit den Zeigefingern ihre Schläfen zu massieren.

»Gerd hat«, sagte Hedwig.

»Ja, irgendwie ist das jetzt sein Stammplatz«, seufzte Susanne und sank in einen Ledersessel. Lächelnd schob sie die Füße unter ihren Hintern, drapierte den roten Kleiderstoff über ihren Schenkeln und legte ihre feingliedrigen Hände auf die Lehne.

»Entschuldigt, aber …«

Die Fingerspitzen an den Schläfen, setzte sich Gila auf das Ledersofa, sah durch die Terrassentür in den dunklen Garten, fragte, wieder ohne zu fragen: »Wem habe ich es zu verdanken, dass du mir heute die Ehre gibst, Sanne?«, und überlegte sich, ob die Gardinen in ihrer Abwesenheit vor die Fenster gezogen worden waren.

»Also, ich dachte, wir feiern ein bisschen.« Mit einem nicht enden wollenden Lächeln warf Susanne ihre Haare über die Sessellehne, während Hedwig ein gefaltetes Papier aus ihrem Ärmel zog und über den Glastisch schob. Gila hörte Susannes Locken knistern, Hedwigs Papier rascheln, hörte den Wind in den Kirschbäumen und in der Thujahecke. Schlich da nicht jemand über den Rasen und rief: »Gila, Schatz!«? Doch bevor sie aufstehen und nachsehen konnte, war es wieder still und vorbei.

Vorbei, was für ein dummes Wort, dachte Gila und hörte Hedwig sagen: »Wir wollten dich im Krankenhaus nicht mit Mama belästigen.«

»Weil du eine schwere Gehirnerschütterung hattest. Stimmt's Hedi? Gila hatte eine schwere Gehirnerschütterung. Ich meine, kannst du dich überhaupt an etwas erinnern?«

»Darüber reden wir später. Sieh mal, das haben wir im Briefkasten gefunden.« Hedwig zeigte auf das Papier, fuhr leise fort: »Wenn du willst, setze ich mich in den Schaukelstuhl, Gila.«

Bei dem Wort Schaukelstuhl gelang es Gila, ihre Ohren und Augen ins Zimmer zurückzuholen. So ein Unsinn, dachte sie und sagte: »Der Schaukelstuhl ist morgen wieder unten, das verspreche ich euch.«

Wie um ihre Worte zu verdeutlichen, löste sie die Fingerspitzen von ihren Schläfen, presste sie auf die Oberschenkel. »Die Regentonne nicht entsorgen, den Garten vergammeln lassen, aber den Schaukelstuhl ins Wohnzimmer holen und neben mein Ledersofa stellen. Habt ihr keinen Geschmack und Anstand mehr?«

»Also, ich finde ihn nicht sooo schlimm.« Susanne lächelte Gila an, drehte eine Locke um ihren Finger und legte nach ihrer alten Angewohnheit den Kopf schief. »Bei Mama unten hat er dich doch auch nicht gestört.«

»Entschuldige, Mamas Wohnung ist nicht unser Wohnzimmer.«

Nein, es war nicht nur der Schaukelstuhl. Auch der Glastisch war voller Ränder und Flecken. In den Ecken lagen faustgroße Staubflusen, die sich bei jeder Bewegung, jedem Luftzug, dem kleinsten Wehen der Vorhänge vom Boden hoben und langsam an den Tapeten entlangschwebten. Der Berber vor den Sesseln war grau und in ihrer Abwesenheit offenbar zum Fußabtreter geworden, obwohl im Haus auf Strümpfen herumgelaufen wurde. Bei der Vorstellung, dass schmutzige Schuhe ihren Berber verunreinigt hatten, presste Gila ihre Finger noch fester auf ihre Schenkel.

»Schaukelstuhl oder nicht, kommen wir zur Sache«, sagte Hedwig.

»Ja, kommen wir zu Sache«, wiederholte Gila, faltete ihre Hände und vergrub sie im Schoß. »Ich habe im Krankenhaus viel Zeit zum Nachdenken gehabt. Und da ist mir eins klargeworden: Seit sich Mama wie eine Irrsinnige aufführt, habe ich die Arbeit mit ihr. Und seitdem ist sie mir über den Kopf gewachsen.«

Hedwig, die es sich im Schaukelstuhl bequem gemacht hatte, nickte. »Unsere Mutter gehört in ein Heim, nicht in ein Haus mit Kindern.«

Sie gab sich Schwung und stellte ihre Füße auf die Kufen. Der Stuhl begann, knarzend vor- und zurückzuwippen. Bitte nicht, wollte Gila sagen, doch Susanne kam ihr zuvor.

»Ich meine, Mama ist vielleicht ein bisschen verwirrt, aber sie ist nicht unser Feind, Hedi, sie kann keiner Fliege was zuleide tun.« Susanne hörte mit dem Lächeln und Lockendrehen auf und räkelte sich.

»Es geht nicht darum, ob unsere Mutter einer Fliege etwas zuleide tut, sondern darum, dass sie sich selbst zum Feind hat.«

Gila versuchte, das Knarzen zu ignorieren, und schloss sich Hedwigs Worten an: »Sie verwechselt unsere Namen, weiß nicht, was für ein Tag ist, redet von fremden Männern, die ihr irgendwas antun sollen, ich will gar nicht wissen, was. Entschuldigung, aber unser Gitter ist für Mamas Geisteszustand zu wenig gewesen.«

»Das blöde Gitter.« Susanne gähnte. »Also, mir hat sie leidgetan.«

»Gila sollte dir leidtun.«

»Hör auf, Hedi«, sagte Gila leise, wobei sie nicht sagen konnte, womit die Schwester aufhören sollte. »Ich habe Mama verziehen.«

»Ich nicht.«

»Also, ich weiß nicht, was machen wir denn jetzt?«, fragte Susanne.

»Wir machen das, was wir seit Wochen machen. Nichts.« Abrupt hatte Hedwig das Wippen eingestellt, sich das Papier auf dem Tisch geschnappt und auseinandergefaltet. »Das haben wir im Briefkasten gefunden. Mama ist in Paris. Von da will sie nach New York, eine alte Tante besuchen.«

»Natürlich.« Diesmal spürte Gila feine Stiche in der Schläfe, während ein Lachen, Seufzen und die lauten »Gila«-Rufe aus dem Garten in ihre Ohren drangen. Um sich nichts anmerken zu lassen, sagte sie möglichst bestimmt:

»Den Zettel hat Mama mir vorgelesen, bevor sie mich zusammengeschlagen hat.«

»Den Zettel?« Wie von ihren Armen abgetrennt, falteten Hedwigs Hände das Papier zusammen und ließen es in ihrer Hose verschwinden. »Dann ist der Zettel ein Beweis.«

»Ein Beweis? Meint ihr, Mama ist in Paris?«

»Jetzt hat's bei unserer Eisprinzessin peng gemacht«, sagte Hedwig. Gila bemühte sich um ein Lachen, hörte, wie ein zweites, helleres Lachen aus dem Garten einstimmte und Hedwig zu Susanne sagte: »Umgekehrt, woher weißt du, dass sie nicht in Paris ist?«

»Ich?« Susanne kringelte eine Locke um ihren Zeigefinger. »Also, woher ich was weiß?«

»Dass sie nicht in Paris ist.« Ohne Susanne aus den Augen zu lassen, hatte Hedwig den Schaukelstuhl wieder in Gang gesetzt und wippte knarzend vor und zurück.

»Vielleicht sollten wir zur Polizei gehen und sie suchen lassen.« Susanne bauschte die Locke zum Pinsel und strich sich übers Kinn.

»Solange sie in Paris ist, brauchen wir sie nicht suchen lassen.«

»Aber Frau Diettrich behauptet, also, seit Mama weg ist, erzählt sie überall rum, ihr ist in den Weinbergen eine über den Weg gelaufen, die wie Mama aussieht, nur ungepflegter«, sagte Susanne.

»Eins ist sicher, wenn unsere Mutter in den Weinbergen wäre oder irgendwo im Dorf, wäre sie uns längst über den Weg gelaufen.«

Hedwigs Stimme klang unerbittlich. Doch Susanne schien weder von Hedwigs Stimme noch von ihren Worten beeindruckt zu sein.

»Und was ist mit der Frau in den Weinbergen?«

»Die Frau in den Weinbergen, die Frau in den Weinbergen«, schaltete sich Gila ein und hoffte, das Gelächter aus ihren Ohren zu vertreiben. »Frau Diettrich will uns denunzieren, mehr nicht.«

»Also ich weiß nicht, Mama hat kein Geld für Paris«, erwiderte Susanne, wobei sie mit ihren Haaren behutsam vom Kinn zur Oberlippe strich. »Vielleicht ist sie ja doch bei Gersdorf oben …«

»Bei Gersdorf? Ich habe mir Tag für Tag Mamas Unsinn angehört«, rief Gila, »und da hat sie von Paris geredet, nicht von Gersdorf oder irgendwelchen Weinbergen.«

Es kam ihr vor, als würden sich Paris und die Weinberge mit den »Gila«-Rufen, dem Seufzen und Lachen aus dem Garten verbinden und in ihrem Kopf einnisten, um alles in Unordnung zu bringen und das Licht, das klare, nötige Licht ihrer Vernunft auszuschalten.

»Es ist meine Schuld«, flüsterte sie. »Ich hätte nicht in Mamas Wohnung gehen dürfen.«

»Nein, Gila, es ist nicht deine Schuld. Wir haben sie falsch eingeschätzt, und sie hat das ausgenutzt. Deswegen hat unsere Mutter nicht nur sich selbst zum Feind, sie hat sich auch ihre Töchter zu Feinden gemacht. Sehen wir den Tatsachen ins Auge, das Gitter und die verschlossene Tür haben nichts gebracht. Sie hat dich schwer verletzt, Gila. Sollen wir warten, bis sie dich totschlägt? Bevor das passiert, werden wir sie nach Wiesloch bringen.«

»Du meinst nach Wiesloch in die Psychiatrie? Geht das nicht ein bisschen weit?«, fragte Susanne, den Haarpinsel an ihrem Mund.

Hedwig überging Susannes Frage. »Zuerst erklären wir

sie für unmündig. Dann wird ein ärztliches Gutachten erstellt. Der Haken ist: Wie lässt sich das Gutachten in ihrer Abwesenheit erstellen? Unsere Mutter kann in Paris, in den Weinbergen oder auf dem Mond sein. Ich traue ihr alles zu.«

Gila, die aufgelacht hatte, hörte es zurücklachen. Gemeinsam mit ihrem eigenen Lachen lachte es in ihrem Kopf. Nur war sie diesmal nicht bereit, sich manipulieren zu lassen, und so sagte sie laut und deutlich: »Du hast recht, Hedi, bei ihrem Geisteszustand müssten wir Mama an einen Stuhl binden und den ganzen Tag im Auge behalten, und dafür habe ich keine Zeit.«

Unwillkürlich lauschte Gila, hörte es lachen und lachen und sagte leise: »Zum Schluss ist sie mir mit ihrem Gerede ins Kreuz gefahren.«

»Keine Angst, sie wird dich nicht mehr belästigen. Hast du Tine angerufen, Sanne?«

»Ich?« Susanne ließ den Lockenpinsel fallen. Sie schien zu begreifen, dass heute Abend kein Sekt ausgeschenkt und auf Gilas Gesundheit angestoßen wurde. »Also, ich glaube, das habe ich vergessen. Aber wir sind ihr ja auch nicht so wichtig.«

»Faul und bequem. Das ist der Grund, warum du ihr nicht Bescheid gesagt hast.« Gila nagte an ihrer Unterlippe. »Ich werd sie morgen anrufen. Sie soll sofort nach Hause kommen. Die eine trage der anderen Last, und sie hat unsere Last mitzutragen.«

Wieder lauschte sie, hörte nichts, kein Rascheln, kein Lachen, kein einziges Wort, nur Hedwigs nüchterne Stimme: »Außerdem brauchen wir ihre Unterschrift.«

»Also …«

»Entschuldige, Sanne, das Thema ist durch.« Gila sah ihre Schwester an. »Faul und bequem, mehr nicht. Das ganze Wohnzimmer ist verdreckt, ich muss bloß auf den Berber gucken. Aber das ist auch euer Haus, da wohnt ihr genauso drin wie ich.«

Jetzt heftete sie ihren Blick auf die schaukelnde Hedwig. »Du willst mir bei jeder Kleinigkeit helfen, besonders wenn es um Mama geht, bist du so was von hilfsbereit, Hedi. Mit einer sauberen Wohnung hättest du mir wirklich einen Gefallen getan.«

»Wir haben dich lieber im Krankenhaus besucht.« Susanne faltete den roten Stoff auf ihren Oberschenkeln und schien um ein Lächeln bemüht, als es aus Gila herausplatzte: »Hör auf, an deinem Kleid rumzuspielen! Wenn mich mein Gedächtnis nicht täuscht, hast du mich einmal in der Woche besucht. Das ist ein bisschen wenig für deine Liebe.« Sie hatte kaum ausgeredet, da fragte sich Gila, warum ihre Stimme so zischte.

»Vielleicht ist das ein bisschen wenig, aber wir stellen gerade auf ein neues Kassensystem um. Die letzten Wochen habe ich so viele Überstunden gemacht, ich weiß gar nicht wie viele, so viele sind's.«

Wieder schien sich ein Lächeln in Susannes Gesicht ausbreiten zu wollen, während ihre Hände ununterbrochen den roten Stoff falteten und Hedwig, ohne eine der Schwestern anzusehen, sagte: »Wir haben es für dich gemacht, Gila.«

»Für mich braucht ihr nichts machen, ich schaffe alles allein, denn mein Kopf«, hier riss Gila die Hände aus dem Schoß und bohrte die Zeigefinger in ihre Schläfen, »funktioniert ausgezeichnet.«

»Das wissen wir, und wir freuen uns, weil nichts zurückgeblieben ist. Ich meine, du hast eine schwere Gehirnerschütterung gehabt, und Mama ist weg, also …« Susanne unterbrach den Satz und gähnte.

»Also?«

»Also, da kommt es auf ein bisschen Staub nicht an.«

»Ein bisschen Staub?« Obwohl ihr der Arzt verboten hatte, schnelle Bewegungen zu machen, sprang Gila vom Sofa auf. »Nein, Sanne, so kleinkariert bin ich nicht.«

Ohne an die ärztlichen Anweisungen zu denken, rannte sie in die Ecke neben der Terrassentür, haschte nach drei faustgroßen Staubfusseln und schritt mit pochendem Kopf zum Sofa zurück.

»Ist das ein bisschen?«, rief sie und schüttelte die Flusen auf den Tisch. »Ihr redet die ganze Zeit von Beweisen, das ist mein Beweis.«

Vergessen waren die Stimme, das Lachen und Seufzen aus dem Garten. Schwer atmend warf sich Gila aufs Sofa, spürte eine Erschütterung und einen Schmerz, als würde ihr mit einem Knüppel auf den Hinterkopf geschlagen. In dem Moment hoben sich die Staubflusen vom Tisch, tänzelten zum Tischrand, schwebten einen Moment vor ihren Knien und sanken zu Boden.

»Richtig«, sagte Hedwig, die den Schaukelstuhl durch das mechanische Abstoßen ihrer Füße in Bewegung hielt. »Wir hätten das Haus durchsaugen müssen.«

»Der Hätte ist gestorben, Hedi, und ich sitze in eurem Dreck.«

»Keine Sorge, wir werden nicht mehr lange im Dreck sitzen. Wir werden einen Großputz durchführen und die Einliegerwohnung auflösen. Und wenn Tine unterschrieben hat, werden wir einen Platz im Heim beantragen. Diesmal sind wir schlauer und schaufeln unserer Mutter das Grab vorher aus.«

Mechanisch vor sich hin schaukelnd, die Augen auf den schwarzen Garten gerichtet, schien Hedwig einen endlos durchdachten Text aufzusagen.

Hedi, wollte Gila fragen, hörst du das Rufen und Lachen dort draußen in der Nacht?, und zischte stattdessen: »Entschuldige, Hedi, wenn wir etwas ausschaufeln, sind das die Tomaten. Die sind nämlich vertrocknet, weil ihr sie nicht gewässert habt. Und hör bitte mit dem Schaukeln auf, das Ding knarzt unerträglich.«

»Was hast du gesagt?«

»Du sollst mit dem Schaukeln aufhören.«

Tatsächlich hörte Hedwig zu schaukeln auf und drehte Gila den Kopf zu.

»Das Ding wird als Erstes ausgemistet, das bringe ich morgen persönlich in den Keller, oder ich rufe den Sperrmüll an. Das ist noch besser, dann können sie die Regentonne gleich mitnehmen.«

»Schön, dass du wieder zu Hause bist, Liebling.«

Ja, schön, dachte Gila. Sie brauchte nicht hinzusehen, sie wusste, dass Gerd im Türrahmen stand.

»Die Kinder schlafen, und der Schaukelstuhl …«

»… ist der Stammplatz meines Mannes. Danke, das habe ich bereits mitgekriegt.«

»Deine Schwestern haben nichts gegen ihn und die Kinder auch nicht, Liebling, wir sind ein demokratisches Haus.«

»Wie bitte?«

Das war nicht ihr Mann, der sich wegen eines Schaukelstuhls hinter ihren Schwestern versteckte, sich auf eine

Mehrheit berief und ihr in den Rücken fiel mit dieser Mehrheit, dieser Demokratie. Ohne es zu wollen, sah sie Gerd aus seiner Hose und Unterhose in seinen Pyjama steigen, sah ihn sich die Haare aus dem Gesicht bürsten und ihr einen Kuss geben. Über dein demokratisches Haus reden wir später, dachte sie.

»Wenn sich deine Schwester Kleider aus Schwiegermamas Schrank nimmt, nehmen wir uns den Schaukelstuhl. Wir haben ein großes Wohnzimmer.«

»Und ich habe die richtige Figur, ist das nicht so? Es sitzt, passt, wackelt und hat Luft.« Susanne lächelte Gerd an. »Ich meine, wenn deine Frau mehr Busen hätte, würde es an ihr auch ganz süß aussehen.«

Wie Susanne warf Gila einen Blick zur Tür. Das Gesicht ihres Mannes war rosafarben, während ihre Schwester in schallendes Gelächter ausbrach. »Also, ich finde, so ein Dekolleté macht einen super Busen, wenn man einen Busen hat, findest du nicht, Gerd?«

»Du hast Mamas Kleiderschrank ausgeräumt«, sagte Gila, als wären die Frage und das Lachen ihrer Schwester nicht gewesen.

»Na und, Mama hätte bestimmt nichts dagegen gehabt.«

Langsam drehte Gila den Kopf. Sie sah Susanne an und hatte plötzlich die Mutter vor sich, die in einem roten Kleid auf einer Strandpromenade flanierte. Mama, wollte sie rufen, ich komme mit. Doch statt nach ihrer Mutter zu rufen, zischte sie: »Hätte gehabt? Ist unsere Mutter tot, dass du so redest, Sanne?«

»Nein, aber wie soll ich sie fragen, wenn sie in Paris ist? Mama ist nämlich in Paris, Gerd.« Susanne wickelte sich eine Locke um den Zeigefinger.

»Ich gehe dann ins Bett, Liebling.«

»Richtig, Mama ist in Paris«, sagte Gila, ohne sich um Gerds Einwurf zu kümmern. »Deswegen wird das Kleid auch ausgezogen. Ab morgen hängt es wieder in Mamas Schrank.«

»Und warum?«

»Weil unsere Mutter nicht tot ist«, rief Gila, lauschte in den Garten und hörte die Schwester neben sich trällern: »Also, vielleicht bin ich bequem und faul, aber dass du keinen Busen hast und Mamas Kleider an dir runterhängen und an mir nicht, dafür kann ich nichts.«

»Ich gehe«, nuschelte es noch einmal.

Gila stellte aus den Augenwinkeln fest, dass sich ihr Mann rückwärts aus der Tür bewegte.

»Ist der immer noch da?« Hedwig hatte ihre Füße wieder auf die Kufen gestellt, schaukelte allerdings so sanft, dass kein Knarzen zu hören war. »Ich dachte, der wäre längst weg.«

»Vielleicht wartet er auf Gila. Also nach über vier Wochen würde ich auch warten.«

Lachend wickelte sich Susanne die Locke von ihrem Zeigefinger, während aus dem Flur ein »Schlaft gut« zu hören war.

»Was lange währt, geht endlich weg. Vergiss nicht, die Vorhänge zuzuziehen«, rief Hedwig, und Susanne fügte kichernd hinzu: »Und langsam, immer hübsch langsam die Treppen hinauf.«

Gila bemühte sich, die Bemerkungen ihrer Schwestern zu ignorieren. Konnte es nachts wirklich aus dem Garten lachen und »Gila, Schatz« rufen? Unwillkürlich rutschte sie vom Sofa hinunter und begann, die Staubflusen aufzulesen.

»Du wirst Mama immer ähnlicher, Sanne, nicht nur von deiner Figur, auch von deiner obszönen Art. Mir haben Mamas Kleider nie gefallen, und dass sie mir nicht passen, hat einen Grund: Ich achte auf meine Figur.«

»Also, ich achte auch auf meine Figur, ich bin nur ein bisschen üppig, ich meine, ich fülle die Kleider oben aus«, antwortete Susanne und räkelte sich. Beinah lasziv hob sie das Kleid und schlug ihre Beine übereinander, wobei sie den einen Fuß neben Gilas Gesicht stellte.

Die Hände um die Staubflusen geschlossen, richtete sich Gila auf. Sie hatte nicht die Absicht, vor den Beinen ihrer Schwester zu kriechen, deren Dreck einzusammeln und sich demütigen zu lassen.

»In meinem Leben gibt es Wichtigeres als Mamas Kleider und deine Oberweite, Sanne. Trotzdem, das Kleid bleibt so lange im Schrank, bis Mama aus Paris zurück ist. Ich werde morgen Tine anrufen und ihr sagen, sie soll sofort nach Hause kommen. Dann können wir über Mamas Zukunft reden. Gute Nacht.«

Da weder Hedwig noch Susanne antworteten, fuhr sie laut und deutlicher fort: »Im Gegensatz zu euch habe ich einen Mann, der auf mich wartet.«

Ohne von ihren Schwestern weiter Notiz zu nehmen, schritt Gila über den verschmutzten Berber am schwebenden Wohnzimmerstaub vorbei, trat auf die Terrasse, schüttelte die Flusen aus ihrer Hand und sah schräg über die Thujahecke auf die Straße. Die Nacht war mild und so still, dass sie die Blätter von den Kirschbäumen auf den Strohrasen segeln hörte. Auch in ihrem Kopf war es still. Und so würde es in Zukunft sein, schmerzfrei und still. Zumindest nahm sich Gila das vor.

5. DER DRAHT ZUR WELT

Wir lieben niemanden, nie. Wir lieben allein die Vorstellung, die wir von jemandem haben. Unsere eigene Idee lieben wir.
Fernando Pessoa

Die vierte Septemberwoche neigte sich dem Ende entgegen, der nächste Tag war Sonntag und der erste Oktober. Spätsommermücken flirrten in Schwärmen über den Rasen, surrten in der Sonne, die ein letztes Mal nach den trägen Wolken griff. Der Garten war dicht und dunkelgrün und offenbar regelmäßig gewässert worden.

Tara fasste unter den Rucksack und lüftete ihren verschwitzten Rücken. Die Riemen hatten sich in ihre Schlüsselbeine geschnitten, die Haut unter ihrem Hemd war wund gerieben. Über der Haustür krabbelte eine Fliege Richtung Dachfirst, während Tara ihre Sohlen auf einem »Willkommen« aus Bast säuberte. Dass ein »Willkommen« vor der Tür lag, war neu. Bestimmt hatte Gila die handgeschriebene Buchstabenfolge besorgt, damit die Sohlen der Familie abgetreten und vom Schmutz befreit wurden. Also gib deine Füße ab und tritt ein ins Zuhause, dachte Tara und sah die Klingeln wie drei polierte Knöpfe in der Hauswand schimmern. Der mittlere Knopf gehörte der Familie Kappelhoff-Seebald, der obere Susanne Seebald und dem durchgestrichenen Mitch, der untere, dritte Knopf war erst Taras, dann der der Mutter gewesen. Irgendwer hatte die Namen beseitigt, und das leere Schild zeigte, dass es hier niemanden zu suchen gab. Tara ließ den Rucksack auf ihre Schultern sinken. Im Garten waren die Kirschbäume trotz des herannahenden Oktobers noch dunkelgrün, nur ein paar gelb gesprenkelte Blätter in den Wipfeln nah dem Stamm wiesen auf den Herbst hin. Es war zu warm für die Jahreszeit, obwohl die Gegend mit ihrem warmen Klima warb, dem Toskana-Klima Deutschlands. Wie jedes Jahr waren die Trauben prall und weiß gefleckt von den Spritzmitteln, flossen die Rebsäfte in Fässer und Flaschen, rannen die Weine in Gläser und Münder, rieselten durch Kehlen, füllten Blasen und Blut. Der Federweiße, der Neue Süße, hätte die Mutter gesagt, schäumte, gärte und war süß, zu süß, weil es zu lange warm gewesen war. Und warm blieb es, auch nachdem die Sonne mit den Mückenwolken verschwunden war. Die Fliege flatterte über den Dachfirst in den dunklen Himmel und die Kirschbaumblätter wurden grünschwarz. Und es war ungewöhnlich still. Tara fragte sich, ob sie diese Stille vergessen oder nie bemerkt hatte, wie still es bei einbrechender Dämmerung in der Siedlung war, mehr als still, totenstill.

Nicht weit entfernt, zwischen den Feldern und dem zur Bebauung freigegebenen Land, stand die alte Turnhalle. Wie an jedem vierten Septemberwochenende würde dort heute Nacht gefeiert werden. Tara erinnerte sich, dass bei günstigem Wind und gekipptem Fenster Melodien aus der Halle in die Siedlung und ins Kinderzimmer geweht waren. Und sie hatte, eingewickelt in die Bettdecke, den Melodien gelauscht, während Susanne im Wohnzimmer mit einer Freundin heimlich Fernsehen guckte, eine Suche nach Verbrechern, Mördern, irgendetwas Gruseliges, und eigentlich auf sie aufpassen sollte. Hedwig war mit dem Rad unterwegs, im Dorf, zwischen den Feldern, Gila hatte sich den Eltern angeschlossen, saß auf dem Fest herum und hatte bestimmt schon damals ein Auge auf die Mutter gehabt.

Im Wohnzimmer wurde das Licht eingeschaltet. Eine Hand zog einen Vorhang zu. Kurz darauf ging das Licht in der Küche an, und die Hand schob silbrige Lamellen vor die Fenster.

Tara drückte sich gegen die Wand. Sie hatte dem »Willkommen« zugesagt, war sogar erleichtert gewesen, ihren Schwestern einen Besuch abzustatten, oder besser, es war die Mutter, die sie zurückgebracht hatte. Und es war die Stille in ihrer Wohnung. Nach Bille war die Stille nicht mehr, wie sie vor Bille gewesen war. Sie war ein Rauschen, ein Pochen, und obwohl Tara Tag und Nacht die Fenster geöffnet hatte, reichten das Rattern der Straßenbahnen, das Gekreische, Geklappere, Gerede der Passanten nicht aus, um dieser rauschenden, pochenden Stille ein Ende zu machen. Tara hatte sich einen Fernseher gekauft, hörte und sah, egal was. Und manchmal ertappte sie sich dabei, dass sie vor U-Bahn-Kiosken stehen blieb und Leberkässemmeln anstarrte. Trotzdem war ihr ein Stein vom Herzen gefallen, obwohl sie auch ohne den Stein nichts anderes tat: Das Einschlafen blieb schwierig, und nach dem Einschlafen wurde sie frühmorgens von ihren Träumen aufgescheucht. Beim ersten Blinzeln schnitt die Sonne durch die Lamellen in ihre Augen, beim zweiten stand sie auf und stopfte einen Filter in die Kaffeemaschine. Nachmittags streunte sie durch die Stadt, abends stand sie bei Alex am Tresen, bestellte ein Bier, und immer eins zu viel, redete wenig und über Bille kein Wort. Als hätte nie eine kleine, blonde Frau ihr Gesicht abgeküsst. Aber was nicht war, gab es nicht oder nicht mehr. Und Tara war froh gewesen, als sie aus dem roten Korridor und dem zwölften Stock Stockwerk für Stockwerk hinuntergerannt war, die Hand am Geländer, hundert, tausend, Millionen Stufen hinunter. In jedem Stockwerk hatte sie nach der Fahrstuhltür gelinst, und weil der Fahrstuhl nichts und niemanden transportierte, lief sie vor nichts und niemandem davon, dachte an Gila und ihre zerkauten Lippen, hatte wieder ein Stockwerk hinter sich und wieder eins und den Fahrstuhl vor Augen, der wieder nichts transportierte und niemanden. Sollte er eine Schneise durchs Haus schlagen und in einer schnurrenden Gerade hinauf zu Billes Wohnung und an der Wohnung vorbei in den Himmel stoßen. Sollte er abwärts in Flure und Keller gleiten, sollte Bille sich vor ihren Füßen krümmen, sollte sie weinen, »Auf Wiedersehen« sagen oder »Guten Tag«. Es war Tara egal. Sie hatte den Flur erreicht, den Wohnungsschlüssel als Maßnahme, Vorsorge, endgültiges Ende in Billes Briefkasten fallen lassen, dem Hochhaus den Rücken zugekehrt. Dann war sie über das Rasenquadrat Richtung U-Bahn gerannt. Hinter dem Rasen hatte sie den Kopf gedreht, aber niemanden entdeckt. Keine Bille schaukelte mit einer violetten T-Shirt-Fahne auf einer Balkonbrüstung, beugte sich hinunter, verlor das Gleichgewicht, gewann an Fahrt, schlug als blonder Mehlsack vor der Haustür auf, sagte »Guten Tag«, »Auf Wiedersehen«, »Du bist also weg?«. Und Tara hatte eine Erleichterung gespürt, als wäre eine Last von ihren Schultern genommen, ein Stein von ihrem Herzen gewälzt worden, und sie war unbeschwert, fast taumelnd zur U-Bahn gelaufen.

Danach geschah nichts, oder es war ihr nicht aufgefallen, dass etwas geschah. Bille schwieg, wie Gila, die Mutter und das Dorf schwiegen. Nach Tagen, Wochen beschloss Tara anzurufen, beziehungsweise war es ihre Hand, die den Telefonhörer zwischen Schulter und Ohr klemmte und die Nummer wählte. Taras Wohnung war einfach zu still, der Fernseher zu leise. Und auf die Straßenbahnen vor dem Fenster war auch kein Verlass mehr.

»Hey. Ich bin's.«

»Du?«, piepste eine hohe Stimme: »Lieb, dass du anrufst. Wie geht es dir?«

»Sehr gut«, rief Tara, räusperte einen Frosch aus ihrem Hals und wusste, das war ein falscher Anfang. Weil ihr allerdings kein richtiger einfiel und ihr »Sehr gut« unwiderruflich war, räusperte sie den nächsten Frosch weg und fragte: »Wie geht's dir?«

»Mir?«

Die piepsende Stimme zitterte und klang nach Tränen. Als Tara das Piepsen und Zittern hörte, hatte sie plötzlich einen Flur mit lauter roten Eimern vor Augen. Über den Eimern war eine Leine gespannt worden, auf der T-Shirts und Unterhosen hingen, und Tara sah, dass in einem fort Wasser aus ihnen tropfte.

»Nein«, sagte sie, während die Stimme weiterredete.

»Doch. Das ist wirklich so, dass Grammatik nicht neutral ist, sondern der Ausdruck unserer patriarchalen Gesellschaft.«

In der Hoffnung, den Flur mit den Eimern aus den Gedanken zu bekommen und gleichzeitig der piepsenden Stimme etwas entgegenzusetzen, sagte Tara: »Supi, Mann.«

»Ja, ich schreibe die Seminararbeit einfach zur Diplomarbeit um«, sagte die Stimme, legte eine Pause ein, schniefte: »Jetzt rede ich wieder nur von mir«, und fragte: »Wie kommst du mit unserer Trennung zurecht?«

»Gut«, rief Tara, dachte, falsches Wort, obwohl ein »Gut« zum Besseren und Besten zu steigern war. Rasch räusperte sie sich, haspelte: »Ich komme klar, und es wäre supi«, wieder ein falsches Wort, »wenn es bei dir genauso ist.«

»Vermisst du mich nicht?«

Die Frage war so leise, dass Tara tun konnte, als wäre ein Knacken oder Knistern in den Drähten. Die Stimme hingegen schien von ihrem Schweigen ermutigt worden zu sein, zumindest klang sie fester. »Alex wollte mich nicht mit Manu verkuppeln, das war ein Missverständnis. Tara, du hast Bindungsangst …«

»Klar«, rief Tara, die sich spätestens bei der Bindungsangst fragte, warum sie, den Hörer am Ohr, in ihrem Zimmer stand und nicht lieber ohne Bindungsangst durch die Stadt spazierte, das Women Only aufsuchte und in aller Ruhe ein Bier trank.

»Viele Frauen haben Bindungsangst, wenn sie das erste Mal mit einer Frau …«

»Nein, keine Bindungsangst«, unterbrach Tara sie ungewöhnlich laut. »Ich mag dich, sonst hätte ich früher Schluss gemacht.«

Kaum war das ausgesprochen, aus ihrer Wohnung verschwunden und in der Studentenstadt angekommen, drang das nächste Schniefen in ihre Wohnung und ihr Ohr. Und so kramte Tara eine weitere Frage aus ihrem Kopf: »Bist du auch froh, dass Schluss ist?«

»Schluss? Wir sind nicht im Kindergarten«, schniefte die Stimme. »Was meinst du mit ›Schluss‹?«

»Na, dass ich mich nicht gemeldet habe, das gehört zum Schlussmachen, oder? Ich will in Ruhe mein Bier trinken, in Ruhe am Tresen stehen, überhaupt in Ruhe gelassen werden, und du willst deine Diplomarbeit schreiben, Bille.«

Tara merkte, wie ihr dies »Bille« ganz selbstverständlich über die Lippen gerutscht war. »Es ist Quatsch, dass ich angerufen habe, tut mir leid. Ich kann sagen, ich vermisse dich. Obwohl mir ein Stein vom Herzen gefallen ist, ein richtiger Ziegelstein. Wie soll ich sagen, ich habe ein schlechtes Gewissen gehabt, ich hatte Schiss, du springst und liegst unten, wenn ich rauskomme. Nur, was soll's, wenn ich sage, ich vermisse dich? Ich bin froh, dass Schluss ist, und dass ich dich vermisse, darüber bin ich auch froh. Egal, lachen wir drüber.«

»Aber für mich gibt's nichts zu lachen. Ja, das ist das Ende, du lachst und ich nicht.«

»Nein, du nicht.« Tara starrte auf die Türklingeln, in denen das Kappelhoff-Seebald leuchtete, sah zu den Fenstern und in den Garten. Das Holzfass war weg, an der Stelle des Kräuterbeetes wuchs dichter Rasen. Die Thujen waren zu Dreiecken geschnitten worden, und es kam ihr vor, als würden die Schwestern, umgürtet von einer Thujahecke, in einer Oase aus englischem Rasen leben. Wie die Kirschbäume hatte der Garten in der Dämmerung eine grün-schwarze Farbe angenommen. In wenigen Minuten war er von der Nacht bedeckt. Vielleicht würde dann noch eine Lampe eingeschaltet werden, wie zuvor im Wohnzimmer und in der Küche, und Tara würde den Schatten der Mutter leise vor sich hin pfeifen hören, durch Vorhänge, Gitterstäbe und geschlossene Fenster. Wieder begann sie, ihre Schuhe auf dem »Willkommen« aus Bast abzutreten, konnte sich aber nicht überwinden, eine Klingel zu drücken. Sie wollte noch eine Weile vor der Haustür bleiben, an Bille denken, an sich und an ihr letztes Telefongespräch.

»Irgendwann ist Schluss«, hatte sie gesagt, »und deine Tränen, mit denen muss auch Schluss sein. Mann, Bille, das ist es nicht wert.«

»Nicht wert? Was meinst du mit es? Uns? Mich? Ich habe versucht, mit dir zu reden, die ganze Zeit habe ich das versucht. Aber du verstehst mich nicht, du glaubst sogar, ich bringe mich um. Wer glaubst du, dass du bist? Der liebe Herrgott?«

»Heißt das nicht Frau Göttin?«, hatte Tara gefragt und gewusst, das war nicht nur ein falsches Wort, das war ein falscher Witz. Da ihr allerdings kein richtiger Witz einfallen und sie nichts mehr richtig, nichts mehr falsch machen wollte, sagte sie: »Und du heulst die ganze Zeit. Dann heul, heul bis an dein Lebensende. Dein Heulen hat mit mir nichts zu tun, klar? Den Grund für dein Heulen kannst du woanders suchen. Das ist dein Grund, nicht meiner, du mit deiner Bindungsangst und deinem blöden Verstehen.«

Statt der hohen Stimme hatte sie ein Summen im Ohr. Es schien sich aus den Weiten der Drähte, Vernetzungen, Anschlüsse in ihren Ohren verdichtet zu haben. Tara hatte gezögert, den Hörer auf die Gabel zu legen. In dem Moment würde in der ganzen Welt, am Ende aller Leitungen das Freizeichen für ihren Apparat ertönen, würde sie freigeschaltet sein für Billes Tränen und Gilas Berichte aus dem Leben der Familie. Das wollte sie nicht. Weil sie jedoch ein schlechtes Gewissen hatte, das stärker als ihr Wille war, hatte sie den Hörer auf die Gabel gelegt.

Trotzdem hatten sich weder Bille noch Gila gemeldet. Als Gila anrief, war es Spätsommer. Tage und Wochen waren vergangen, und Tara schlug sich immer noch mit der Stille in ihrer Wohnung herum.

»Sie hat mir einen Knüppel über den Kopf geschlagen, hat mich in ihr dreckiges Loch gesperrt und ist mit ihrem komischen Koffer aus dem Haus gegangen.«

»Was?«, hatte Tara gefragt, hatte noch einmal, »Was?« gefragt, fragte, »Wann?«, fragte, »Wohin?«, und überlegte sich, ob die Mutter vielleicht zu ihr in die Stadt gekommen war. Den Blick auf das geöffnete Fenster gerichtet, stellte sie den Fernseher aus und setzte sich auf die Matratze. Es war das erste Mal seit der Trennung von Bille, dass ihr die Straßenbahnen und Stimmen laut vorkamen.

»Wohin?« Gilas Stimme zögerte. »Nach Paris.«

»Nach Paris«, rief Tara lauter als die Straßenbahnen und die Stimmen draußen an der Haltestelle. »Mama ist in Paris«, rief sie durch das Zimmer den Stimmen auf der Straße zu. »Hat sie sich gemeldet? Habt ihr sie suchen lassen?«

»Entschuldige. Wo bitte hätte ich sie suchen sollen, im Krankenhaus hinter den Bäumen, vielleicht? Ich lag wochenlang im Krankenhaus, ich hatte eine schwere Gehirnerschütterung, und ohne mich läuft zu Hause nichts. Du kannst dir nicht vorstellen, wie es hier aussieht.«

»Wo ist Mama, Gila?«

»Wo ist Mama? Wo ist Mama? Frag deine Schwestern, die haben ihren Zettel gefunden. Und auf dem steht klipp und klar: Paris.«

Gila schwieg, schien zu überlegen, dann fragte sie: »Von wem hätte ich sie suchen lassen sollen, von Interpol vielleicht?«

»Gila …«

»Was, Gila? Hätte ich sagen sollen, meine Mutter hat mich halb totgeschlagen und gehört in die geschlossene Anstalt? Aber wir haben sie leider nicht rechtzeitig entmündigt, wir haben nur ihre Fenster vergittert, und jetzt ist sie spurlos verschwunden. Kannst du dir vorstellen, was das hier für ein Gerede ist? Das ganze Dorf zerreißt sich den Mund, und die Diettrich behauptet, sie hat Mama in den Weinbergen gesehen, völlig verdreckt und vergammelt. Entschuldigung, Läuse hatte unsere Mutter schon vorher.«

Tara ringelte die am Boden liegende Telefonschnur um ihre Füße, hörte Bremsen quietschten und ein Grölen, in das sich Gelächter und Gekreische mischten.

»Warum habt ihr euch nicht gemeldet?«, fragte sie und ringelte die Telefonschnur fester um ihre Füße.

»Nein, Tine, umgekehrt. Warum meldest du dich nie bei uns? Frag dich das, bevor du jemanden beschuldigst.«

»Tut mir leid.« Beinah automatisch hob Tara ihre Füße, winkelte sie an und riss die Telefonschnur von ihren Füßen. »Gibt's irgendein Lebenszeichen außer dem Zettel, hat Mama euch eine Karte geschrieben, was weiß ich, aus Paris, oder New York?«

»Nein.« Gilas Stimme hörte sich entschieden an. »Aber vielleicht interessiert dich, wie es mir geht und wie viel ich um die Ohren habe. Ich kann mir die Zeit nicht aus den Rippen schneiden, ich bin jede freie Minute im Garten. Im Haus ist Großputz angesagt, und trotzdem laufen die Kinder mit dreckigen Schuhen durchs Wohnzimmer. Hier geht alles drunter und drüber. Andres gurgelt seine Milch und spuckt sie in die Tasse zurück, und Franzi isst nur noch Kuchen.«

In dem Moment begann eine Kinderstimme aus dem Hintergrund zu plärren, und noch weiter entfernt, das musste im Wohnzimmer sein, brüllte eine Männerstimme: »Tooor!«

»Was ist denn wieder los?« Gila hatte sich dem Plärren genähert und zischte wie aus einem leeren Zimmer: »Mach bitte den Fernseher leise, ich telefoniere.«

Tara erkannte Gerds Nuscheln, während die Kinderstimme steckenblieb und verstummte.

»Und halt meinen Sohn von dem ekelhaften Ding fern, sonst bekommt er die Kufen ins Gesicht, und dann ist das Geschrei groß.«

Die Kinderstimme begann zu glucksen, eine Tür schlug zu, es wurde ruhig. Tara sah ihre Schwester im Flur zu dem großen Spiegel gehen und sich einen Blick zuwerfen. »Tine? Bist du noch dran?«

»Ich heiße nicht Tine«, sagte Tara, wobei sie mit den Zehen die Telefonschnur hochhob und straff zu ziehen versuchte.

»Tine oder nicht Tine, ich habe andere Sorgen.« Gila schien nicht gewillt, den Missmut in ihrer Stimme zu unterdrücken. »Gerd muss ich auf jeden Pups hinweisen. ›Gerd‹, sage ich heute Morgen ganz ruhig, ›pack die Butter bitte dahin, wo du sie her hast, in den Kühlschrank, und entweder kommt der Schaukelstuhl zu Mama runter, oder ich gebe ihn in den Sperrmüll‹, das sage ich einmal, zweimal, dreimal, und beim vierten Mal ist mir das zu blöd, da mache ich es selbst.«

Tara betrachtete die straff gezogene Schnur und sagte leise: »Klar.«

»Klar«, echote Gila vom anderen Ende. »Nein, nichts ist klar, überhaupt nichts. Was soll denn aus Mama werden? Sie hat kein Geld, und bei uns kann sie nicht mehr wohnen. Andres und Franzi sind zu klein, die begreifen nicht, wie gefährlich es ist, wenn unsere Mutter mit einem Knüppel vor ihnen steht.«

»Einem Knüppel?« Tara hörte eine Straßenbahn heranfahren, hörte Bremsen quietschen, Passanten lachen. In dem Moment begriff sie klar und deutlich wie nie zuvor in ihrem Leben, dass sie aus der Welt der Familie nicht herauskam.

»Hast du mich nicht verstanden? Sie hat mich mit einem Holzknüppel oder sonst was zusammengeschlagen. Aber das können wir später besprechen. Ich habe dir eine Zugverbindung rausgesucht, mit der bist du morgen Mittag hier. Susanne muss Geld zählen, die stellen in der Bank auf irgendein neues Kassensystem um, sonst hätte sie dich vom Bahnhof abgeholt. Wie wäre es, sie würde einmal die Finger vom Geld lassen und ihre Schwester abholen, habe ich zu Hedi gesagt, aber ich will mich nicht streiten, ich bin zu lange krank gewesen.«

»Tut mir leid, Gila …«

»Schon gut, ich habe Mama verziehen.«

»Nein, ich meine«, Tara lockerte ihre Zehen, ließ die Schnur fallen, »ich kann nicht kommen. Ich schreibe eine

Arbeit.« Sie räusperte sich, überlegte und sagte dann rasch: »Eine Arbeit über die Grammatik in unserer patriarchalen Gesellschaft.«

»Was? Seit wann hast du es mit unserer patriarchalen Gesellschaft? Die hat dich doch nie interessiert.«

»Man, quatsch, frau, klar, frau kann schließlich ihre Interessen ändern.«

Tara hörte Gila stoßweise durchs Telefon atmen.

»Ich besuche euch zu Weihnachten, ich versprech's, und du rufst mich an, sobald sich Mama meldet.«

»Du besuchst uns zu Weihnachten? Entschuldige, langsam habe ich die Nase voll von deinen Klars, Okays und Ich-ich-ichs«, zischte es, und Tara kam es vor, als würde ihr die Schwester mit diesem Zischen auf den Leib rücken. »Du bist egoistisch wie deine Mutter, oder denkst du, das hast du von uns Seebalds?«

»Nein, aber meine Seminararbeit ist echt wichtig. Hörst du? Das Patriarchat ruft.« Tara hoffte, ihre Schwester mit einem Lachen außer Gefecht zu setzen, doch Gila lachte nicht. »Ist das laut, Mann, ich versteh mein eigenes Wort nicht, und deins verstehe ich auch nicht …«

»Weil du mich nicht verstehen willst. Denk bloß nicht, wir werden uns alleine hinsetzen und eine Lösung finden. Unsere Mutter ist auch deine Mutter, und du hast genauso viel Verantwortung wie wir, ob es dir passt oder nicht.«

»Klar«, murmelte Tara und fuhr nach einer kurzen peinlichen Pause fort: »Es ist spät und laut, hörst du die Straßenbahnen, Gila? Nein? Du, ich hab eine prima Idee. Ich komme vor Weihnachten, wenn ich mit meiner patriarchalen Sprache fertig bin. Dann können wir reden, okay? Also, bis dann, und gute Besserung.«

Bevor ihre Schwester antworten konnte, hatte sie den Finger auf die Gabel gedrückt, war zum Fenster gerannt, hatte sich hinausgelehnt und auf die Straße, die Haltestelle und die wartenden Passanten gesehen.

War es so gewesen, und wie war es, wenn es anders gewesen war. Jetzt stand sie vor der Haustür ihrer Schwestern und konnte sich immer noch nicht entschließen zu klingeln. Ihre Schuhsohlen strichen wie zwei Gewohnheitstiere über das »Willkommen« aus Bast, im Schlafzimmer wurde gerade das Licht eingeschaltet. Was wäre, wenn sie der Mutter folgen und vom Erdboden verschwinden würde? Wie ein Dieb, hörte sie Gila zischen, du bist wie ein Dieb. Doch da wäre sie längst auf und davon, mit leisen, sauberen Sohlen, obwohl kein Bus nach neunzehn Uhr die Siedlung verließ und Taras Hände schwarz waren wie die Nacht.

6. UNTER SCHWESTERN

Rotes Haar und blaue Augen künden vom Teufel.
Griechisches Sprichwort

Die Haustür wurde aufgerissen, und schon stand Gila im Türrahmen.

»Na bitte, hab ich nicht gesagt, da ist wer vor der Haustür, da bewegt sich was? Ich habe doch einen Buckel gesehen. Aber du denkst, ich bin blind, blind und paranoid, höre Stimmen.«

Gilas Arme waren dünn, wie biegsame Stöckchen.

»Und wer hat recht gehabt? Ist das eine Maus, oder ist das ein Mensch? Nein, du bist diejenige, die paranoid ist und Menschen mit Mäusen verwechselt, nicht ich, Sanne.«

Während Gila redete, hatte sie die Hände in die Hüften gestützt und Tara ihr Profil zugewandt, so dass die schmale Nase, die flache Stirn und das spitz zulaufende Kinn sich wie ein Scherenschnitt vor dem Licht im Flur abzeichneten. Durch das im Nacken zusammengebundene Haar kam Tara Gilas Kopf wie kahlgeschoren vor.

»Und du? Fängst du an zu spionieren, oder was glaubst

du, wozu es Klingeln gibt? Warum hast du uns nicht Bescheid gesagt, dass du kommst?«

»Mami, wer ist da?«

»Ab, ins Bett, Fräulein.« Gilas Kopf drehte sich der Treppe zu.

»Mami …« Das Stimmchen brach ab, setzte wieder an und piepste: »Darf ich ganz kurz gucken, wer da ist? Nur ganz kurz? Mami, ein Minütchen, bitte, Mami, jaaah, bitte Mami, nur ein klitzekleines Minütchen, bitte Mami, jaaah …«

»Wo ist der Papi?«, fuhr Gila dazwischen, und als das Stimmchen nicht antwortete, rief sie: »Ich habe dich gefragt, wo dein Vater ist, Fräulein.«

»Beim Fernseher im Bett. ›Am Samstag hat der Sport das Wort‹, hat der Papi gesagt, aber ich soll's nicht weitersagen.«

Gila schüttelte den Kopf. »Jetzt zwingt er das Kind schon, für den eigenen Vater zu lügen. Du weißt, dass du nicht lügen darfst, nicht wahr, Franzi, denn Lügen haben kurze Beine. Also, sei brav und geh ins Bett. Und weck Andres nicht auf.«

Leises Fußtrippeln, wie gleichmäßig auf den Boden fallendes Laub, hatte Gilas Kopfschütteln begleitet. »Ich habe ja nichts zu tun, ich drehe ja den ganzen Samstag Däumchen. Warum soll ich mich abends nicht vor den Fernseher legen und von der *Sportschau* verblöden lassen?«, rief sie dem Fußtrippeln hinterher.

»Er guckt doch nicht im Wohnzimmer. Also, ich freue mich, dass Tine gekommen ist«, meldete sich Susannes Stimme aus dem Hintergrund.

»So?« Gila starrte an Tara vorbei in den dunkeln Garten,

und Tara kam sich nun wirklich wie ein Dieb vor, ein auf frischer Tat ertappter Dieb.

»Warum stehen die alle draußen herum? Haben die nichts Besseres zu tun?«, hörte sie die Schwester flüstern. »Ohne uns würden die ja verhungern. Was sollen sie den lieben langen Tag reden ohne uns? Hast du dir das überlegt?«

Bevor Tara antworten konnte, flüsterte Gila: »Schnell, komm rein«, zog sie in den Flur und schlug die Haustür hinter ihr zu.

»Tine, ich freue mich.« Susanne stand gegenüber dem Spiegel an der Kommode. Sie trug eine schwarz-weiß gefleckte Bluse, schwarze Stretchhosen und hatte sich eine rote Kappe in die Stirn gezogen. Ihre Füße steckten in bauschigen Hausschuhen.

»Hey«, murmelte Tara und stellte den Rucksack neben ein ihr unbekanntes Schuhregal. »Ist das neu?«

»Ich glaube nicht«, sagte Susanne.

Währenddessen war Gila zu Susanne geeilt und hatte sich an sie geschmiegt. Ihre Gesichter sahen aus dem Spiegel zu Tara hinüber und Tara sah zu ihnen. Susanne mit den gerougten Wangen und der Kappe über den krausen Haaren kam ihr wie ein alt gewordenes Mädchen vor. Neben ihrem wirkte Gilas ebenmäßiges Gesicht noch blasser und schärfer. Obwohl Gila die mandelförmigen Augen der Mutter, Susanne die großen Augen des Vaters geerbt hatte, hatten beide einen kindlichen Ausdruck. Bei Susanne war er ins Mädchenhafte geschminkt, aber durchaus mädchenhaft geblieben. Bei Gila blitzte er nur auf, als sei er auf frischer Tat ertappt worden und darüber ein bisschen erschrocken.

»Tine, ich meine, Klara, also, sei nicht böse, ich vergesse immer, wie du heißt, ich freue mich sooo, dass du gekommen bist«, lächelte Susanne, ging auf Tara zu und drückte sie an sich.

In dem Moment klingelte das Telefon. Tara spürte, wie die Schwester zusammenzuckte und sich hastig aus der Umarmung löste.

»Bitte, Gila, lass mich.«

Doch Gila hatte bereits nach dem Hörer gegriffen.

»Kappelhoff-Seebald. Ach, du bist's, ja, die Kinder sind im Bett, was, einen Schnupfen, deswegen brauchst du nicht anrufen, nein, das geht nicht, Tine ist gerade gekommen, uns besuchen, was sonst, ja, wie immer, nein, noch nicht, das habe ich dir doch gesagt, sobald wir was wissen, rufen wir an, mache ich, du auch, und grüß Onkel Peter von mir.«

Gila schlug den Hörer auf den Apparat. »Das geht seit einer Woche. Sanne war so schlau und hat unserer Tante gesagt, dass Mama weg ist. Seitdem habe ich sie am Hals.«

»Also, ich hätte auch ans Telefon gehen können.« Susanne begann, an ihrer Kappe herumzufummeln.

»Entschuldigung, hier krümmt keiner einen Finger außer mir, Tine. Deine Schwestern hören nichts, sehen nichts, riechen nichts, nicht mal, wenn der Müll rausgebracht werden muss. Eher halten sie sich die Nase zu und atmen durch den Mund. Und wenn sie ihn mitnehmen, das kommt alle Jubeljahre vor, muss ich in die Knie gehen und danke sagen. Aber glaube nicht, sie stellen den Eimer wieder unter die Spüle, nein, sie lassen ihn im Flur fallen, wie einen Fussel. Sie haben ja eine Schwester, die alles dahin zurückträgt, wo es hingehört.«

»Übertreibst du nicht ein bisschen?« Susanne hatte sich die Kappe tief ins Gesicht gezogen und schien Gilas Blick auszuweichen. »Also, ich kann vielleicht nicht putzen wie du, und manchmal übersehe ich den Mülleimer, aber ans Telefon kann ich.«

Gila winkte ab. »Für dich klingelt zehnmal am Tag das Telefon. Ich sollte Kilometergeld nehmen, so oft, wie ich für dich ans Telefon renne.« Nun richtete sie sich direkt an Tara: »Wie heißt es, wir haben anderen so viel zu danken, dass wir uns fragen sollten, ob andere nicht auch uns zu danken haben.«

»Klar«, sagte Tara leise.

Sie hörte Susanne schniefen, spürte, wie ihr Kopf heiß wurde, wie der Hass in ihren Körper fuhr, und sie dachte, der ist hier gut aufgehoben, der bleibt ganz unter uns. Währenddessen hatten sich ihre Schultern verkrampft, ihr Kopf war noch heißer geworden.

»Ehrlich, Gila«, sagte sie, »irgendwann machen wir nichts mehr, weil du uns alles abgenommen hast. Dann stehen wir in der Ecke und werden von dir abgestaubt. Du würdest Sanne noch die Arbeit in der Bank abnehmen, die Probleme mit ihrem Freund, und sich selbst, ja, sie selbst würdest du ihr am liebsten abnehmen. Und wenn du ihr alles abgenommen hast, geht's dir scheiße gut, weil du ihr das zum Vorwurf machen kannst.«

Susannes alte Kinderaugen schimmerten, die Schwester begann leise zu lachen. Tara schloss sich Susannes Lachen an, doch klang ihres gehässig und gemein. Und mit diesem Lachen fuhr sie fort: »Du meinst es gut mit uns, du willst uns helfen, und warum? Weil wir keinen Mund haben, weil wir zu blöd und zu langsam sind und nichts können, wie du es kannst. Wir sind genau die Richtigen für deine beschissene Hilfe.«

Obwohl sich das Lachen unter ihren Worten zersetzt

hatte, lachte Tara weiter, lachte in Gilas feinkantiges, ebenmäßig geschnittenes Gesicht.

»Für uns tust du alles, bis du tot bist, oder besser, bis wir tot sind und mit deiner Hilfe unter der Erde liegen. Dann bist du endlich unentbehrlich und kannst jede Woche ein Blümchen auf uns stellen. Denn eigentlich willst du uns abschaffen, eigentlich arbeitest du an unserer Abschaffung, aber nur zu unserem Besten.«

»Interessant.« Gilas Zischen übertönte Susannes Glucksen. »Guten Abend. Anständige Menschen begrüßen sich, wenn sie sich wiedersehen. Und du? Bist du gekommen, um uns Vorträge zu halten? Oder hast du das von deinem Studium? Deine Schwester schreibt nämlich eine Arbeit über das deutsche Patriarchat, Sanne, sie hat ja sonst nichts zu tun. Wenn du gekommen bist, uns Vorträge zu halten, kannst du gleich wieder gehen. Das fehlt mir noch, eine Schwester, die alles kompliziertredet. Und was steckt hinter deinem Gerede? Nichts, außer dass ich ans Telefon gegangen bin und Tante Karin abgewimmelt habe.« Gila biss sich auf die Lippen.

»Ich rede nichts kompliziert, es ist kompliziert«, sagte Tara und hörte zu lachen auf. Sie kam sich vor wie ein tollwütiges Tier, das sich in irgendetwas verbissen hatte. Dabei wäre sie viel lieber auf ihre Schwester zugegangen und hätte sie umarmt.

»Also, ich finde es einfach kompliziert, ich wollte ans Telefon, mehr nicht«, lächelte Susanne.

Ihr Gesicht hatte das traurige Altkinderhafte verloren. Die Kappe saß nun wie ein Deckel auf ihrem Kopf, und ein paar Locken fielen ihr in die Stirn.

»Erinnerst du dich, wie wir zusammen Blumenzwiebeln verkauft haben, Gila? Du warst ungefähr sechzehn und ich zwölf oder dreizehn, bei einem holländischen Blumenhändler, erinnerst du dich? ›Das ist ein Holländer, wie er im Buche steht‹, hast du gesagt, blond, mit einem runden, stupsnasigen Gesicht, echt süß, ein Bekannter von Onkel Erich. Erinnerst du dich nicht? Er stand auf dem Marktplatz, gleich vor dem alten Fass, und wir haben einen Geldbeutel um die Hüfte gehabt, so ein großes schwarzes Ding mit tausend Reißverschlüssen, für Scheine und Münzen. Den mussten wir immer abgeben, wenn wir aufs Klo sind oder weg wollten, ein Würstchen essen oder …«

»Ja und?«

»Ja, und mich haben den ganzen Tag Freunde besucht«, lachte Susanne, und trotz der krausen Haare sah sie einen Moment lang der Mutter ähnlich. »Man konnte ein bisschen reden …«

Wieder wurde sie von Gila unterbrochen. »Du konntest immer nur ein bisschen reden, deswegen hast du den Thekenjob bei der Bank. Brust raus, den Kunden große Augen machen und ihnen einen Kredit aufschwatzen. Das ist deine Qualität. Nichts in der Birne und dumm reden, würde Hedi sagen. Aber irgendwann geht's dir wie Mama, und du weißt vor lauter Reden nicht mehr, was du redest.«

Susanne nickte: »Ja, ich weiß wirklich nicht mehr, was ich geredet habe, ich weiß nur, du hast Blumenzwiebeln nachgeschüttet, Rosen gesteckt, Wasser in Bottiche gekippt, den Leuten Spinat in die Tüten gepackt. Und abends hast du das meiste Geld im Portemonnaie gehabt, also mehr als ich, und bestimmt mehr als der Holländer. Weil du der Chef warst, Gila. Ich meine, ich habe keine Blumenzwiebeln nachgeschüttet, die Säcke waren so was von schwer, der Holländer hat das eingesehen, aber du nicht. Du hast sie geschleppt und die Wasserbottiche auch, und dann hast du gesagt, ich soll nicht rumstehen und reden, dafür werden wir nicht bezahlt. Ja, du hast mich richtig angeschrien: ›Hier geht's nicht ums Vergnügen, sondern ums Arbeiten‹, sonst würdest du den Job das nächste Mal allein machen. Nur ist der Holländer mit seinem Blumenstand nicht mehr ins Dorf gekommen. Er hat hier einfach zu wenig verdient, und das hat mir leidgetan für dich.«

Diesmal ließ Gila Susanne ausreden. Sie nagte an ihrer Unterlippe und schien mehr auf Taras Rucksack konzentriert zu sein als auf das, was Susanne erzählte. Tara hätte sie am liebsten bei den Schultern gepackt und geschüttelt, doch sie konnte keinen einzigen Schritt auf ihre Schwester zugehen.

»Dir ist es scheißegal, ob du Blumenzwiebeln verkaufst oder Schweinehälften. Hauptsache, du machst einen guten Eindruck, Hauptsache, du machst es besser als wir. Deswegen machst du am besten alles allein. Wir machen sowieso nur Dreck, wir verschmutzen dir sowieso nur die Küche und lassen den Mülleimer im Flur stehen.«

Während Tara redete, hatte sich ein dürres Lächeln auf Gilas Lippen gelegt. Mit diesem dürren Lächeln sagte sie: »Weil ich gearbeitet habe und du nicht, habe ich mich nicht prostituiert, Tine. Du weißt nicht, was es bedeutet, kein Geld zu haben, du hast immer Geld gehabt. Erst von Papa, jetzt von Onkel Erich. Entschuldige, man verkauft sogar Schweinehälften, wenn man Geld braucht. Das hat mit der Butter und dem Kühlschrank nichts zu tun.«

»Und deswegen machen wir alles falsch, und du machst alles richtig. Zum Beispiel, andere fertigmachen, darin bringst du's zur Meisterschaft, darin kann man echt was von dir lernen«, rief Tara.

Ihr war jetzt kalt, und von ihrem Hass war nichts geblieben als ein salziger Geschmack irgendwo hinten im Mund.

Gila lächelte schwach. »Erst beschuldigst du mich, dass ich dir helfe, dann, dass ich dich fertigmache. Aber das eine hat mit dem andern nichts zu tun. Oder unterstellst du mir, ich helfe dir, um dich fertigzumachen, oder noch besser, ich mache dich fertig, damit ich dir helfen kann? Dann fang bei Mama an. Sie hat mich niedergeschlagen, weil ich ihr geholfen habe, zu deiner Information: Sie ist in Paris, nicht ich. Ich war im Krankenhaus.«

Gilas Lächeln hatte sich in ein trockenes Schluchzen verwandelt.

»Mann, Gila, du hast sie fertiggemacht, weil sie nicht so perfekt ist wie du, so sauber und ordentlich, und helfen tust du andauernd, ehrlich, du nimmst einem alles aus der Hand. Am besten, du hackst uns die Hände ab oder sperrst uns ein, wie Mama. Die saß den ganzen Tag rum, da unten in eurer beschissenen Einliegerwohnung.«

Als wäre Gilas Schluchzen ein Signal, war Hedwig aus dem Nichts der Wohnung aufgetaucht. Sie nickte in Taras Richtung und stellte sich neben Gila an die Kommode. »Ist alles in Ordnung, Gerd und die Kinder schlafen.« Hedwigs Arm schien sich um Gilas Schultern legen, ihre Hand über Gilas Haar streicheln, ihr Mund Gilas Lippen berühren zu wollen. »Mach dir keine Sorgen, ich bin da.«

»Fass mich nicht an«, schluchzte Gila und zuckte zurück.

Tara lächelte.

»Hi, Schwesterherz, hast du gelauscht?«

»Hallo, Tara«, Hedwig nickte ihr ein zweites Mal zu,

»Tara Seebald, wenn ich richtig informiert bin. Ich frage mich, warum du nicht deinen Nachnamen geändert hast. Es liegt doch in der Natur der Sache: Wer nicht zur Familie gehört, ändert den Familiennamen, nicht den Vornamen.«

»Hedi, bitte, nicht schon wieder«, flüsterte Gila, worauf Hedwig kurz und nüchtern sagte: »Es war Zeit, dass du kommst.«

Währenddessen war Susanne aus ihren bauschigen Hausschuhen geschlüpft, hatte das Schuhregal geöffnet und ein Paar schwarze Stiefel herausgezogen.

Doch da hatte sich Gila schon über die Kommode gebeugt. »Stell die Schuhe bitte ins Regal zurück. Wir haben beschlossen, wir gehen nicht, und daran hast du dich genauso zu halten wie alle anderen in der Familie. Das Thema ist durch. Und du, Tine, ist das dein ganzes Gepäck?« Gila zeigte auf den Rucksack.

»Ja, ich bleibe nicht lange.«

»Wozu auch?« Hedwig war von Gila und der Kommode zur Wohnzimmertür gegangen und hatte sich mit verschränkten Armen gegen den Rahmen gelehnt. »Wichtig ist ihre Unterschrift.«

»Also, ich finde, wir sollten Tine erst mal ankommen lassen. Es tut mir leid, Klara, nein, falsch, wie war das, Lara, also, darf ich weiter Tine sagen, ich bin das gewohnt. Ich meine, wo soll sie eigentlich schlafen? Bei mir oben geht's nicht, ich habe zu wenig Platz.«

»Sie schläft unten in der Einliegerwohnung. Da ist es sauber, und sie hat ihre Ruhe«, antwortete Gila, die kaum ausgeredet hatte, als Hedwig hinzufügte: »Wir brauchen ihre Unterschrift, dann haben wir unsere Ruhe.«

»Was für eine Unterschrift?«, fragte Tara.

»Eine Unterschrift für die zukünftige Wohnung unserer Mutter.« Hedwigs Mundwinkel zuckten. »Einen Teil der Kosten übernimmt die Krankenkasse, den Rest finanzieren wir. Wir stoßen das Grundstück ab und legen das Geld festverzinst an. Wie lange würde das reichen, Sanne? Drei, vier Jahre?«

»Ehrlich, mir ist egal, wo Mama wohnt, Hauptsache, ihr geht es gut.«

»Das wollen wir hoffen. Wir haben nur seit Monaten nichts von ihr gehört, du vielleicht?«

»Zu uns kann sie nicht zurück«, mischte sich Gila ein. »Wir mussten sie einsperren, verstehst du, und trotzdem hat sie mich von der Arbeit abgehalten. Unsere Mutter ist wahnsinnig, Tine.«

»Sagst du.«

»Das sage nicht nur ich, das sagen Hedi und Sanne auch. Nicht mal Gerd und die Kinder wollen sie im Haus haben, nach dem, was passiert ist. Sie ist unzurechnungsfähig und ohne einen einzigen Funken von Verantwortung, weder für sich noch für uns.«

»Bestimmst du über Verantwortung und Schuld, Gila? Dazu bist du nicht geboren, und ausgebildet bist du auch nicht. Wenn's um ihr Leben geht, ist das Mamas Ding, und wenn sie in Paris wohnt, wohnt sie in Paris.«

»Und wo wohnt sie nach Paris?«, fragte Hedwig.

Bevor Tara antworten konnte, fuhr Gila dazwischen: »Halt, ich habe von Verantwortung geredet, nicht von Schuld oder Unschuld, das ist ein kleiner Unterschied. Du hast keine Rückenschmerzen wegen ihr gekriegt, dich hat sie nicht halb totgeschlagen und in ihrem Dreck liegen lassen, und du bist auch nicht wochenlang im Krankenhaus gewesen. Wir sind wegen Mama so, wie wir sind. Du zum Beispiel mit deinem Egoismus und deinem In-den-Tag-hinein-Leben. Das hast du von ihr, nicht von den Seebalds.«

Gila krallte die Fingernägel in ihre Handfläche, während es hinter Tara leise klapperte, als würde mitten in einer Aufführung an falscher Stelle applaudiert.

»Mir egal, von wem ich was habe, ich mache mir nichts aus deiner Vererbungstheorie, Gila, ehrlich, das ist mir zu blöd. Und ich mache nichts gegen Mamas Willen«, sagte Tara, ohne sich um das Geklapper in ihrem Rücken zu kümmern. »Was ich bin und werde, suche ich eher in meinem Horoskop als bei Mama.«

»Dann glaubst du an den Weihnachtsmann?«

»Hedi, bitte, Tine ist erwachsen wie wir«, antwortete Gila an Taras Stelle. »Und weil sie erwachsen ist, wird sie die Verantwortung für Mama mit übernehmen.«

»Und sie entmündigen«, sagte Hedwig.

Sie hatte die Arme um ihren Oberkörper gewickelt und schien ihren Mund nicht mal beim Sprechen zu bewegen.

»Also ich finde es im Flur ein bisschen ungemütlich, vielleicht sollten wir in die Küche gehen und einen Happen essen, Tine ist bestimmt hungrig.« Diesmal klapperte es lauter in Taras Rücken.

Als wäre sie von diesem klappernden Applaus aufgeschreckt worden, drehte sich Tara um. Susanne hatte sich ihre Stiefel wie lange, schwarze Handschuhe über die Arme gezogen und schlug die Absätze gegeneinander. »Ich habe noch kein Abendbrot gegessen, du?«, fragte sie und setzte zu einem Lächeln an.

»Hast du unterschrieben?«, fragte Tara zurück.

»Unterschrieben?« Susanne hörte mit dem Schuhgeklapper auf und pustete sich eine widerspenstige Locke aus der Stirn. »Gila hat einfach zu viel Arbeit, Tine, das habe ich eingesehen.«

»Ob du unterschrieben hast?«

»Ich?« Susanne senkte den Kopf, so dass die Locke in ihre Stirn zurückfiel. »Also ich kann Mama auch in Wiesloch besuchen, oder nicht?«

Weil ihre Schwester nicht aufsah, sich im Gegenteil zu ihren Hausschuhen beugte, hatte Tara das Gefühl, in den Garten, zu Herrn Bergheimer und zum gesamten Dorf zu reden.

»Erstens wohnt Mama in Paris, zweitens ist sie keine Mörderin, und drittens werde ich nichts unterschreiben. Und wenn sie dreimal verrückt ist, Mama kommt nicht nach Wiesloch oder sonst wohin.«

Wieder sagte Susanne keinen Ton. Nur von der anderen Seite des Flurs, aus der Richtung der Wohnzimmertür, drang eine sachliche, nüchterne Stimme, und unter dem Nüchtern-Sachlichen verbarg sich leichter Hohn.

»Dann bin ich auf deinen Vorschlag gespannt. Eines Tages wird unsere Mutter wieder vor der Tür stehen, abgerissen, runtergekommen, ohne einen einzigen Pfennig. Nimmst du sie dann?«

»Einen Scheißdreck wird sie.«

»Bitte, Tine, du hast keine Erfahrung mit ihr, seit sie gefährlich ist«, zischte es.

»Muss ich auch nicht, ich kenne Mama, und ich kenne euch.«

Tara versuchte vergeblich, Susannes Blick vom Boden wegzulenken. »Ihr habt sie nicht mehr alle, ihr spinnt.«

»Umso besser«, bohrte sich Hedwigs Stimme durch ihren Rücken, »dann nimmst du sie. Und wir lassen das von Herrn Winterbach beglaubigen.«

In dem Moment schüttelte Susanne ihre Arme, ließ die Stiefel zu Boden plumpsen und sagte, ohne den Kopf zu heben: »Mama hat Gila mit einem Holzbügel über den Kopf geschlagen. Also, wenn das nicht gefährlich ist.«

»Du redest über Mama, nicht über einen Totschläger, Sanne, und weil sie, was weiß ich, gern ausgegangen ist und auf dem Tisch getanzt hat, ist sie noch lange nicht bekloppt. Willst du ihr einen Strick drehen, weil sie nicht jeden Tag saugt und die Kloschüssel auswischt? Ihr habt sie unten im Keller eingesperrt, für nichts und wieder nichts.«

»Also …«

Doch Hedwig kam Susanne zuvor: »Das ist deine Meinung. Aber wir kriegen die Entmündigung auch allein durch, ohne eine Tara Weinrich.«

»Halt's Maul.« Tara drehte sich um, wollte auf Hedwig losgehen, blieb aber neben Gila stehen.

»Hedi, bitte, das ist ein anderes Thema, und du, Tine, nimmst ab jetzt keine Schimpfwörter mehr in den Mund, verstanden?« Gilas Stimme war ungewöhnlich leise.

»Ich gehöre genauso zur Familie wie ihr«, rief Tara. »Und zwar seit meiner Geburt. Und Hedi will mich rausschmeißen.«

»Ich brauche niemanden rauszuschmeißen, weil es niemanden rauszuschmeißen gibt. Du bist draußen. Sieh dich an, oder ich sage dir, was es zu sehen gibt«, erwiderte Hedwig, fast ohne den Mund zu bewegen.

»Ich weiß, wie ich aussehe.«

Während Susanne mit den Füßen nach ihren buschigen

Hausschuhen fischte, legte Gila ihre Hände auf die Kommode und starrte das Telefon an. Auch Hedwig hatte sich nicht vom Fleck gerührt.

»Nein, du weißt es nicht«, entschied sie. »Deswegen werde ich es dir sagen: rote Haare, Sommersprossen und schielende blaue Augen.«

»Und?«, fragte Gila leise, wobei sie den Kopf hob und nicht mehr das Telefon, sondern Tara anstarrte.

»Und«, Hedwigs nüchterne Stimme klang zufrieden, »du hast dich an Papas Beerdigung aufgeregt, weil Onkel Erich unserer rothaarigen kleinen Schwester auf den Schoß gekrochen ist. Hast du dich nie gefragt, was er mit ihr zu besprechen hatte? Ich habe es mich gefragt, und da bin ich auf einen Onkel von Erich Weinrich gestoßen. Der wohnt in Neudorf, in dem alten Mehrfamilienhaus an der Bundesstraße, das Papa und Erich Weinrich vor Jahren für viel Geld saniert haben. Und dieser Onkel hat ein Foto von einer gewissen Gesche Weinrich, seiner Schwester aus dem Elsass. Die muss geschielt haben, dass sie mehr als doppelt sah, und sie hat nicht nur geschielt, sie ist auch rothaarig gewesen, die alte Gesche Weinrich. Ja, über die Jahre lässt sich vieles vergessen: schielende Tanten, rothaarige Kinder und die Frau des Geschäftsfreunds. Erich Weinrich scheint ein Meister im Vergessen zu sein, oder soll ich Onkel Erich sagen? Die Onkel sind bei uns ja gekommen und gegangen, wie Papa sonntags zum Brötchenholen.«

Ein Lächeln hatte Hedwigs Gesicht weich und mädchenhaft gemacht. Es verriet Tara, dass ihre Schwester etwas durchzuführen schien, was sie von langer Hand vorbereitet hatte. Doch Tara hatte nicht vor, sich von Hedwig den Vater nehmen zu lassen.

»Du mit deiner Schnüffelei. Du schnüffelst, seit du denken kannst, und jetzt redest du was von einer Gesche Weinrich aus dem Elsass, dabei interessiert das keine Sau.«

Susanne war mit ihren Hausschuhen beschäftigt. Gila verbat sich nicht einmal die Schimpfwörter, sondern starrte nur in Taras Gesicht. Ich bin's, Gila, keine Gesche Weinrich, wollte Tara rufen. In dem Moment spürte sie, wie die Schwester ihr Gesicht zu sezieren begann. Um Gilas Rasierklingenblick zu entgehen und sich gegen Hedwig zur Wehr zu setzen, rief sie: »Klar, Hedi, du heißt nicht Gisela oder Susanne, du hast einen bescheuerten Namen abgekriegt: Hedwig, wer will schon Hedwig heißen? Aber was ist, wenn der nicht auf Mamas Mist gewachsen ist, ich heiße auch nicht mehr Christine.«

»Vornamen sind nicht von Bedeutung. Deswegen habe ich meinen nicht geändert.« Hedwig beugte sich vor. »Die Zeiten sind vorbei, dass ich meinen Schwestern erlaube, auf eine Person zu spucken, die Hedwig Seebald heißt. Ich habe mich mit meinem Namen abgefunden. Das solltest du auch tun. Du bist weder eine Tine noch eine Tara Seebald. Wenn unsere Mutter hier wäre, würde ich sie so lange vor den Spiegel setzen, bis sie sagt, wie sie es geschafft hat, dich Papa unterzujubeln. Papa hat dich akzeptiert. Er hat Mamas Suppe ausgelöffelt und aus einer Weinrich eine Seebald gemacht, seine kleine, schielende, rothaarige Chris.«

Tara wagte nicht, sich nach Gila oder Susanne umzudrehen. Vielleicht sagte Hedwig etwas, was Gisela und Susanne schon lange dachten, und wenn nicht dachten, dann ahnten, und wenn nicht ahnten, dann spürten. Tara zumindest musste Hedwig eine Antwort geben und mit der Antwort ihre Haut retten, ihre Haare, ihre Augen.

»Du mit deiner Suppe«, rief sie, »du hast bei Gila immer die zweite Geige gespielt, nach Mama. Und bei Mama hast du nicht mal die zweite Geige gespielt, da hast du überhaupt nichts gespielt, weil du nicht die Älteste bist und nicht die Jüngste. Du warst immer zu klein und zu groß: Als Sanne kam, hat man dich aus dem Kinderwagen geschmissen, oder was weiß ich, dabei konntest du nicht mal laufen, und das zahlst du ihr heim, du mit deiner affigen Gila-Liebe. Mama ein Verhältnis mit Onkel Erich andichten und mir Papa nehmen gehört auch zu deinem Spiel. Spionieren und anderen Geschichten anhängen, das ist dein Spiel, mehr hast du nicht vom Leben.«

Hedwig lächelte kurz. »Ich bin kein Hund. Ich jaule nicht, kläffe nicht und schnüffele nicht herum, ich denke nach und ziehe meine Schlüsse. Fakt ist, Erich Weinrich hat dir das Erbe ausgezahlt, Schwesterherz.«

Bei dem »Schwesterherz« hatte Hedwig den Mund geöffnet, als gähne sie, doch Tara entdeckte in ihrem Gesicht kein Gähnen, kein Lächeln.

»Warum dir, nicht Susanne? Sie hätte das Geld genauso genommen, bar, ohne jede Verpflichtung. Stand damals nicht ein Benz in Mitchs Werkstatt, war's nicht so, Sanne? Hast du dich nie gefragt, warum Tara das Geld kriegt und du das Dachgeschoss?«

»Also wir müssen das nicht aufwärmen, ich meine, das mit dem Benz und der Augenfarbe und warum Tine Geld kriegt und nicht ich. Also, gewundert hat's mich schon, schließlich bin ich die Ältere, aber Mama würde sagen, das ist Schnee von gestern.«

Susanne hatte in Taras Rücken geredet und peinigte sie

mehr als Hedwig mit ihren nüchternen Reden. Vorsichtig drehte sie sich zu Gila, die ein rotes Gesicht bekommen hatte.

»Nein, wir müssen nichts aufrechnen, da hat Sanne recht, keinen Pfennig, wir zahlen unseren Kredit pünktlich ab.« Gila schien bemüht, Tara anzulächeln. Doch ihr Lächeln hatte jeden Schwung verloren, und ihre Worte hörten sich schwerfällig an, als würde sich ihre Schwester für irgendwas rechtfertigen.

»Denk nach, Gila. Kaum ist Papa tot, taucht Erich Weinrich auf, schießt uns das Geld vor, zu günstigsten Bedingungen und zahlt Tara das Erbe aus.«

»Mann, dann habe ich eben die Augenfarbe von Mamas Bruder oder von ihrem Großvater, ist doch egal.«

Tara lehnte sich zurück, spürte etwas Glattes, Kaltes im Rücken, drehte den Kopf und sah ein rotes Gesicht, in das unzählige Sommersprossen hineingetupft waren. Über dem Gesicht wellten sich rote Haare. Seht ihr, ich habe Susannes Locken, wollte Tara rufen, obwohl ihre Locken nicht schwer waren, eher fein und faserig, wie langgezogene Watte. Trotz des künstlichen Lichts war ihre hellblaue Iris zu erkennen, und ihre Pupillen standen kerzengerade in der Mitte der Augen. Auch das hätte sie rufen können: Seht ihr, ich schiele nicht.

Doch Gila kam ihr zuvor.

»Nein, Erich Weinrich hat uns gegenüber keine Rechte. Und wo es keine Rechte gibt, gibt es keine Pflichten. Warum soll ein Weinrich einer Seebald gegenüber Pflichten haben, wenn er ihr gegenüber keine Rechte hat? Entschuldige, Hedi, das will ich mal hören.«

Langsam drehte Tara den Kopf vom Spiegel weg zu

ihrer Schwester. Das Lächeln war aus Gilas Gesicht verschwunden.

»Erich Weinrichs Tante hatte rote Haare, und sie hat geschielt. Deswegen hat Erich Weinrich Tara das Erbe ausgezahlt«, sagte Hedwig.

»Rechte, Pflichten, rote Haare. Ich weiß gar nicht, wovon ihr redet«, schaltete sich Susanne ein.

»Viel Haar auf dem Kopf, wenig Hirn drin.«

Hedwig lächelte.

»Na und?« Hedwigs Beleidigung schien an Susanne abzuprallen. Sie hatte die rote Kappe abgesetzt, aufs Schuhregal gelegt und schüttelte ihre Locken. »Ich drehe Mama keinen Strick wegen Onkel Erich oder sonst wem, selbst wenn es die Wahrheit ist, ich meine, das mit Mama und Onkel Erich. So eine Wahrheit bringt nichts. Ich habe Hunger, das ist die Wahrheit, und ich esse lieber in der Küche als im Flur, weil es in der Küche gemütlicher ist.«

»Die Wahrheit bleibt die Wahrheit. Ob wir im Flur sind oder in der Küche. Und wenn sie schadet, ist das nicht von Bedeutung, die Wahrheit ist außerhalb von Nutzen und Schaden, verstehst du das, Susanne?«, sagte Hedwig, ohne sich von der Stelle zu rühren.

»Trotzdem ist nichts bewiesen«, rief Gila.

»Doch, Gila, alles, bis auf die letzte rote Haarspitze.«

Wieder sagte keine der Schwestern etwas, nur Susanne schlurfte in ihren bauschigen Hausschuhen auf Tara zu, blieb neben ihr stehen und lächelte.

»Ist es wirklich so schlimm, wenn Tine nicht unsere Schwester ist? Also, für mich ist sie es, auch wenn sie es nicht ist, ich meine, auch wenn sie nur meine Halbschwester ist, ist sie meine Schwester, oder nicht?«

»Was redest du für einen Unsinn. Natürlich ist es ein Unterschied, ob Tine von Papa ist oder sozusagen artfremd, von einem Onkel oder einem Geschäftsfreund oder sonst wem. Nur, diese Gesche aus dem Elsass lebt nicht mehr, das ist die Wahrheit.«

Tara wusste, dass Gila sie nicht aus der Familie ausschließen wollte, wusste, dass Susanne es gut mit ihr meinte und Hedwig sie bereits mit Haut und Haar ausgeschlossen hatte. Hastig drückte sie sich an Gila und Susanne vorbei, schnappte ihren Rucksack, sagte: »Wie war das mit den Rechten und Pflichten? Wenn man viele Pflichten hat, hat man viele Rechte. Supi, dann habt ihr verdammt noch mal die meisten Rechte. Ihr könnt Mama einsperren und euch das Dorffest verbieten. Und Franzi könnt ihr ins Bett bellen oder so lange am Tisch sitzen lassen, bis sie ihr Brot aufgegessen hat. Was ihr für Rechte habt, bei euren vielen Pflichten! Die Wahrheit ist, es ist mir egal. Selbst wenn ich nicht von Papa bin und Papa nicht mein leiblicher Vater ist. Es ist mir egal, weil er trotzdem mein Vater ist, und meinen Vater lasse ich mir von niemand wegnehmen. Da könnt ihr machen, was ihr wollt. Und meine Unterschrift für eure Klapse kriegt ihr auch nicht, und zwar niemals.«

»Aber kein Mensch weiß, ob diese Gesche Weinrich aus dem Elsass überhaupt geschielt hat. Tine. Komm bitte sofort zurück, du bist immer noch unsere Schwester«, hörte sie Gila rufen und Susanne sich ihr anschließen: »Wo willst du hin?«

7. DAS DORFFEST

Wenn du mich fragst, wie die Leute hier sind,
muss ich dir sagen: wie überall! Es ist ein einförmiges Ding
um das Menschengeschlecht.
Johann Wolfgang von Goethe

Sie war um die Autoskooter herumgegangen, war durch die Felder gerannt, und immer hatte sie etwas hinter sich gespürt. Das klebte ihr rote Haare an, setzte ihr ein Schielen in die Augen, malte ihre Iris blau, viel zu blau für die Seebalds und flüsterte ihr ein: Du bist nicht von uns, nein, von uns bist du nicht. Doch Tara war schneller gewesen, stand nun schwer atmend in der alten Turnhalle und sah sich um.

Vielleicht war die Mutter hier, lachte, trank, wartete in dem schmalen Streifen zwischen Tresen und Bänken auf ihren Schnaps oder in einer Schlange aus Frauenkörpern auf eine freie Toilette. Vielleicht schunkelte sie, von zwei Freunden des Vaters untergehakt, zur Musik oder tanzte vor der Bühne, Becken an Becken mit Onkel Siggi, Onkel Heinz oder sonst einem Onkel.

Wie jedes Jahr war die Bühne neben dem Geräteraum

aufgebaut worden. Gerade hatte der Männergesangsverein seine Einlage beendet und die Blaskapelle der freiwilligen Feuerwehr kletterte auf das Podium. Sie wurde von den Frauen, Ehefrauen, Freundinnen mit lautem »Hallo« und »Hurra« empfangen. Die Männer in ihren marineblauen Uniformen brachten sich in Positur, schraubten an den Notenständern, führten die Instrumente an die Münder. Die Flötisten bliesen, die Posaunisten posaunten, die Trompeter quetschten ein paar Töne hervor, die Hörner neigten sich einander zu, die Tubaspieler spuckten in die Schallstücke, die Frauen und Freundinnen riefen »Los geht's.« Sie trugen karottenförmige Bundfaltenhosen und großgemusterte, an den Schultern gepolsterte Blazer. Die Jüngeren hatten sich wie die Mannequins in den Werbebeilagen der Zeitungen in Stretchjeans gezwängt. »Los geht's.«. Die Kapelle stimmte das erste Lied an. Wie nach einer geheimen Choreografie zogen die Frauen ihre Blazer aus, schunkelten in dünnen Pullovern und weiten Blusen. Die Männer hatten T-Shirts an und die Jeans über ihren Bäuchen mit Gürteln festgezurrt. Nur ein paar ältere Herren saßen in gestärkten Hemden auf ihren Plätzen. Ihre Krawatten rutschten beim Schunkeln müde hin und her und auf ihren frisch rasierten Wangen sprossen schon wieder erste Stoppeln. Die Bläser der freiwilligen Feuerwehr intonierten *Kreuzberger Nächte sind lang*. »Lang, lang, lang«, jubelte es auf den Bänken, und in dem Streifen vor dem Podium wurde zu zweit, zu dritt, eng und offen getanzt, ging es feuchtfröhlich drunter und drüber. Ein älterer Herr mit einer Rosenkrawatte kniff einer vorbeitorkelnden Frau in den Hintern. Die Frau schlenkerte um die eigene Achse, sah sich um und hob den Zeigefinger, während der ältere

Herr den Kopf auf den Tisch legte, zu ihr hochschielte und »Nicht böse sein« wimmerte.

Tara hatte den Rucksack vor ihren Oberkörper gehängt und versuchte, sich zwischen zwei Tischreihen hindurch zum Tresen vorzudrängen. Je weiter sie ins Halleninnere kam, desto stickiger war die Luft. Biere, Schnäpse, Zigarren, Zigaretten kopulierten mit Schweiß, Parfums, Rasierwassern. Das Deckenlicht wurde aus schmalen, langen Kästen in die Halle gekippt. Die Luft war verraucht und schien grauweiß geworden zu sein. Auf den Tischen häuften sich Gläser, leere, halbvolle Flaschen, Pappschälchen mit Wurstzipfeln, eingetrocknetem Senf, Brotrinden und Zigarettenstummeln. Tara, die die andere Hallenseite erreicht hatte, hörte einen jungen, rundlichen Mann brüllen: »Halt mich fest, die Rote von den Seebalds. Wo ist deine Schwester? Der Diettrich ist stinksauer, der schickt mich die ganze Zeit Bier holen.«

»Keine Ahnung.«

»Aber ich soll sie mitbringen«, brüllte der junge Mann, taumelte auf sie zu, stieß sie zwischen die Tischreihen und wäre bestimmt weitergetaumelt, hätte Taras Rucksack ihn nicht aufgehalten. »Was?«, brüllte er.

»Nichts.«

»Dann nicht«, brüllte der Mann und taumelte in den Gang zurück.

Tara mühte sich ein zweites Mal aus den Tischreihen, wurde geschubst, eingekesselt, weitergeschubst und an den Thekenrand gedrängt. Schräg vor ihr, neben einer großbusigen Frau, hockte der ehemalige Bürgermeister. Er war seit ein paar Jahren pensioniert und in der Zeit zum Greis geworden. Die großbusige Frau lehnte an seiner Schulter, lachte und lachte und begann, kurzatmig vor Lachen, zu husten. Der Bürgermeister starrte den hustenden Mund an, rutschte mit einer Pobacke von der Bank, sackte neben dem Tisch auf den Boden, tastete mit den Händen nach der Tischkante und zog sich Stück für Stück daran hoch. Tara erinnerte sich, wie er ihrem Vater in der Vereinsarbeit den einen oder anderen Posten zugeschoben hatte. Er sei ein sparsamer Mann, hieß es damals. Keinen Pfennig hätte er sich aus der Tasche leiern lassen, nur Ehrenämter, die hätte es umsonst gegeben, hieß es später, nachdem er von Amt und Bürgermeisterwürde verabschiedet worden war. Die Trompeten stimmten *Ein bisschen Frieden* an. Auf den Bänken hakte man sich unter, sang den Refrain: »Ein bisschen Frieden, ein bisschen Träumen, und dass die Menschen nicht so oft weinen«. Unter den Bänken stampften die Füße dem Takt voran und hinterher, das bisschen Träumen wurde von Gelächter und Grölen unterbrochen.

Nur die Herrenhandballmannschaft am ersten Tisch vor dem Podium sang nicht. Sie spielte in der Regionalliga auf einem der oberen Plätze und hatte auch beim Trinken eine Aura des Erfolgs um sich. Die Oberkörper der Spieler waren muskulös, die Arme und Beine durchtrainiert, die Augen trotz der Mengen zugeführten Alkohols nicht verdreht und glasig, die Gesichter nicht teigig und aufgeschwemmt, sondern markant und selbstbewusst. Die Älteren unter ihnen wirkten jung, nur an den Augen verlebt, während sich auf den Gesichtern der Jüngeren bereits die Lässigkeit des Alters zeigte. Gleichmütig tranken die Männer einander zu und plauderten. Unter ihnen ragte der Trainer mit seinem graublauen Lockenkopf hervor, und Tara überlegte, wie der Kerl hieß.

»Nein, da ist ja der Greta Seebald ihre Christine.«

Der Mann war alt und schien nüchtern zu sein. Er hatte seine grauen Strähnen quer über den Kopf von einem Ohr zum anderen gekämmt und trug eine blau-weiß gestreifte Krawatte über einem blau-weiß gestreiften Hemd.

»Tag, Herr Bergheimer«, murmelte Tara.

»Guten Abend, meine Kleine. Hast uns verlassen, habe ich gehört.«

»Hm.«

»Und kommst die Mutti besuchen, bei dem schönen Wetter? Da wird sie sich aber freuen.« Herr Bergheimer warf einen Blick auf Taras Rucksack. »Wie geht's in der großen weiten Welt?« Er und nickte Tara zu, die »Gut« murmelte und zu lächeln versuchte.

»Gut«, nickte Herr Bergheimer, »das freut mich, freut mich sehr. Bei uns im Dorf ist auch viel los.«

»Klar«, murmelte Tara und hoffte, der Alte würde zu nicken aufhören, doch Herr Bergheimer nickte weiter. »Wir haben jetzt eine Frau in den Weinbergen, hast du von der schon gehört?«

»Meine Mutter ist in Paris.«

»Was?«

»Meine Mutter, sie macht Urlaub in Paris.«

Obwohl Tara an ihm vorbeisah, merkte sie, wie Herr Bergheimer zu nicken aufhörte, hinter sein rechtes Ohr griff und die Ohrmuschel vorklappte. »Das sagt deine Schwester auch, die Hübsche mit den vielen Locken. Weihnachten will sie die Mutti in Paris besuchen. Ja, ja, Paris ist eine schöne Stadt. Wenn die Frau in den Weinbergen nicht wäre.«

»Klar. Unsere Weinberge sind auch schön.«

»Das will ich meinen.« Herr Bergheimer klappte das

Ohr zurück. »Aber den Töchtern das Haus überlassen ist nicht gut für den Garten. Jeden Abend hat sie gewässert und immer mit dem Schlauch, zweiundzwanzig Jahre lang, das hat sie sich nicht nehmen lassen, nein, nein, einen Sprenger hat deine Mutti nicht gebraucht.«

Der Alte strich sich von links nach rechts über die Frisur. Dann griff er nach Taras Hand und rief: »Richte ihr schöne Grüße aus. Sie soll gesund und munter bleiben, in Paris oder sonst wo auf der Welt.«

Und so hastig, wie er Taras Hand genommen hatte, ließ er sie los.

Die Blaskappelle hatte nach dem *Bisschen Frieden* ein *Immer wieder sonntags* angestimmt, in dessen Rhythmus Herr Bergheimer davontapste.

Tara zog den Rucksack von ihrem Bauch und setzte ihn zwischen ihre Beine. Vielleicht war die Frau aus den Weinbergen in der Halle, und die Mutter, vielleicht war sie aus Paris vorbeigekommen, und Herr Bergheimer hatte weder die eine noch die andere bemerkt. Dass Tara die Frau nicht bemerkte, lag nicht an der beißenden Luft und den verschwitzten Teints, nicht an den verzerrten Gesichtern über den verrutschten Blusen, an den zerknitterten Hosen und baumelnden Krawatten, nicht an den taumelnden, tanzenden Menschen. Es lag an der Frau. Trotz des Polsters um Hüfte und Bauch hatte sie sich in gefleckte Leggings gezwängt, trug eine zeltartige Bluse und eine goldblond gelockte Perücke auf dem Kopf. Und sie erinnerte Tara an jemanden, erinnerte sie so sehr, dass sich Tara am liebsten hinter ihrem Rucksack verkrochen hätte. Doch sie tat es nicht, sondern versuchte sich auf die Kapelle der freiwilligen Feuerwehr zu konzentrieren, spitzte den Mund und pfiff den Schlager mit: *Immer wieder sonntags*. Die Trompeten spielten langsam und laut, die Schunkelnden auf den Bänken waren noch langsamer und lauter, und Tara schloss sich ihnen an, pfiff im vorgegebenen Tempo, aber nicht laut genug, so dass sie es »Mäxchen« rufen hörte, und noch einmal: »Mäxchen.« Der Name kam ihr bekannt vor und verhieß nichts Gutes.

Schon wurde sie am Hemd gezupft.

»Du hier, supi.«

Tara wollte der goldblonden Perücke ein »Nichts ist supi« ins Gesicht schleudern, starrte in ein wild getuschtes Augenpaar, hörte es an ihrer Seite knurren: »Tine, Margarine, Rosine, Blondine, weg da, ich habe was Nasses im Gepäck«, und sah Siggi Oberländer mit vier Biergläsern in der Hand. Ohne sie weiter zu beachten, lief er an ihr vorbei, stürzte sich in die Menschenmenge, verschwand zwischen den Schunkelnden.

Vielleicht war die Mutter in der Nähe, vielleicht würde Onkel Siggi ihr ein Bier auf den Tisch stellen und sagen: Deine Tochter ist gekommen, vielleicht würde sie antworten: Tochter, welche Tochter, meine Töchter sind zu blass für was Nasses, und alle am Tisch würden lachen. Auch Tara wollte lachen. Stattdessen stiegen ihr Tränen in die Augen, und sie dachte, dass die Tränen von der Luft kamen und man sie nur wegzuzwinkern brauchte.

»Ist das lange her, mir kommt's vor wie tausend Jahre«, sagte die Frau.

Ihre Stimme war ein Klang aus einem Totenreich, von denen es zu viele gab, zu viele Totenreiche gab es in Taras Leben, Taras Erinnerung, und sie hörte die Frau fragen: »Mäxchen, alles okay bei dir?«

Nein, dachte sie und nickte. Mochte es der Name sein, und darin das Vergessene, das nicht vergessen, das Vergangene, das nicht vergangen war – nicht in der alten Turnhalle, nicht auf dem Dorffest. Rummel hätte die Mutter gesagt, Kerwe wurde es in der Gegend genannt.

»Bist du schon lange hier?«

Die Frau war kaum größer als sie und wäre ihr egal gewesen, hätte Tara nicht die Hand auf ihrem Hemd gehabt und das »Mäxchen« in ihrem Ohr.

»Keine Ahnung.« Tara zuckte mit den Achseln, sah der Frau in die Augen und murmelte: »Das Ding auf deinem Kopf sieht echt scheiße aus, Rosa.«

Unwillkürlich hob sie die Hand, um die Perücke von Rosas Schädel zu pflücken, und stellte fest, dass es Rosas eigenes dauergewelltes, blondgefärbtes Haar war. Also begann sie, Rosas Gesicht mit den Augen abzutasten. Es war rundlich und die Haut war samtig, fast wie ein Pfirsich.

»Tut mir leid, Rosa, ich habe dich nicht erkannt.«

Kaum hatte sie das gesagt, spürte Tara ein Polster an ihrem Bauch, eine Brust an ihrer Brust.

»Klar hast du mich nicht erkannt, aber ich dich. Ehrlich, Mäxchen, du hast dich null verändert.«

Das Polster fühlte sich unangenehm prall an, die Brust war irgendwie quallig. Trotzdem zuckte Tara nicht zurück, drückte sich fester an Bauch und Brust, wollte eine Erinnerung in die Halle holen, wollte sie ein letztes Mal wiederhaben und merkte, dass Rosas Hand ihren Nacken kraulte.

»Schreibst du noch Flugis gegen das Endlager?«, flüsterte sie.

»Zwischenlager, Mäxchen. Okay, das ist nie dein Ding

gewesen, meins ist es auch nicht mehr. Bei mir hat sich echt viel verändert.«

In dem Moment stieg ein fremder Geruch in Taras Nase. Er kam aus Rosas Bluse, dem Hals, den Schultern, rann aus Rosas Poren, als hätte sie ihren Körper mit Milch gewaschen und eingerieben.

Die Kapelle der freiwilligen Feuerwehr hatte ihr Programm beendet, die Männer marschierten in den Geräteraum zurück. Und aus dem Gedränge der von der Bühne tretenden Bläser, der Handballmannschaft am ersten Tisch, der schunkelnden, tanzenden Frauen und Männer kristallisierte sich eine krummbeinige Gestalt heraus und baute sich hinter Rosa auf. Rosa nahm ihre Hand aus Taras Nacken. »Wo bist du gewesen?«

Ihr Gesicht hatte sich gerötet, ihre Pfirsichhaut ein paar Druckstellen bekommen. »Mitch kennst du von früher, Tine.«

»Scheiße Mann, die Schwester von meiner Ex.«

»Hey.«

Die Hand war knochig und behaart. Während Tara sie schüttelte, lehnte sich Rosa an Mitch, legte Mitch den Arm um Rosas Schulter und begann, mit seinem Zeigefinger gegen ihre Brustwarze zu stupsen.

»Ist deine Schwester da? Nein? Glück gehabt. Ey, ich hocke bei der in der Bude, und sie ist weg.« Mitch redete, als würde er sich jedes Wort aus der Kehle schneiden. »Die hat mir einen Arschtritt gegeben, einen beschissenen Arschtritt, aber das sag ich dir, deine Schwester ist unfruchtbar, Mann.«

Bevor Tara Mitchs Zeigefinger von Rosas Brust entfernen, besser, jeden einzelnen seiner knochigen Finger abhacken konnte, hatte Rosa »Schnuffi« gezirpt und »Tine kann nichts für ihre Schwester, also reg dich ab, und hol uns drei Bier, zum Wiedersehenfeiern«, wobei sie das »Wiedersehenfeiern« an Tara richtete.

»Alles klar. Drei Bier«, wiederholte Mitch, »zum Wiedersehenfeiern.«

Tatsächlich ließ er von Rosas Brustwarze ab, zog eine Geldbörse aus der Hosentasche und ging.

»Schnuffi, ich liebe dich.«

Doch da war Mitch auf seinen krummen Beinen schon auf und davon und würde hoffentlich möglichst lange wegbleiben. Zumindest war das Taras Wunsch, und sie hätte ihre Erbschaft dafür gegeben, wenn die Zeit ein Käfig gewesen wäre, Mitch eingesperrt und mitgenommen hätte.

»Wie geht es dir?«, fragte sie hastig.

Rosa neigte den Kopf zum Tresen. »Supi. Mitch hat sich im Juni einen alten Benz gekauft. Über die Werkstatt hat er ihn echt billig gekriegt, das haben wir ausgenutzt, sind den ganzen Sommer zum Baggersee. Das war auch ein Sommer, echt heiß, und da hat's klick gemacht, der Mann meines Lebens. Klingt kitschig, okay, aber ich glaube dran. Zu Hause ist er viel softer, da muss er nicht den Macho raushängen.«

»Klar«, sagte Tara, atmete Rosas Milchhaut und betrachtete das pfirsichweiche Gesicht. Es zeigte ihr eine Frau, die ihr einmal nah gewesen war, und eine, die dieser Frau entfernt ähnelte, und sie hörte Rosa fragen: »Wie läuft's bei dir?«

»Keine Ahnung. Ich hab gedacht, wir sind zusammen, egal, mit wem man rummacht.« Tara schluckte. »Tut mir leid, jetzt werde ich kitschig.«

»Ausgerechnet du. Denk mal an die Beerdigungsfeier von deinem Vater. Als du mir das blöde Buch geschenkt hast. Nach der Feier wolltest du vorbeikommen, und ich hab keine Zeit gehabt, und du hast gesagt: ›Bis morgen.‹«

»Habe ich nicht. Das hast du gesagt.«

»Dann eben ich. Aber du bist abgehauen. Bild dir bloß nicht ein, ich hätte geheult, da hast du dich geschnitten. Also komm mir jetzt nicht mit unserer Abmachung.«

In Rosas Stirn hatten sich Falten gekerbt, ihre Pfirsichhaut hatte sich gerunzelt, und sie fragte leise: »Bist du mit jemandem zusammen?«

Obwohl die Blaskapelle der freiwilligen Feuerwehr nicht auf die Bühne zurückgekehrt war, wurde auf den Bänken weitergeschunkelt und so laut gesungen, dass Tara Rosas Frage überhört hätte, wäre nicht plötzlich dieses Schweigen zwischen ihnen gewesen. Und die Zeit, die in diesem Schweigen aufbrach und nicht verging oder nur nach endlos tackernden Sekunden, nach dem ewigen »einundzwanzig, einundzwanzig, einundzwanzig«, wurde mit jedem »einundzwanzig« länger, schnürte Tara die Brust zu und zwang sie zu sagen: »Nein. Ich habe mich an unsere Abmachung gehalten.«

»Supi, und jetzt?«

Tara zuckte mit den Schultern. Und jetzt, was jetzt.

»Nichts.«

»Okay. Dann nichts.« Rosa schien kein Schweigen mehr aufkommen lassen zu wollen. »Bea ist heute Abend mit ihrer neuen Band aufgetreten, vielleicht hast du Glück, und sie singt noch mal.«

Wieder war Tara versucht, mit den Schultern zu zucken, ließ es bleiben, fragte nicht: Bea, welche Bea?, oder:

Der Typ, mit den taubenblauen Augen und den Locken, wie war das mit dem?, oder: Warst du verliebt?, sondern: »Wo, auf dem Klo?«.

»Hier auf dem Fest. Echt, Mäxchen, du bist immer noch eifersüchtig.«

Rosa kicherte. Das Kichern wischte die Falten aus ihrer Stirn, glättete die eingedellten Pfirsichflecken, schien die Zeit beiseitezuräumen, alles wie früher zu machen. Und Tara schloss sich Rosas Gekicher an, tat, als wäre alles wie früher. »Die mit ihren Hauern, die muss man an einen Rebstock fesseln und eine Nacht durchsingen lassen, dann hat auch der Letzte genug.«

Mittlerweile war das Kichern von Rosas in Taras Körper und von Taras wieder in Rosas Körper übergegangen, und es hätte so lange dauern können, bis es kein Kichern, kein Reden mehr gab. Doch Rosa verschluckte sich, hustete, sagte mit Tränen in den Augen: »Bea kann sowieso nur hauchen, wie die Tussi in der Margarinewerbung. Mann, das ging aber schnell. Ich hab ja keinen dicken Bauch wie andere.« Mitch drückte Tara und Rosa ein Bier in die Hand.

Die drei stießen an. Tara nahm einen langen, Mitch einen längeren Schluck, Rosa nippte am Glas.

»Die können mich mal, mit ihren Reben.« Mitch manövrierte sein Glas an Tara vorbei, knallte es auf den Tresen.

»Klar.« Tara knallte ihr Glas neben Mitchs.

»Der Wolfgang säuft wie ein Loch, seit das mit Bea gelaufen ist. Ach ja, Grüße an die Mutti.«

Rosa lachte.

»Hast du's ihr gesteckt?« Mitch bettete Rosas Kopf auf seine Schulter.

»Nein«, antwortete Tara.

»Nein?« Mitch drückte seinen Zeigefinger in Rosas Bauchnabel. »Rosa ist im vierten Monat, Mann.«

Taras »Supi« kam automatisch, und fast genauso automatisch griff sie nach ihrem Rucksack. »Mich reut, ich beicht' es mit zerknirschtem Sinn, dass ich nicht dreifach kühn gewesen bin.« Der Satz stand in ihrem letzten Geburtstagsgeschenk an Rosa und war von ihr mit Bedacht auf die erste Seite geschrieben worden. »Liebe Rosa, ich beicht' es mit zerknirschtem Sinn.« Als erinnerte sich auch Rosa daran, löste sie den Kopf von Mitchs Schulter.

»Wenn's ein Mädchen wird, soll's Christine heißen, bei 'nem Jungen darf Mitch bestimmen«, sagte sie lächelnd.

»Jupp, und ich habe schon einen, Namen, meine ich, und zwar Max, Mitch und Max, ist doch geil, Mann.«

»Ja, Mäxchen gefällt uns echt gut.« Rosa lächelte Tara an. »Wir renovieren gerade das Dachgeschoss bei meinen Eltern, das ist ein Chaos, und von der Lackfarbe wird mir immer schlecht. Na ja, im Februar ist der Termin, da müssen wir fertig sein.«

»Klar.« Tara schnallte sich den Rucksack vor den Bauch.

In dem darauffolgenden Schweigen schien sich in Rosas Lächeln die Totenstarre auszubreiten.

Mitch streichelte Rosas Bauch. »Du hast es nur mit Frauen, was?«

»Schnuffi.«

»Wieso? Mir geht das am Arsch vorbei.«

»Schnuffi, bitte.«

»Und wie mir das am Arsch vorbeigeht, Kilometer, die kannst du nicht zählen.«

»Habe ich auch nicht vor.«

»Jedem Tierchen sein Pläsierchen, solange man die Hände von meiner Frau lässt. Sonst kriegt man's mit mir zu tun.«

»Schnuffi.«

»Ob man 'ne Frau ist oder nicht, man kriegt's mit mir zu tun. Da bin ich 'ne Emanze.«

Rosas »Schnuffi« hatte Mitch veranlasst, die Hand von ihrem Bauch zu nehmen. Er kippte nach vorn, griff das auf dem Tresen stehende Glas, brummte »Prost« und trank in hastigen Schlucken.

»Sorry, Tine, Mitch hat echt viel getrunken, aber wenn das Kleine da ist, kommst du uns besuchen, okay? Da ist er bestimmt anders drauf.«

»Klar.« Tara vermied, in Rosas Gesicht zu sehen.

Als ob es was weiß ich was wäre, ein paar Samen in einen Eileiter zu schießen und ein bereitliegendes Ei zu befruchten, dachte sie, murmelte »Bis dann« und ließ sich vom Nächstbesten beiseiteschieben, nach rechts, links, vor, zurück, nur weg. Man brauchte nichts zu verabschieden, wenn man nichts liebte, und weil sie nichts liebte oder etwas, das längst vorbei war, brauchte sie auch nicht wiederzukommen. Tara warf einen Blick auf die kreischenden, lachenden Männer und Frauen und hörte bei der Eingangstür durch sämtliches Kreischen, Lachen ein lautes Grölen. Wann hatte sie das letzte Mal so ein Grölen im Ohr gehabt? War das nicht zur Beerdigung ihres Vaters gewesen? Welches Vaters? Keines mit roten Haaren und blauen Augen, und trotzdem ihres Vaters. Was ging Tara die Blutsverwandtschaft an. Ihr Vater lag an der Friedhofsmauer, im Seebaldschen Familiengrab, würde immer an der Friedhofsmauer im Seebaldschen Familiengrab liegen, und Tara war es egal, so scheißegal, welches Blut in welchen Adern floss. Zuallererst floss ihr Blut in ihren Adern. »Papa« hatte sie ein Leben lang nur einen genannt, das andere waren Onkel gewesen. Ob Onkel Heinz ihr Blutsonkel war und Bea an der Tür zum Geräteraum fragte: »Bist du mit dem Depp verwandt?«, war das eine, dass Tara sich bloßgestellt fühlte, das andere, ob sie tatsächlich bloßgestellt war, ein Drittes, und so weiter und so weiter.

Das Singen und Grölen übertönte ihren Hass, ihre Scham, und sie dachte, wie gerne sie ihr Bier vom Tresen geholt und ausgetrunken hätte. Doch noch lieber wollte sie weitergehen und Bea, Rosa, Mitch und am liebsten sich selbst vergessen. »Du kannst nur mit Frauen, was?«, »ja«, »nein«, »danke«, »bitte«, »klar, mach ich«. Du Drecksack, das geht dich gar nichts an, was ich mit deiner Frau kann. Tara stieß gegen Beine, Rücken, fing trunkene Blicke auf, hörte »Tine Seebald, du bist im Weg«, »Wo ist deine Mutter?«, »Ist das nicht die Jüngste von den Seebalds?«, »Ein Dreck ist's«, »Aber du, kehr vor deiner eigenen Tür, du hast genug Dreck am Stecken«. Tara versuchte, all das Gerede zu ignorieren und schob sich weiter zu einem der äußeren Tische, auf dem vier Biergläser standen. Und an dem Tisch saßen drei Männer, lachten und tranken.

»Das nenn ich eine Überraschung«, strahlte der eine aus grün-braunen Augen, die ihr hinter einer Hornbrille zuzwinkerten.

»Tine, Margarine, wo ist das Bier?«, grölte der andere. »Deine Mutter hat immer Bier mitgebracht, schreib's dir hinter die Ohren. Also, Heinz, du bist an der Reihe.«

»Wer?« Der Dritte fuhr mit der Hand durch sein lockiges, graues Haar und blieb mit offenem Mund sitzen.

»Du. Oder heißt hier noch einer Heinz? Nein. Also, mach den Heinz Dampf und schieb deinen Allerwertesten zum Tresen.«

»Ich habe kein Geld.« Als müsse er es unter Beweis stellen, stülpte der Dritte seine Hosentaschen um. Ein Pfennig fiel auf den Boden, kullerte zum Nachbartisch, und mit »Ein Pfennig«-Rufen ließ sich Onkel Heinz von der Bank fallen und krabbelte dem Geldstück hinterher.

Siggi Oberländer winkte ab. »Der geht mir auf den Sack mit seinen Pfennigen. Was ist, Erich, vier Bier, für drei Mann und eine Frau?«

Erich Weinrich nickte und schob einen Zehner zu Onkel Siggi, der murrend nach dem zerfledderten Schein griff.

»Ich bin nicht euer Bierträger, Erich, das nächste Mal ist der Heinz dran.«

Währenddessen war Onkel Heinz zum Nachbartisch gekrabbelt, hatte den Pfennig aufgelesen und in seine Hose gestopft.

»Wer kommt denn da«, rief ein älterer Herr mit Blümchenkrawatte, schlug Onkel Heinz auf die Schulter und lud ihn zu einem Schnaps ein.

Tara schloss einen Moment lang die Augen, hoffte, sie würde beim Öffnen die Mutter sehen, hatte Onkel Heinz im Blick, der neben dem Herrn mit der Blümchenkrawatte hockte und ein Schnapsglas über seinen Kopf hielt.

»Hopp, hopp, rein in den Kopp«, rief der Herr mit der Blümchenkrawatte.

Tara nahm den Rucksack ab, setzte sich und spürte Erich Weinrichs wuchtigen Körper an ihrer Seite. Sie betrachtete die leeren Gläser, die vier blieben, vier Gläser für drei Mann.

»Warum zahlst du mir Geld, nicht Susanne«, fragte sie, ohne sich Erich Weinrich zuzuwenden, als würde sie zu den Gläsern sprechen.

»Deiner Schwester? Wozu? Du brauchst Geld.«

Tara sagte nicht: Susanne auch, oder: Wer braucht kein Geld, jeder braucht Geld, warum würden wir das sonst machen, Häuser bauen, Autos kaufen, Kinder kriegen, was weiß ich. Sie nahm nur das vierte Glas, drehte es in den Händen, bis die Fingerkuppen darauf verschmierten. »Kennst du eine Gesche Weinrich?«

Diesmal gab Erich Weinrich keine Antwort, sondern rief zum Nachbartisch, Heinz solle nicht zu viel Schnaps trinken.

»Das ist wie bei deinem Vater, die Seebald-Brüder vertragen keine scharfen Sachen.« Das Strahlen in seinem Gesicht schien sich gegen Taras Fragen zur Wehr zu setzen. Gleichzeitig drehte Tara das Glas immer schneller, bis ihre Handflächen zu brennen anfingen.

»Hat sie rote Haare gehabt?«

Wieder gab es keine Antwort, und Tara dachte an ihre Haare, ihre Sommersprossen und dass es kein Zurück gab hinter eine Frage. »Hat sie geschielt?«, fragte sie weiter und stellte das Bierglas zu den anderen drei zurück.

»Hat sie, bis sich die Ecken gebogen haben.«

Überrascht sah Tara von den Biergläsern zu Erich Weinrich.

»Warum habt ihr mir das nie gesagt?«

»Was? Dass Gesche Weinrich geschielt hat?«

Die Augen hinter der Hornbrille zwinkerten. Hatte er die Mutter damit weichgeklopft, mit diesem unerschütterlichen Lächeln, diesem kurzsichtigen Zwinkern, dieser Ruhe, die tat, als könne sie jede Frage beantworten.

»Nein.« Tara starrte Erich Weinrich an. »Nein«, sagte sie noch einmal, »dass was gelaufen ist, zwischen Mama und dir, und ich nicht von Papa bin …«

»Oliver hat nichts gewusst. Und Greta auch nicht. Nicht bestimmt gewusst. Damals nicht, heute nicht, also hat sie's abgehakt.«

Aus Erich Weinrichs Augen war das Verschmitzte verschwunden.

»Warum schlafende Hunde wecken? Alle denken, das Schielen kommt von Gretas Seite. Vielleicht hat Oliver was geahnt. Ich war stolz auf dich, er war stolz auf dich, aber Greta war mit ihm verheiratet, das heißt, du bist seine Tochter, und er hatte das Recht, stolz zu sein.«

Erich Weinrich nahm die Brille ab, rubbelte die Gläser mit dem Hemdsärmel sauber und blinzelte Tara aus nackten, kurzsichtigen Augen an. »Greta hat den Oliver geliebt, den Siggi und mich.«

Selbstvergessen setzte er die Brille wieder auf, drückte den Steg gegen seine Nase. »Und Oliver hat dich geliebt, seine Chris. Oder meine. Warum fragst du?«

»Keine Ahnung. Ist ja egal, wer mein Vater ist, ich meine, mein biologischer Vater, die paar Samen, was soll's? Mein Vater ist tot. Und du bist Erich Weinrich, Onkel Erich, von mir aus. Was soll's, ob sie geschielt hat, die Gesche Weinrich aus dem Elsass, sie ist tot und Papa auch.«

Anstatt ihr etwas entgegenzuhalten, rückte Erich Weinrich die Brille zurecht, klemmte die Bügel fester hinter die Ohren. »Verstehe.«

»Nein, tust du nicht. Du kennst mich nicht, ich kenne dich nicht, ich versaufe dein Geld, Papas Geld, sagt Gila, ich liege auf der faulen Haut, sagt sie, ich kriege mein Leben nicht auf die Reihe. Wozu brauche ich dein Geld, wenn ich nichts auf die Reihe kriege, und wozu brauche ich dich, wenn du mir fremd bist?«

Am Nachbartisch war es laut geworden. Onkel Heinz fuchtelte mit den Armen und schien irgendwas Wichtiges zu erzählen, wobei ihm der ältere Herr mit der Blümchenkrawatte lachend auf den Rücken schlug und rief, dass er ihm jetzt keinen Schnaps mehr ausgebe.

»Wie viel hast du Mama gezahlt?«, fragte Tara, hörte: »Wofür?«, sah auf Erich Weinrichs breite Stirn und sagte leise: »Dass sie bei uns geblieben ist.«

»Keinen Pfennig. Greta hat das entschieden. Ich habe ihr nur unter die Arme gegriffen, und nach Olivers Tod greife ich dir unter die Arme. Das Geld ist dein Geld, dein gut verzinstes Geld. Lass dir das nicht ausreden. Deine Schwestern sind einfältig und neidisch. Mehr gibt es nicht zu sagen.«

»Und Mama? Wo ist Mama?«

In dem Moment polterte es. Onkel Heinz hatte seine Faust erhoben, schwenkte sie, als wolle er mit einem zweiten Schnaps anstoßen, und stolperte mit einem lautstarkem »Nein, Felix, ich sag keinen Mucks« über die Bank. Torkelnd kam er an den Tisch zurück, plumpste Tara und Erich Weinrich gegenüber auf die Bank. »Der Felix fragt und fragt, aber ich hab's ihr versprochen, ich schweige wie der Olli in seinem Grab.«

»Ja, der Greta verspricht man viel.« Onkel Erich zwinkerte Tara zu. »Wann hast du ihr das letzte Mal was versprochen, Heinz? Vorgestern? Nein, vorgestern hat es geregnet. Seit gestern ist es wärmer. Die Reben sind voller Trauben, die müssen abgeerntet werden, morgen, spätestens Dienstag. Was hast du der Greta denn versprochen, Heinz?«

»Und wenn du mir Würmer ins Maul stopfst, ich sag keinen Mucks.«

»Aber Chris will sie besuchen.«

»Dem Olli seine Christine?« In dem Moment schien Onkel Heinz Tara wahrzunehmen. Er begann, über das ganze Gesicht zu strahlen, und rief: »Siehst du den Himmel? Ich sag, du bist im Himmel. Oder hinter den sieben Bergen bei den sieben Zwergen, sagt sie. Aber das sind keine Berge, das sind Weinberge.«

»Verstehe«, wieder zwinkerte Erich Weinrich Tara zu.

Da beugte sich Onkel Heinz zu ihr über den Tisch und flüsterte mit einer Miene, in der jedes Geheimnis gläsern wurde: »Totschlagen hätte sie sie sollen, mit dem Holzbügel, aber sie schüttelt den Kopf und sagt, mein Gott, es regnet durchs Dach. Donnerwetter, sag ich, das muss der Kerl abdichten, bevor der Winter kommt, aber der ist dumm wie Saubohnenstroh, und ein Drecksack ist der, da schüttelt's die Blätter von den Bäumen. Nein, in dem seiner Hütte riecht es nicht nach Veilchen.«

»Gersdorfs Hütte riecht?«

»Welche sonst?«, fragte Onkel Heinz entrüstet zurück und richtete sich auf. »Bei mir ist es sauber bis in die Ecken, ich achte auf meine Ordnung. Aber der ist ein Drecksack, der sieht nichts, hört nichts, und riechen tut der auch nichts.«

Während Onkel Heinz redete, war der Trainer der Herrenhandballmannschaft auf das Podium gesprungen, hatte seine Arme ausgebreitet. »Leute, ich darf sie ein zweites Mal ankündigen, für euch und uns, Beaaa und Beaaa.«

Wie alle in dem verschwitzten Saal drehten Onkel Heinz und Onkel Erich ihre Köpfe zur Bühne. Der Trainer schwang sich vom Podium, und Bea tauchte in schwarzen Stiefeln und einer Lederkorsage an der Vorderbühne auf. Die Korsage wölbte ihre üppigen, nicht zu üppigen Brüste, die schwarzen Stiefel betonten ihre Beine. Bea drückte ihre verschiedenfarbigen Lippen ans Mikrofon. »Hi.« Augenblicklich begann der ganze Saal zu jubeln. »Hi«, hauchte sie noch einmal, tänzelte ein paar Schritte nach rechts, links, links, rechts, sidestep, sidestep, und mit ihr tänzelten Arme, Beine, Busen, Hintern. Nur ihre goldblonden Haare tänzelten nicht. Die waren aufgetürmt, in Stellung gebracht und zierten als Nackenspoiler den goldbraunen Rücken. Die drei im Halbkreis um sie gruppierten Musiker trugen schwarz-weiß gemusterte Jacketts und waren Nebensache. Nachdem das Kreischen und Jubeln verebbt war, hauchte Bea ihr Lied ins Mikrofon: *Moviestar.*

In dem Moment stürzte ein Mann aus einer hinteren Bank, brüllte »Geile Sau« und torkelte am Tresen entlang Richtung Bühne. Drei andere sprangen auf, keilten ihn ein, schleppten ihn an seinen Tisch zurück. Der Mann sträubte sich, war aber zu betrunken, um sich aus den Armen der anderen zu befreien.

Tara betrachtete Beas Beine, Haare, verschiedenfarbige Lippen. Im Gegensatz zu dem schwankenden Mann musste sie nicht auf die Bühne, musste nicht unter Beas Rock. Sie schnappte sich ihren Rucksack, stieg über die Bank, hörte Erich Weinrich rufen: »Chris, bleib. Greta weiß, wo ich bin, also weiß sie, wo du bist, wenn sie's wissen will.« Doch da war sie längst an der Tür.

8. IN DER NACHT. AUS DER NACHT

Man muss kein Zimmer sein
damit es spukt
im Innern – auch kein Haus
Das Hirn hat Gänge – die gehen über
Gebautes weit hinaus.
Emily Dickinson

»Tine.«

Eingehüllt in einen langen Mantel, hochgeschlossene Schuhe an den Füßen trat die Frau hinter dem Kartenhäuschen hervor. Gegenüber, auf der anderen Seite der Bahn, waren die Autoskooter gegen die Bande geschoben und aneinandergekettet worden. Die Frau musste schon eine Zeitlang hinter dem Häuschen gekauert haben. Ihre Zähne klapperten, und ihr Körper unter dem Mantel schien gefroren und starr zu sein.

»Was hast du so lange in der Halle gemacht?«

»Nichts. Und du?«

»Ich? Auf dich gewartet.«

Die Frau blieb auf der Autoskooter-Bahn stehen, wandte das nachtschwarze Gesicht zur Bundesstraße, schien etwas zu suchen. Kein Auto fuhr vorbei, kein Mensch war zu sehen. Still und ausgestorben war es, als wäre das Dorf in eine Schachtel gepackt und von der Nacht unter den Arm geklemmt worden.

»Pst«, hastig legte die Frau einen Zeigefinger auf ihre Lippen, huschte trotz der schweren Schuhe über die Bahn, »pst.«

»Warum?«

»Sie sollen nichts hören.«

»Klar.«

Tara nickte und schritt auf die angeketteten Autoskooter zu, während die Frau über das Gatter kletterte.

»Ich werde die ganze Zeit beobachtet. Auch wenn ich niemanden sehe, wenn niemand da ist, meine ich, da ist jemand. Ich traue mich gar nicht zu atmen«, wisperte die Frau. »Hedi hört das Gras wachsen, glaub mir, sie hört jedes Blatt vom Baum fallen, selbst wenn es auf dem Rasen liegt, hört sie es knistern und rascheln. Also Hedi entwischt man nicht leicht.«

Ein Lichtstreifen hellte das Gesicht der Frau auf, um es sofort wieder von der Nacht verschlucken zu lassen. Im Gegensatz zu Taras knirschenden Schuhen verursachte sie kein Geräusch, als hätte sie keinen Körper unter dem Mantel, nur diese leise Stimme.

»Du hast bestimmt Hunger«, flüsterte sie und zog etwas unter ihrem Mantel hervor, und Tara, die »Quatsch« sagte, griff in die Nacht, führte ein Klappbrot an den Mund, murmelte kauend: »Sechs sind wir gewesen, dann fünf, dann vier, und jetzt seid ihr zu dritt, ohne Papa, Mama und mich, also, danke.«

»Du bist meine Schwester, oder nicht?«, flüsterte die

Frau, und ein weißliches Schimmern im Gesicht ließ ihre Zähne erkennen.

»Klar.«

Tara suchte unter den Locken nach den Augen, die nachtschwarz waren und keine Pupillen zu haben schienen.

»Ich habe nur Butter draufgeschmiert, ich musste mich beeilen.«

»Macht nichts.« Tara schlang das Brot hinunter. »Frierst du?«

»Ein bisschen. Ich habe gewartet und gewartet, und ständig kam jemand aus der Halle, nur du nicht.« Die Stimme hörte sich gehetzt und ängstlich an.

»Na ja, ich habe ein paar Leute getroffen, Onkel Heinz, Onkel Siggi«, murmelte Tara und verschlang den Rest des Brotes. »Onkel Heinz hat mir erzählt, wo Mama ist.« Sie verschluckte sich, hustete die letzten Krumen die Kehle hinunter. »Drückt dir die Nacht auch auf den Kopf?«

»Auf den Kopf?«

»Hm.«

»Also, eigentlich nicht.«

Die Frau trat einen Schritt zurück und sah sich hastig, mit verkrampften Schultern um.

»Ich helfe dir, aber wir müssen uns beeilen, ich meine, es ist besser, wenn wir zum Frühstück zu Hause sind.« Sie näherte sich Tara. »Hast du Rosa getroffen? Die wackelt wie ein Pudding mit ihrer Milchhaut und dem dicken Bauch. Kinder sind bestimmt süß, aber der Körper vorher ist so was von unerotisch.«

»Hör auf, Sanne.«

Obwohl Tara lauter gesprochen hatte, plapperte Susanne weiter. »Wie lange ist das zwischen Rosa und dir eigentlich gelaufen? Ich meine, ich hab's mit Mitch ein Jahr ausgehalten, aber das mit euch beiden, das sind Jahre gewesen …« Susannes dunkles Gesicht war Tara nah, und auch Taras Gesicht musste der Schwester unausweichlich dunkel und nah vorkommen. »Rosas Zustand muss für dich doch ein Schock gewesen sein, also wenn das kein …«

»Du sollst aufhören.«

Diesmal war sie laut genug. Abrupt stellte Susanne das Geplapper ein, streichelte ihren Arm.

»Sei nicht böse. Ich wollte dich nicht verletzen.«

»Klar«, murmelte Tara, überlegte, dann flüsterte sie: »Lass uns gehen.«

»Wohin?«

»Sag ich dir später. Komm.«

Sie überquerten die Bundesstraße, bogen in die Dorfstraße ein, und Tara dachte, aus den Augen, aus dem Sinn, und wünschte sich, dass sie mit der Halle das Haus, den Garten, Onkel Erich, Mitch, Rosa und Rosas aufgeblähten Bauch vergessen könnte. Zügig gingen sie am Jugendzentrum und am Friseur vorbei, an der Raiffeisenbank, in der Susanne arbeitete, und am Edeka, in dem Gila gelernt hatte und stellvertretende Filialleiterin gewesen war. Während Tara ihre Absätze auf das Pflaster hackte, blieben Susannes Schritte lautlos. Auch aus den Ställen und Hofeinfahrten drang kein Ton, kein Hund knurrte, keine Katze streunte fauchend vor ihren Füßen. Das Dorf war verlassen, ausgestorben. Tara schob die Hände in die Jeans. Sie hatte das Gefühl, eine Kulisse betreten zu haben. Rechts von ihr verlief sich die Straße in winzigen Gassen, die zur Bäckerei führten, zur Kirche, zum Friedhof und zum Grab des Vaters. Geregnet hatte es bei seiner Beerdigung, mitten im Sommer, geschüttet wie aus Kübeln, würde die Mutter sagen.

Links waren der Marktplatz, das Rathaus und das alte Weinfass.

»Was ist?«

»Hörst du's nicht?«

Trotzdem hatte Susanne sie am Ärmel gepackt und zeigte auf den Platz. Tara sah, dass vor dem Fass eine Bank aufgestellt worden war. Die Schwester löste sich von ihrer Seite, betrat den Platz. Schwerelos schien sie in den dunklen Himmel zu huschen, sich Schritt für Schritt in der Nacht zu zersetzen. Dann wäre endlich Ruhe, und Tara könnte allein in die Weinberge und den anbrechenden Morgen gehen, könnte die Tautropfen zählen, die an den Gräsern hingen, von den Trauben perlten und die Erde saftig machten. Noch war es dunkel, noch waren keine Trauben und Reben zu erkennen, noch hatten die Bäume grün-schwarze Blätter. Noch war ihre Schwester da.

»Tine!« Susanne hatte sich auf die Bank gekauert. »Gila und Hedi lassen Mama so lange in Paris, bis du unterschrieben hast, dann holen sie sie nach Hause.«

»Aus Paris oder aus den Weinbergen?«

Die Nacht hatte Taras Kopf schwer gemacht, der Rucksack lastete auf ihrem Rücken, und das zu schnell gegessene Brot lag wie ein Kloß in ihrem Magen. Sie beugte sich zu ihrer Schwester, versuchte deren Augen zu fixieren. Doch die Augen schienen ihren auszuweichen. Währenddessen hatte Susanne nach ihrer Hand getastet und sie fest umschlossen.

»Ob aus Paris oder sonst woher, du unterschreibst doch?«,

flüsterte sie, wobei ihr dunkler Körper auf die Bank kippte und die pupillenlosen Augen über den Marktplatz zur Straße linsten. »Jeder im Dorf hat sie gesehen, an der Burg, in den Reben, auf dem Grundstück, bei Gersdorf. Pst, sag nichts.«

Tara, die sich umdrehen wollte, wurde von Susannes Hand näher zur Bank gezogen. »Sonst weiß sie, dass ich's weiß. Aber heute Nacht bin ich ihr entwischt, ich meine, ich bin über die Straße hinters Kartenhäuschen und habe das getan, was sie sonst tut, sich verstecken, atmen, warten. Und wenn ich dreimal kein Latein kann, heute Nacht bin ich schlauer gewesen.« Susanne kicherte, ohne den Blick von der Straße zu wenden. »Sollen sie mich auslachen, ich habe mir meine Gedanken gemacht. Seit du keine Seebald mehr bist, also, seit Onkel Erich dein Vater ist, denke ich, warum ich eine Seebald bin und zu ihnen gehöre.«

»Weil Papa dein biologischer Vater ist.«

Tara hätte auch über den Sonnaufgang oder die Sommersprossen in ihrem Gesicht reden können, über ihr Schielen oder Rosas dicken Bauch, es war egal, Susanne hatte ihr nicht zugehört. Sie streckte sich auf der Bank aus, sah an Tara vorbei auf die Dorfstraße und begann, Taras Hand zum Stein zu ballen, zum Papier zu glätten, zur Schere zu öffnen, zum Brunnen zu runden, in den die Schere und der Stein fielen.

»Warum soll ich eine Seebald sein? Ich meine, was habe ich mit Papa zu tun, was habe ich von ihm? Die Haare, die Augen und sonst, was habe ich sonst von ihm? Nichts. Sein Haus will ich nicht, und Gila und Hedi will ich auch nicht, also, ich will nicht mit ihnen unter einem Dach wohnen. Soll ich dir was sagen? Wenn Onkel Erich mein Vater wäre, hätte ich mir von ihm das Geld auszahlen lassen und einen neuen Benz gekauft.« Susanne, die Taras Mittelfinger und Zeigefinger gespreizt hatte, drehte ihre Hand um und betrachtete die Innenfläche.

»Ist er aber nicht.« Tara zog ihre Hand weg.

»Nein, ich sehe Papa zu ähnlich. Ich meine, du bist aus dem Elsass, und Mama kommt aus dem Osten, von der Elbe, ihr habt keine Bindung an die Landschaft, die Weinberge, die Menschen, die ganze Mentalität.« Mit leisem Seufzen richtete Susanne sich auf und fragte, ohne den Blick von der Straße abzuwenden: »Wo gehen wir hin?«

»Zu Mama.«

Diesmal schien ihr die Schwester zugehört zu haben. Sie versteifte die Schultern, krümmte sich in ihrem Mantel zusammen, und Tara war sich sicher, dass sie jetzt ihre großen, dunkelblauen Augen aufriss. Dieses Freilegen der einen Halshälfte, verbunden mit den puppenhaft aufgerissenen Augen, war eine von den Körperhaltungen geblieben, die ihr, wie die ersten Impfungen gegen Pocken, Grippe, Wundstarrkrampf, ins Blut übergegangen zu sein schienen.

»Mama ist bei Gersdorf auf dem Grundstück.« Tara ertastete nun ihrerseits Susannes Ärmel. »Hörst du, Sanne? Ich weiß es. Onkel Heinz hat es mir erzählt.«

»Unser Onkel? Ach, Tine, alle wissen es, selbst Gila und Hedi, aber was ich nicht weiß, macht mich nicht heiß, würde Mama sagen, also wissen sie's nicht offiziell. Mama fühlt sich wohl da oben, sie kommt und geht, wann und wohin sie will. Ich finde, wir sollten sie bis zum Winter oben lassen, dann können wir sie ja ganz offiziell aus Paris zurückholen.«

Während Susanne redete, kam es Tara vor, als kämme

ihr die Nacht das Haar, blase einen kalten Atem in ihren Nacken, beuge sich zu ihrem Gesicht und drücke ihr zwei nasskalte Lippen auf den Mund. Es war dieselbe Nacht, die die Katzen verscheucht, den Hunden die Schnauzen zugedrückt, die Menschen in den Schlaf gewiegt hatte. Wieder wollte sich Tara umdrehen, wollte das, was hinter ihr war, überraschen, wollte ihm eine Gestalt geben.

»Mein Geld reicht hinten und vorne nicht. Hedi sagt das so, mit dem Grundstückverkaufen, das will doch keiner haben, mit Gersdorf und dem Bauverbot. Das braucht Zeit, bis wir das loskriegen. Ich meine, wer zahlt für Mama, wenn es ihr da oben zu kalt wird? Zu Gila und Hedi kann sie nicht zurück, bei denen wird sie noch verrückter.«

»Hast du deswegen unterschrieben?«, fragte Tara, fragte in die Nacht, in den anbrechenden Morgen und ohne eine Antwort zu erwarten.

»Also ich habe keinen Vater, der mir jeden Monat tausend Mark überweist, ich kann mir Mamas Krankheit einfach nicht leisten.« Susanne seufzte.

»Es ist mein Geld, Sanne, und Onkel Erich hat es gut verzinst.«

»Pst, nicht so laut.« Wieder hörte sich Susannes Geflüster gehetzt und ängstlich an. »Ich habe nichts gegen gute Verzinsung, wirklich nicht, ich möchte meinen Anteil nur auch gern bar haben.«

»Klar, aber zuerst gehen wir zu Mama.«

Tara zog ihre Schwester von der Bank, zerrte sie über den Marktplatz. Auf der Straße löste sie ihren Griff, und Susanne schloss sich ihr auf leisen Sohlen an. Die Nacht war jetzt grau geworden. Die ersten Vögel begannen zu zwitschern, und grau wurden die Höfe, Ställe, Gassen. Sollte es grau sein, die Nacht alt werden, der Morgen anbrechen, der Tau auf den Gräsern sitzen. Sollte es in ihren Nacken greifen und mit glitzernden, nasskalten Zähnen in ihre Lippen beißen. Tara war es egal. Sie wollte möglichst rasch zum Grundstück und zur Mutter kommen. Je mehr sie sich allerdings dem Ende der Dorfstraße näherten, desto stockender wurden Susannes Schritte. Tara tat, als merke sie nichts, marschierte breitbeinig, mit klappernden Stiefeln die Straße bergauf. Keine Schwester der Welt würde sie hindern, ihre Mutter zu sehen.

Am Hang gabelte sich die Straße, lief links in das ältere der beiden Neubaugebiete, wurde schmaler und endete umsäumt von Villen, Garagen, Vorgärten als Sackgasse. Die Villen stammten aus der Zeit der Baufirma Seebald-Weinrich, einer Zeit, in der die Grundstücke noch bebaut und teuer verkauft wurden. Hinter den Villen waren Gärten angelegt, in den Gärten hatten die Eigentümer Rechtecke für Schwimmbäder ausbaggern und kacheln lassen. Von da führten Fußwege hangaufwärts in die Weinberge. Doch Tara entschied sich, den Schotterweg rechts von der Neubausiedlung zu nehmen und über den Sportplatz zu gehen. Hier schlängelte sich ein Trampelpfad in einem Bogen oberhalb der Reben zur Strahlenburg und zum Seebaldschen Grundstück. Mittlerweile war die Herbstsonne Stück für Stück aus der Dämmerung hervorgebrochen. Es wurde heller, wärmer, das Vogelgezwitscher lauter. Von Susanne war ein Schnaufen zu hören. Kurz vor dem Sportplatz schlüpfte sie an Tara vorbei und eilte zu einem vergitterten Tor.

»Besser, wir gehen nicht weiter.«

»Du hast gesagt, du musst zum Frühstück zurück sein.«

Tara blieb vor ihrer Schwester stehen. Das Gitter in Susannes Rücken wurde von einem rostigen Schloss versperrt. Hinter dem Gitter war der Sportplatz mit der Aschenbahn, den Umkleidekabinen und einem dunkelgrünen Rasen, der im ersten Sonnenlicht glitzerte. Auf dem Rasen standen zwei netzlose Tore.

»Und wenn er schießt? Er soll ein Gewehr haben, Gersdorf, meine ich«, flüsterte Susanne.

Sie lehnte sich gegen das Gitter, als wolle sie ihren Körper hindurchzwängen. Ihre Locken hatten sich in der Feuchtigkeit stärker gekräuselt. Obwohl es mittlerweile sonnig geworden war, verdeckten ihre Pupillen die dunkelblaue Iris. Tara hörte die Vögel trillern, pfeifen, piepsen, dachte an Rotkehlchen, Spatzen, Finken, Meisen. Sie schienen Susannes Geplapper aufzuschnappen, schienen es zu kommentieren und die Kehlen hinunterzujagen.

»Hedi sagt, die Seebalds sind die kleinen Negerlein, erst ist Papa weg, dann Mama, dann du, dann Onkel Heinz, dann bin ich dran, dann Gerd, dann die Kinder, und irgendwann gibt es nur Gila und sie.« Susanne zog ihre feingliedrigen Hände aus dem Mantel.

Na und, wollte Tara antworten, sagte nichts und sah durch das Gitter zum Sportplatz. Der rötliche Sand schimmerte in der Morgensonne, und sie erinnerte sich, wie ihre schweren Beine nach den endlosen Runden auf der Aschenbahn inmitten anderer Mädchenbeine zur Umkleidekabine getrottet waren. Sandkörner hatten sich auf ihrem Körper verteilt, hatten an ihren Beinen gepappt, im Gesicht, auf der Zunge, in den Achselhöhlen. Und Tara sah, wie eine Bürste ihre tomatenroten Locken striegelte, wie sie den Kopf senkte, der Sand aus ihren Haaren rieselte, sah, wie sich ihre Lippen auf einen Kehlkopf drückten und ein Schweißtröpfchen nach dem anderen wegküssten.

Als hätte die Schwester ihre Gedanken erraten, stieß Susanne sich vom Gitter ab, schlang die Hände und Unterarme um ihre Rippen, zog sie zu sich. »Hedi ist klug, und Gila kriegt ihre Ruhe, Ordnung, Sauberkeit, also das ganze Haus putzen und erst aufhören, wenn der Boden glänzt, ist doch pervers. Ich kann verstehen, dass sie alles hübsch und sauber haben will, ich meine, dass alles bleibt, wie es ist, ohne ein Zeichen von Zeit und Verfall. Das Sterben ist bestimmt schlimmer als der Tod, aber jeden Tag putzen, damit man das Sterben nicht sieht, ist pervers. Ich meine, Gila tut, als könnte sie den Tod wegputzen und unser Leben zu einer Art Stillleben machen.«

»Mann, Sanne, die putzt, weil sie nichts hat außer Putzen, deswegen putzt sie. Von mir aus kann sie putzen, bis sie umfällt, ich lege ihr einen Putzlappen in den Sarg. Dann kann sie ihre Knochen putzen, und den Sargdeckel.«

Tara wusste, dass ihr Rufen gegen Susannes Geplapper nicht ankam. Also riss sie Susannes Hände von ihren Rippen, schubste die Schwester gegen das Gitter. Immer mehr Tautropfen hatten sich in Susannes Locken verfangen, während ihre Pupillen gleichbleibend groß in der dunkelblauen Iris lagen.

»Ich kann mich nicht gegen sie wehren.« Sanft zog Susanne Taras Körper wieder zu sich. »An mir ist alles zu groß, die Augen, die Locken, der Busen, also habe ich an was Nettes gedacht, zum Beispiel an Paris. Ja, ich habe unterschrieben und dabei an Paris gedacht.«

Susannes Geplapper paarte sich mit dem Plärren der Vögel. Ihr Körper war wie eine Decke. Er kuschelte sich um Tara, hielt sie warm und machte sie angenehm müde. Tara hätte schlafen mögen, wäre da nicht der Rucksack auf ihren Schultern gewesen, und die Herbstsonne, die den Rasen auf dem Sportplatz Halm für Halm ausschnitt, den Sand zum Schimmern brachte und Tara von einer Sehnsucht nach klebrigen Körpern erzählte, nach Kehlköpfen und Schweißperlen.

»Du hast unterschrieben und an Paris gedacht?«

»Ja.« Susanne schien die Herbstsonne in ihrem Körper gespeichert zu haben. »Ich meine, wenn sie nicht wollen, dass was von dir übrig bleibt, bleibt nichts von dir übrig. Ich kann mir meine Schwestern und meine Eltern nicht aussuchen, ich komme aus meiner Familie nicht raus. Das passiert mit der Geburt, dass man drin ist, in der Familie, und nicht rauskommt.«

Tara fühlte sich wohl in Susannes Umarmung, und sie hätte sich gerne mit ihrer Schwester auf dem Rasen hinter dem Gitter ausgestreckt, nach der Sonne gegriffen, die Wolken über sich hinwegziehen lassen und keine Gedanken mehr gehabt, keine Erinnerungen, kein Vergessen.

»Ich bin nicht Hedi oder Gila, trotzdem habe ich unterschrieben.« Der Körper ihrer Schwester schien bei jeder Bewegung, jedem Herzschlag unter dem Mantel nachzugeben. »Soll ich dir sagen, warum ich unterschrieben habe? Weil Wiesloch eine moderne Klinik ist und unsere Einliegerwohnung nicht. Die ist viel zu dunkel für eine psychisch Kranke. Ich meine das gar nicht böse, ich meine das finanziell. Mama kriegt ein sonniges Zimmer und nette Pfleger, und wir zahlen unseren Pflichtanteil.«

Susanne begann ein Wiegenlied zu summen, schunkelte Tara nach dessen Rhythmus, während die Vögel so laut geworden waren, als hätten sie sich den Krieg erklärt.

»Mir ist gar nicht mehr kalt, dir?«

Behutsam lenkte Susanne sie vom Sportplatz weg, auf dem Schotterweg zur Dorfstraße zurück. Es schien gleichgültig, ob Tara sich bewegte, ihr Körper ging, getragen von dem der Schwester, einfach mit.

»Und Mama?«

»Mama will ihre Ruhe haben«, plauderte Susanne und schob Tara Stück für Stück den Schotterweg hinunter. »Wir gehen sie einfach später besuchen.«

Tara versuchte, ihren Oberkörper und ihre Beine zu versteifen. Doch Susanne und der Rucksack drängten sie vorwärts zum älteren der beiden Neubaugebiete, auf die Dorfstraße zurück, am Marktplatz vorbei, zur alten Halle und hinter der Halle hinein in die Felder, weiter, immer weiter zum neueren der beiden Neubaugebiete.

»Nein, Sanne, ich will nicht.«

Wieder tat die Schwester, als hätte Tara nichts gesagt oder als wäre das, was sie gesagt hatte, in die Morgensonne eingetaucht und im Lärmen der Vögel verlorengegangen. Zum ersten Mal waren Susannes Schritte deutlich, knirschten ihre Absätze neben Taras im Schotter, scheuchten die Steinchen beiseite, hob Susanne die Stimme. »Vielleicht kommen wir pünktlich zum Frühstück, Gerd holt sonntags immer frische Brötchen. Wir haben ihm gestern Abend extra einen Zettel neben das Portemonnaie gelegt, er soll mehr mitbringen, Brötchen, meine ich. Ist das nicht schön, wir vier am Frühstückstisch, wie früher? Also, da stört Gerd wirklich nicht.«

Keine Brötchen, wollte Tara sagen, sagte nichts, blieb stehen und sah ihre Schwester an. Susannes Pupillen hatten sich zusammengezogen, waren starr und in dieser Starrheit klein und grausam geworden.

»Hedi und Gila haben dich geschickt, deswegen bist du gekommen«, sagte sie und war plötzlich so wach, dass ihre Augen schmerzten. Susanne war Taras Blick nicht ausgewichen. Die Pupillen in der dunkelblauen Iris blieben verengt. Auch die Schwester schien aufmerksam und wach zu sein.

»Nein, Tine, ich habe sie am Kartenhäuschen abgehängt, du musst keine Angst haben.«

»Angst?«

Angst war ein Wort mit fünf Buchstaben, ein Vielfraß, der an der Seele knabberte. Aber Tara wollte nichts, keine Brötchen, kein Sonntagsfrühstück, keine Schwestern, keine Angst, heute nicht und nicht morgen.

»Du hast Angst, klar. Du mit deiner feigen Angst bringst Mama in die Klapse und tust was weiß ich wie, mit deiner Vertraulichkeit.«

Ohne es zu wollen, hatte Tara Susanne an den Schultern gepackt, schüttelte ihren Körper, schüttelte das Wasser aus den Locken und versuchte, ihre Pupillen zu fixieren. Doch Susanne sah zu Boden.

»Glaub mir, Tine, das hat nichts mit Angst zu tun, du musst nur unterschreiben.«

»Ich unterschreibe nicht, klar?«, brüllte Tara und merkte, dass Susannes regloser Körper bei jedem Schütteln schwerer wurde.

»Warum nicht? Es ist besser für uns alle. Gila hat ihre Ruhe, Hedi hat Gila, und mich zahlen sie aus.« Susanne wehrte sich immer noch nicht. »Und Mama kriegt ein sonniges Zimmer, nette Pfleger, braucht sich um nichts zu kümmern.«

»Halt deinen Mund«, brüllte Tara, obwohl sie wusste, dass Susanne den Mund nie hielt, sondern immer weiterplapperte. »Bitte, Tine, was man nicht ändern kann, daran soll man nicht denken, und was man ändern kann, daran soll man denken. Denk einfach an Paris, wenn du unterschreibst …«

»Dein Paris kotzt mich an. Das kann mir den Buckel runterrutschen, dein Paris, das gibt's nur in deiner langweiligen Fantasie. Dabei geht's dir nicht um Paris oder Mama oder sonst wen, dir geht's nur um deinen Anteil.«

Susannes Körper war in ihren Händen schwerer und schwerer geworden, drohte einzuknicken, auf den Schotter zu schlagen, Tara mit sich zu ziehen. So plötzlich wie sie angefangen hatte, hörte Tara mit dem Schütteln auf. Sie stieß Susanne von sich, griff eine Handvoll Steine, staubige, aufgewärmte, nachtfeuchte Steine.

»Wie war das mit dem Hüpfkasten und dem Verbranntwerden? Der Stein fliegt ins letzte Kästchen, und dann ruft man ›Verbrannt‹, damit man endlich verbrannt wird. Komm mir nicht zu nah, Sanne, nie mehr, hörst du?«

AUSSTIEG

Was werde ich denken, wenn es ans Sterben geht,
falls ich dann überhaupt noch denken kann?
Werde ich denken, dass ich das Leben schlecht genutzt,
es verschlafen, verträumt habe,
dass ich nicht verstanden habe, seine Gaben zu genießen?
Iwan Turgenjew

GERSDORFS GRUNDSTÜCK

Wie du warst! Wie du bist! Das weiß niemand, das ahnt keiner!
Hugo von Hofmannsthal

Weil die Herbstsonne über dem Dorf lag und das Dorffest vorbei war. Weil kein Mensch gestorben war und kein Mensch seinen Mitmenschen an einem Sonntag nach einem Dorffest beerdigte. Weil der Vater sonntags immer Brötchen geholt und Tara ihn nie begleitet hatte. Weil auf dem Parkplatz im Sommer eine Achterbahn gestanden und es an den Buden und Ständen nach gebrannten Mandeln gerochen hatte. Weil Tara an ihr kurzgeschnittenes, rotes Haar dachte, an das Stofftuch über ihrem Auge, an die Schwestern und an den Benz des Vaters. Weil sie die Höhe nicht aushielt und vor den Wellen, Kreisen, Spiralen in ein Zimmer, einen Korridor oder unter die Haube eines Achterbahnwaggons geflohen war. Weil sie sich geweigert hatte, mit den Schwestern sonntagnachmittags spazieren zu gehen, und die Strahlenburg, die Weinberge und das Grundstück lieber von unten betrachtet hatte. Weil das alles so gewesen war, blieb Tara nichts übrig, als an diesem ersten Oktobersonntag zu Gersdorfs Grundstück hinaufzugehen.

In den Reben zwitscherten Rotkehlchen, Spatzen, Meisen. Tara merkte, dass der Pfad zu schmal und zu geschlängelt war für eine, die die Höhe nicht aushielt. Sie bemühte sich, nicht hangabwärts in die Ebene und auf die Straßen, Häuser und Felder zu sehen oder wie jeder normale Spaziergänger mit dem Finger auf das Rhein-Neckar-Zentrum und die Rheinpfalz zu zeigen, und weiter, immer weiter ins Elsass. Mit jedem Schritt vermehrten sich die Spiralen und Kreise vor ihren Augen, kamen auf sie zu, entfernten sich von ihr, machten sie schwindelig.

Mittlerweile fiel der Hang nicht mehr, er stürzte in die Ebene. Tara wich auf die Hangseite aus, lief im Gestrüpp, sah sich kopfüber ins Rhein-Neckar-Zentrum stürzen und torkelte aus dem Gestrüpp auf den Pfad zurück. Sie ging in die Hocke, legte die Hände auf Steine, Gräser und versuchte, wie ein Käfer auf allen vieren vorwärtszukrabbeln. Der Rucksack rutschte ihr in den Nacken, ließ sie nach vorn kippen, zwang sie aufzustehen. Schweiß rann ihr über die Stirn in die Augen. Sie kniete sich wieder hin, starrte auf den Boden. Vor ihr surrte eine Hummel an der Hangkante. Mechanisch rieb sich Tara die Augen, den Schweiß von der Stirn, schob sich dann langsam auf ihrem Hintern vorwärts. Sie fragte sich, ob Susanne sie verraten hatte und die Schwestern mit ihren Entmündigungspapieren schon hinter ihr her waren oder ob sie noch beim Frühstück saßen und einen Schlachtplan ausheckten. Tara musste aufstehen. An den Hang gedrückt, das letzte Stück Weg vor Augen, durfte sie nicht stolpern, einknicken, sich den Knöchel verstauchen, durfte sie keine Angst haben. Und weil sie Angst hatte, durfte sie die Angst nicht überhandnehmen lassen. Sie brauchte nur noch die Kurve zu gehen, dann hatte sie ihr Ziel erreicht.

Links hinter der Kurve führte der Trampelpfad zur Strahlenburg. Rechts zog sich ein Stück Land, umsäumt von Brombeersträuchern, hohem Gras und einem Stacheldrahtzaun, bis unter die Burgruine. Auf dem Grundstück standen Apfel-, Pflaumen-, Birnbäume, wucherten Kräuter und Unkräuter, wurden Beete von Steinmäuerchen begrenzt. Spatzen hüpften herum, pickten und hackten in der Erde. Das Grundstück sah vernachlässigt aus. Weiter oben, als wäre sie unter die Burg gerückt worden, war eine Hütte zu erkennen. Die Sonne im Rücken, stieg Tara über den Zaun, stapfte durch das Gras. Es roch nach Heu und verfaultem Obst. Im Laub raschelte es, unter ihren Füßen knackten dürre Äste. Plötzlich stoben die Spatzen auseinander, wirbelten wie Federbälle durch die Luft, flogen in Kronen und Wipfel. Eine vierfüßige Staubwolke stürmte auf Tara zu, blieb mit aufgerichtetem Schwanz vor ihr stehen und bellte. Hinter ihr tauchte ein grauhaariger Mann auf. Er hatte sein schütteres Haar zu einem Pferdeschwanz zusammengebunden, trug einen Tellerrock, eine Trainingshose und einen Pullover, auf dem eine kleine, aufklappbare Uhr baumelte. Während der Hund Tara weiter anbellte, sah der Mann sie kurz an und drehte sein Gesicht dann der Ebene zu. Seine Iris hatte die Farbe des Herbstes, und Tara kamen die Augen wie zwei braungelb gesprenkelte Blätter vor.

»Schluss, Helmut.«

Tatsächlich wurde es still. Der Hund schüttelte sein zotteliges Fell, um ebenso unvermutet, wie er herangestürmt war, bergan Richtung Hütte zu jagen.

»Auf geht's.«

Ohne Tara eines Blickes zu würdigen, spazierte der Mann mit schwingendem Rock dem Hund hinterher. Tara folgte ihm und versuchte, ihre Sohlen in seine Abdrücke zu setzen. Doch weder der Mann noch der Hund hatten eine Spur hinterlassen, als wäre hier nie ein Hund gerannt, nie ein Mensch gegangen.

Der obere Teil des Grundstücks ähnelte dem unteren. Obstbäume standen zwischen Büschen, Unkraut, Gestrüpp. Die Sonne warf ihr staubiges Licht durch die Bäume, deren Wipfel sich gelichtet hatten und erste Blätter verloren. Unter einer Kastanie war ein Liegestuhl zu erkennen. Sein blau-weißes Segeltuch war so ausgebeult, dass sich Regen darin gesammelt hatte. Zwischen Gestrüpp und Büschen hatte Gersdorf Beete angelegt. Etwas weiter umrahmte eine meterhohe Steinmauer ein kleines Stück Erde. Als Tara vorbeiging, hatte sie einen Fäkaliengeruch in der Nase. Unwillkürlich sah sie sich um, atmete flacher, hoffte, etwas Vertrautes in Augen, Ohren, Nase zu bekommen: ein paar Silberfäden in nussbraunen Haaren, eine Stimme, in der sich Seufzen und Lachen mischten, ein fruchtiges Parfum. Wie zwei Spione huschten ihre Augen über das Gelände, spähten zwischen Zweigen und Ästen hindurch, blickten hinter Baumstämme, linsten zum Liegestuhl, suchten die Mutter vor einem Beet, beim Kastanien-, Pflaumen-, Birnenlesen. Doch der Sonntag war lautlos, verschwiegen und schien sich wie ein schlafender Körper unter der Sonne ausgestreckt zu haben. Und Tara war mittlerweile bei der Hütte angekommen. Die zur Ebene ausgerichtete Vorderseite hatte keine Fenster, nur eine Tür. Die Tür stand offen und lüftete einen dunklen Raum, in dem Tara eine Liege und einen Teppich erkannte. Vor der

Hütte war eine Fläche mit Steinen bepflastert worden. Eine Holzbank lehnte an der Wand, ein runder, schmutziger Tisch, zwei Campingstühle und ein Blechnapf standen herum. Gersdorf deutete auf einen Stuhl und ließ sich in den anderen fallen. Der Hund war zum Blechnapf gesprungen, stupste seine Schnauze hinein, schlabberte Wasser.

»Na, Helmut, alter Knabe, hast dein Maul weit aufgerissen«, sagte Gersdorf, wobei der Hund zu ihm aufsah und mit dem Schwanz wedelte. »Nichts für ungut, ein Staatsmann kann sein Maul auch halten.« Der Hund knurrte eindringlich und tunkte die Schnauze wieder in den Napf. Gersdorf lachte.

»Beim Helmut ist das wie bei jedem Staatsmann, wer nicht für ihn ist, ist gegen ihn«, sagte er, rollte die Ärmel seines Pullovers zu den Oberarmen und kratzte sich an den Ellbogen. Seine Arme waren sehnig und von unzähligen Adern durchzogen. »Eins haben sie kapiert, die Staatsmänner. Wo viel Ehre ist, ist viel Feind. Denn der Feind kommt zur Ehre wie die Schnecke zum Salat.«

Während Gersdorf redete, hatte sich der Hund an seinen Unterschenkel gedrängt, rieb nun das Fell an seinem Rock und legte ihm die Schnauze in den Schoß. Gersdorf begann, ihn am Hals zu kraulen.

»Hab mal einen gekannt, der ist nachts mit der Taschenlampe in den Garten und hat Schnecken vom Salat gesammelt. ›Man darf keinem Tier was zuleide tun‹, hat er gesagt, ›das gibt ein schlechtes Karma‹. Und was soll ich sagen, die sind nicht mehr gekommen, die Schnecken, ein Jahr lang. ›Siehst du‹, sagt er. ›Abwarten‹, sage ich, und ein Jahr drauf war der Salat wieder schleimig vor Schnecken. Die hatten sich nur zurückgezogen, aber er ist bis zum

Morgengrauen im Garten geblieben und hat die Viecher vom Salat gezupft, der Affe.«

Der Hund streckte sich zwischen den Campingstühlen aus, legte die Schnauze auf die Vorderpfoten, gähnte und schloss die Augen. »Wenn das Karma für die Welt gewesen wäre, hätte ich meinen Rock gehoben und gesagt: ›Hoch die internationale Solidarität‹, aber es ist nicht für die Welt, es ist für ihn und seinen Salat gewesen, und so ein Karma schafft Geizkrägen und Grundbesitzer.«

Mit hochgerollten Ärmeln deutete Gersdorf in die Ebene, breitete dann seine Arme aus und beschrieb einen Bogen. »Um mich ist alles Feindesland, meint, bist du für uns oder gegen uns?«

Es war das erste Mal, dass er Tara ansah, und Tara das Gefühl hatte, ihr Gastgeber wolle eine Antwort hören. »Keine Ahnung, ich kenne Sie ja nicht.«

»Deine Schuld, dass du mich nicht kennst, und ich vergebe keinem Schuldigen. Mir vergibt auch keiner was.«

Vielleicht war Gersdorfs Tonfall eine Nuance schärfer geworden. Zumindest hob der Hund den Kopf, wartete und ließ die Schnauze dann wieder auf seine Vorderpfoten sinken.

Tara hatte währenddessen ihre Augen auf die Lavendelbüsche geheftet, die an den Längsseiten der Terrasse wuchsen. Sie erinnerten sie an die Hecke im Garten der Schwestern, und Tara hielt die Büsche, aus welchem Grund auch immer, für ein Zeichen, ein Indiz.

»Wissen Sie, wo meine Mutter ist, Margarete Seebald?«, fragte sie.

Beim Namen Margarete Seebald kratzte sich Gersdorf am Kinn, der Hund zuckte nicht einmal mit dem Augenlid.

»Wissen? Ich weiß, ich bin ich, weil mein Hund mich

kennt. Und wenn ich etwas wüsste, würde ich's nicht sagen, ich sage ›wüsste‹, nicht ›weiß‹. Ihr habt eurer Mutter Geschichten angehängt, und die tragt ihr der Greta bis ins Grab nach. Was sollen das für Geschichten sein? Weihnachten ist für immer vorbei, das weiß ich, und ich kenne die Greta.«

»Und woher kennen Sie sie?«

Gersdorf hörte mit dem Kratzen auf. »Kannst mich ruhig Frieder nennen, ist ein alter deutscher Name und bedeutet ›Schutz vor Waffengewalt‹, und du? Ein Rotfuchs wie du hat bestimmt einen Vornamen.«

Tara merkte, wie ihr das Blut ins Gesicht schoss. Hastig richtete sie die Augen auf ihre Stiefelspitzen, streckte die Füße von sich und ließ das Haar in ihr Gesicht fallen.

»Klar habe ich einen Namen«, murmelte sie hinter ihren Haaren, »ich heiße Tara.«

»Tara? Nie gehört. Was soll das bedeuten?«

»Mein Name hat keine Bedeutung«, trotz ihrer Gesichtsfarbe zog Tara den Haarvorhang beiseite und sah zu Gersdorf, »wie zum Beispiel Schutz vor Waffengewalt«, wobei sie die »Waffengewalt« am liebsten an Gersdorf vorbei in die Lavendelbüsche gespuckt hätte. »Und mein Name soll auch keine Bedeutung haben, klar?«

»Nein, nicht klar. Angenommen, du heißt Christine, dann kommst du von der Christiane, die kommt vom Christian, und der kommt mit der Margarete aus Griechenland. Sind beides Ausländer, und was dem einen die Perle, ist dem anderen die Gesalbte. Also, Tara, ohne Bedeutung und ohne Waffengewalt, warum bist du hier?«

»Weil ich wissen will, wo meine Mutter ist«, antwortete Tara schnell und versuchte, Gersdorf und den Hund zu übersehen.

»Du willst wissen, wo deine Mutter ist, aber die Greta will's dir nicht sagen.« Gersdorfs Antwort kam noch schneller als Taras. »Die kennt keine Reue, nicht im kleinen Zeh. Weil sie keine Schuld kennt. Tausend Torheiten, keine Schuld. Torheiten sind Torheiten, sind Torheiten, sind Torheiten, die gehören zum Leben wie das Wetter zur *Tagesschau*. Hast du dir mal überlegt, was euer Leben ohne *Tagesschau* wäre und eure *Tagesschau* ohne Wetter? Seid froh, dass ihr das Wetter habt. Aber ihr da unten mit euren Mülltonnen und Gardinen macht aus einer Frisur ein Verbrechen, oder aus einer Minute Verspätung. Oder wenn eine über den Durst trinkt oder zum Mann auf die Baustelle geht und nicht zum Mann ins Büro.«

»Mir egal, wer wann wo hingeht«, sagte Tara und dachte an ihre Schwestern. Auch wenn sie jetzt in ihre Sonntagsbrötchen bissen, die gestern noch der Vater besorgt hatte, der heute kein Vater mehr war, sondern Erde, würden sie sich nach dem letzten Bissen auf den Weg machen, zur Strahlenburg spazieren und das Grundstück nach der Mutter absuchen. Bis dahin musste Tara sie gefunden haben, denn in irgendeinem Winkel, da war Tara sicher, hielt Gersdorf sie versteckt.

Vielleicht rührte ihn das rote Haar, vielleicht mochte er ihre Sommersprossen, vielleicht dachte er, sie würde gleich in Tränen ausbrechen, was ihr seit dem Tod des Vaters nicht mehr gelang – jedenfalls strich er über sein Kinn und murrte: »Ihr wollt die Greta nach Wiesloch schaffen, habe ich gehört.«

»Dann wohnt meine Mutter bei Ihnen auf dem Grundstück?«

Gersdorf überging die Frage.

»Ist Sommer gewesen, der Boden war ausgetrocknet, und Helmut ist die Zunge aus dem Maul gefallen vor Hitze und Staub, was mein Alter?«

Der Hund schlug mit seinem buschigen Schwanz auf den Boden. »Der konnte nicht mal bellen, der hat nur gejault, aber die Greta war eine Dame von Welt, mit einem schwarzen Kleid und einer Jacke, kurz und gelb, und ich hab gedacht, da kommen Zitronen aus Spanien, so hat sie geduftet. ›Guten Tag, Herr Gersdorf‹, hat sie gesagt, und mir ist die Brühe in die Kniekehlen gelaufen, war kein schöner Anblick, will ich meinen, aber sie hat's nicht gestört. ›Musst ihm Wasser geben‹, hat sie gesagt, ›der verdurstet, der Hund.‹«

Gersdorf und Helmut schwiegen, Gersdorf mit offenen, der Hund mit geschlossenen Augen.

»Und?«, flüsterte Tara, wobei sie ein Nicken andeutete und ihre Stiefelspitzen hinter die Stuhlbeine klemmte.

»Was und? Als die Greta kam, hat sie dem Helmut Wasser in seinen Napf gefüllt, und der Helmut hat zu jaulen aufgehört.« Gedankenverloren kratzte sich Gersdorf am Hals und bekam das Goldband der aufklappbaren, kleinen Uhr zwischen die Finger. »Was wollt ihr, dass sie ist? Eine Mutter? Nichts da, ihr wollt sie zu eurer Mutter machen, aber sie hat an Paris gedacht, und wenn Paris nicht ihr Leben ist, weiß ich auch nicht.«

»Mama ist nie in Paris gewesen. Keine Ahnung, ob das ihr Leben ist.«

»Aber ich habe eine Ahnung. Ihr haltet eure Mutter für eine Irre.« Wieder kam Gersdorfs Antwort unmittelbar. »Für euch muss eine anständige Mutter her. Das wollt ihr aus ihr machen, eine für euren Anstand. Ehre, wem Ehre gebührt, Unehre, wem Unehre gebührt, und weil das bei euch so ist, habt ihr die Greta in den Keller gesperrt.«

In dem Moment hob der Hund den Kopf, begann zu knurren und sprang auf die Beine.

»Platz, alter Mann.«

Doch der »alte Mann« schien schwerhörig geworden zu sein. Er rannte nach vorn auf die Terrasse, strich an ihrem Rand hin und her und bellte zu den Büschen, Bäumen, Beeten hinunter.

»Helmut, Platz«, rief Gersdorf und pfiff.

Der Hund drehte ihm den Kopf zu, sah dann in die Ebene, wieder zu Gersdorf, wieder in die Ebene, gab ein letztes Bellen von sich und schlich an seinen Platz vor Gersdorfs Schuhen zurück.

»Na bitte.«

Gersdorf nahm die Goldkette von seinem Hals, hielt sich die Uhr vors Gesicht und fummelte mit seinen erdigen Fingern an dem Türchen, bis es sich mit leisem Schnappen öffnete. Umständlich brachte er das Zifferblatt näher an seine Augen. »Die Vorhut, Helmut, ist früh auf dem Posten für einen Sonntag. Aber das sage ich euch: Kommt einmal mit euren Dreckspfoten auf meinen Grund und Boden, und ich knalle euch ab wie Tontauben.«

Tara erinnerte sich, dass Susanne ihr am Morgen irgendetwas von einem Gewehr erzählt hatte, und fragte hastig: »Wenn meine Mutter nicht hier ist? Wo ist sie dann?«

»Bist hartnäckig, was? Nichts für ungut, Rothaarige sind hartnäckig, das ist ein Naturgesetz.«

Das Letztere hatte Gersdorf vor sich hin gemurmelt, während er weiter auf seine Uhr konzentriert zu sein schien. »Wo sie ist? In den Weinbergen. Muss gewittert haben, dass eine von euch kommt, eine andere ist auch schon da gewesen und noch eine, eine nach der anderen. Da hab ich mein Luftgewehr geholt, aber du bist noch mal eine andere, du bist vom Olli und vom Erich.«

Und wenn schon, dachte Tara, glaubte, einen schwachen Zitronenduft zu riechen und ein Lachen im Ohr zu haben, das von einem Seufzen unterbrochen wurde. Das Lachen, Seufzen und der Zitronenduft kamen aus den Lavendelbüschen, und Tara ärgerte sich, dass sie immer noch auf dem Campingstuhl saß, sich Gersdorfs Reden anhörte und nicht längst das Grundstück absuchte.

Vorsichtig legte sich Gersdorf die Uhr wieder um den Hals.

»Die Greta erinnert das eine und vergisst das andere. Da schleicht eine Erinnerung über die andere, und plötzlich sieht sie den Rasen in ihrem Garten, wie schön der gemäht ist und wie pünktlich, sieht ein Mädchen mit seinem Bruder zu den Kirschbäumen laufen, sieht den Bruder ein Beet umbuddeln und das Mädchen vor einem Fenster sitzen, und sie sieht eine Frau, einen Schlauch zwischen den Schenkeln, Zwiebelsud auf die Tomaten gießen, und dann hört sie, dass sich einer hinter sie stellt, der ist viel zu groß für sie und zu alt, und sie hört, wie der die Nase hochzieht und denkt, der schüttelt sich vor Tränen, aber sie will ihn nicht, und sie will dich nicht, und mich will sie auch nicht.« Gersdorf hob die Hand, ballte sie zur Faust. »Die Greta wickelt die Männer um den kleinen Finger«, sagte er und sah auf seine Faust, aus der sich ein Daumen hervorreckte, ein Daumen mit eingerissenem Nagel. »Nein, der Helmut und ich sind zwei. Da hat sie schon den Daumen nehmen müssen. Aber für ihr Alter sieht sie fantastisch aus, auch wenn sie nicht beim Friseur gewesen ist. Geduftet hat sie wie ein

Zitronenhain aus Spanien, das hat selbst der Helmut gerochen, und der frisst kein Obst, oder was meinst du, warum mir die Äpfel und Birnen vergammeln?«

»Keine Ahnung.« Tara starrte auf die Lavendelbüsche. »Hat Mama Ihnen gesagt, wann sie zurückkommt?«

»Frieder, und du.«

Unwillkürlich drehte Tara den Kopf.

»Frieder, und du, das ist ein Kompliment«, lachte Gersdorf. Sein dunkelbraunes Gesicht wurde noch ein bisschen dunkler, als würde sich ein Schatten über die sonnenverbrannte Haut legen. »So schnell biete ich keinem meinen Frieder an, aber du gefällst mir, ja, ich bin so verschossen in deine Sommersprossen.«

Das »Verschossen in deine Sommersprossen« hatte er gesungen. Es schien ihn zu amüsieren, zumindest lachte er nach der Gesangseinlage lauter.

»Von mir aus, Frieder, wann kommt Mama sonntags denn aus den Weinbergen?«

Jetzt hielt Gersdorf sich kaum mehr auf dem Stuhl vor Lachen. Seine Augen blinzelten, und prustend fuhr er fort: »Über den Daumen gepeilt, nie.«

Im Gegensatz zu Gersdorf war Tara alles andere als nach Lachen zumute. »Wo ist meine Mutter, verdammt? Ich will wissen, wo meine Mutter ist, sonst grab ich dir das Grundstück um, und wenn ich ein Haar finde, wenn du Mama ein Haar gekrümmt hast, bist du dran! Dann kauf ich, was weiß ich, Hundegift und mische es deinem Köter ins Futter.«

Tara wusste, dass ihre Drohung lächerlich war. Doch war es eine Lächerlichkeit ohne die mausgraue Angst vor der Lächerlichkeit, und so klemmte sie ihre Stiefelspitzen noch fester hinter die Stuhlbeine, rief: »Ich tu's.«

»Du willst meinem Hund Gift ins Futter streuen, du meinem Hund, das ist köstlich, nein, ich habe lange nicht so gelacht.« Gersdorf wischte sich die Augen, fingerte nach der Uhr, öffnete das Türchen und hielt das Ziffernblatt vor sein Gesicht. »10 Uhr 11, 10 Uhr 12, 10 Uhr 13, zu der Zeit ist die Greta Seebald bestimmt am Gare de l'Est, trinkt Café au Lait und klettert dann auf den Tour Eiffel.«

»Auf den Tour Eiffel?«

»Oui, Gare de l'Est und Tour Eiffel in Pari, die sprechen das ›s‹ nämlich nicht aus, die Franzmänner, die sind sich zu fein fürs ›s‹, jawoll, so arrogant sind die von der Grande Nation.«

Gersdorf ließ die Uhr auf seinen Pullover zurückfallen und rieb sich die Hände, als wäre ihm ein Coup gelungen.

Tara biss die Zähne aufeinander. »Klar, Paris ist eine geile Stadt, mit dem Gare de l'Est, dem Tour Eiffel und was weiß ich, aber mich interessiert mehr, wo die Frau aus den Weinbergen ist.«

Wieder brach ein Lachen aus Gersdorf heraus.

»Die Frau aus den Weinbergen? Die ist mit der Greta in Paris.« Übermütig lachend zeigte er auf den Hund und fing von neuem an, seine Hände zu reiben. »Ich wäre mit, mal auf den Tour Eiffel, ein paar Cafés au Lait zum Frühstück und keine ›s‹ sprechen. Ist was anderes als der Blick ins Elsass. Aber ich kann meinen Hund nicht allein lassen. Die knallen den ab, die mit ihren Mülltonnen und Gardinen, was Helmut?«

Als bekunde er sein Einverständnis, gab der Hund ein Wuffen von sich. Erst Angst machen, dann lächerlich machen, dann hochnehmen. Bei dem Gedanken streckte Tara ihre Beine aus, so dass die Stiefelspitzen in den Himmel zeigten. »Von mir aus, Paris. Blöd ist nur, Mama hat kein Geld für Paris.«

»Kein Geld!«, rief Gersdorf, ohne sein Händereiben einzustellen. »Und ob sie Geld hat, ich habe ihr nämlich hunderttausend in die Hand gedrückt. Da staunst du, was? Ja, das hier ist Gersdorfs Grundstück, mit Kaufvertrag, Grundbucheintrag, notarieller Bestätigung, Winterbachs Unterschrift, Gretas Unterschrift, meiner, einem Stempel und allem Pipapo.« Gersdorf blinzelte Tara aus seinen Herbstaugen an. »So spielt das Leben. Das Grundstück gehört mir, der Greta gehört die Welt.«

In dem Moment stieg eine Hitze in Taras Kopf. Gleichzeitig stieg eine Hitze in ihren Kopf, legte sich auf ihre Gedanken, entfachte eine Wut, einen Hass – und trotzdem. Trotzdem versuchte Tara, nicht aus ihrer Haut zu fahren, nicht nach der Mutter zu brüllen, sich nicht auf Gersdorf zu stürzen, sondern ruhig sitzen zu bleiben.

»Mama ist mit Ihrem Geld also nach Paris …«

»Mit deinem Geld, also meinem, und nach Pari, wir reden hier über die Grande Nation, Mademoiselle, und die ist etepetete mit ihren ›s‹«.

»Und nach Pari ohne ›s‹ fährt sie nach London oder New York …«

»Wohin das Herz sie trägt.«

»Und in New York besucht sie ihre alte Tante.«

»Die wird sie bestimmt besuchen.«

»Und der bringt sie ein Schwert mit …«

»Nein, nein, die braucht kein Schwert, die hat schon eine Fackel.«

Gersdorf hatte eine Kuhle in seinen Rock gedrückt und die Hände hineingelegt.

»Geile Geschichte, ehrlich, Mann.«

»Geile wahre Geschichte.«

Lauthals lachend schwang sich Gersdorf aus dem Stuhl, stieg über das vor ihm ausgelegte Hundefell, stapfte in die Hütte und kam kurz darauf mit einem zerknitterten Zettel zurück. Wichtigtuerisch wedelte er mit dem Papier vor Taras Gesicht, und Tara erkannte die Handschrift der Mutter und, wenn sie sich anstrengte, eine Zahlenkolonne aus diversen Nullen.

»Das ist die Wahrheit«, sagte Gersdorf, faltete das Papier sorgfältig zusammen und vergrub es in seinem Rock. »Kann es dir leider nicht rausrücken, ist ein Andenken von Greta.« Er schlurfte um den Hund herum und setzte sich mit leisem Ächzen in seinen Campingstuhl. »Samstags bin ich auf den Markt, habe ihr dies und das gebracht, ein Stück Seife, eine Bürste, und sie hat sich gefreut. Aber im Herbst wird's traurig auf dem Grundstück. Der Winter kommt, die Hütte ist klein, da regnet's durch, und warm wird's auch nicht, und wer weiß, wann ihr mit einer Entmündigung oder einer Einweisung ins Gelände einfallt. Im Winter ist der Feind stärker, das Stellunghalten schwerer. Also habe ich die hunderttausend von der Bank geholt, habe sie der Greta in die Hände gedrückt und ihr eine gute Reise gewünscht. Wenn die Greta ohne den Hans ins Glück geht, muss man ihr schon eine gute Reise wünschen.«

Gersdorf blinzelte Tara an, doch Tara blinzelte nicht zurück. Woher kam der fruchtige Geruch, woher das Seufzen, Lachen, woher kamen sie? Und woher wusste Tara, dass der Hampelmann ihr gegenüber keine Märchen erzählte und die Mutter tatsächlich in Paris war? Ihr Hass wich einer Hilflosigkeit.

»Mama ist in Paris und nicht auf Ihrem Grundstück, und Sie haben sie nicht eingesperrt oder in einem von Ihren blöden Beeten verscharrt, und selbst wenn, dann würden Sie …«

»Du.«

Wie die Herbstsonne, das Händereiben, das dröhnende Lachen brachte das »Du« Tara aus ihren Gedanken, und beinah mechanisch wiederholte sie: »›Du‹, von mir aus, aber das ›Du‹ ändert nichts, nicht die Bohne, weil keine Sau weiß, wo meine Mutter ist, außer zufällig Ihnen.«

»Dir, dich, du, dein, deins, deiner, meiner, meins. Ist nicht nur einer, das sind zwei, der Weinrich und der Winterbach, die wissen's auch. Der Erich an vorderster Front, der Winterbach an letzter. Der hat's nur abgesegnet und sein Geld kassiert. Aber der Erich hat die Greta zum Bahnhof gebracht, im Mercedes, mit verspiegelten Scheiben und Vorhängen. Das sind die Bedingungen gewesen von Greta, Helmut und mir, konspirativ, ohne Aufsehen ab zum Bahnhof. Unser Plan war: Bevor der Feind zu uns marschiert, marschieren wir durch den Feind. So hat man seine Feinde im Griff. Nur den Diettrich nicht. Der war ein anderes Kaliber. Also ist der Erich mit zur Raiffeisenbank, hat was von Krediten und Hypotheken erzählt, und der Diettrich hat gequiekt und gequiekt, aber geholfen hat's ihm nicht.« Bei dem Gedanken begann Gersdorf, sich genüsslich an den Armen zu kratzen. »Und weil er ein Sparkassenschweinchen ist, ist er zum Tresor gewackelt und mit lauter blauen Scheinen zurückgekommen. Und der Erich hat gesagt: ›Jetzt hast du einen Kredit aufgenommen, jetzt bürgst du mit dem Grundstück.‹«

»Wissen meine Schwestern, dass Mama in Paris ist?«

»Bist du wahnsinnig? Auf meinem Grundstück herrscht Alarmstufe eins. Hier kommt keiner rein, stimmt's oder habe ich recht, Helmut? Es stimmt, denn auf meinem Grund und Boden entscheide ich, was Recht ist.«

Zufrieden lächelnd wandte sich Gersdorf an den obersten und einzigen Befehlsempfänger, der vor seinen Füßen lag.

»Ich kapiere nicht, warum mich Onkel Erich zu dir geschickt hat«, murmelte Tara, obwohl Erich Weinrich sie gar nicht zu Gersdorf geschickt hatte, sondern wie Susanne ihre Suche hatte verhindern wollen. »Sagt keinen Ton, dass Mama in Paris ist, im Gegenteil, er fragt Onkel Heinz.«

»Weil er ein Schlaumeier ist. Erich Weinrich zieht seinen Hals aus der Schlinge, bevor sie ihm die Luft abschnürt. Lass gut sein, der Erich ist nicht der Schlimmste, auch wenn er ein Kapitalist ist. Aber jetzt, wo der Olli tot ist und die Greta Dame von Welt, gibt's keinen Besseren für dich.« Gersdorf hob die Uhr von seinem Pullover, fummelte am Türchen und betrachtete das Ziffernblatt. »Ich sitze mit Greta ihrer Tochter auf meinem Grundstück, und die Greta kauft sich ein Paar Schühchen für die Champs-Élysées.«

»Ob sie eine Karte schreibt?«, fragte Tara leise, fragte den Hund, die Lavendelbüsche, den ersten Oktobersonntag und vielleicht noch die Spatzen auf dem Grundstück, Gersdorfs Grundstück.

»Eine Karte? Na schönen Dank, wem soll sie eine Karte schreiben? Nein, Karten schreibt sie nicht. Die hat uns längst vergessen, was Helmut? Die Greta ist weg, ihre Tochter ist da, und ich bin unter die Grundbesitzer gegangen.«

»Wie der Typ mit dem Salat.«

»Wer?«

»Der Affe mit dem Salat.« Tara gelang es, zu lächeln.

»Ach der. Das bin doch ich gewesen.«

In dem Moment spitzte der Hund die Ohren.

»Ist die Vorhut im Anmarsch?«

Als würde er seinem Herrn antworten, bellte der Hund energisch, um danach die Ohren anzulegen und zu gähnen.

»Dann nicht. Wird schon wieder Sommer werden, was Helmut? Jetzt, wo wir unter die Grundbesitzer gegangen sind«, sagte Gersdorf, ließ die Uhr fallen, stemmte sich aus dem Stuhl, summte: »Ganz Paris träumt von der Liebe, denn dort ist sie ja zu Haus«, und schlurfte in die Hütte.

Nach einer Weile kam er mit zwei Bechern zurück.

»Apfelsaft, eigene Ernte.« Er drückte Tara einen Becher in die Hand, stellte den anderen auf den schmutzigen Campingtisch, bückte sich zum Hund und begann, ihm mit gespreizten Fingern das Fell zu kämmen.

Ohne abzusetzen, trank Tara den Saft aus.

»Noch einen?«

Tara schüttelte den Kopf und stellte den Becher zu dem anderen.

»Die Greta fehlt uns, was Helmut?«, hörte sie Gersdorf sagen.

Mir nicht, dachte sie.

Obwohl das Fehlen einer Mutter bestimmt ein beruhigender Gedanke gewesen wäre. Doch das dachte Tara Seebald schon nicht mehr. Sie schwang ihren Rucksack auf den Rücken und lief unbeschwert, fast taumelnd das Grundstück hinab.